U0731256

谨以此书献给成都东郊的建设者

# 大梦河山

成都文学院签约作家作品
Chengdu College of works contract writer

周明生 著

成都时代出版社

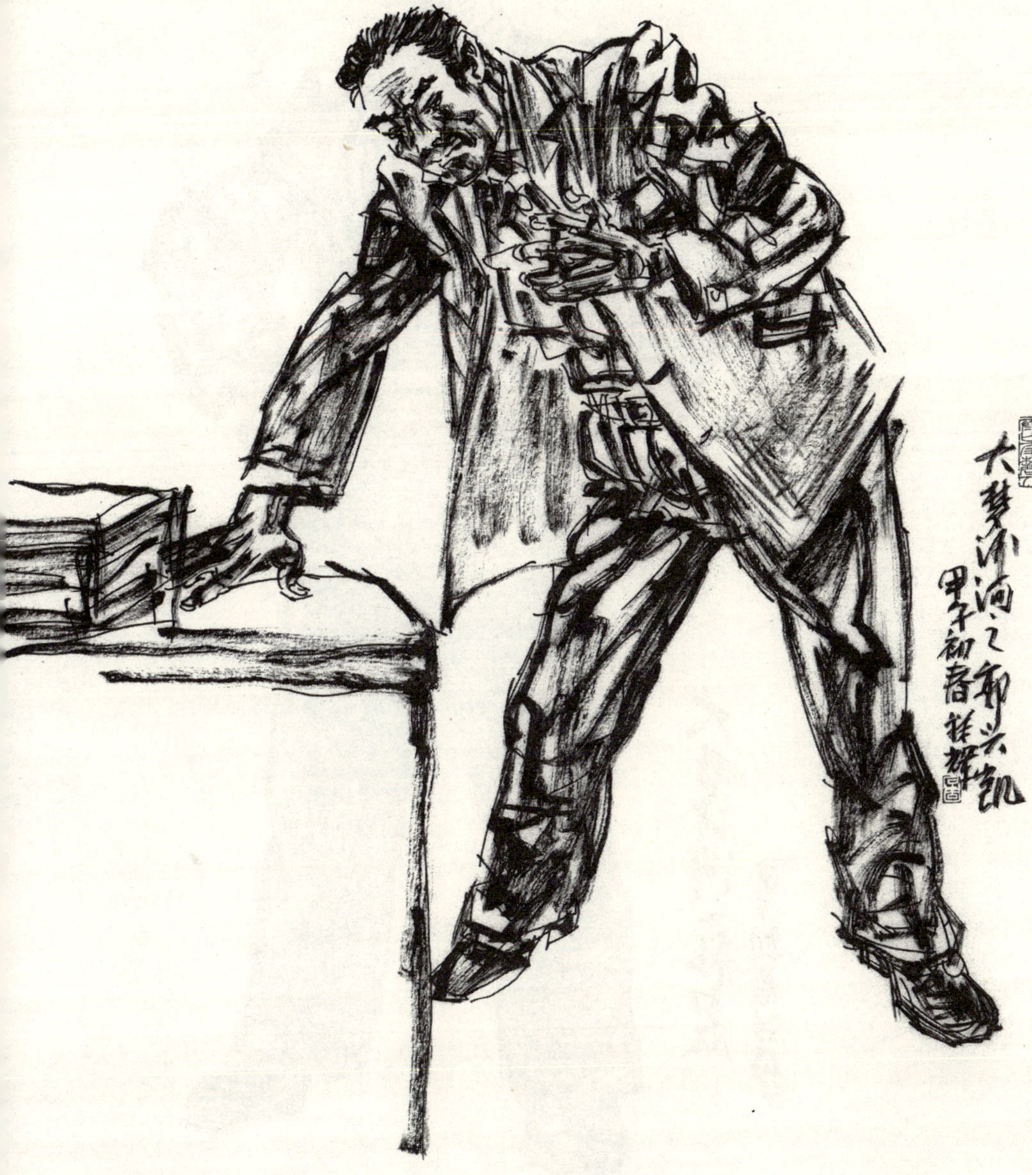

郭兴凯

大梦海洞之韩震
甲午初春 详炜

韩震

大茫茫河之 韩雪
甲子初春 祥辉

韩雪

大梦沙河二　柳春枝
甲午初春译相博園

柳春枝

大梦冲河之 卞文渊
甲午早春画於瑞雨楼上

卞文渊

大河沧海 纪中和
牛年初春 详辉画

纪中和

大暑沙涌之白羽
甲午初春 许辉

白羽

大梦沙河之蔡长安
甲午春月 洋辉

蔡长安

大梦沙河之张星魁
甲午早春 祥辉

张星魁

# 七人小组

## 一

韩震做梦都不会想到，素来跟他毫无隶属关系的国务院二机部，会命令他火速赶到北京。

三天前，一纸电报调令下达到远离北京的黑龙江省。调令上说，经国务院办公会议决定，将韩震同志调到国务院二机部军工局工作。后来他才弄明白，当时的二机部其实就是军工部。调令强调说，对他将另外委以重任，并建议省委免掉他的省财经委员会主任的职务。调令命令他：三天之内必须赶到北京报到。交接工作，准备行装，还要赶两千多公里的路程，我的老天，上级却只给他三天的时间！情况如此紧急，倒有点像大战之前分秒必争的调兵遣将了。他知道国务院军工局统管全国的军事工业，苏联老大哥帮助中国援建的156项重点工程正在秘密地渐次铺开。韩震猜想：此次调他去北京，恐怕不但跟当前的政治大气候有关，也跟他的人生履历有关吧。韩震坐了两天两夜的火车，昨天下午刚从东北的一座大城市赶到北京，硬是在三天之内赶到二机部军工局报了到。

二机部军工局设在北京万寿路的一座老院里，部里的招待所也设在前清的一座老院。昨天晚上，韩震刚刚在招待所入住，军工局局长老丁就赶来看望他了。韩震刚拉开房门，丁局长一跨进门就将他的手一握，热情地说，韩师长，欢迎欢迎，一路上辛苦了！

韩震忙把老丁让进屋，请他入座后，问，丁局长，怎么，你认识我？

老丁说，我也是四野的，你韩师长的大名在四野是谁个不知，哪个不晓啊？

哦？他乡遇故知，韩震有点喜出望外。

老丁说，我是四野总部参谋部的。你们师参与的两次大仗，一次是辽沈战役的四平保卫战的阻击战，一次是平津战役的天津外围攻坚战，你们都是在敌众我寡的情况下反败为胜的，叫我们好不佩服！全军都以你为荣呢！

哪里哪里，那是林总指挥得好，是总前委指挥得好！

还有，你在朝鲜战场的表现也可圈可点，你指挥你的部队冒着美军飞机的狂轰滥炸，筑起了一道炸不烂、轰不垮的钢铁运输线。

哦，不好意思，好汉不提当年勇。再说，我今年春天也已经脱掉军装，现在要学着搞建设了。

老丁接过话头，借此把话锋一转。他告诉韩震，这次把他紧急召唤到北京，是迫于形势的需要。党中央、国务院拟在祖国的大西南建设一个秘密的军事工业基地，其中将布置数个苏联老大哥援建的重点工程项目。这个军工基地的筹备工作亟须配备一名领导人。部里在全国挑来选去，最后，感觉只有他韩师长的条件才最为合适：首先他在东北参加抗联以前，就是一名工科的大学肄业生；其次，他在苏军国际88旅担任过步兵营营长和远东特遣队的队长，懂俄语，具有跟苏联人打交道的经验，并且，他敢于也善于打硬仗，他的革命资历足以担当重任。部里的意思，是叫他当这个军工基地筹建小组的组长，希望他不负众望。

韩震当即朗声笑道，自从我参军到现在，从来没有在任务面前讨价还价过，说实话，我还要感谢上级给了我这个表演舞台呢。

老丁告诉他，具体情况等到明天的会上再一起讲。又说，他们这个军工基地筹建小组暂时只有7个人，除了他韩师长之外，其余6个人全是大学毕业生，有本科的，也有专科的，清一色的小伙子。老韩当即表示想马上见到他们。老丁说，你明天早晨就会见到他们的，你一路鞍马劳顿，还是早点洗漱了休息吧。

送走了老丁，韩震的心久久不能平静。他深知，这个突如其来的变动将是他人生的一个重大的转折。以前，他是戎马倥偬，南征北战；今年春天才脱下军装，刚在地方上学着从政；今后，他就将在陌生的工业建设的领域施展身手了。

## 二

这是公元1953年的7月。

北京的夏季总是炎热的，才早晨7点多钟，赤红的骄阳就开始发威了。韩震身材魁梧，气宇轩昂，这天穿一身洗得发白的军装，用手帕擦拭着额头上冒出的细汗，来到了军工局大院的大门口。这里有两名全副武装的解放军战士站岗，其中的一个，在查验了他的临时通行证后，将他放进了大门。

一转过当门的大照壁，园林式的院落就呈现在眼前，特别惹眼的，是种在青花瓷大花缸里的老梅树和罗汉松。离上班的时间还早，院子里静悄悄的。韩震望见左首不远处有个爬满紫藤的藤萝架，就走过去，在架下的石凳上坐着等候。不久，上班的人陆续来了。这时候，从大照壁那儿走进来一个穿黑色中山装的年轻人。韩震发现这个年轻人有点奇怪，一直在盯着他看，好像在辨认他，之后突然面露惊喜。

韩师长！韩师长！年轻人疾步走来，神色激动。

你是……韩震起身，颇感意外。

韩师长！一晃快五年了，终于又见到你啦！年轻人不由分说，抢上前抓住他的手直摇。

你是……韩震竭力回忆着。

年轻人连珠炮般地说，韩师长你不记得我啦？我是小郭，郭兴凯啊！1948年12月底，在天津东门外的小河边，你救过我的命啊……

哦！韩震的脑海里犹如电光石火倏地一闪，眼睛不由得瞪圆了，神色也激动起来，对对对，我想起来了，你是小郭，名叫郭……兴凯，对，是郭兴凯！当年，你冒着生命危险给我们的攻城部队送情报……

往事，在韩震和郭兴凯的脑海里一一闪现。

当时，人民解放军东北野战军的12个步兵纵队、1个炮兵纵队和1个铁道纵队共84万人，华北军区的3个兵团11个纵队和地方武装共46万余人，在北平、天津、张家口地区对国民革命军进行最后一个大战役的战略决战，史称"平津战役"。按照总前委的部署，韩震的153师运动到天津东门外围修筑工事，等待各个攻击部队在天津周围完成集结后，实施最后的总攻。

中共在天津国军军界的卧底不畏艰难险阻，终于搞到了绝密的天津城市防御布置图，该图被伪装成书画作品装在条形花绫纸盒里。负责转送城防图的总共有三名地下党员，其中之一就是郭兴凯的哥哥。那天夜里刚拿到图，三个人在街上不幸遭遇敌军的巡逻队。面对巡逻队的盘问，三人巧妙应答，本来已经侥幸脱身，但小郭哥哥手上提的一口藤箱引起了巡逻队的怀疑。藤箱里可是装着藏了布防图的花绫纸盒呢！巡逻队追了上来，高叫着要开箱检查。三个人迫不得已掏枪抢先开火，双方展开枪战。三个人一边还击，一边逃跑。为了掩护小郭哥哥脱险，两个同志故意朝相反的方向逃跑，却先后被敌人击毙。小郭哥哥倒是成功脱险，但是右肩却中了一枪，子弹还留在肉里，必须马上找地方动手术，要想次日一早将情报送出城去已不可能。这时候，14岁的小兴凯主动请缨，请求哥哥答应，让他去送这个情报。自己的这个弟弟脑子灵、个性倔，由他送情报自然不容易引起敌人的注意，但他毕竟太小了，要是有个三长两短，如何是好？见哥哥犹豫不决，小兴凯说，哥，我把城防图装进竹筒里用蜡封死，然后在腰上绑牢，我身胚小，我可以在东门附近钻下水道出去！当哥的自然明白，东门下水道的出口在一条小河的河边。小家伙传送情报的路子果然不同，当哥的这才放了心。

天刚蒙蒙亮，小兴凯在东门城楼附近的僻静处偷偷钻进了下水道。他躬着腰，踩着臭气熏天的刺骨的污水，在黑漆漆的砖砌下水道里摸索着前行。他终于看见从洞口透进来的亮光，就急慌慌地钻到洞口首先透了一大口气，然后才钻出下水道。可是，等他拨开芦苇丛探身一看，就明白糟了。这一片荒滩原本人烟稀少，也从无驻军把守，眼下，城里的敌人与攻城的解放军隔河对峙，小河两岸壁垒森严，布满了双方构筑的工事。更要命的是，连接东门城门和城外官道的那道麻石拱桥居然不翼而飞，想必是被守城的敌军炸毁了。幸好他藏身的河滩有芦苇丛遮挡，才暂时没被工事后面的守敌发觉。他想，唯今之计，就只能偷偷潜游过河了。

生怕棉衣棉裤妨碍他游水，他把自己脱了个精光，之后，无声地沉入冰凉刺骨的水底。等到浮出水面换气时，他已经潜游到了小河的中间。突然，枪声大作，敌我双方发生激烈交火。他赶紧一个猛子扎到河底，拼命朝对岸游去。他恍惚觉得，是解放军这边抢先开的枪。

事有凑巧，当小兴凯从下水道口刚一露头，就被韩震师部里设的潜望镜发现了，而此时通过潜望镜观察敌情的恰好是师长韩震本人，小兴凯的一举一动被他尽收眼底。当他发现河对岸的下水道里居然钻出了一个小家伙，腰上还绑着个竹筒时，他先是感到蹊跷，紧接着又见这孩子把自己脱得赤条条的，毫不犹豫地沉入水里，他马上意识到：在这两军对垒的关头，这孩子的出现不同寻常，他极有可能是地下党派来送情报的人。尽管他对天津地下党派出这么小的一个孩子感到难以理解，但还是当即叫作战参谋给前沿部队打电话：要特别注意保护对岸的那个孩子，他正在潜游过河，他极有可能就是地下党的交通员，务必保护他的生命安全，等他一上岸，立刻带他来见我。所以，当小兴凯的脑袋在河心里刚一露头，这边的解放军就抢先开了火。

小兴凯一口气潜游到了浅水边，赶紧起身朝岸上跑去。这时候，掩护他的解放军的火力更为猛烈，机枪、步枪一起开火。他听见有人在大喊，小鬼！朝这边跑，快！浑身冻得发紫的小兴凯跌跌撞撞地在河滩上跑着。突然，一颗子弹打中了他的后背，他一个前扑，栽倒在河滩上。接着，他听见了纷至沓来的脚步声，有七八名战士边朝对岸开火，边朝他跑来。一个战士把他背在背上转身就跑，其余人开着枪掩护着小兴凯撤退。战士们终于把他从枪林弹雨中护送到了安全地带，却有两名打掩护的战士不幸牺牲。

　　小兴凯腰上捆着的竹筒被迅速送到了韩震手上。竹筒被及时打开，韩震看到了一张绝密的天津城防图纸。该图的重大意义不言而喻，又被在第一时间送到了总前委林总的手上。洞穿小兴凯肺部的那颗子弹虽说被军医及时取了出来，但他失血过多，生命垂危，急需输血，但又一时找不到合适的输血者。当此危急之际，前来看望小兴凯的韩震师长及时挽起了袖子，为他献出了500cc的O型血，才好歹将他从鬼门关抢了回来。随着年纪的增长，小兴凯才悟到了这500cc的O型血对他生命的意义，韩震师长其实是他的救命恩人啊！

　　韩师长，我当时昏迷着不知情。直到在你们师卫生所住院的一个月之后，我才从护士阿姨的嘴里得知，是你救了我。多年来，我一直在到处寻找我的救命恩人。但是没想到今天居然会在这儿巧遇你！韩师长，我太高兴了，我真的太高兴了！

　　韩震慈爱地打量着他。说，兴凯啊，你都长这么大了！哎，你怎么会在这儿呢？

　　郭兴凯忙说，哦！韩师长，是这样的，我现在是你的部下了。

　　这么说，你也是七人筹备组的成员？

　　对！我昨天就听说你要来了，当时我高兴得蹦了起来呢！

　　快跟我说说，你是怎么来的？

　　好的。我已经大学毕业了，我读的是专科，学的是化工专业。我在6月份一毕业，就被分配到军工局了。然后，按照有关规定，我就到天津的一家部属工厂去实习。本来是要一年才满期的，可刚去了一个月，就被局里紧急召回了。

　　哦！韩震朗声大笑，说，小郭啊，你可赶上好时光啰！

# 三

会议在军工局的小会议室里举行。军工局丁局长逐一地介绍大家相互认识。然后讲了在大西南的成都建立军事工业基地的目的和意义，并且宣读了二机部关于组建成都基地筹备组以及任命韩震同志为组长的决定。接着，由部里的分管副部长田副部长讲话。田副部长神情庄重地说，同志们，这个项目非常重要，是党中央、国务院亲自抓的项目。部里决定，派你们七个人去四川成都，帮助筹建。希望你们努力工作，不负众望，早日将成都基地建成，让毛主席放心！筹备小组的七个人深感肩上的责任重大，一个个表情肃穆。最后，丁局长强调，根据苏联方面的要求，筹备组必须在今年的11月，完成工厂选址的所有文件资料，这是底线，不得延误，任务很艰巨，也很光荣。

此言一出，七个人立刻心急火燎。韩震暗忖，在四个月之内，不仅必须完成工厂的选址，以及所有的文件资料，而且还必须准确地翻译成俄文，这一整套程序，对于他手下的六个二十来岁的年轻人和他这个三十岁出头的组长来说，担子真是够重的。况且，几个年轻人所学的专业也并不一样啊！但是，当他看见两个部局领导向他投来期待的目光时，韩震还是毫不犹豫地站起身，给二位首长啪地敬了个军礼，挺直胸膛大声回答：保证完成任务！

筹备组的七个人恨不能早一天赶到成都。但这时的交通很不方便，宝（鸡）成（都）铁路还未通车，如果从北京乘火车到宝鸡，再改乘汽车到成都的话，至少要10天时间。如果乘飞机到武汉，武汉转乘轮船溯流而上到重庆，这段因滩多流急不能夜航，也要耗时7天；成渝铁路刚刚通车，火车从重庆到成都，也要15个小时。时间紧迫，部里就给韩震他们买了飞重庆的机票。现代的大型民航客机飞重庆，只需两个小时，但安-2飞机的最高时速却只有256公里，而且中途还必须在郑州机场降落加油。

一辆美式中吉普驶出北京万寿路军工局的那座老院，沿着狭窄的老街，一路扬起灰尘，朝着位于南郊丰台区的南苑机场疾驰而去。这是韩震被召唤到北京的第3天的早晨，蓝湛湛的天空飘浮着朵朵白云，一轮红日刚刚冒出屋顶，路人就感受到了阳光热辣辣的烘烤。

北京南苑机场是清朝政府筹建的中国历史上的第一座机场，也是建国以后频繁使用的最早的"首都机场"。此刻,停机坪上正停着一架苏式安-2型小型运输机。这种军绿色的轻型单发动机双翼运输机,最多只能载运1.5吨货物或十多名旅客,并且乘客的座位也并非空乘椅,而是像空降兵那样背靠机身面对面坐着的长条凳。美式中吉普直接开到了安-2飞机旁边,从车上跳下了7名乘客,他们刚好占了这架飞机乘客座位的一半。他们刚刚在机舱里的长凳上坐定,飞机就开始发动了。

少顷,飞机只在跑道上滑行了一百多米,就扶摇直上,昂首直刺万里蓝天,升上了3000多米的高空,朝着南方飞去。

当时,七个人一听说是乘飞机直飞四川,兴奋得又蹦又跳。要知道,除了韩震当年作为国际88旅的特遣队,乘坐过苏军的运输机到达空投目的地之外,其余六个人可都从未开过这种洋荤啊!开洋荤还在其次,最主要的是他们因此就多抢到了好几天的宝贵时间。当飞机载着他们朝着高空爬升时,他们全都兴奋地凑在舷窗前,感受着鸟瞰大地、愈飞愈高的神秘感觉。年纪最轻的郭兴凯甚至惊喜地叫出了声。

但不久,他们就尝到了这种飞机的苦头。3000多米的高空气流多变,只能在这个高度飞行的这架安-2型宝贝,不断地穿越着云层,它就像打摆子似的老是上下颠簸,飞机上的七个人都被颠吐了。一早就从北京起飞,到重庆时天都黑了。一行七人在10局管辖的重庆716厂住了一宿。第二天一大早上了火车,当晚就赶到了成都。

# 四

七人小组空降四川的时候,小美女柳春枝才7岁。

柳春枝的家在老成都新东门(武成门)城墙根下的一个小杂院里。城墙根下,就是府河猛追湾。猛追湾的地势特殊。站在老成都原东校场的城墙上眺望,但见府河之水自西北方向流来,在向东拐了一个半月形的大弯之后,再折向南流。这河湾的东西两岸就叫"猛追湾"。

猛追湾地名的来历,跟明末清初的大西皇帝张献忠有关。清顺治三年(1646),清军大举入川进剿。"噬血魔王"张献忠眼看成都即将被清军破城,在丧心病狂地血腥屠城、把全城化为一片焦土之后，惶惶如丧家之犬，带领17名亲随逃奔，刚刚撤出他藏身的大慈寺，就遇上一彪人马掩杀过来。这些人是当年因走投无路而暂且投降大西的明军官兵，现在一心要擒拿贼王，戴罪立功。张献忠见敌众我寡，忙令部下且战且退，企图由东校场附近的武成门东逃。谁知刚逃出城门，就望见城门外那道名叫武成桥的青石拱桥已被反水的明军占据，后有追兵，前有劲敌，张献忠一行慌不择路，只好沿府河大湾的西岸奔逃。正当张献忠望河兴叹愁无船可渡时，开路的随从却在芦苇丛中发现了两条木船。一行人急忙上船，拼尽全力划向对岸。等追兵猛追到河边，张献忠一行已经划到对岸，扬长而去。此后，人们就把这道无名的河湾叫作"猛追湾"了。

1950年代的猛追湾两岸还有点荒凉。府河以西，是老成都东门一带的老城墙，以及城墙根下面散布的民居；以东，是连绵不断的田野和浅丘陵。河滩上遍布着青枝绿叶的芦苇丛，河风吹来，芦苇起伏摇曳，发出悦耳的沙啦沙啦声。小春枝最爱立在府河边看风景，看河对岸的竹林茅舍，看郁郁葱葱的庄稼地，看在河滩上骑着水牛放牧的孩子。她尤其喜欢秋天的芦花，雪白雪白的，在阳光下摇晃着，似乎在向她招手呢。

1953年7月的这天上午，小春枝又站在府河边上了，但她这回不是看风景，而是跟许多河边上站的大人小孩一起看洪水。今天的天气一反常态，不仅不闷热，相反还很凉爽，人们都套了外套。她看见乌云在天边乱飞，平时清澈的河水变浑了，滚滚浊浪呼啸着，奔流着，一浪推一浪，不断有整棵的树、乱草堆、玉米秸秆，偶尔还有死猪，从眼前漂过。有雪白的水鸟在贴着波浪飞翔。河滩上那些她喜欢的芦苇，已经被淹了半截，在洪水中可怜地挣扎着。她听见大人们在议论，说河水上涨得很快。她觉得今天看到的风景跟平时大不一样，有一种她还说不清的感觉在胸中激荡。此时，她听见妈妈在叫她，枝枝！枝枝！你快回来，你快回来！她边答应着，边依依不舍地朝家里走去。

武成门附近的城墙根下面有一条便道，便道的两边散布着一些贫民的住宅。春枝的家就在挨近城门的一个小杂院里，杂院的背后就是府河。院子里先后修起来的房子都比较简陋，是那种常见的川西穿斗式的小青瓦平房，在正房旁边又搭建了偏房，因为年久失修，毫无章法的整个院子显得破破烂烂的。院里住着三家人，正面的三间瓦房要好一点，住的是张家；左边就是春枝的家，右面是纪家。

春枝一走进杂院，就感到今天的院子跟往天大不一样。院坝里那棵浓荫匝地的老槐树下，拼着两张大方桌。桌子周围摆着高高矮矮的板凳和竹椅，一望而知是临时从各家搬出来的。春枝妈正用毛刷在洗衣台上唰唰地洗着衣服，见春枝走近，就告诫她，河里涨水了，不许到河边去玩！

嗯。春枝乖乖地答应了一声，然后指着院坝里的方桌，好奇地问，妈妈，这是怎么回事？

妈妈说，是你张叔叔办喜事呢。

春枝问，啥叫办喜事嘛？

妈妈慈爱地说，乖女儿，等你长大就明白了。

春枝调皮地说，我知道，就是结婚吃酒碗！

鬼丫头！妈妈笑了。

春枝拍手叫道，噢噢！我好高兴啊，今天可以吃肉啰！

听了女儿的话，望着女儿瘦瘦的身子骨，妈妈感到有点心酸。是啊，原本拉黄包车的男人三年前参加了志愿军，如今在朝鲜打仗，家里也没个帮手，家里还有二老，所有开销全凭他寄回的一点当兵的补贴，以及她帮人浆洗缝补挣点糊口的钱，肉就吃得少了。

妈，我想爸爸了，他什么时回家呀？春枝的神色转眼就黯淡下来，眼看就快要流泪了。

男人什么时候回家，她一个妇道人家怎么说得清呢？她不忍心女儿难过，就说，我听见居委会吴主任说，志愿军把美国鬼子打败了，朝鲜的战火停了，正在啥门……门板店谈判呢。按说呢，你爸也该回来了……

这么说，爸爸过几天就该回来了，对吧？春枝破忧为喜。

嗯！

噢噢！我爸爸要回来了！我爸爸要回来了！春枝高兴得又蹦又跳。

被唤作张叔叔的这个人，名叫张洪炳，三十来岁，以前是胡宗南部队上的一个连长。解放前夕，在部队向邛崃五面山匆匆撤退的途中，他开了小差，在兵荒马乱中逃回到了成都的老家。此后，靠拉黄包车为生。又在解放后的肃反运动中，主动向政府坦白了自己在胡宗南的队伍上当兵的经历。两年前，十月怀胎的老婆为他生儿子，名叫张星魁的胖小子倒是生下来了，但是老婆不幸难产，大出血死了。老婆死了，他强忍悲痛，又当爹又当妈，一把屎一把尿的，好不容易才把孩子拉扯到了三岁。他的姐姐看他过得太苦了，就给他介绍了一个邛崃县平乐镇的寡妇。这寡妇名叫蔡淑芬，比他大三岁。两个人一接触，他觉得女方的模样长得还算周正清秀。更主要的是，这女人的心好，一见小星魁就很疼爱。这蔡淑芬也是铁了心要嫁给他，来到张家的当天晚上，两个人就同房了。第二天上午，两个人梳洗完毕，草草吃过早饭，就去找街道办事处办理了结婚证。两个人商量：既是结了婚，也该让院里的邻居们知道。二人都是二婚，虽说婚礼是不好意思再办了，但是饭还是要邀请大家吃一顿的。老张把自己的意思给院子里的另外两家人一说，大家都表示赞成。这天，新郎新娘亲自上灶，住在东大街的老张的姐姐也专门赶过来帮忙，三个人切肉的切肉，洗菜的洗菜，烧火的烧火，忙得不亦乐乎，蒸的炒的烧的各种菜肴摆了一大桌。

老张边摆着碗筷，边招呼着院里的老老少少，叫大家赶快入席。来了！来了！柳妈妈家和纪家的大人小孩边七嘴八舌地答应着，边陆续走出各自的家门。两家的大人一边说着恭喜的话，一边递上自己送的贺礼。春枝家送的，是一个盆底画着鸳鸯的崭新的搪瓷盆子，以及两张毛巾。纪家送的是一对竹壳的保暖瓶。这几样东西，都是解放后的婚礼才兴送的稀罕物品。

春枝上面的两个姐姐早已出嫁，爸爸远在朝鲜打仗，她家就只来了她、她的母亲和爷爷奶奶。老纪是当地出了名的皮匠，他的皮匠摊子就摆在城门洞的城墙边上，由于他的手艺好，再加上用料地道，他家修鞋的生意一直很火。白天做不完的活，常常需要带回家里晚上加班做，他的老婆就成了他的好帮手。今天，纪家两口子早早地收了摊子。两口子的两个女儿也早已出嫁，14岁的儿子中和还没赶到家，加上两口子的父母，纪家暂时只来了四个人。虽说老张叫院子里的三家人不管大人小孩通通入席，但是加上他们张家的四个人，连三岁的小星魁也算上，三家人凑在一起，也不过才十二个人。

老张把两瓶散装白酒摆在桌上，又拿过来几个土碗，汩汩地直往碗里倒着酒。他一抬头就喊，中和！中和呢？

老纪说，中和还没回来呢。

正说着，院门外面突然传来一阵噼噼啪啪的鞭炮声，就见一个少年边躲闪着边兴奋地跑了进来，他手里拿了一根竹竿，竹竿的梢头挑着一串正在爆响的鞭炮。他就是纪家的老三，名叫纪中和。

纪中和将放完鞭炮的竹竿一扔，开口就大喊，张叔叔、蔡孃孃，新婚大喜！祝你们相亲相爱，白头偕老！

这纪中和初中刚毕业，一开口就是斯文词儿。老张和蔡淑芬乐得合不拢嘴，只是大叫，中和！快过来入席！

纪中和两步走到给他留的座位前，老张马上倒了一大碗白酒递给他说，来，小伙子，你把这碗酒给我喝了！

纪中和忙说，张叔叔，我不会喝。

不会喝也得喝，这可是张叔叔的喜酒！

老纪看见儿子为难地皱了皱眉头，就打圆场说，喝吧，喝上两口，沾沾你张叔叔的喜气！

纪中和端起酒碗喝了一大口，立刻辣得咳嗽了起来。

刚吃完饭，春枝妈、中和妈正帮着收拾桌子的时候，就看见居委会的吴主任领着一个干部模样的陌生男人，从院子门口走了进来。两个女人赶紧招呼两位来客入座。

40多岁的吴主任指着春枝妈对那男的说，李同志，这位就是柳正勇同志的爱人。接着，她又把陌生人介绍给春枝妈，说，这位是东城区民政局的李同志。

李同志马上反客为主，拉过一把竹椅，请春枝的妈妈坐着说话。这时候，小春枝走过来，乖乖地偎依在妈妈的身边。

李同志说话很和气，一开口就说，柳妈妈，你有一位非常英勇的好丈夫，我代表党和政府感谢你……

春枝妈情知不妙，心儿一下子就提到了嗓子眼，忙问，李同志，你为啥这么说话呢？娃儿他爸到底咋啦？

吴主任赶紧插话，大妹子，别激动，你可千万别激动！

柳妈妈！李同志面容肃穆，心情沉重地说，我不得不悲痛地告诉你，你的好丈夫，中国人民的好儿子柳正勇同志，为了保家卫国，为了保卫世界和平，他在朝鲜战场上……牺牲了！

春枝妈听了，咚的一声栽倒在地上昏了过去。

妈妈！妈妈！春枝失声大叫，放声大哭。

柳妈妈！柳妈妈！众人大呼小叫地围了上来，院子里乱成了一团。

此时，纪中和从院子外面跑进来大叫道，嗨！洪水已经漫上岸了！居委会通知：各家各户马上收拾行装，赶紧转移！

啊！洪水漫上岸了，谁也弄不清楚洪水到底能涨多大。

只听见吴主任叫道，赶快把柳妈妈弄醒！

纪妈妈挤上前，用拇指去掐柳妈妈的人中。蔡淑芬跑进屋端来一大碗凉水。让开！快让开！她挤进人堆，把正弯着腰忙碌的纪妈妈一把拖起，然后将手上的那一大碗凉水噗的一声泼在柳妈妈的脸上。柳妈妈受到突然刺激，不由得一惊，眼睛一下子就睁开了。

好了好了！可醒过来了！众人如释重负，都松了一口气。蔡淑芬和纪妈妈忙将柳妈妈扶起，安置到旁边的一把竹圈椅上躺好。小春枝一转眼拿来一张洗脸毛巾，踮起脚尖替妈妈擦着脸。

只见李同志掏出一个装着一叠钱的中式信封和一本大红封皮的烈士证，说，柳妈妈，这是柳正勇同志的烈士证，信封里装着150元抚恤金，请你查收。接着，他又拿出一张表格说，请你在这儿按个手印。

道谢了！柳妈妈苦笑了一下，无力地哑着嗓子说，枝儿你接一下。

小春枝忙将毛巾一放，将双手在缀着补丁的裤子上擦了擦，将证件和信封接过。

吴主任又递过一个黄布包袱，说，大妹子，这是柳正勇同志的遗物，请你收下。

说话间，洪水已经上岸，从房屋背后悄悄漫进了院坝。这个情况被老张瞥见了，他惊呼着，糟了！洪水倒灌进来了！

小中和从自家屋里跑出来，叫道：柳妈妈！我去帮你收拾东西！边说边朝柳妈妈家跑去。

快！快！快！抓紧收拾东西，马上撤离！……吴主任急了，说话间，她已经和李同志跑出了院门。

天上下着小雨，老城墙根的河岸上到处弥漫着淹齐腿肚的洪水，逃难的人们扶老携幼，背包撑伞，大呼小叫，踩着哗哗的流水，乱纷纷地朝着城门洞里疾走。连接府河两岸的石拱武成桥眼看就要被洪水彻底吞没，激起的浪头有一人多高，洪峰汹涌澎湃，浩浩荡荡地呼啸而去。

# 猛追湾东西两岸

## 一

成都总府街招待所。

经过十几年战争考验并且数度出生入死的韩震，今晚居然失眠了。头顶的吊扇呜呜地旋转着，但躺在凉席上的他仍在冒汗，整个人就像蒸桑拿一般。尽管天气如此闷热，但由于成都的蚊子厉害，想睡觉还必须得合上蚊帐，如此一折腾，人就更热了。今晚他算是彻底领教了成都的炎热，这个被誉为是"天府之国腹心"的地方，与他远在松花江畔的清凉的故乡相比，简直是天壤之别。心里有事，辗转难眠，就觉得更热了。这是七人筹备小组到达成都之后的第二天晚上。

前日天擦黑时，七人筹备小组到达重庆。次日早晨六点钟，他们就上了开往成都的火车，当晚九点钟到达成都火车北站，马上就被有关工作人员接到川西行署总府街招待所。此时的四川，被分为川东、川西、川北、川南行政公署等四个省级行政区。第二天上午，韩震就决定：暂时把办公地点设在总府街招待所，立即着手可能的事前的各种准备工作。晚上，川西行署财经委员会尽地主之谊，专门为他们设宴接风，晚餐后还举办了联欢舞会。有关领导在现场致了热情洋溢的欢迎辞，大意是说，欢迎你们来参加四川的建设，今后我们大家就是一家人了，大家共同努力，把党交给我们的建设工厂的革命任务完成好。整个欢迎会一点都没有涉及具体的筹建事项。韩震心里很清楚，成都的这个军事工业基地，将布局十来个苏联援建的重点工程项目，这牵涉到国防建设和国家机密。上级一再强调：一定要注意保密！由此看来，川西行署的相关领导对于这点是很清楚的。

在中国大西南的成都设立军事工业基地，这是党中央和国务院的宏观决策。韩震深知，实现工业化，这是中国人民一百年来梦寐以求的，这也正是《人民日报》今年元旦社论的主题。当前，国民经济恢复时期宣告结束，开始实行第一个五年计划，其核心，就是建成苏联援建的一大批大型工业企业。苏联援助的重点工程最初只有141项，最后经过艰苦的外交谈判，于今年3月刚刚上台的苏共总书记赫鲁晓夫才同意增加到156项。韩震当然清楚，苏联对中国的经济援助其前提是意识形态方面的原因，是我党宣布了"一边倒"的外交路线，是我党选择了"以苏为师"，走苏联建设之路的结果，而并非是苏联单方面的"无私"援助。中苏双方其实是签署了双边贸易协定，用我国的农产品和稀有金属矿来交换苏联先进的工矿企业设备或偿还贷款的。双方交换的价格也完全根据的是现时世界市场的价格。

如果说，抗日战争时期沿海工业的内迁，是中国经济史上大规模的工业迁移，并初步改变了全国工业布局的话，那么，苏联援建项目的完成，必将在很大程度上改变中国工业倚重沿海的状态，我国将建立起较为完整的基础工业和国防工业体系的框架。这对新中国的社会主义工业化所起的是奠基作用，其影响是非常深远的。

下午，川西行署的人专门过来介绍情况。韩震了解到：地处川西平原的成都其实是一座仅70万人口的纯消费型城市，工业基础极其薄弱，全城只有"三根半烟囱"，成都人自嘲为"马路不平，电灯不明"。而成都即将建成的这个以电子工业为主体的基地，必将改变成都的历史。

国务院军工局倒是把大西南的军事工业基地放在了成都，但是，这个基地究竟该设在成都的什么地方才好呢？这就要靠他韩震的七人筹备小组来选定了。这个选址的合适与否，事关重大，可是一点儿都马虎不得呀！好在苏联方面对选址问题有详细的书面要求，首先要为基地选一个恰当的地址。何为恰当，这牵涉到方方面面，比如：未来工厂的物资原料的供应情况，运输情况；当地全年的气象情况，有多少个晴天、多少个阴天？风力有多大，是东南风还是西北风？还有工厂选点的地质结构、地震断裂带的问题，以及地质水文情况、泥层结构、交通情况等等。苏联方面要求提供尽可能详细的情况。韩震暗下决心：唯一的办法就是，按苏联的要求，多跑路，多动嘴，多发问，多查资料，反复比较，集思广益。必须尽量少留遗憾，必须经得起历史的检验。

成都市有关部门提供了北郊、南郊、西郊、东郊四个不同的方向供筹备组选择。东郊暂时还没去，其余的三个方向他们都去踏勘过。除了南郊可以看见远山的影子以外，西郊、北郊和南郊的景象大体都差不多，都是一望无际的水稻秧苗的绿海，点缀着星罗棋布的绿岛般的川西林盘，还有在大地上流淌的曲曲弯弯的河流和沟渠。川西平原的富饶，川西的绿野平畴平林漠漠，给了筹备组以极深的印象，但是他们可舍不得在这样的良田沃土上盖工厂啊！七个人异口同声地说：再看看，再说吧。心里都希望东郊能够荒凉一点。

# 二

这天，为了看东郊，有关部门专门请了一位向导。向导姓邝，是客家人，50多岁，是一位蓄着山羊胡子、穿灰布长衫的儒雅的老先生。他的家就在沙河畔，据说他是东山那一带出了名的活字典。

这天早晨，载着七人筹备组和向导的一辆美式中吉普，一驰出武成门的城门洞，就在武成桥桥头停了下来。府河的洪水来得猛，去得也快，这才过了两天，河水又开始变清澈了。但石拱桥在河心的那两孔桥面被洪水冲塌了，工人们正在抢修，眼看汽车是过不去了。向导邝先生说，不怕，我们乘船过去。这个时候的汽车可是非常稀罕的。车刚停稳，附近的一群大人和小孩就围上来瞧热闹，边指指点点，边兴致勃勃地议论着。郭兴凯发现，人丛中有个小女孩，皮肤白皙，眉毛弯弯，大眼睛，长睫毛，鹅蛋脸，长得特别漂亮，简直就是个美人胚子。他走过她身边，忍不住想逗逗她，就说，小妹妹，你叫什么名字？

我叫柳春枝。小女孩虽是怯生生地在说，一口酽酽的成都话却让她显得更为可爱。

你怎么一个人在河边玩呢？

小女孩伸出左手往旁边的房子一指，说，我家就在这儿呢。

哦。郭兴凯边点着头，边追赶前边的人去了。其实，这种偶然的邂逅也是一种缘分。他当然无法预料到，九年以后，这个小女孩将被他招进厂，成为紫光电子管厂的厂花，以后成为省劳模，乃至跟他发生了一场轰轰烈烈的爱情。

他们在离老东门上游不远的河边渡口，上了一只篾篷木船。渡船刚刚离岸，向导邝先生就给大家讲起了河对岸东郊的历史。邝先生说，我们脚下的这条河，名叫"府河"。它的对岸，就是成都人所说的东山。这道河湾的两岸名叫猛追湾，它是东山与成都市区的缓冲地带。

邝先生侃侃而谈，说起来，成都是天府之国的腹心，但川西平原真正富饶美丽的地方，其实是在成都的北、西、南三方。东路却是浅丘陵地区，高度从10米、数10米至百余米不等，人们习惯称之为"东山"。成都虽是历代文化名城，东山却是蛮荒之地。从前，东山是狩猎、砍樵、放牧和官兵练兵之处，也是成都人的墓葬区。明末清初的数十年战乱，成都东山完全沦为荆榛丛莽、走兽出没之地。成都东山被开垦为良田沃土，全凭着在清朝前期"湖广填四川"的移民大潮中，从闽、粤、赣的穷山恶水之间迁徙来的客家人的辛勤劳作。成都东山成了客家人聚居的地域。

有人不解地问，客家人是怎么回事，他们是少数民族吗？

邝先生望着坐在船舱两边长凳上的客人，笑了一笑说，你们有谁知道客家人？

郭兴凯说，我翻过一本书，知道一点点。邝先生你看我说的对不对。接着，他就告诉大家，客家人是一支汉族分支，他们是古代中原衣冠士族的苗裔，在历史上的战乱中，曾经有三次大规模的南迁，但他们一直坚持保存着古代汉语和文化传统。

韩震见邝先生赞许地频频点头，就说，小郭，那你说说，在"湖广填四川"以前，成都东山的客家人他们的故乡在哪里？

报告组长，这我可不知道。郭兴凯忙说。这个组长的称呼，是韩震特别要求的。他提出，他已经不是军人了，今后不许任何人再叫他韩师长，那样显得很生分。

成都东山客家人的故乡嘛，邝先生慢悠悠地说，主要是在方圆三百多公里的粤东北一带，那里山高谷深。在清朝康熙年间的移民大潮中，客家人从老家启程，经过长途跋涉才来到四川的。客家人之间流行着一种方言土语，它的声调、发声和词汇都很奇特。成都人称之为"土广东"话。客家人之间只说"土广东"话，哪怕相互之间并不认识，但只要一说起"土广东"话，自然就会感觉亲近。顺便说一句，我本人就是客家人。

哦！所有人都兴奋起来，都要求邝先生说两句客家话来听听。船上的气氛一下子就活跃了起来。

邝先生想了想，说，那我就说：热烈欢迎各位来成都东山做客，好不好？众人自然是连声叫好。接着，邝先生用客家话把刚才的这句话又说了一遍。结果，那奇特陌生的语音，叫大家完全不知所云，只听见一片哽哩嘎嘟之声。

说话间，渡船在猛追湾东岸渡口靠岸了，众人弃舟登岸。在邝先生的指引下，众人踏上了一条五六尺宽的官道。穿过水稻秧苗迎风招展的田园村落，穿过或者翠柏森森或者乱草丛生的坟地，翻过缓坡上郁郁葱葱的森林，众人最后终于来到了沙河边。他们刚刚穿过一片慈竹林，一座青石拱桥就出现在眼前。邝先生介绍说，这叫踏水桥。众人上到拱桥中间，放眼一望，见这条沙河虽宽不过三十米，但水量充足，水流滚滚。河的两岸，长着芦苇和乱草。对岸有一架提水灌溉的大筒车缓缓地转动着，正把一筒筒的河水倾进一条淙淙的溪水里。

邝先生介绍说，沙河是成都近郊的一条古老的河流，它由城西北古称"油子河"的府河分出支流，经驷马桥，再折向东南。这座驷马桥，就是西汉武帝时决意赴京都长安谋发展的一代汉赋大师司马相如，在桥柱上题过豪言壮语"不乘赤车驷马，不过汝下也"的那座古桥。

众人一听，全都兴奋起来。韩震说，想不到司马相如一千多年前题过豪言壮语的古桥就在沙河上，等忙完了，我们都去看看。众人连声称是。

邝先生说，沙河最后又汇入了东流的府河。府河自北向南穿成都城而过，沙河绕抱老成都近郊的城北城东，这两条河流犹如一弯新月：府河如弦，沙河如弓，在成都的大地上滚滚滔滔地流淌了两千多年。

郭兴凯感叹道，哎呀！邝先生，你的解说好有诗情画意啊！

邝先生谦逊地一笑说，哪里哪里！之后又接着说，沙河上有许多的桥梁沟通两岸，有许多加工粮食的水碾，以及提水灌溉的高大筒车，在沙河流水的冲击下，日夜咿咿呀呀，唱着古老的歌谣。沿河的竹林农舍、田园村落便由纵横的阡陌相连。蓊蓊郁郁的林盘掩映着农家的白墙青瓦茅屋，纺线的嗡嗡声，织布的机杼声，与家禽家畜的鸣叫相唱和。田间农夫吼出的山歌，采桑姑娘唱起的情歌小调，河里打鱼人的渔歌，映山映水，此起彼落。那时，客家人赶庙会，赶乡场，既买卖器物，又游乐观光。女人出门，不是骑慢悠悠的水牛，就是坐叽咕叽咕的鸡公车。康熙年间任成都通判的陈祥裔写过一首描写东山客家人生活的竹枝词，我给你们念念。就见邝先生摇头晃脑挑声天天地念了起来：

邻姑昨夜嫁儿家，

会宴今朝斗丽华。

咂酒醉归忘路远，

布裙牛背夕阳斜。

念毕，他问大家，你们说说，我们客家人的农耕生活，是不是很怡然自乐呢？

那还用说么？大家七嘴八舌地说，哎呀呀！邝先生，你的解说简直太精彩了，分明就是一篇优美的散文啦！

邝先生拱手一笑，说，过奖了，过奖了！老朽班门弄斧了。

东郊之行，由于有邝先生当向导，每个人都感到获益匪浅，都觉得好像是到东山那边旅游了一趟似的。在返程的途中，刚跟邝先生告别，大家就迫不及待地议论了起来。都说，工厂的位置最适宜摆在圣灯寺以东的浅坡上，生活区嘛应该摆在沙河以西。这样一来，可以发挥沙河对于小气候的调节作用。大家还七嘴八舌地谈起了理由：其一，东郊地势比较高，不会受到洪水的影响；其二，成都市一年四季，最爱刮东北风，每年刮东北风的时间要占70%以上；其三，选中的首批四个厂址，都在横跨沙河的踏水桥以东，大部分都是浅坡状的坟地和林地，这样就可以尽量少占出产稻谷的良田；再者，浅坡地比起水田，肯定更适合作厂房的基础。

韩震说，大家的积极性蛮高啊！我看，大家表决一下吧。同意在成都东郊选址的，请举手！结果，七个人全都齐刷刷地举起了右手。韩震兴奋地说，好，全票通过！这真是，踏破铁鞋无觅处，得来全不费工夫！

第二天上午，按韩震的交代，郭兴凯给川西行署档案馆打电话，说筹备组要进一步查询成都东郊的有关资料，去查资料的人已经上路了，想请他们协助一下。接着，他又给行署办公室打电话，说为了加快工作进度，筹备组决定办一个俄语培训班，以便开展工作，请他们帮忙找一个俄语老师；还有，请他们马上帮助找一个政治上可靠的俄语文字翻译过来，帮助翻译资料。上述两个电话，都得到了对方的积极的回应。

筹备组还在四个初选的厂址上安排了四口地质勘探井，以摸清地质水文情况。武成桥刚刚修复，进行钻探作业的机械就陆续运过了府河。当垦荒的犁铧从天而降的时候，这片沉睡了亿万年的工业文明的处女地，破天荒地响起了夯锤砰、砰、砰的撞击声。这声音，就连东门城墙下居住的那些居民都听见了，他们纷纷跑到武城桥上，向着发出响声的东边探望。众人边看边议论纷纷。看来东山那边要发生意料不到的变化了。

# 三

这天下午，因为上物理课的老师请病假，纪中和早早地就回了家。他最喜欢秋高气爽的日子，一回家放下书包，就上了武成桥。快到中秋了，一条条马尾巴般的白云飘浮在蔚蓝色的天空，又倒映在清冽冽的府河河面上，河滩里的芦苇丛已由青转黄，雪白的芦花在秋风里旗帜般地招展。偶尔，还会见到府河上运送金黄稻谷的船队，船工们撑着竹篙，沉甸甸的木船一只接着一只，顺流而下。当天气特别晴朗的时候，早晨，在西边的半天云中还会出现西岭雪山的奇观。唐时寓居成都的诗圣杜甫，曾经写过一首流传千古的名叫《绝句》的诗，咏叹成都，诗云：

两个黄鹂鸣翠柳，

一行白鹭上青天。

窗含西岭千秋雪，

门泊东吴万里船。

当连绵起伏的皑皑雪峰变幻着明暗，变得金光灿灿魅力十足的时候，已经上高一的纪中和明白，那是斜阳朝西岭雪山射出了聚光灯般的神奇光束。

他看过风景，走下桥头，忽然传来了女孩的嘤嘤的哭泣声。他抬头一看，原来是同院的春枝妹妹，边抹着眼泪边哭泣着，从城门洞里走了出来。他感到诧异，忙高声问道，枝枝，是谁欺负你了？

中和哥……小春枝含着泪委屈地一叫，然后哇的一声大哭，绕过纪皮匠两口子的皮匠摊子，朝着家里一头跑去。纪家的三口子面面相觑，一头雾水。

纪中和何曾见过春枝这样痛哭过，就赶紧三两步追了上去，把她堵在杂院的大门里。

枝枝，你快给哥说说，究竟是怎么回事？

呜呜呜呜……我们王老师……呜呜，不要人家了！

她不要你上学了？她敢！

不是，呜呜呜呜，她把人家的班长……呜呜，给撤了！

啊？为什么呀？是你犯错误，跟同学吵嘴打架了？

没有没有，人家没有嘛！小春枝的小脑袋瓜摇得像拨浪鼓。

那是你学习成绩下降了，上个期末考试没考好？

不是不是，我语文、算术都是五分。

这不是那不是，究竟怎么回事吗？

他什么理由都没有说，就当着全班同学，宣布把我撤了。

啊？

她还叫人家回来，马上叫妈妈到学校去一趟。说着，春枝转过身，对着自己的家，扬起脖子直叫，妈！妈！

柳妈妈不在，她应该是给别人家送衣服去了。纪中和瞟了一眼柳家，接着说，这样吧，我跟你走一趟，找你们王老师去。

一个15岁的小伙子和一个8岁的小女孩，就这样急匆匆地朝小春枝的学校（其实也是纪中和的母校）走去。枝枝妹妹的班主任王老师，他是认识的。他直接找到王老师，开门见山就发问，为什么要撤销柳春枝的班长。

这个皮匠的儿子，王老师也是认识的。她诧异地说，哎，纪中和，都长成大小伙子了，怎么是你来了？她妈妈呢？纪中和忙向王老师说明了情况，并说他会向柳春枝的妈妈转达的。

王老师一脸严肃地说，不让她当这个班长总是有原因的。

他客气地追问是什么原因。

王老师警惕地瞟了瞟眼泪汪汪的柳春枝，赶紧把纪中和拉到一边，神秘地说，你知不知道，她的家庭成分是地主呀？一个地主的女儿怎么可以当班长呢？我想你已经上高一了，这点你是能够理解的，这可是有关阶级立场的问题啊！

纪中和一听就急了，王老师，谁告诉你她的家庭成分是地主的？对了，我忘了告诉你了，她和我都住在同一个院坝里的，她家的情况我非常了解。她的爸爸叫柳正勇，是志愿军，是烈士，去年才牺牲在朝鲜战场上。去年涨洪水的那天，区民政局送烈士证来的时候，当时我就在场。她的家庭成分是城市贫民。

啊！真的？王老师大吃一惊。你说她的家庭成分是市贫，她爸爸柳正勇是志愿军烈士？

千真万确！

哎呀，搞错了搞错了！王老师马上转过身，板着脸说，柳春枝你过来一下。

她赶紧乖乖地走了过来。

你说，你为什么要对老师说假话，说你的家庭成分是地主？

王老师，不是我说假话，是我妈妈叫我当地主的。小春枝感到很委屈。

哦？纪中和、王老师都感到莫名其妙。

我们家没钱，很难得吃一回肉，一吃肉我就嘴馋。有一天，我妈妈说，看你这么喜欢吃肉，你就干脆当地主算了，地主才天天吃肉呢。我想当地主有这么好，我就盼望我们家能当地主，那就能经常吃点肉了。她怯生生地问，王老师，当地主是不是不好？

王老师叹了口气，摸了摸她的头，说，地主是坏蛋，当然不好。今后，如果再有人问你的家庭成分，你一定要说，你家是城市贫民，你的爸爸是烈士。

嗯。她乖乖地把头一点，说，王老师，我骗你不对，我错了，但我还是想当班长……

好吧，你柳春枝不当班长，谁还配当班长呢？

哇！她兴奋地瞪圆了眼睛，赶紧给王老师鞠了个躬，说，王老师再见。

谢谢王老师。纪中和把她的手一拉，兴高采烈地跑了。


走在回家的路上，小春枝缠着中和哥，要他给她讲个故事。他就说，好的。我今天给你讲一个真实的故事，是我亲眼所见，好不好？

好呀好呀！她拍手叫道，中和哥，你快讲吧！

上个星期天，我们班不是到沙河边去野炊吗？枝枝，你猜我们看见了啥？

看见了啥嘛？她被吊起了胃口，兴奋地问，是不是看见狼了？

又不是深山老林，哪来的狼啊？对了，我先提个问题，你要答对了，我才给你讲故事。你们王老师穿的裙子好不好看？

好看。

哎，你们老师跟你讲过她穿的裙子没有？

她水灵的眼睛转了转，说，讲过，她说她穿的叫布拉吉，她还说，她的布拉吉是用苏联花布做的，还号召我们女生都要穿苏联花布呢。

知道吧，俄语的布拉吉就是连衣裙的意思。纪中和说，哎，你见到过苏联人没有？

没有。小春枝摇了摇头。

我给你说我见到过，你信不信？

不信。

我不仅见到过苏联人，我还用俄语跟他们打过招呼呢！他得意洋洋地说，就在我们搞野炊的那天。

真的？中和哥哥，你快给我讲讲吧，讲讲吧！她撒娇地摇着他的手。

纪中和这才向她娓娓道来。

前天上午，纪中和班上的同学来到了风景如画的踏水桥边。一见到那清澈见底的沙河水，那倒影在水面上的石拱桥，还有在秋风里摇曳的芦苇，那咿咿呀呀转动的高大筒车，一帮少男少女马上就欢呼起来。接着，大家就分散在石拱桥旁边的河滩上，开始准备野炊了。先把随身带来的蔬菜、柴火、装作料的瓶瓶罐罐、铜茶壶、锅碗瓢盆统统卸下来。有的搬来几块大鹅卵石，先把两口锅架起来。有的忙着洗菜，有的忙着生火，还有的只顾说笑打闹。大家忙得不亦乐乎。纪中和从河里打上来一桶清水，正提着往锅灶边走的时候，一抬头，就发现了苏联人。

只见大路上有十来个人，正穿过竹林，朝着踏水桥走来。其中，就有七八个苏联人。纪中和一见这些老外就莫名兴奋，目光始终追随着他们，但心里始终想不明白，这些人到东山这边来干什么呢？但陪同人员中的那个年轻干部他见过，对了，就是那天在桥头跟枝枝说过话的那个人。不用说，这人就是七人筹备小组的郭兴凯。

不知是谁喊了一句，快看！外国人！

在沙河滩上搞野炊的这帮上高一的孩子，从来都没有亲眼见到过白种人。所有的同学都抬起头来，好奇地引颈张望着，目不转睛地迎接着愈来愈近的外国人。他们发现这些人很像苏联电影上的那些人，但像今天这样近距离地观察活人，还是破天荒的头一回。大家看得真切，这些外国人都是白皮肤、深眼窝、大鼻头。男的身材魁梧，穿着西装革履，打着领带；另外还有两名女的，一个高大丰满，另一个窈窕挺拔，两人都穿着布拉吉。特别令人感到新奇的是，哇！两个女的都穿着溜尖的高跟鞋，还涂着红嘴唇。大家边看，边兴奋地小声议论着。

说话间，这一群人走到了踏水桥的中间。同学们赶紧挤在一起，仰望着石拱桥上面。纪中和等几个大胆的男女同学还朝着桥上挥动手臂，并试着用俄语向对方大声问好。对方却并不搭话，几个外国人只是礼貌地朝着他们点点头，笑了笑。

嗨！请问你们在干什么？纪中和忍不住用俄语好奇地问了一句。

几个外国人转眼看了看桥下的学生们，露出神秘的笑容。

郭兴凯朝着桥下幽默地一笑，朗声说，同学，我们是看风景的！

看风景？鬼才相信。郭兴凯和一位陪同人员展开了一张图纸。他先是指点着图纸，然后又抬起头来，伸长了右手，一边朝着沙河两岸指点，嘴里还一边叽里咕噜地说着什么。几个苏联人先是凑在一起看图纸，然后又分散开来，转来转去地观察着沙河两岸，相互之间还在热烈地议论着什么。之后，这一群人朝着沙河东岸的圣灯寺方向继续走去，眼看着他们的背影消失在浅坡上的山林后面。

同学们刚学俄语不久，虽说苏联人说的话他们听不懂，尤其他们还是压低嗓音交谈，但其中的某些单词，比如：你好、同志等，还是让他们听见了、听懂了，这让他们感到很欣慰，很兴奋。等这群人一走远，同学们全都不约而同地转过身来，围着他们的俄语老师兼班主任林老师发问，林老师，林老师！你快给我们说说，刚才这些人是谁？到这儿来干什么的？

同学们，刚才的那些人，可以肯定是"苏联老大哥"，但具体是干什么的，老师还真不好说。刚才纪中和同学不是发问了吗？但对方却"顾左右而言他"，所以老师也无法知道。

纪中和插嘴说，林老师，圣灯寺那边打了四口地质勘探井，你去看过吗？

没有。林老师遗憾地摇摇头。

中和，河那边真的有地质勘探井吗？打井干啥用呢？井在哪儿啊？等会儿带我们去看看好吗？更多的同学七嘴八舌地说。

突然，大家都嗅到了一股焦煳味。不知是谁喊了一声，糟啦！饭烧糊啦！

听到这里，小春枝乐不可支，开心地哈哈大笑。


## 四

斗转星移，一眨眼间，就到了1956年。

卞文渊做梦都不会想到，他和两个同班同学从上海到成都，在路上居然整整走了18天。

这年7月，卞文渊从上海交通大学毕业。这时候，正好苏联援建中国的156项工程亟须人才。这个时候的风气是"到祖国最需要的地方去"，一切服从分配。最初，都传说他们这一届毕业生要去支援大西北和东北。一宣布，却是到成都，二机部10局所属的796厂。起初的行程挺顺利的，9月8号早上8点上船，三天三夜就到了武汉。一艘轮船上，有好几百个大学生，都来自上海的几所大专院校，他们被分成了中南大队和西南大队。中南大队只到武汉，再散开；西南大队则是到重庆、成都。到了武汉需要转船，卞文渊他们被安排住进武汉空军部队里面，并且是免费的。各人带着行李住进部队大院，睡的通铺很大，一张大床可以睡二三十个人。结果遇到长江发大洪水，西南大队买不到船票，只有干等。后来终于买到了船票，上了船后又遇洪水，轮船逆流而上，行驶得很慢，到宜昌就花了三天时间。到了宜昌又必须要转船。船到万县，因为滩多水急，晚上又停航。9月24号到达重庆，又坐了一夜的火车，25号的上午才到了成都。

他和两个同班同学驮着行李，走出成都火车北站的站口，心想只要上了公交车，用不了多久也就到了设在成都东郊的工厂门口了，然后是报到，吃饭，洗澡，再美美地睡上一觉。谁知一打听，这个火车客运站根本就还没有通公交车，这让三个土生土长的上海人吃惊不小，想不到这个成都这么落后。从这里到东郊，还要走上十几里地，难道就这么驮着行李步行不成？正发愁间，有一辆空的拉货的人力板板车过来了。来人正是家住猛追湾府河边的张洪炳。

卞文渊赶紧叫住车夫，问道：师傅，帮我们拉一拉行李，行吧？

张洪炳说：行啊！请问拉到哪里去？

卞文渊说，拉到东郊猛圣路的86信箱。

这86信箱是怎么回事呢？原来，成都东郊的大型军工企业都有三个厂名，第一厂名是内部编号，几十年来一直没有变更过；第二厂名是公开的，为的是掩人耳目，叫人无法望文生义，猜不透该工厂究竟是生产什么产品的；第三厂名，是向邮局申请注册的通信地址——某某信箱。比如卞文渊所在的工厂，796厂就是内部编号，也是第一厂名，星光无线电器材厂是第二厂名，86信箱就是第三厂名。

张洪炳说，哦！那地方我熟。这样吧，你记好我车上的车牌号码，你把行李都放上去，我给你们拉到猛追湾。

猛追湾？三人感到莫名其妙。

猛圣路不就是猛追湾到圣灯寺吗？张洪炳说，你们顺着脚下的这条小土路一直往东走，就会走到猛追湾的，那儿有个草棚子饭店，你们去吃午饭，到时候我就把行李送到那个地方。

卞文渊一看车夫长相面善，说话也实在，也就相信了他。他们和车夫告辞后，往东而去。

中午时分，三人终于走到了猛追湾，抬眼一看，前面不远处的路边果然有个草棚子饭店，不过并不见店名，想来是草棚搭的简易饭店的缘故，被来往顾客这样叫出了名。一路走来都只见田野农舍，三人早就饿了，一见饭店，就兴冲冲地直奔过去。

此时，从猛圣路的简易泥巴公路上，走来了一个18岁的年轻人，他就是天都机器厂新招的工人纪中和，今天刚去厂里报了到转来。草棚子饭店的老板姓魏，其子与纪中和是同班同学、好朋友。只见纪中和径直走了过去，招呼道，魏叔叔！

哦，是中和呀，魏老板满脸堆笑说，吃午饭了没有？

吃过了，刚在踏水桥那边吃了一大碗面呢。

说话间，卞文渊他们三个走了过来。魏老板赶忙把客人招呼进棚子里坐下。或许是过了饭点儿吧，偌大的草棚里冷冷清清的。打从卞文渊他们三个进来，纪中和就一直在打量着他们。这风尘仆仆的三个人无须开口，一看就知道是外地人。打头的那个身穿条纹夹克，洗得泛白的牛仔裤，脚蹬一双扑满灰尘的黑皮鞋；另外两个分别穿着黑色和工农蓝的中山装，下装分别是麻色和灰色的小管裤。三个人的下装都比较紧身，这种奇装异服，在成都这样的内地城市是难得一见的。这时，他听见穿牛仔裤的在跟魏老板对话。

老板拿过菜谱，请他们点菜。卞文渊说他们刚下火车，也不知道什么菜好吃。麻烦老板帮他们点一下。

纪中和主动上前说，这位大哥，听口音，你们是江浙人吧？

卞文渊回答，我们是上海人，是刚分配到这儿86信箱来工作的大学生。

哦！原来是大上海来的，纪中和兴奋地说，三位大哥，欢迎你们到成都来工作。自我介绍一下，我名叫纪中和，也是刚招进这边的天都机器厂的工人。

哦，幸会幸会！卞文渊说，我叫卞文渊。他们两个都是我的同班同学。

纪中和说，我们两家工厂都同属于二机部10局。俗话说，有缘千里来相会，我们就算认识了。这样吧，我来帮你们点几样价廉物美的川菜，好不好？

三个人连声称好。

纪中和说，既然来到了四川，我建议你们，尝尝四川回锅肉的味道。

魏老板在旁边插话说，狮子头很好吃的。

纪中和说，好，来一份狮子头。接着，又点了三样小菜，和一个番茄鸡蛋汤。

不一会儿，菜上齐了。卞文渊他们三个就毫不客气地吃了起来。

纪中和发现，刚端上来的狮子头有点儿奇怪。他见卞文渊伸出筷子去夹了一块，正要往口中送，忙说，请稍等一下，这道菜不对。然后，他就伸手把这一盘所谓的狮子头端走了。

你怎么？魏老板看见纪中和端着那盘狮子头走过来，深感诧异。

纪中和笑着说，魏叔叔，你这份儿狮子头怎么尽是肉皮啊？

狮子头，学名叫四喜丸子，是用纯瘦肉剁成肉酱后烹制成的，是完全不带一点肉皮儿的。

你这个娃儿，又不是你吃，你管那么多干啥？魏老板的脸上挂不住了。

你这份菜要值1块6毛钱呢，一分钱一分货，你怎么能尽让别人吃肉皮儿呢？这事儿要是传开了的话，你魏老板的招牌可就砸了。里面的三位大哥是上海来的大学生，是到成都来帮我们建工厂的。我们这么对待别人，人家会说我们成都人不地道，赚昧心钱。

他们是外地人，不敢找我的麻烦的。你没听说过，强龙难斗地头蛇么？

魏叔叔，你们小川是我的好哥们儿，我们两人都被同时招进了天都机器厂，我俩都在东郊这边的国防大厂上班。我和小川跟外面的三个人，是低头不见抬头见的，你这样做，叫小川今后怎么做人呢？

一席话说得魏老板哑口无言。算了算了，我说不过你。你就别说了哈，我给它换了就是。

好啊！谢谢魏叔叔给我这个面子！纪中和说着，高高兴兴地跑了。

不久，一盘正宗的狮子头端了上来。那色香味形叫卞文渊他们三人馋涎欲滴，刚才的那盘狮子头相形见绌。卞文渊他们三个相互看了一眼，就什么都明白了。卞文渊说，中和老弟，谢谢你！

纪中和说，快别谢我了，就因为老板是我哥们儿的爸爸，我该替他跟你们道歉的……

话未说完，只听草棚外面传来一声吆喝：嗨！三位同志，你们的行李到了！四个人忙转身一看，原来是张洪炳拉着板板车到了，只见他双手扶着车把站在外面。

纪中和惊喜地叫道，张伯伯，原来是你啊？

中和，怎么，你跟他们三个认识？张洪炳问。

对对对，纪中和连连点头，说，我刚交的新朋友！

怎么，你跟他认识？卞文渊感到好奇。

张伯伯跟我是邻居，我们住在同一个院坝里！

对头！张洪炳信手一指，你们看到河对面的老城墙没有？城门洞斜对面那个院子就是我跟他的家！

哦！原来这么凑巧啊！卞文渊他们三个欢呼起来。

魏老板走过来问，吃饭没有？张师傅！

张洪炳忙说，吃了，早就吃了。

寒暄间，卞文渊他们三个走到了草棚外面。张洪炳说，三位同志，赶紧看看，行李少了没有？三人赶紧将各自的行李从车上卸下来。张洪炳这才把板车的屁股往地上一杵，腾出两手来休息。

啊！卞文渊感动地说，哎呀，你们成都人好啊！说着，赶紧掏出钱，付了讲好的车费。

## 五

蔡淑芬这个人很泼辣，也比较自私，在老家是出了名的母老虎。自从她嫁给张洪炳以后，这个城墙根下的小杂院就不像以往那么风平浪静了，时不时地，总要为一些鸡毛蒜皮的小事儿发生口角。而她总是不依不饶。纪皮匠两口子，是与人为善的老好人；柳妈妈忙于生计，也不跟她一般见识。张洪炳这个男子汉，在外面连铁钉子都咬得断，在家里却是妻管严，成都人叫炮耳朵。春枝、中和都不常在家里。无形之中，蔡淑芬就成了这个院坝的主宰。春枝有个大姐叫春秀，性格泼辣，也是个不怕事儿的主。春秀这天回娘家来看望母亲。柳妈妈难免把蔡淑芬的霸道和自己受的委屈讲给女儿听。之后，她把为别人家缝补浆洗好的衣服放在背篼里，背着出门给人送去了。春秀越想越气愤。心想自己难得回一次娘家，如果今天不把姓蔡的母老虎的嚣张气焰镇压下去，往后，母亲和妹妹的日子怎么好过？

春秀站在自家门口，挑剔地望着张家，寻思着找个什么借口，才好跟母老虎干上一架。谁知这一看，就让她看出了张家的大破绽。在张家的三间正房之外的右首，不知何时居然新搭建了半间偏房。这偏房的位置，明显挤占了通往后院厕所的过道。春秀一见，就气不打一处来。

春秀马上扯开喉咙，挑声夭夭地骂道，哟！这是哪个贼尿屙出来的，屁眼儿心心这么黑呀，连这么丁点儿宽的过道都敢侵占？是对的，你就给老娘站出来！20多岁的春秀一开口就脏话连篇，并且自称老娘，那架势就先声夺人，可见是市井里巷骂街撒泼的老手。

人善被人欺，马善被人骑。这是蔡淑芬的人生信条。当年，她的男人被国民党抓壮丁后，遭打死在战场上。为了保护自己，不受欺凌，她一个善良朴实的农村少妇硬是撕破脸皮，把自己活活地操练成了母老虎。她一听见柳春秀在外面公然挑衅，就抱着两岁多的儿子张二逵跨出了门，铁青着脸高声质问道：柳春秀，你在骂哪个？

老娘骂的就是你，你少装疯迷窍的！春秀眼神凌厉，毫不怯场。

我跟你往日无冤，今日无仇，你凭啥子要骂我？蔡淑芬竭力忍着气恼。

就凭你霸占过道，不要尿脸，老娘就该骂你！

侵占过道是蔡淑芬的软肋，但如果她在这件事情上面认了栽，势必引起邻居们的公愤，那她将永远抬不起头。她今天唯一取胜的法宝，就是避开这个话题，激怒对方，诱使对方犯错误。打定主意，她厉声吼道：柳老大！你龟儿子是嫁出去的女，泼出去的水，我们院坝头的事，跟你龟儿子外人屁相干？你还是各人给老娘爬尿回去！

呸！蔡婆娘，你龟儿子嘴臭哪，你还敢猪八戒过河——倒打一耙哪？我问你哦，你龟儿子红苕屎屙完了没有？就敢爬到老娘头上拉屎撒尿了！成都人骨子里都有一种优越感，历来瞧不起乡下老表。春秀心里本来没把对方放在眼里，不料她一开口就这么凶恶，心里就愈加气愤。

蔡淑芬继续火上加油，柳婆娘！你龟儿子的嘴更臭，比茅厕头的大粪还要臭。老娘就是屙红苕屎的，你不服？你龟儿子称二两棉花纺一纺，退转去三代人，你柳婆娘的祖宗八代敢说不是屙红苕屎的！

呸！蔡婆娘，你胆敢辱骂老娘的祖宗八代。你这个贼屎屙出来的，老娘看你是活得不耐烦了。今天老娘要抽你的歪筋，撕你的屎嘴！春秀上当了，情绪完全失控。

蔡淑芬暗中得意，她要的就是这种效果，她还要继续刺激对方。哈哈哈哈……她故意爆发出大笑，接着叫道，给你龟儿子说，敢撕老娘嘴巴的人还没有生出来！柳婆娘！是对的，你龟儿子就来试一盘，看看到底是老娘撕你的屎嘴，还是你撕老娘的嘴巴。来哇，来哇，你不敢来，老娘量你虾子没得血……

春秀被刺激得完全昏了头。蔡婆娘，老娘跟你拼了！她嗷地发出一声怪叫，之后，不顾一切地冲了过去。

蔡淑芬偷偷在张二奎的屁股上拧了一把，迅速把哇哇大哭的儿子放到地上。之后，迎着春秀冲了上去。二人在院坝中间的老槐树底下交上火，厮打在一起。

街坊邻居听见张家院坝里传出吵闹声，纷纷赶过来看热闹，就连纪皮匠两口子也放下生意，跑回院子劝架来了。不一会儿，就把一个院坝都快站满了。成都人素来有扎堆看热闹的习惯，哪怕是地上吐了一泡唾沫，只要有一个人故意停下来看，就会引来愈来愈多好奇的过路人来围观，"啥子事啥子事？"后来的人往往是边发问，边朝前边探头探脑。最后，能够排半条街。街坊邻居闹这么大的动静，在平静无聊的小日子里，那真是难得一见的好戏。邻居们边兴奋地呼朋引伴，边朝张家院坝赶来。人们在一边看得津津有味。哪怕双方打得难解难分，有站出来真心劝架的，有幸灾乐祸的，也有火上浇油生怕事情不能闹大的。面对两个女人的抓扯，只听纪皮匠两口子等真心劝架的人喊道，别打了！别打了！有话好好说嘛！

春秀到底要年轻些，明显占着上风，她死死攥着蔡淑芬的双手，左躲右闪，死活不让对方抓着她的头发。她瞅准机会，猛然出脚，给对方使了个绊子，一下子就把蔡淑芬摔倒在地上。蔡淑芬眼看取胜无望，就势在地上打起滚来，边滚边嚎，打死人了，打死人了！……母亲号叫，儿子大哭，高声劝解的、议论的，整个院坝喧嚣嘈杂，乱成了一团。

此时，只见一个乡下小伙子，拨开众人，挤进圈子来，大惊失色地叫道，姐，你这是怎么啦？

躺在地上的蔡淑芬睁眼一看，来者不是别人，正是自己的亲弟弟蔡长安。蔡树芬陡然来了精神，一屁股坐了起来，边指着春秀，边大叫着，长安，你来得正好，你姐我被人打了，你一定要帮我打回来。她边指着春秀边说，就是她，你给我狠狠地打她，打她，快打她呀！

这个名叫长安的乡下小伙子，却并不鲁莽。他看了看柳春秀，又瞟了瞟蔡淑芬，然后转身去扶姐姐，说，姐，你先起来，你把事情的经过给我说一说，我再动手也不迟嘛！

这时候，人群中有跟春秀相好的女人站出来说话了，那个小伙子，是她弟娃儿哈？这是在成都省，不比你们乡坝头，乱出手打人是猫儿抓糍巴——脱不了爪爪的哈！

就是，就是！接着，有更多的人连声附和。

刚才发话的女人又接着说，凡事总有个起因噻，今天这个事儿，明摆着是你姐不对哈。是她私自搭偏偏在先，春秀找她理论，这才吵起来的嘛。一个院坝里，偏偏是可以乱搭的吗？你搭个偏偏他搭个偏偏，把院坝塞满了，这日子还过不过呢？大家说说，是不是这么回事？

就是，就是！一些人又纷纷附和。

还有人说，有的人也太心凶了嘛，心爆出来打得死人！

乡下小伙子一下子就明白了，原来是他的姐姐犯了众怒，也就装聋作哑不再吱声。蔡淑芬心知肚明，生怕节外生枝，巴望着众人快点散，就再不敢撒泼。另有维护张洪炳的人跳出来打抱不平说，散了散了，这是人家这个院坝头的事情，你我就不必替古人担忧了。

人们议论着，逐渐散去。跟春秀相好的姐们儿也拉着她，边劝慰着，边出了院门。不一会儿，大槐树下，就只剩下蔡淑芬姐弟，和两岁多的二逵了。蔡淑芬挽着二奎，对弟弟说，我们回家再说。

一进张家门，蔡淑芬就叫儿子自个儿一边玩去。之后，问弟弟，长安，你怎么来了？是不是家里出了什么事？

不是！长安兴奋地说，姐，我现在当工人了，在河对门的军工厂天都机器厂！我昨天就来了。

哇！我的天官儿老子！你真的是天都机器厂的工人了？那是啥子阵仗啊？蔡淑芬喜出望外，兴奋异常。

当然是真的！他们到我们县去招工，我是镇政府推荐去的。我有文化，初中毕业，家里又是贫农出身。他们就把我招了。我们厂这一次在好几个县都招了人，有邛崃、大邑，蒲江、新津、郫县、灌县、彭县，总共招有五六百人呢！

哦！太好了，太好了！我弟弟终于出来工作了，并且还是成都东郊的军工厂，这该有多跩呀！长安，姐太为你高兴了！

姐！通知书上是这样写的："蔡长安，参加国防工业建设！"我们全村人都为我自豪，妈、老汉儿都高兴得合不拢嘴呢！二老还说，这是他们前世修来的福报！

蔡淑芬这才打量起弟弟来，边打量边皱着眉头。在老家邛崃的时候，倒并未觉得不妥，但今天看起来，怎么老是觉得弟弟的装束这么别扭呢？长安的头上裹着一张四川农民常见的土白布帕子，穿了一条家机布的吊裆裤，外罩一件半新不旧的工农蓝色的长衫，还拴了一条老蓝色的家机布的围腰；脚上穿着一双草鞋，那草鞋鼻子上居然还点缀着两个鲜红的小绒球，要多滑稽就有多滑稽。这模样，一望而知就是农二哥，真是要多土就有多土！

你怎么穿成这样，就跑到姐这儿来了？蔡淑芬大为不满。

长安不高兴了，说，我们川西的农民，男的不都是这样穿的吗？女的呢，不也穿着偏襟襻扣的衫子，还拴着封着胸口的围腰吗？这有什么好奇怪的呢？我们招来的几百个人都是这种打扮。

这是成都，又不是乡下，再说，你都是成都东郊军工厂的工人了，今后也该讲究点儿了。

我就喜欢这么穿，看别人能把我怎样？

长安，你这个榆木脑袋。姐从乡下都来成都好几年了，直到今天还是被街坊邻居瞧不起，背地里还骂我红苕屎没有屙完。兄弟，姐没想到你这么有出息，你替姐长脸了！我要让街坊邻居看看，我蔡淑芬的兄弟可不是社会上的下九流，而是成都东郊国防工厂的工人阶级，响当当的工人老大哥，端的是国家的金饭碗！所以，你的行头得配得上你的身份！

哦！姐，我明白了。蔡长安接着说，但是，买行头要花钱，我哪来的钱哦？

这还用发愁？一上班，厂里不给你发工作服，不给你发工资啦？

哦！还真是的！蔡长安喜不自禁。

对了，兄弟，以后来姐这儿，就穿你的工作服，给那些人开眼，把他们羡慕死！

# 沙河畔来了苏联专家

## 一

最初，摆在沙河以东的只有四家军工厂：雷达整机厂、电子束管厂、电子元件厂、导航仪器厂。到了1956年秋天的时候，成都东郊四家工厂建成在即，筹建工作千头万绪，早期的七人筹备小组早已不适应形势。中共四川省委不断地从地、县级的党政机构里，调来得力的干部充实进筹备小组里，不知不觉间，它变成了一个两百多人的机构了。整个筹备机构已经分散办公，省委分别任命了四家工厂筹备小组的领导班子，他们各自在市内的街道上，或是租赁，或是购买现成的房子，做了办公地点。出于保密的需要，他们对外通讯一律不能提及具体地名，通讯地址只能使用早期注册的86信箱。

早期的七人筹备小组实际上已经名存实亡了。这天，韩震接到了部里发来的任命书，任命他为新组建的720厂厂长兼党委书记，并同时免去他的筹备组组长的职务。任命书上同时注明，720厂是"副军级"单位。不知不觉间，韩震担任七人筹备小组组长，已经三年有余了。三年来，成都东郊军事工业基地筹备组的工作可圈可点。如今，在沙河以东的圣灯寺那边，四家国防工厂的主厂房已经快要完工了。苏联老大哥的技术设计和工艺设计，早已送到了成都这边。铁路局专门给四家工厂修建了连接干线的铁路支线。只等厂房建成。工厂所需要的成套的机器设备，包括正式开工前3个月的原材料，就要源源不断地从苏联运过来了。眼看四家工厂筹备组主任的职务相继被任命，而作为基地筹建元老的韩震却迟迟没有动静，他就预感到自己或许又有新的任务。现在，这项艰巨而光荣的任务，说来就来了。720厂是这家新组建的工厂的第一厂名，它的公开厂名叫天都机器厂。720厂是苏联援建的156项重点工程之一，是苏联最早援建的141项工程的追加项目。

上千亩的工厂占地，从启动拆迁到办理完毕，居然只用了半个月的时间。速度如此之快，简直让人不敢相信。韩震不得不感叹，沙河两岸的客家人真是太淳朴了。

工厂的厂址头天下午刚刚确定，拆迁工作当天晚上就展开了，厂里负责拆迁工作的人员，当天晚上就赶到乡政府，请求他们的协助。沙河岸边这些客家人的后代，这些操着"土广东"话的当地农民，此时已是农业合作社的社员了。中国正在走工业化的道路，正在努力完成国家经济建设的第一个五年计划，这些大道理他们或许懂得不多，但圣灯寺那边在热火朝天地建大工厂的消息早就传遍了沙河两岸。想不到生活了几百年的自己的家园也要马上变成工厂了，抚今追昔，故土难离，心里一时五味杂陈。经乡干部的动员劝说，他们明白了：失去土地后的他们，凡是符合年龄条件的将被招进工厂，成为端公家饭的梦寐以求的工人老大哥了。这种好事，岂有不从的道理？他们一旦想通，就基本上变成了无条件拆迁。尤其是当年给筹备小组当过向导的邝老先生，思想开明，逢人就说拆迁的好处。邝老先生是当地很有影响力的名人，他说的话大家爱听。邝老先生对被占土地的青苗费毫不计较，他家有块蔬菜地，育了许多菜秧，外加一个粪窖，他只开口要5毛的补偿费。如此便宜，分明是象征性的，反倒弄得厂里负责拆迁的人不好意思了。他却坚持这么做。在他的带动下，上千亩土地的征地拆迁工作顺利得出乎想象，只花了半个月的时间就搞定了。

韩震真想抽点儿时间，上门去看望一下邝老先生。但他实在是太忙了，就打消了这个念头。征地撤迁工作初战告捷，韩震当然很高兴。但他明白，接下来的事情可就没有那么简单了。按照一般的建厂进度，建这么大的一个工厂，如果按照计划任务、初步设计、技术设计、施工详图、施工建设、调试生产这样按部就班地走下去，没有三年五载是建不成的。首先那一整套图纸，光设计制图少说也得花上一年多。这一点他早就看清了。乍一看，这似乎是顺理成章的事情，是任你有三头六臂也绕不过去的难题。但如此一来国家的损失就太大了。这个难题，曾经深深地困扰着韩震，让他辗转反侧夜不能寐。对韩震而言，要想建成天都机器厂，似乎只有一条路，那就是抓住机遇，进行科学合理的安排，从各个环节上去抢时间，抢进度。

但是有一天，郭兴凯却及时抛给他一根救命稻草，郭兴凯专门给他打了个电话，向他透露了一个相当重要的消息。郭兴凯强调说，这个消息是他在东北哈尔滨机器厂的那个老同学告诉他的。他说，国家在东北部署的哈尔滨机器厂，产品方向跟天都机器厂完全一模一样，看看韩叔叔能不能在这上面做点文章。说者有意，听者更有心。韩震兴奋地说，小郭，谢谢你给我提供了这么重要的情报！他想核实一下这个消息的准确性，就马上给北京军工局的丁局长打了个电话，得到了对方非常肯定的回答。电话未及放下，一个极为大胆的想法犹如电光石火在他的脑海中倏地一闪：干脆采取"拿来主义"好了，在成都东郊的沙河边直接搞一个哈尔滨机器厂的翻版。何必搞费时费钱费力的重复劳动呢？直接把哈尔滨机器厂现成的设计图纸拿过来，为我所用嘛，这其实才是最明智的选择。但他心里明白，720厂是国务院部署在我国南方的重点工厂，是中央直接抓的大型企业，事关重大，他绝不能找哈尔滨那边的老关系私下勾兑，此事只能逐级请示、汇报、力争，最后只有得到部里的正式批准才行啊！

但他完全没有料到，他的逐级请示汇报，竟是逐级吃闭门羹。他首先给军工局丁局长打电话，谈了自己的想法，心想争取一个同盟者。丁局长听了以后，愣了好一会儿才说，老韩，你这个怪念头是从哪儿冒出来的？老丁反问他，这件事情的重大程度，你考虑过没有？它可以说是牵一发而动全身，它牵涉到国务院的领导，牵涉到中苏关系，牵涉到苏联老大哥援助中国的156项重大工程。我可以明确告诉你，我对你的这个想法不感兴趣。再说了，这件事情也不归我管。韩震不断地给他解释，并说，看在他俩都是四野的老战友的情分上，请他一定指点一下迷津。丁局长说，老韩，这件事情，归部里的设计总局管，你首先得把他们说服才行。我奉劝你，还是好自为之吧！

放下电话，韩震的心里非常窝火，这么简单的道理，他老丁那么聪明的一个人，怎么就是听不明白呢？他愈想愈郁闷，愈想愈不服气。唯一的办法，就是直接飞北京，找部里的设计总局请示、汇报。第二天早晨。韩震在成都凤凰山机场乘上苏式伊尔－12客机直飞北京，一下飞机，就朝设计总局所在的万寿路赶。不料设计总局的詹局长当天下午要参加国务院的一个重要会议，根本没时间见他。他坐在设计总局的小会议室里，干等了一个下午。几次催问，秘书总是说，请再等一会儿。结果等到最后，都下班了，也没见人影。他心急火燎，气不打一处来，却也毫无办法，只好回到了他下榻的招待所。

第二天早晨。他早早地就赶到设计总局的办公大楼里，心想把詹局长堵在办公室里。结果他根本就没来。直到快11点钟的时候，才终于跟詹局长见上面。其实詹局长这人挺随和，一见面就给他道歉，并且嘘寒问暖的。倒是韩震沉不住气，三两句话之后就切入了正题。詹局长冷静地听完了他的意见，然后只说了一句，不行。并说，韩厂长，非常抱歉，我还有急事儿，我得走了。

韩震努力压着心里的火气，说，詹局长，我从成都赶到这边来向你请示汇报，你就两个字"不行"就把我打发了？

詹局长说，韩厂长，你还要我怎么样？说这两个字，算是客气的了。再往下说，话就难听了。

韩震固执地说，哪怕再难听，你也总得给我说个理由吧！

詹局长说，其实你说的这件事儿吧，军工局的老丁昨天就在电话里替你说过好话了。但是我告诉你，这件事情你就别再异想天开了。你在下边工作，我也知道你很辛苦很着急，但是我得告诉你。你作为720厂的厂长，你该干吗干吗去，不能由着自己的脾气胡思乱想！

詹局长，我这怎么叫胡思乱想呢？我这也是替国家着想嘛。韩震分辩说。

你不是替国家着想，你这明明是添乱！

由此，二人越说越不冷静，唇枪舌剑，干脆争吵了起来。双方僵持不下，空气里充满了火药味儿，似乎只要点上一根火柴就会爆炸。二人的争吵声惊动了对门办公室的一位副局长。他推门进来插话说，詹局长啊，韩厂长，请你们暂停一下，我来说一句行不行？你们二位领导这样争辩也不顶用，我给你们提个建议，干脆听听专家组组长的意见吧。这真是当局者迷，旁观者清。老詹、老韩恍然大悟，都接受了他的建议。部里驻有十几位苏联顾问，专家组组长名叫瓦西里耶夫。詹局长马上叫秘书给瓦西里耶夫的中方翻译打电话联系。不久，那边回电说，专家组组长瓦西里耶夫同志请他们马上过去。

在瓦西里耶夫办公室的旁边，有个小会议室。专家组组长本人和他的中方翻译就在这里听取双方的汇报。瓦西里耶夫体形高大，表情严峻，无形之中就增添了会议室的肃穆感。韩震暗想，此事吵也没用，就反倒冷静下来。今天的汇报实际上是他最后的机会，如果他不能说服苏联专家组组长的话，他就完全没戏可唱了。谁知他情急生智，决定利用他以往的经历来拉近和对方的距离。

只听韩震笑着说，尊敬的专家组组长瓦西里耶夫同志，非常感谢你对中国的帮助。其实，我对于我们苏联老大哥这个国家，还是比较熟悉的，因为在贵国的卫国战争期间，我曾经是苏联红军远东军区第88特别独立步兵旅的第二步兵营营长，我名叫韩震。在1944

年8月8日午夜，贵国对日本宣战的时候，我被任命为88旅的特遣队队长，被空投到牡丹江，执行侦察、渗透任务……

瓦西里耶夫眼睛一亮，兴奋地说，哦，韩震同志，原来你是红军远东军区第88特别独立步兵旅的第二步兵营营长呀！我当年受朱可夫元帅的派遣，曾经到过你们设在远东费亚斯克密林里的88旅的旅部。你们国际88旅配合苏联红军解放中国东北，可是屡立奇功呀！很高兴能在这里见到你这位特遣队的队长。

韩震就这么一段简短的介绍，完全达到了预期的效果。不仅让瓦西里耶夫对他充满了好感，甚至产生了一种敬佩感。

詹局长想，嘿，这家伙够聪明的，这个铺垫用得好啊！

韩震见时机成熟了，赶紧趁热打铁，说道，尊敬的专家组长同志，现在我开始汇报我的想法。如果有不妥的地方请批评指正。

他面对专家组组长侃侃而谈，边讲边注意观察瓦西里耶夫的反映。但瓦西里耶夫很是沉得住气，他在倾听争辩双方陈述的过程中，完全不动声色。韩震的心提到了嗓子眼，也不知道他究竟听懂了没有？心中暗暗发急。他不能保证自己，如果这位部里的专家组长也表态说不行的话，他会不会按捺不住，跟这位不通情理的专家组长争辩？

轮到瓦西里耶夫表态了，他先是满面春风地笑了笑，之后叽里咕噜地说了一大通。韩震的俄语口语可是驾轻就熟的，听着听着，无须翻译，他就不由自主地笑出了声。原来，这位瓦西里耶夫不仅通情达理，而且还颇有"老大哥"的风范，很替中国着想。他说他赞成韩厂长的想法，他认为中国同志重复使用他们设计的图纸这个想法很好，很值得称赞，因为它符合尽快把工业搞上去的精神。说到最后，瓦西里耶夫竟然风趣地说，这样做，既可以大大加快工厂的建设速度，也非常的节约，首先是节约了生产力，我们的那些设计师因此就可以有时间参加周末舞会，有机会喝伏特加了；并且还节约了许多纸张，要知道那些设计图纸加在一起，怎么都不会少于四万张哦。

这个老头子虽然外表冷冰冰的，但他的血却是热的，甚至可以说比我们某些干部的血还要热。满天的乌云被风吹散，韩震心里那个高兴劲啊！专家组组长同志，韩震向你致敬。韩震不由自主地起身，啪的一声给瓦西里耶夫敬了一个军礼，以此来表达他的特殊的感谢。

## 二

从前，成都人把猛追湾以东叫做"成都东山"，现在那里变成了现代化的工业区，人们也就约定俗成地把它叫做"成都东郊"了。但成都东郊分明不仅是个地理概念，更是一个军事工业区的代名词。在当年的国际国内大环境下，保密是极其要紧的。于是滚滚流淌的府河水成了东郊最好的隔离带——一道水做的围墙。要到成都东郊，就必须要通过建在府河上的两座钢筋水泥的大桥：南北走向的一号桥和东西走向的二号桥（以后在二号桥以南还建了东风大桥）。两座桥的桥头上，分别树立着一块长方形的水泥牌子，上面用中、俄、英三国文字写着一个同样的内容："外国人未经许可不准超越"。这块被两根方形水泥柱子支撑的牌子，白底黑字，其貌不扬，朴素至极。它用黑油漆喷上去的字迹显得有点僵硬丑陋，却像国境线上的界碑一样森严。除了当年的苏联专家以外，外国人一概被挡在了府河西岸。因为他们一旦过桥，就等于踏上了东郊这片特区，而这片既神圣又神秘的特区，是绝对不允许外国人自由进入的。

过了一号桥，再往西走上一公里多，就到了玉沙路。玉沙路上矗立着两栋重要的建筑物，一个是中共西南局的办公大楼，另一个是接待苏联专家的招待所，就坐落在它的对面。招待所没有挂招牌，但是，有部队站岗，给人以军事重地的错觉。中国是礼仪之邦，苏联专家来帮助我们建设重点工程，作为主人，在交通上、工作上、生活上等各个方面自然都要提供最好的服务。

苏联专家大体上由五个方面的人员组成，在建厂阶段，来的都是负责建筑设计和负责施工、安装的专家；到了开工阶段，来的就是管理人员（相当于中国的生产调度、管生产计划一类的人，是他们的领导）、工程师、助理工程师一类的技术人员和工长（指挥现场的生产线）。从年龄上看，管理人员和工程师一般有四五十岁，工长一般都是三十多岁，也有二十多岁的年轻人。每天，西南局交际处都要开出几辆公共汽车接送苏联专家上、下班。苏联专家是分级别待遇的，级别高的，如像专家组组长之类，是非要小卧车去接不可的，由各厂开出各自的小轿车接送级别比较高的苏联专家。405厂开出的，是刚进口的奔驰，这是部里给韩震配备的。成都东郊的工厂都是8点上班，等上班以后，工厂再派开车去接苏联专家，等他们来的时候差不多快9点了。中午，就在各个工厂食堂招待客人的地方用餐，他们喜欢吃中餐，爱吃面条，爱尝不同的味道，有的专家甚至喜欢上了成都的麻辣味。

招待所里，有一个专门的舞厅，地面是打磨得很光滑的水磨石，其布置是苏联式的，除了牵起的纸花和挂的彩灯之外，天花板上还挂着旋转的彩灯，既简洁，又不失舞厅特有的的氛围。这里每个周末都要举行舞会。出于保密的需要，舞会不用外边的乐队伴奏，而是采用放唱片的方式来播放苏联音乐。苏联专家的群体虽说是流动的，但招待所里常年总住着数十个甚至上百个苏联专家。在那个年代，这些人的业余生活其实还是比较枯燥的，除了偶尔去参观参观成都的旅游景点，比如：都江堰、青城山、杜甫草堂这些地方，平时也只能周末晚上开个舞会，周日晚上看看本国电影什么的。每当周末开舞会的时候，几个工厂都要派女同志去伴舞。一般来说，她们都是这些专家所指导的岗位的女同志。当然，个头要高一点的，模样要漂亮点的。最初，并没有派男同志去伴舞这一说，还是在女专家们表示了抗议之后，西南局交际处才作了改进，叫各厂既要派女舞伴，也要派少数男舞伴去陪陪苏联专家。这些男舞伴当然都是帅哥。郭兴凯、卞文渊、纪中和这三个年龄相近，长相和气质各异的帅哥，就是因为这个周末舞会才互相认识的，后来发展成了好朋友，乃至成了生死之交。七人筹备小组完成历史使命之后，郭兴凯被分到了中国最大的电子束管基地——紫光电子管厂，卞文渊被分配到中国最大的发射管基地——星光电子管厂，纪中和则是天都机器厂的。

这天来伴舞的，也有蔡淑芬的兄弟、天都机器厂的工人蔡长安。蔡长安这个人，长相不俗，脑瓜子也灵活。当初领到工资以后，就学着城里人的样子，把自己改造了一番。俗话说：人是桩桩，全靠衣裳。这晚，他上身穿一件米黄色的夹克，下装穿一条深蓝色的西装裤，再配上一双黑皮鞋，整个人就完全变样了。只要他不开口说话，保管那些成都姑娘会误认为他是城里人。但可惜的是，他那一口南路的方言土语，发音重浊，腔调很土，一开口就会露馅。

郭兴凯、卞文渊、纪中和、蔡长安等十多个英俊小伙子一走进舞厅，他们浑身上下散发着的青春朝气，异国男性的迷人风采，立刻就让所有的苏联女专家兴奋起来。她们忙不迭地走上来，热情地邀请小伙们跳舞。但这些男舞伴，起码有一半是菜鸟，都是前几个晚上下班以后才应急学了两招。他们中的大多数人还从未进过舞厅，本来就缺乏带女舞伴的经验，再加上这些舞伴又是身份特殊的女人——是尊敬的苏联专家，是工作上的老师或者长辈。所以，带她们跳舞也就难免紧张和害羞，他们先是不敢把手搭在对方的腰上，跳起舞来笨手笨脚的。这些女专家打心眼里喜欢这些英俊的中国小伙子，就心甘情愿地变成了对方临时的、好脾气的交谊舞教练。

对于郭兴凯、卞文渊等见过世面的大学生来说，虽说他们会跳交谊舞，但也同样需要克服心理上的障碍。交谊舞这种社交舞蹈，是两性之间的近距离接触。如果双方配合默契，固然可以跳出令人羡慕的美好舞姿，但也难免不会诱发一种暧昧的情愫。

此时，播放的是苏联电影《幸福生活》的插曲《红莓花儿开》，这首歌由伊萨科夫斯基作词，杜那耶夫斯基谱曲。这首歌所依附的电影和歌曲本身都获得了1951年度的斯大林文艺奖金，可见它在苏联国内也是冒尖之作。歌曲表达了少女对心上人的思念之情，在中国传唱很广，受到了人们普遍的欢迎。旋律带着一丝淡淡的忧伤，显得特别的优美动听。这首歌最迷人之处，是第一段歌词唱完以后所唱的衬词"啊……"其旋律如异峰突起，回环往复，一咏三叹，令人心旌摇荡。此时，只听一个美声女高音用俄语唱道：

田野小河边，
红莓花儿开，
有一位少年真使我心爱，
可是我不能对他表白，
满怀的心腹话儿没法讲出来！
满怀的心腹话儿没法讲出来！
啊……

他对这桩事情一点儿不知道，
少女为他思恋为他日夜想，
河边红莓花儿已经凋谢了，
少女的思念一点儿没减少！
少女的思念一点儿没减少！

啊……

这首歌，也是郭兴凯耳熟能详非常喜欢的苏联歌曲之一。他现在已经克服了最初的紧张情绪，舞姿也带得比较自如了。前奏一响起，他就知道是《红莓花儿开》来了。他正沉醉在歌曲所造成的艺术氛围中的时候，舞厅里的灯光却突然熄灭了。接着传来一片诧异的"哦？"，一听就是今天初次涉足舞场的男舞伴们发出的。但音乐却没有停。场上的交谊舞还在继续进行着，似乎所有人都没有离开的意思。他所带的舞伴——那位丰乳肥臀徐娘半老的苏联专家，不仅没有停下来，反而把他贴得更紧了，两团弹性十足的面团样的东西，一下子就抵在他的胸脯上，他下意识地往后一缩。他想，可能照明临时出了点儿故障，不一会儿就会恢复光明的。岂料，这黑灯瞎火的状况竟然一直持续了下去，延续到第二支歌《莫斯科郊外的晚上》播放完毕。

当情绪激动的衬词"啊……"响彻舞厅的时候，对方甩开了郭兴凯的手，突然紧紧地把他搂在怀里，先是在他的耳鬓厮磨，接着，就狂热地吻他的嘴唇、脸颊、脖颈，他从未这么接触过女人，吓得浑身瑟瑟发抖，任凭她的一双手在他的身上乱摸。他试着推开对方，但她毫不松手。他的脑海里一片空白，完全不知所措，他不清楚这种活罪还要忍受多久。第二支歌《莫斯科郊外的晚上》终于播放到了尾声，舞厅里的灯光开始渐次亮起的时候，她才赶忙把他松开。他如释重负，发现自己早已是汗水淋漓，忙说，太热了，对不起，请让我出去透透气。他边说，边径直走出了舞厅。

舞厅设在四楼，外面是一个种着花草的很大的阳台。郭兴凯刚在阳台上站定，身后就陆续跟出来三个小伙子，先是边走边发着感叹的纪中和与蔡长安，其后才是卞文渊。舞会前，四个人步行来招待的路上，都已经打过了照面，相互之间就已经认识了。

嗨呀！做梦都没有想到还会这个样子跳舞，简直安逸惨了，巴适惨了！蔡长安满脸通红，激动得嗓音都变了。

只听纪中和冷冷地说，你觉得巴适吗？反正我不觉得。

简直匪夷所思，这究竟算怎么回事嘛？卞文渊边抱怨边朝郭兴凯走过来。

说得好听一点是强人所难，说得难听一点，这就是对我们的侮辱！郭兴凯转过身愤愤不平地说。

侮辱？这怎么能说是侮辱呢？蔡长安不解地问道，这只不过就是玩儿一下嘛！

先听两位哥哥说！纪中和推了他的手一下。

陪苏联专家跳黑灯舞，这事要传出去，简直就是一桩丑闻。厂里的同志们会怎么看我们？卞文渊说。

纪中和说，怎么就没听到厂里来伴舞的姐妹们说起过呢？

她们敢回去说吗？她们能回去说吗？我猜，一定有人给她们打过招呼的。郭兴凯说。

三位哥哥，我觉得你们说得太严重了。蔡长安说，当然我也不懂。但是凭我晓得的，男女之间发生这种事情很自然嘛。就说我们村吧，有个男的嘴很讨厌，老是和几个村里的妇女乱开玩笑。有一天，他把她们惹毛了。她们一努嘴，就把他按倒在田头，用一只箩筐把他罩着，她们背转身，当着在田里干活儿的人，对着箩筐就哗哗哗地撒尿，众人看得哈哈大笑。

真的，真有这种事情？其余三个人吃惊地问。

当然是真的，我又不会瞎编。我们乡坝头，结了婚的男女在出工时当众疯玩打闹是常事，有时是几个女的撵一个男的，撵上以后就把他摔倒在田头；或者是几个女的抓住一个男的，由另一个带奶娃儿的女子撩开衣裳，强制挤奶奶给男的吃。男的当然要左躲右闪，弄得一头一脸都是奶水。

哇！你们那里的已婚妇女真有那么野蛮？卞文渊很是诧异。

咋叫野蛮呢？大家逗起好耍罢了。蔡长安不以为然。

你们那是当众疯玩打闹，你们都是乡里乡亲的，都是心甘情愿的。怎么能跟跳黑灯舞的事情相提并论？子曰：男女授受不亲。他们是谁？我们又是谁？她们想那样做，可是我不愿意。我们的第一次，为什么就不能留给我们将来的妻子呢？郭兴凯愈说愈激动，我对这事简直不能容忍，我受不了！

我们成了什么人了？不明不白的，给别人提供享受。卞文渊接着说。

两位哥哥，我觉得你们的情绪很不对头。蔡长安说，我这个当老弟的想提醒你们，你们这样说话，考虑过"苏联老大哥"的情绪没有？

蔡长安这么一说，倒把纪中和提醒了。他望着卞文渊和郭兴凯说，两位大哥。我觉得这事儿真的不能声张。万一传到社会上。对厂子和苏联专家的声誉影响会很坏。现在全中国不都在反击资产阶级右派吗？弄不好，这事就会被别有用心的人利用，给我们扣上"反对苏联专家、破坏中苏关系"的大帽子的。

中和提醒的是。各位，今天这件事就到此为止吧，该干吗还得干吗？兴凯，你就忍一忍吧！散了吧。见卞文渊这么一说，其余三个人也就不好再说什么了，然后转过身，默默地朝舞厅里走去。

## 三

郭兴凯其实是个心思缜密之人，当晚一时冲动，发表了一些不该说的话。事后却完全管住了嘴巴。因为他也知道这件事的利害，如果跟政治挂上了钩，跟中苏关系联系起来，那他可就是吃不了兜着走了。他的心里挺明白，黑灯舞这件事情是不能明着抵制的。他就来了个软磨硬抗。他瘸着一只脚，去厂党委办公室请病假，理由是他的右脚不小心崴了。厂里只好另找了一个舞伴，去顶他的空缺。他从此就再也不用去受那份洋罪了，但在心底里，他对伴黑灯舞那件事却一直耿耿于怀。当晚，在招待所舞厅外面的那一场交流，让他对卞文渊和纪中和刮目相看，深感二人是值得推心置腹深交的朋友。

这天上午，他接到了韩震打来的电话。韩震告诉他，他已经把家从哈尔滨搬过来了，邀请他当天晚上去吃晚饭。并且说，欢迎他带着他的朋友去做客。韩叔叔乔迁之喜，郭兴凯原本就应当去庆贺的。他愉快地接受了韩震的邀请。他告诉韩叔叔说，他确实有两个好朋友，一个是星光厂的，另一个是天都厂的。韩震高兴地说，那好啊，欢迎欢迎，就请你带着他们两个一起过来认识认识！

韩厂长韩书记，在东郊可是驰名的传奇式的人物，并且还是好朋友郭兴凯的救命恩人。当卞文渊和纪中和从郭兴凯嘴里得知，韩震邀请他们去做客时，都高兴得不得了。在踏水桥旁边新修的钢筋水泥大桥的桥头，有个草棚子商店。一下班，郭兴凯就赶到店里买了两瓶贵州茅台，之后就站在桥头上，等来了卞文渊和纪中和。三人沿着猛圣路，一路说笑着，朝着韩震家走去。

府河以东的整个东山，几乎都是土质黏重的黄泥之类，遇水又黏又滑，干燥时则硬如钢铁，正如当地人所说的"天晴一把刀，下雨一包糟"。此时的猛圣路，宽只十几米，由于它是在老路旁另外加的新路，整个路面一边高一边低，路面没有硬化，只铺了一层炭渣。天一下雨，路面成了一包黏滑的烂泥，上班赶路的工人必须穿水靴，人们苦不堪言，称这里叫"烂泥湾"。到了1962年9月9日，美国的U—2飞机（无人驾驶高空侦察机）被我军的地对空导弹击落，东郊的几家分属四机部（电子部）和七机部（航天部）的国防军工厂功不可没。据传说，成都市用国家发的国防奖金，才将猛圣路拓宽了一倍，将路面铺上柏油，路两边安了路灯，栽了法国梧桐。到了1965年又再扩宽了一些，并更名为"建设路"。从此，这里才有了一条叫得响的、跟东郊工业区相配的街道。当然，这是后话了。

眼下的成都东郊，只是在辽阔的田野上嵌入了一家家孤立的工厂，每家工厂的周围依然是田野，出于保密的需要，还故意把各个国防工厂隔开，凡是距工厂太近的农舍也都被动员搬迁了。一些连接工厂和生活区的泥地因人的反复踩踏而渐成道路，这些路后来铺成了硬化路面，乃至主干道最终铺上了现代的混凝土沥青路面。一家家工厂渐渐连成片，东郊的道路纵横交错，工厂一家挨着一家，曾经的田园了无踪影，变成了城市的一部分，这是1980年代的事情。

这条大路从猛追湾口至沙河对岸的圣灯寺，是通往工厂区域的必由之路，路上没有路灯，街两边除了有一点作为宿舍的房子外，街北有一家新华书店，一家电影院；街南是一个贸易公司，一家馆子。其余地段不是田野，就是乱草丛生的坟塚，要是月黑天一个人下夜班后走夜路，还是挺吓人的。有这么一个真实的故事：有天晚上，有个人下班回家，天很黑，他故意选择走路中间，心想一旦出事方便逃走，边走还边抽烟。走着走着，发现路边上突然钻出一个黑影，眨眼间，黑影突地长到一两丈高，吓得他毛发倒竖。原来，那也是个赶夜路的人。那时正在修路，路上不时堆着碎石、黄泥，那人烟瘾犯了只说去借个火，恍惚间却踏上了碎石堆，差点被当成鬼了。

不知不觉间，厂的宿舍区到了。三人抬眼一看，眼前是清一色的三层楼房，屋顶是坡屋面盖小青瓦，外墙是没有抹面的红砖墙，修好的宿舍楼已经有十几幢了。他们知道这是苏联人设计的图纸，眼下的整个东郊，无论是工厂区，还是宿舍区，都是苏联人设计的。宿舍楼是按一个单元住一户人设计的，地面有的是木地板，有的是水泥地，修得早的那些宿舍楼全都铺的是木地板。这种苏式房子很气派，完全按照苏联人的习惯，开间很大，小的十多个平方，大的20多个平方。屋里有厨房、厕所、洗澡间，厕所是水冲式的抽水马桶，厨房里烧煤。

他们一踏进韩家，就受到了韩震一家人的盛情款待。韩震住的那个单元有四个房间，就把靠大门的一间房做了客厅。和厂里所有人家一样，韩家的家具也都是厂里发的，家具的模式也完全一样，桌子、板凳、柜子、床都刷着清漆，露出原木的木纹。对于工厂人家来说，唯一有点儿个性色彩的家具恐怕要算箱子了，皮箱、木头箱、藤箱式样有所不同，每家屋里都重叠了一摞箱子。韩家是高干，家境自然要好得多，箱子或许要大些，皮箱要多些，箱子也就重叠得多些。

客厅里的方桌上，早已泡好了三杯花茶，还有一盘刚洗过的水果。韩震客气地请三位年轻人一一就座。郭兴凯忙把他的两个朋友介绍给韩震。当韩震听说纪中和是厂里的之后，就问他是哪个车间的？纪中和说他是材料科的。韩震笑容可掬地表示了欢迎。韩震还特别声明，说今天都不许叫他韩厂长，或者韩书记，只能叫他韩叔叔。韩震的夫人白羽和他的老岳母正在厨房里忙碌着，油烟味儿、炖肉的香味、锅铲的声音，不时地飘进客厅里。

韩震介绍说，我夫人名叫白羽，是天都机器厂职工医院的副院长。之后，他对着门外喊道，白羽，白羽，先过来见见客人吧！

随着韩震的呼唤，白羽边解着围腰，边落落大方地走进客厅。三个年轻人只觉得眼前一亮。白羽不过30多岁，肌肤如雪，姿容妙曼，气质高雅，栗色的头发在头顶绾了一个髻，灰眼珠，高鼻梁，驾了一副金丝眼镜，操着悦耳的东北话。

白阿姨！三个年轻人忙起身招呼。

坐，坐，快坐下！白羽嫣然一笑，说，你们一定奇怪：我怎么长成了这样？告诉你们，我是二毛子。

二毛子？三个年轻人大感不解。

这是东北人的说法。简单点说，我具有二分之一的俄罗斯血统。

哦！恍然大悟的三个年轻人，情绪开始活跃起来。

哎，让我来猜猜你们谁是谁好吗？白羽说。

三个年轻人赶紧点头称是。

白羽指着三个人，依次道来，你——郭兴凯，你——卜文渊；不用说，你就是纪中和了。

三个年轻人感到奇怪，不明白羽阿姨为什么会一猜一个准。

望着三个年轻人面面相觑的傻相，韩震不禁哈哈大笑。

郭兴凯忍不住问道，白阿姨，你为什么会猜得那么准，你是不是早就认识我们？

白羽忍俊不禁，说，我是听你们的口音听出来的。一个天津人，一个上海人，还有一个成都人，这太好辨认了。

哇，原来这样啊！三个年轻人欢呼道。

郭兴凯举起他带来的两瓶茅台酒，说，韩叔叔、白阿姨，我们是来庆贺你们乔迁之喜的。一点薄礼，不成敬意。

韩震边接过酒瓶，边顺手递给白羽，说，兴凯，你跟我还客气个啥？韩震目光炯炯，依次扫视了三个人一眼，说，我听说，你们去给苏联女专家伴舞了。

唉！三个人同病相怜，不由自主地同时叹了一口气。

为什么叹气？你们遇到了什么情况？韩震感到诧异。

郭兴凯忍不住问，韩叔叔，你听说过每次舞会都要跳黑灯舞吗？

黑灯舞，什么黑灯舞？韩震感到莫名其妙。

三个人你一言我一语，把他们怎么陪苏联女专家跳黑灯舞的事情述说了一遍。

真有这事儿？白羽瞟了瞟沉默不语的丈夫，忍不住问道。

三个人同时使劲儿点头。

郭兴凯说，韩叔叔、白阿姨，我们真的忍无可忍啦！

纪中和说，这是强人所难嘛！

卜文渊说，这是对我们的侮辱！

这简直是对我们人格的践踏！郭兴凯尤其愤怒。

看见白羽频频点着头，韩震瞪了他一眼，连忙说，打住打住！怎么愈说愈不像话了？

韩叔叔……三个年轻人同时不满地喊道。

韩叔叔，难道我们说得不对？郭兴凯反问，这件事，如骨鲠在喉，不吐不快！

年轻人，你们的心思我完全能理解。任何男人处在你们的位置，心里都会很恼火的。韩震语重心长地说，但是，我们看问题要顾全大局，千万不要因小失大。苏联专家背井离乡，不远万里来到中国，真心实意地帮助我们中国搞建设，这是多大的恩惠，我们首先要感谢他们！人非圣贤，孰能无过？苏联专家也是人，凡是人就会有七情六欲。他们长年累月在中国，情感难以宣泄，生活枯燥，干点出格的事也在所难免嘛。

小伙子们，这是你韩叔的一片苦心，他是怕你们一时冲动，干出傻事！白羽含笑说，你们先坐会儿。说罢，她就回了厨房。

韩震话里有话地说，生活是严峻的，稍有不慎，就可能授人以柄，造成难以挽回的后果。尤其是在当前这种政治背景之下，更要特别警惕。你们只能把这件事情永远烂在肚子里，好吧？

三个人感受到韩震的关爱，连连点头。

兴凯，我看你的气很不顺呀！韩震说，不光是这件事，恐怕你在工作上跟苏联专家相处也有问题。

是，郭兴凯老老实实地承认。接着，他就来了个竹筒倒豆子，把自己心里装的对苏联专家的感觉，一股脑儿地都倒了出来：苏联专家是跟我们友好，但没法平等。也许在他们的心目中，因为我们是学生，他是老师，他们搞建设搞了几十年，是他无偿地提供了技术，我得听他的。他们自我感觉高人一等，有的人甚至显得有点傲慢。我总这样想，不能老是依赖外国人，一定要使原料尽快国产化。他就说，你这个不行，没有经过我们的论证。其实我也理解他，他的责任心很强，怕产品万一出了问题怎么办，军工产品质量第一，他审查不严，出了问题他有责任。但是我可不管，一有机会，我就躲在理化实验室用国产材料偷偷做试验，还把几个数据给他看，最终还是得到了他的认可。

好！这就做得好！韩震兴奋地叫道，像我们这么贫穷落后的一个国家，忽然来搞大工业化的生产，会碰到各式各样难以预料的问题，他就感到难以理解，会连珠炮般地发问，有时确实搞得人不大愉快。总的来讲，我们配合得还是不错的。苏联专家责任心很强，要求很高，他们都是诚心诚意地帮助我们建设的。你们是不是这种感觉？

三个年轻人都认为韩叔叔说得在理。

韩震接着说，有的苏联专家确实艺高人胆大，比如：施工专家总工程师米哈依尔，他教省建三公司的工人用砖砌45米高的烟囱，如何不搭外脚手架；他还在施工现场采用蒸汽养生保证质量和缩短工期，这两项都堪称国内首创的施工法。

卞文渊说，韩叔叔，我感觉好多苏联专家都是喜欢成都的。比如我们厂的专家组组长谢尔盖吧，他是带着夫人一块儿来成都的。谢尔盖夫妇在苏联一直不能生育，因为成都气候适宜，他夫人已经给他生了一个男孩子了，这可把他给乐坏了，他夫人说她还想再生一个男孩和一个女孩。谢尔盖说他在中国的最大收获，就是上天已经给他送来和将要要给他送来的小宝贝。还说，他的同事们得出的结论是，他之所以这么幸运，是因为吃了四川的生姜的缘故，因为姜是暖身子的。

韩震说，谢尔盖这位专家组组长我知道，他是发射管专业的总工艺师。成都这边不是有个俗称"小天安门"的皇城坝古城楼吗？每年国庆节全市都要在那里举行庆祝集会，谢尔盖每年都被邀请上小天安门的观礼台的。

忽然传来一个小女孩儿的声音，爸爸，妈妈说开饭了，叫我来把桌上的东西挪一挪位置。大家转过头一看，客厅门口站着一个六七岁的洋娃娃一般的小女孩，显得非常天真可爱。韩震忙说，这是我女儿韩雪。他向女儿介绍三位叔叔，韩雪都一一乖乖地打了招呼。郭兴凯望着小女孩儿暗想，眼前的她完全就是童年版的白羽，唯一不同的是，白羽是灰眼珠，小女孩儿是黑眼珠。不料小女孩叫出了声，郭哥哥，我知道你，你是少年英雄！

卞文渊、纪中和忙问是怎么回事。

郭兴凯忙说，我不是少年英雄。

就是就是！小女孩叫道，我早就听我爸说过了，那年你才14岁，就敢冒着生命危险，给我爸他们送情报。一颗子弹打进了你的后背……好险哪！

卞文渊说，哇！好惊险哪！

纪中和说，郭哥，这件事怎么没听你说过呢？

接着，两个人就要求韩叔叔，把这事儿的来龙去脉好好讲一讲。韩震也就把这段往事作了一个简单的介绍。末了，他说，兴凯当时送出的那份情报非常重要，部队在发起总攻的时候，因此大大减少了伤亡。

卞文渊、纪中和露出满脸的钦佩，连说，了不起，了不起！

郭兴凯忙说，了不起的是韩叔叔，他是我的救命恩人，我的身上还流着他的鲜血呢！

哦？二人大感意外，忙叫郭兴凯一一道来。

我知道，我知道！没等郭兴凯开口，韩雪抢先叫道，当时医院里的血浆用完了，医生就在我爸的身上抽了500cc的鲜血，输给了郭哥哥。爸，我说得对吗？

多嘴。韩震慈爱地瞪了女儿一眼。

忽然传来白羽的声音，又是谁在这里多嘴多舌呀？大家扭头一看，原来是白羽捧着一摞饭碗走了进来。

韩震忙说，先吃饭，吃完再聊。

# 四

哎！你们晓得不嘛？我们娃娃的厂头修了一栋非常漂亮非常壮观的"莫斯科大楼"，纯粹是俄罗斯的样式，很稀奇的异国风采。市区头的人都一拨一拨地跑去看稀奇呢！这是纪皮匠两口子对街坊邻居讲的话，并且强调说，这是他们的儿子纪中和说的。

姐，我们厂修了一栋尖顶顶的俄罗斯塔楼，只有那么漂亮，只有那么堂皇了。我敢说，整个成都市没有哪一座楼敢跟我们的楼相比，硬是把劲提浑了的！晓不晓得这是哪个说的？这是我兄弟长安说的，我兄弟蔡长安是东郊国防工厂天都机器厂的工人！这是蔡淑芬逢人便讲的话。

新东门城墙根下的这个杂院，本来普普通通无足轻重，如今却变得不可小视了。先是出了一位志愿军英雄柳正勇，现在又出了个东郊国防大厂的工人老大哥纪中和，就连红苕屎都还没有屙完的蔡淑芬，她的兄弟蔡长安居然也拱进了天都机器厂。虽然纪皮匠两口子和蔡淑芬说的是同一回事，但是街坊邻居们都爱听，因为他们说的，是一个震动成都市的大新闻。他们一个个的心都被吹热和了，一有空，就沿着城墙根跑到猛追湾新修的二号桥上，朝北方眺望，果真就看见了那异国风采的尖顶塔楼巍然屹立在天际线上。这种建筑是他们闻所未闻的，心里不免惊喜的同时，就暗暗下了决心：有时间，一定要赶到东郊那边去看看。

到天都机器厂去看"莫斯科大楼"，成了小杂院三家人的共同心愿。这天，包括正上五年级的柳春枝、六岁的张星魁、三岁的张二奎在内，三家人老老少少十几口子，早早地吃过晚饭，邀邀约约地朝着一号桥走去。约摸半个小时后，他们就已经站在天都机器厂的大门外了。抬头望去，但见"莫斯科大楼"近在咫尺，高耸在众人的眼前。几个大人这才看清，这座"莫斯科大楼"，南北两侧是三层平顶副楼，拱卫着中间高达六层的主楼。不仅如此，主楼的顶部还有两层高塔，塔体为六角形圆柱造型，下大上小，六个立面都是带弧形的落地窗，最顶层的圆柱体塔尖还伸出一根长长的避雷针。最令人叫绝的，是南侧副楼墙的装饰，四周环以白色的栏杆和雕花，高低错落；米黄色的外墙，土红色的屋顶。真的是异国情调十足，气质独特，卓尔不群！看得越清楚，就越能感受到它的漂亮和新奇。

太漂亮了！太巴适了！人们连声啧啧地赞叹着。

柳春枝看得出了神，连眼珠都不动一下。

晓不晓得？我兄弟长安，就在这栋大楼里头上班！蔡淑芬得意洋洋地说。

有出息！真有出息！杂院里的人七嘴八舌地称赞着。

春枝，你在想啥呢？柳妈妈发现了女儿的异样，问道。

春枝转过身，乖乖地一笑，说，我们老师布置了一道作文题，叫写《我的理想》。这篇作文我刚刚想好了，我的理想就是，长大了跟中和哥一样，当一个天都机器厂的工人。

柳妈妈一听，喜得合不拢嘴，直说，听见没有？我们春枝的理想，是当个天都机器厂的工人哪！

不料蔡淑芬把嘴一撇，说，把枕头垫高一点嘛！说的比唱的还好听，哪儿有那么容易？

春枝调皮地把头一扬，说，蔡孃孃，那咱们就骑驴看唱本——走着瞧！接着又问，纪伯伯，中和哥在这栋大楼里上班吗？

没有。纪皮匠摇摇头。

怎么会呢？春枝不解。

纪皮匠老老实实地回答，我问过你中和哥，他说他不在这栋大楼里上班。他说，工厂那么大，工人那么多，干吗都非得挤在一栋大楼里上班呢？

这座塔楼，在往后的日子里曾经几度被改变颜色，后来干脆把它弄成了土红色的基调，类似于克里姆林宫的颜色，所以叫它"红楼"，但是，它的那种高贵典雅的气质却从此丧失殆尽。

21世纪的头几年，当成都东郊工业区黯然退出历史的舞台，所有的工厂车间被夷为平地，烟消云散的时候，只有这座"莫斯科大楼"作为东郊工业文明唯一的标志性建筑，被原汁原味地保存了下来。这个堪称那个年代成都市最漂亮的异国情调十足的建筑，已经被列为四川省文物保护单位，它因此得以一直长留于天地之间。

"莫斯科大楼"之所以能够顺利建成，全凭着韩震的坚持。

这座俄式尖顶塔楼，东郊人多爱叫它"莫斯科大楼"或"红楼"，它其实就是韩震当年抗命坚持继续修完的成品车间的厂房大楼。这年，正当天都机器厂加紧建设厂房车间的时候，谁知天有不测风云，韩震最担心的事发生了。这年底，中央下令：工厂缓建，投资削减一半。这就意味着，这仅剩一半的投资只能勉强维持开工资，建职工宿舍，搞职工培训的费用，而生产的经费则无法落实。但这个不按常规出牌的韩震又作了个大胆的决定：将建宿舍的钱节省下来搞试生产，继续修建已经修到二楼的成品车间厂房大楼，并按试生产的要求购置必要的机器设备。韩震在全厂动员，提出"先生产，后福利，边生产，边建设"的响亮口号，把自己的意志化为全厂职工的行动。厂里的干部工人真是太可爱了，他们竟然追随韩震，不仅加班加点，不取报酬，而且还心甘情愿地同意：把来不及修建的所有宿舍楼全都建成了简陋的草房，就连办公室、食堂、俱乐部、医院、幼儿园、小学等等，凡是非生产性的所有设施，全部建成了可以使用10年之久的草房。等到后来有钱建宿舍了，韩震实行的分房政策也是职工优先，干部在后。他本人也绝不搞特殊，当年他搬出苏式宿舍楼单元房，带头搬进草房子，一住就是十多年。同这样的掌门人一块儿艰苦奋斗，职工们除了感动，就是更加卖力气。那些呈横竖排列的一排排办公室、食堂等建筑物，虽是白壁草顶，却也显得整洁清爽，与远处巍峨的俄式尖顶塔楼形成鲜明的对比。

但韩震这么做，换来的不是上级的表扬，而是上纲上线的批评。因为他违背了省委的指示。省委要求，已经修到二楼的成品车间厂房大楼立即停工，余下的经费修职工宿舍。省委黎书记甚至准备把天都机器厂作为"最好的典型"在重庆推广；还胸有成竹地说："你们去找天都机器厂的缺点，哪个找到了有奖励。"后来，当他得知韩震居然阳奉阴违背道而驰后，感到很失望，就把韩震叫到省委，指着鼻子骂他："你好厉害哦，不照我们的路子走！你天都厂实际上走到南斯拉夫的道路上去了，搞修正主义！"如此严厉的批评，居然出自四川省委第一书记之口，使韩震倍感伤心委屈。

从省委回来的当天晚上，韩震打电话叫郭兴凯过去陪他喝酒。喝酒的地点，当然是在韩家现在住的草房宿舍里。韩震一点都没有透露他被省委黎书记批评的情况，但他郁闷的心境，还是被郭兴凯察觉到了，如果韩叔没有事，是不会轻易召唤他过来陪酒的。韩震举起贵州茅台说，这酒还是你上次送给我的。兴凯啊！古人云，酒逢知己千杯少。你我是忘年交，今晚，咱爷儿俩就喝他个痛快，一醉方休，如何？

你呀……正在上菜的白羽嗔怪地瞟了他一眼，扭头说，兴凯，别听他的，喝舒服就行。

韩震边斟酒边问郭兴凯，知不知道我为啥宁愿把所有非生产性设施修成草房，也要咬紧牙关省下钱来建那幢大楼，并且强调两个绝不：绝不修改苏联专家的原始设计，绝不降低建筑标准。

郭兴凯暗忖，韩叔叔今天心情不爽，肯定跟他坚持修"莫斯科大楼"有关系，就笑着说，韩叔，你的心思我能猜个八九不离十。

说说看。

盖草房，是迫不得已，因为钱不够嘛。好钢要用在刀刃上。省下钱的目的，就是为了盖好成品车间大楼呀！

说的对！往下说。韩震眉开眼笑了。

韩叔，其实你这一招够高明的。试想，工厂一旦建成，最终不还得跟苏联专家举行投产签字仪式吗？苏联专家中的管理人员和工程师、助理工程师一类的技术人员和工长不还得指挥我们生产吗？原汁原味的俄式尖顶塔楼不仅为我们中国人长了脸，不仅是中苏友好的物化的象征，而且还给"苏联老大哥"吃了一颗定心丸。

什么定心丸？

它无声地表明，中国人将会按照他们设计的模式去管理工厂。

哈哈哈哈哈……韩震开怀大笑，说，知我者，兴凯也！喝酒喝酒！

两人举起酒杯，当地一碰。

韩叔，你的这种生存智慧，叫晚辈受用终身！佩服！说完，他一口干掉了杯中的酒。

# 大饥饿的魔影

## 一

郭兴凯从七人筹备小组租的房子里搬出来以后，一直住的是苏式宿舍楼的单元房，他们这栋宿舍楼地坪铺的全是木地板。宿舍楼刚刚修好的时候，因为人少，他们竟可以一个人住一个四套一的单元房。后来，几个分配过来的大学生跟他很合得来，因为都是单身，又过惯了集体生活，他们索性搬进郭兴凯这个单元，大家一起过日子。尤其是华东某大学一个班级整体分配到紫光电子管厂的大学生们，更是如此的过法。住同一个单元房的，发了工资，就把钱交出来，一个人管钱，一个人管账，有钱大家伙着花。

但是，突如其来的大饥荒打破了他们的平静生活。此时，食品极其匮乏。作为技术员待遇的这些大学毕业生们，每月的粮食定量只有23斤，省政府还规定他们必须节约两斤，因此实际上发到每个人头的口粮只有21斤。这是一个凭借票证来控制人们的物质需求，尤其是食物需求的年代。在每月凭票证只供应一斤猪肉、四两菜油，就连蔬菜都稀缺，有时靠酱油下饭的情况下，一个人的饥饿就是不可避免的了。幸好厂里的后勤人员很有办法，设法搞到了烤白酒的酒糟，或者做豆瓣的豆瓣壳，或者过去用来喂猪的米糠，经过加工，做成食物，供大家果腹。食品的形式如此严峻，单元房里管钱粮的人成了众矢之的，入伙吃喝的事情于是宣告解体。

这天傍晚，郭兴凯在职工食堂草草吃过属于他的那份少得可怜的饭菜之后，肚子反而更饿了，他赶紧吞下去一大碗漂浮着几点油花儿、放了盐的汤，才感觉稍微好了一点儿。他一回到他单元房里的房间，就赶紧躺到床上，因为他实在是太累了。

这些天，新增的厂房修好了，管道工程也安装完毕了。他受命代表厂方，对施工方安装的管道工程进行验收。这项工作貌似简单，却非常烦琐，非常费体力。验收项目的其中一项，就是在管道充气或有水压的状态下，分别对每一个阀门、接头、焊接处用肥皂水涂抹，看看是否冒泡，进行是否漏气、漏水的检查。在人体高度以下的管道，都还要轻松一点。最难检查的，是铺设在二楼楼板之下的大量管道。新厂房的2楼至少有居民楼的3楼那么高，唯一的办法，只有搭梯子。偌大的工厂竟然找不到一挂好竹梯。他找的一挂竹梯是别人瞧不上眼的"病号"，有点惨不忍睹：两根支柱之一，开裂的部分是用麻绳绑的，并且第3级还缺了一根横杠。梯子只有6

米多长，只有在管道上搭得很陡，才勉强够长。他一爬上去，竹梯显得不堪重负，一边摇摇晃晃，一边还发出吱吱嘎嘎的呻吟。他一手提个装着肥皂水的铁桶，一手扶着竹梯上上下下，总让从他旁边经过的好心人担心他是否会栽下来。爬到梯子的顶端，他还要拿蘸上肥皂液的刷子，刷阀门，刷接头，刷焊接处，之后进行细心的观察，看是否会冒泡儿。并排的管道，以及重叠的管道，不管上下左右有多少根，每一根都不能遗漏。有时甚至需要他转体360度，进行刷液和观察。而检查靠最里边的管道最为困难，这时，他要先将装肥皂水的铁桶挂在竹梯上，腾出一只手用力抓紧管道，双脚将竹梯踏牢，再做出单杠运动员似的让身体使劲倾斜的动作，才能战战兢兢地完成检查的步骤。

这本来不算是太难的动作，在所谓"三年困难时期"的当时，在大饥饿的魔影笼罩着每个人的关头，这种空中作业无形中就有了拼命的意味。最让郭兴凯耿耿于怀的，是那些每人每月粮食定量有37斤的乙方的安装工人，这些省建某公司的工人，之前是整体从部队转业的军人，是专门为成都东郊修建保密国防工厂而组建的。此刻的他们居然就坐在地上，漠然地看着他一个人费力地爬上爬下。因为肚子里长期缺乏食物，这时他的体质降到了一生中的最低点。在头一年掀起的大跃进，以及第二年持续跃进的狂潮中，每个人曾经都像打了鸡血一样，激动异常，热情似火。而现在，出乎意料的大饥饿把许多人变成了像是漏了气瘪了壳的皮球一样，瘫了。别人可以这样瘫了，但是他郭兴凯不行，他是经过枪林弹雨生死考验的人，他是成都东郊七人筹备小组的元老，无论如何他都必须咬牙自己蹦起来。但是，这种"蹦"，极其耗费体力，每上下破竹梯一次，他就要瘫软在地上歇一会儿，如此年轻，却像风烛残年的老人一般的衰弱。有几次，因为饿得头晕，他还差点从竹梯上栽下来。但他咬紧牙关不吱一声，硬是坚持干完了所有的检查。今天下午，当他最后终于在工程验收单上签上了"合格"二字，如释重负的时候，一种从未有过的疲惫感陡然向他袭来。

上床不久他就睡着了，睡梦中他正在大啖美食，狼吞虎咽地嚼得正欢，忽然，他感觉有人在边呼唤边轻轻地推着他：郭哥哥，郭哥哥……他翻了个身，又进入了吃美食的梦中。小女孩见叫不醒他，一转眼发现了桌上的一张纸，立刻有了主意。她撕下一绺，搓成细纸捻，之后，小心翼翼去捅他的鼻孔。

阿嚏——阿嚏——，韩雪见郭兴凯不由自主地连打了两个喷嚏，背转身窃笑。他听见笑声一惊，赶忙把眼睛睁开，这才发现床前站着韩叔10岁的女儿韩雪。他下意识地揉了揉自己的鼻子，问，韩雪，是你捅我鼻孔?

韩雪吃吃地笑，谁叫你睡得像个死猪一样?

这两天实在累坏了！他解释说，什么时候来的?

郭哥，人家都来了好一会儿了！韩雪嘟着嘴说。

他赶忙翻身坐起，问道，有什么事吗?

我爸叫你马上过去一下。

你先给我说说，你爸叫我什么事儿？他边下床穿鞋边问。

是我爸叫你，又不是我叫你，我怎么知道？你直接去问他好啦。快走呀！

原来，韩震今天叫郭兴凯去，不为别的，就为了叫他饱餐一顿。郭兴凯一走进韩家的门，菜肴的香味就扑面而来，弄得他情不自禁地吞了一口口水。只见那张原木本色的方桌上，摆了一大桌子的菜。

爸、妈、姥姥！郭哥哥来了！随着韩雪的一声喊，韩家的三个大人走进草房客厅。裹过小脚的姥姥手里还拉着韩雪两岁的弟弟韩刚。郭兴凯忙逐一招呼三位长辈。

姥姥叫孙子快叫郭哥哥。

郭哥哥！韩刚奶声奶气地叫道。

刚刚真乖！郭兴凯摸了摸他的小脑瓜，转脸问韩震，韩叔，你找我有什么事?

韩震呵呵笑道，哪有那么多的事？今天找你来，就是要你给肚子里加入一点油水。来，吃饭吃饭！

趁着韩震斟酒的工夫，郭兴凯放眼一看，哇！今天的菜肴着实丰盛，有韩雪姥姥最拿手的东北的猪肉炖粉条，还有白羽做的四川的回锅肉、红烧土豆、凉拌黄瓜、番茄蛋汤、茄子豇豆混合煮的　菜等等。他情不自禁地叫道，好丰盛啊！又问，韩叔，这些菜炟特别是肉，是从哪儿搞到的?

见韩震马上要回答，白羽插话说，老韩，大家都饿了，先吃点儿再说吧！

姥姥说，兴凯，别客气，挑自己喜欢的夹！

韩震调皮地说，今天，要多吃菜，少喝酒！对吧，夫人?

我可没说过，别赖在我身上啊！白羽边笑着，边给郭兴凯夹了一大片回锅肉，说，这是你白阿姨学着做的，你尝尝地不地道？

郭兴凯的喉咙里就像伸出了一只手，那一大片肉眨眼之间就在嘴里了，久违的肉香让他的相关器官极其兴奋，刚刚嚼了两嚼，喉咙就迫不及待地把肉吞了下去。他砸了砸嘴，连声叫道，好吃！好吃！看见韩家一家人望着他笑，他只好自我解嘲说，唉！我是猪八戒吃人参果——食而不知其味。

韩雪也夹了一块肉放到他的碗里，说，这是我姥姥的拿手菜，东北人最喜欢吃的猪肉炖粉条。

郭兴凯这回学乖了，小心翼翼地把这块肉放到嘴里，细细地咀嚼品尝。然后兴奋地说，哇！我怎么觉得粉条炖的猪肉，比回锅肉还好吃呢？

一家人被他的傻相逗得哈哈大笑。

用完晚餐之后，韩雪叫姥姥休息，要妈妈收碗，她自告奋勇跑到厨房里洗碗去了。韩震和郭兴凯坐在方桌边的椅子上喝茶聊天。韩震说，兴凯，现在我来告诉你，这些肉这些菜是怎么来的。

韩震告诉他，在四川遭遇大饥饿袭击的总局势下，天都机器厂上万名工人的日子也过得很艰难。虽说他这个厂长可以通过沿海省份老战友的关系，通过直通到厂里的火车，拉回一车皮一车皮的海带、土豆、梨子等食物分给职工，但那毕竟是杯水车薪。厂里的老工人全是外地调来的，全都埋怨韩震："你把我们弄到这儿来，想饿死我们吗？"正在韩震下不了台时，他的老岳母叶玉兰给他出了主意："厂里厂外那么多空地，就不兴种点庄稼吗？"韩震受到启发，决定办个农场。就给部打报告，但部里不敢批。他只好把闲着的家属组织起来，挖养鱼池，办养猪场、养鸡场。子弟校小学生的体育课，全部改到去厂农场拔草。家属们每天就扛着锄头去种庄稼，开荒上百亩，还在附近的人民公社挖了养鱼池。有了自己养的鱼、猪、鸡，职工食堂就有鱼肉、猪肉吃了，幼儿园的娃娃就有蛋吃了。工厂跟当地农民的关系也相处得好，农民有蔬菜肉蛋，就摆到厂里的宿舍区去卖，作为回报，工人就帮当地农村搞小型机械化。

哦，难怪不得！郭兴凯恍然大悟，姥姥真了不起！

一直在偷听的韩雪，从旁边的一间屋子伸出脑袋，插嘴说，姥姥是什么人？叶赫那拉氏的后裔，比末代皇帝溥仪还高两辈儿呢！

哇！韩叔，雪雪说的是真的？

韩震微笑着点点头。

这，这太不可思议了！姥姥她居然是皇亲国戚！郭兴凯大为感叹。

姥姥是苦出身，当年，她是插着草标，把自己买到白家的。

郭哥，我告诉你，咱姥姥，还跟北京来的大部长干过架呢？韩雪忍不住，索性走进客厅里说。

哦？郭兴凯惊讶地瞪圆了眼睛。

韩震瞟了女儿一眼，说，小丫头片子，大人说话，别乱插嘴，做作业去。韩雪对爸爸扮了一个鬼脸，缩回她的房间去了。

韩叔，你就给我讲讲吧！郭兴凯央求道。

韩震就原原本本地娓娓道来。上个月，部长来厂里视察。那天下午，他确实是怒气冲冲到我家来兴师问罪的。因为事前厂里有人打我的小报告，说我擅自开荒上百亩，搅乱了人心。部长当时就坐在你这个座位上，他阴沉着脸问我，你是不是开了上百亩的荒地？种了庄稼蔬菜？挖了养鱼池，还养了鱼、猪、鸡呀什么的？我刚回答说，是。他立刻拍案而起，指着我的鼻子骂我，韩震！你老糊涂了，你竟然敢搞资本主义。信不信，我撤你的职！

当时，韩震赔着笑脸，正要解释，不提防叶玉兰老太太突然从厨房里冲将出来。原来，他见北京来的部长一进门就没有什么好脸色，她人在厨房里忙碌着，耳朵却一直在留心着客厅里的动静。

从日伪时期活过来的叶老太太见过世面，一开口就不揣冒昧，说："从旧社会过来的工人，还有新社会生的娃娃，为啥大家相信共产党？图个新社会的名称好听吗？口号能当饭吃吗？我们自己没把厂弄垮，你反倒还给我们女婿扣些大帽子。"

部长很有度量，他静静地听完了老太太的话，非但没生气，心里反而还认真地掂量起老太太话里的分量来。末了，还说，老人家，你这一席话说得非常好！你让我下来好好想一想，好吗？

韩震忙给老岳母递眼色，说，妈，部长都发话了，你还是去厨房里忙你的吧，我们还等着你老人家按时开饭呢！

有了老太太的这个意外的铺垫，部长接下来冷静多了，一边听韩震汇报，一边插话，但口气是探讨式的，询问式的。

姥姥是个能干人，居然在自己家里弄了一桌子的酒菜。但部长一见就火了，厉声问，韩震！哪儿来的，这种年代你吃得起这个？

老太太又不揣冒昧了，朗声说道，我们自己挣的，我们这些家属老娘们儿自己干的！人活着是要做点事的！你敢对我们女婿做点啥子，就别怪我不客气了！

哇！姥姥这么有见识，这么敢于说话，佩服，佩服！郭兴凯感叹道，那后来呢？

韩震轻松地一笑，说，后来，部长回北京后，在报上发表了一篇文章《从一个没有文化的大娘身上找到了矛盾的特殊性》，对我的处分也就免了。

## 二

这一天，793厂党委发出了任命书，任命26岁的郭兴凯为玻璃车间的党支部书记。不明底细的人私下里议论说，这小子运气好，肯定是祖坟上栽了弯弯树。其实，无论是从资历，还是能力上，郭兴凯都堪当重任。他14岁就为地下党送情报，经历过枪林弹雨的考验；14岁上高中时，就加入了中国共产党；19岁，就成为成都东郊的元老——七人筹备小组成员之一；以后，又在理化实验室当副主任。全厂有数十个车间和众多的中层干部，组织上选择他，是经过慎重考虑的。在正式任命下达之前。793厂党委书记凌雨找他谈话，强调说，中苏分裂，苏联专家突然撤走，新增加的厂房，从苏联进口的设备只用到了一部分，乙方安装公司的工作也停顿了，一时间，许多人无所事事。工人们对这个苏联援建项目的命运走向心存疑虑。正是在这种非常时期，组织上希望你能勇挑重担。郭兴凯并没有马上答应，而是说，请给我三天的时间考虑。

793厂是苏联援建的156项工程项目之一，是我国最大的电子束管基地，主要产品有显像管、雷达指示管、示波管等等。就显像管的重量而言，玻璃部分占95％以上。玻璃车间的工作是强体力作业，且工作环境恶劣——高温、噪声、粉尘样样占齐，采用的是土坩埚炉烧煤熔炼玻璃的方式，人工吹泡（示波管玻壳）、人工拉管（玻颈、芯柱类管材）、人工压制。而玻璃熔炼的过程又极为复杂，需要高难度的控制技术，更需要控制高难度技术的一丝不苟的人。

郭兴凯心里明白，他作为玻璃车间的支部书记。首先要抓的是对职工的艰苦细致的思想教育和有力的精神鼓励，必须让吃苦耐劳的品格和奉献精神在每个职工的心里牢牢地扎下根才行。否则，想干好工作几乎是不可能的。就为了他当不当这个车间支部书记的事，他专门跑去请教韩震。韩震一开口就问他，你入党几年了？他回答说快12年了。韩震心情沉重地说，大饥饿的阴影正在全国的好多地方蔓延，苏联专家也撤走了，这是新中国成立以来最困难的日子，也是我们东郊工厂的低潮时期，你郭兴凯有12年的党龄，你说你不干，谁来干？

郭兴凯走马上任了。他做事雷厉风行，身先士卒，一干起活就不吝惜力气和汗水，他就像一团熊熊燃烧的火，把全体职工的心里烧得暖烘烘的。还经常跟当班工人一样，参加类似于堵枪眼一般的殊死拼搏——换缸。

换缸，说起来容易，不过就是把熔炼玻璃烧坏的坩埚（称作"缸"）取出，换上新的，这是经常性的操作，做起来却惊心动魄。熔炼玻璃要靠间歇炉，炉上的八个方位蹲着八口坩埚。换缸时，先拆下炉墙，再将专用的两轮铁车推到炉前，将大炮筒子似的铁杠子伸进坩埚，运用杠杆原理，将废坩埚挑起取出，弃于一边。再用铁车取出预热炉里的新坩埚，将它推向炉膛的固有位置之后，以耐火泥砌墙、封缝。

此时，操作者须从头到脚全身披挂，穿一身沉重的石棉防护装，外加墨镜口罩，以应对炉膛内1400度高温烈焰的喷射，即便如此，操作者的眉毛额发也经常被燎。若遇到坩埚破裂，残留在炉内的缸底与熔融玻璃黏合在一起，就更为麻烦，须用扁平顶的铁杠将其铲除。换缸，说起来就两个字：重、烫。坩埚、铁杠、铁钳沉重，坩埚、砖块、铁杠灼烫难忍。拆砖时，一个人拆几块就得退；用大铁杠铲残缸时，一个人铲几下就得换人。此时，连续作业，人人奋勇，犹如冲锋陷阵。所以，国家每月配给的粮食定量为45斤，换缸这天吃饭肯定超量。但吃干部粮的郭兴凯却经常参加这样的换缸。工人们看到的只是他光辉形象的这一面，却无法知道他们的郭书记在人背后的真实状况，他也会时不时精疲力竭地躺在宿舍里的床上，忍受饥饿的折磨。

郭兴凯很快赢得了工人们的爱戴。整个车间的面貌很快有了改观，说是"焕然一新"，也一点不过分。

郭兴凯一旦在车间里站稳了脚跟，就准备向韩雪的姥姥学习，实施他的"南泥湾"计划了。他早就看中了一大块地，它夹在2号厂房南边至793厂围墙之间，另外再加上3个厂房周围的地，少说也有近10亩。793厂厂区宽阔，这些荒地处于死角，杂草丛生，建筑垃圾遍地，甚至不乏水泥柱和预制板，除了他本人以外，谁也没看上眼。

郭兴凯看中了刚分来不久的大学生、身为团支部副书记的田云志。他找他谈话，给他布置了新任务，叫他挑选一些能吃苦耐劳的团员，加上郭兴凯亲自挑选的几名党员，由田云志负责，组成一个开荒种地的专业队伍。

起初，一听说要在建筑垃圾遍地的荒地上开荒，大家都不愿意。不妨将心比心想一想，由于饥饿，一个人即便空手上楼梯还感觉累，如今却要在条件如此恶劣的土地上垦荒，谈何容易？并且还要花钱购置劳动工具和种子、肥料，弄不好就得不偿失。

谁知，经郭兴凯召开车间职工大会一动员，再加上他身先士卒带头苦干的感召，垦荒现场竟形成了争先恐后的劳动场面。过了几天，这片荒地就变成平平展展、人见人爱的农田了。接下来，就该田云志任队长的这支耕种专业队伍大显身手了。这支专业队伍的成员，个个都是农村长大的退伍军人，肯吃苦，会耕种，堪称精兵强将。"南泥湾"种的是红苕、莲花白、南瓜之类的瓜菜，经专业队伍的精心伺候，长得苗肥秧壮，青藤绿叶，十分喜人。郭兴凯每每下班以后，都要去地里转一转，瞧一瞧，有时还要对专业队员叮嘱几句。

光阴似箭。地里的瓜菜一天比一天逗人喜爱，眼见得丰收的日子来临了。有工人感叹说："这就是793厂的南泥湾啊！"可是丰收的果实该怎么分配呢？郭兴凯给田云志定的分配原则是：人人有份，平等分配。沉甸甸的丰收果实，令人惊喜，尤其是收获的红苕数量之多，出乎意料，分到人头上也是很可观的。田云志怕分配不均，或出现遗漏，或有人挑肥拣瘦引起混乱。他深知，在这大饥饿的年代，分配食物的事情可是全车间最大的事。他就专门去请德高望重的郭书记到现场督阵，可是郭兴凯却始终未露面。最后，包括托人带给郭兴凯的那一份，以及每个专业队员的那一份，都是现场念名单随机提取，与所有人的重量和品相完全一样，整个分配过程十分阳光透明，这个田云志真不愧是郭兴凯看中的好后生！

郭兴凯在收获季节远离"瓜田李下"之嫌，让田云志想了很多，从他身上，他看到了一个表里如一的好领导，看到了一个吃苦在前、享乐在后的真正的共产党人。他终于明白，郭书记之所以远离分配现场，既是风格，也是他党性的体现。

"南泥湾"产的南瓜、红苕、莲花白分到手上，对于有家室的职工来说，犹如久旱逢甘霖。但对于占车间大多数的单身职工来说，他们没锅没油没炊具，几乎无法享受口福。郭兴凯察觉了这一点，想了个好主意，就去联系好厂区的大食堂。他的主意是，用粮票和现金购买食堂的面粉，再借用食堂的场地和炊具，由自己车间的人制成可口的菜包子，再凭票分发给车间里的每一个职工。郭兴凯依然把制作包子的事情交给了专业队。

田云志带着专业队，在星期六的晚饭后进入伙房，把做馅的蔬菜洗了又洗，生怕混进草屑、泥沙或虫子。之后按部就班地做完包子，并且蒸熟。尤其值得称道的是，他们对此事的单纯和较真，竟然对每个包子皮进行称重，保证每个包子占有的粮食完全均等，如此一来，进度就慢了，直干到凌晨时分才告结束。次日清晨，田云志他们将所有包子蒸热，然后兵分两路——一路就地在厂区食堂，另一路用板车拉到宿舍食堂，进行凭票发送。约定两处都在7点开始。

以往分红苕、南瓜时，是在玻璃车间进行的，外人难得看到。这回分包子是在厂里的大食堂，在众目睽睽之下，于是就有了强烈的反响。田云志他们事先也不曾想到，他们做的2两一个的菜包子，居然比食堂做的两个2两的包子还要大。大菜包子发出诱人的香气，让人馋涎欲滴，许多人围着田云志，想买包子。田云志只好赔不是，说："这是专门供应玻璃车间职工的，一人一份，一个也没有多的，对不起啦！"直到所有包子分发得一个不剩，仍有人抱着侥幸心理站在旁边眼巴巴地干等着要买包子。菜包子一发，议论就来了。有的说，我们车间不也有的是空地吗？我们为什么就不知道种瓜种菜？瞧人家干得多棒啊！听了这些议论，田云志感觉就好像谁给他发了奖状一样。

那天，郭兴凯是最后来领包子的几个人之一，他只领了一份，专业队员每个人也只领了一份，他和专业队员都没有丝毫特殊，他们甚至也从未想到过要给793厂的党委书记和厂长送去半个一个，让他们也尝尝鲜。事后，工厂领导也毫无怪罪他们的意思。当天，当田云志望着自己敬佩的郭书记带着自己的那一份包子，乐滋滋地离去时，作为制作包子的铁面无私的经办人，他也欣慰地笑了。

# 三

　　郭兴凯住院了。这天参加换缸的有一个是新手，他在完成拆下炉墙的这道工序时，完全没料到拆下来的耐火砖隔着石棉防护手套，居然还那么灼热滚烫。心里一慌，就忙不迭地把手里的那块耐火砖使劲一抛。这一抛，就恰好砸在路过的郭兴凯的右腿上，当即就把他砸倒在地上。烫伤加上砸伤，他的伤势可不轻，他马上就被工友们送到厂医院去住院。

　　他被灼热的耐火砖砸中的那一瞬间，身上的裤子就被烧坏了。厂里的医生为了抢救他的腿，唰唰唰的几剪刀就把裤子给他剪了。再说，烫伤的部位是不适宜捂的，躺在病床上的他，就只能裸着右边的那条大腿了，除了伤口附近的部位被剃了毛贴着纱布以外，大腿上的漆黑的汗毛就像丛生的杂草一般刺眼。车间里的工人们刚来看望过他，病房里才刚刚清静下来一会儿。天色愈来愈暗，正输着液的郭兴凯也有点疲倦了，就闭上眼睛休息。这时候，白羽和她女儿韩雪推开病房门走了进来。韩雪的手里抱着一束月季花，白羽的手里拎着一个装着一钵鸡汤的网篼。

　　母女俩不声不响地走到他的床边。郭兴凯那只刺眼的大腿，让韩雪感到诧异，她抬起狐疑的目光望着母亲。白羽对她做了个不许出声的手势。白羽取出盛着鸡汤的陶钵，轻轻地放在床头的灯柜上，韩雪也把手里的花束递给妈妈放好。此时，一名护士小姐推着手推车走了进来，喊道，17床吃药！17床！郭兴凯刚睁开眼睛，就发现了站在床前的白羽母女。他赶忙招呼道，白阿姨、韩雪妹妹！忽然想到丑陋的右腿还裸露着，就猛然坐起身，用右手去撩被子来掩饰。岂料右手正输着液，输液管里立刻回升起一截鲜红的血。

　　韩雪眼尖，立即惊叫着，哇！血！

　　护士小姐冷静地叫道，别动，赶快躺下，把右手放平。

　　兴凯，不用盖嘛，这样挺好的。知道吗？烫伤是不能捂的。你忘了白阿姨也是医生啦！

　　嘿嘿，郭兴凯不自然地笑了笑，躺回到枕头上。

　　趁护士小姐给郭兴凯喂药时，白羽告诉他，韩震今晚有个会，不能来了。护士小姐刚走，白羽打开陶钵盖子，病房里立刻弥漫着香喷喷的鸡汤味儿。要知道，这年月有鸡汤喝，该是多么奢侈的事情！

白阿姨！这，这……谢谢，谢谢！郭兴凯感动得不知道该说什么才好。

白羽取出带来的一只饭碗和勺子，边往碗里盛着鸡肉，边说，你可别谢我，这可是姥姥去农民家里买来的一只母鸡，从杀鸡、煺毛，到炖汤，全是她老人家一个人。

哦！郭兴凯忙说，谢谢姥姥！真不好意思，她老人家那么大年纪了，还颠着一双小脚……

白羽把他扶起来半坐着，端着盛鸡肉的碗要喂他。他忙说，不不不，我自己来！

白羽瞟了瞟他的右手说，你不正输着液吗？要不，你就是左撇子？

他只好无奈地摇摇头。

既然这样，白阿姨就代劳了！

白羽试过鸡汤的温度，然后就一勺一勺地喂着郭兴凯。久违的鸡汤的香味儿，勾起了站在一旁的韩雪的食欲，这两年大饥饿的折磨，几乎把她这个洋娃娃般的小美女饿成了一根竹竿。她一面情不自禁地咽着口水，一面在心里大骂自己嘴馋不争气。

郭兴凯偶然一转眼睛，看见了韩雪渴望的眼神，马上察觉到自己的不懂事，就再也不肯张嘴了。

怎么？不好吃吗？白羽感到诧异。

不是，鸡肉和鸡汤都很香。但是阿姨，我对你有意见了，你不公平。

是吗？

是。韩雪妹妹正在长身体，你为什么不让她也吃点儿呢！

她又没有住院？吃什么呀？白羽掩饰地一笑。

韩雪赶紧声明，郭哥，我又没有受伤住院，我不配吃，我也不想吃。说着，却又不由自主地咽了一口口水。

韩雪的表情让郭兴凯捕捉到了，他感到很难受，眼眶不由得湿润了，就说，阿姨，我真的吃不下去了……

白羽转过头，望了望自己的宝贝女儿，叹了一口气，唉！然后，把装着鸡肉的碗朝她面前一递，说，雪雪，郭哥叫你吃呢，想吃就吃点儿吧！

韩雪把小脑袋摇得像拨浪鼓，连声说，那是郭哥吃的，我真的不想吃嘛！

郭兴凯忙说，雪雪，哥哥吃不下了，你帮我把它消灭了，好吗？

嗯。她边说边接过碗，转过身呼啦呼啦地吃了起来。

白羽慈爱地回望了她一眼，说，这孩子，没个吃相，老教不改。之后，她望着他，问道，兴凯，你给阿姨说说，有对象了没有？

郭兴凯脸一红，腼腆地说，没有……还没遇到合适的。

哦，那好。阿姨这里刚好有一个合适的，他是咱们厂医院的口腔医生，名叫宛玉铃，是从华西医大分配过来的，今年25岁。很好的一位姑娘。家庭出身也合适，下中农。

哦，那就太好啦！郭兴凯双目放光。

家庭出身对于东郊工人的婚姻，可是太重要了。身为国防军工厂的工人，一般来说更愿意找同是信箱厂的对象，郭兴凯自然也不能免俗。一来不仅门当户对，工资福利待遇高，二来还省去了许多麻烦。对于信箱工厂以外的恋爱对象，要先打结婚申请报告，工厂政治部要出面将对方进行"查三代"的政治审查，必须等到调查后审查批准了才能结婚。还有，东郊信箱厂的政治警惕性也非常高。86信箱有个扛过枪、跨过江的老革命，回老家去探亲，被一个地主家庭出身的漂亮姑娘迷住了，他把这个姑娘带到成都，很快就把人家的肚子搞大了。工厂政治部的人找他谈话，劝他不要跟那姑娘结婚，他却固执己见。谈话人问他：你要党籍还是要老婆？他经过三天三夜的慎重考虑，最后答复说：我两个都要。谈话人说：不行。结果，他婚是结了，却落了个留党察看的处分，从此成为内控对象，车间还专门安排人暗中监视他，绝对不许他涉足厂里的那个核心保密车间。这还因为看在他是老革命的份儿上，才没有将他除名。

此时，白羽边从衣服口袋里掏出一张两寸的照片来，边说，阿姨今天把她的照片也带过来了，你看看吧！

郭兴凯忙用左手接过照片。这是一张在黑白照片上用透明水彩染成的土彩色照片。这姑娘有一张好看的瓜子脸，眉清目秀，显得清新朴实。

白羽在一旁悄悄观察着郭兴凯的反应，见他满脸通红，面呈喜悦之色，便说，怎么样？见见吧？

嗯！郭兴凯兴奋地把头一点。

白羽接着说，沙河电影院正在放一部新彩色电影《刘三姐》。等你过几天出院之后，先请她看场电影，找找感觉。到时候，你给我打电话，我来帮你约他。

　　太好了！阿姨你考虑得真是太周到啦！郭兴凯兴奋地叫道，我明天就出院！

　　看把你急的，好事不在忙上嘛！白羽笑了。

　　郭哥，看把你急的！韩雪调皮地对他扮了个鬼脸，把郭兴凯和白羽都逗笑了。

一

女大十八变，愈变愈好看。当年的小美女柳春枝，这年16岁，已经出落成一个美丽的大姑娘了。大饥饿的魔爪也没能阻止住青春的脚步，她高挑的个头，鼓蓬蓬的胸脯，细细的腰肢，翘翘的臀部，青春女性胴体该有的都有了。只是由于缺乏营养，苍白的脸上少有红晕，加上她对自身身体变化的羞涩，老是含胸驼背，如此一来，即使她站在人丛里，也不见得有多么惹人注目。那个年代缺吃少穿，社会风气崇尚艰苦朴素，社会上流行"新三年，旧三年，缝缝补补又三年"的说法，人们身上的衣服缀补丁，是再自然不过的事了。她有两条刚好过肩的黑油油的漂亮辫子，去工厂报到的这天，也只扎了根本色的橡皮筋；上衣穿的是她最好的衣服，那是母亲去年亲手为她缝的一件白布衬衣；下装是一条用父亲的旧军裤改的长裤，臀部上还打了两块略新的补丁，脚穿一双蓝色的旧回力球鞋。

这一年，东郊的国防工厂在成都市招收一批初中毕业生当学徒工，柳春枝瞒着母亲偷偷去报了名。她的家庭成分好，是城市贫民，加上三代清白，又是烈士子弟，就顺利地被录取了。工人阶级是领导阶级，东郊的国防工厂更是领导阶级。跨过沙河，去对岸的东郊当工人，政治地位高，工资福利也高，没有人不羡慕，真是可遇而不可求的好事。再说，上有爷爷奶奶，母亲一直没有正式工作，靠着给别人浆洗缝补挣点糊口的工钱，家里一贫如洗。她现在长大了，可不忍心母亲那么劳累，她要早点儿挣钱，用自己柔弱的双肩支撑起这个家。

在他们同学的心目中，东郊既神秘，又神圣，不仅横跨府河的一、二号桥和东风桥的桥头上树着"外国人未经许可不准超越"的界牌，而且每个国防工厂的门口还有解放军站岗。听中和哥说，天都机器厂驻扎的警卫部队就有一个连呢；还有，除了门卫，各厂普遍都有厂中之"厂"，凡涉及核心机密的车间，必须要持特种通行证才行。虽然她的家与东郊隔河相望，她却难得踏上东郊的土地，记忆中，只有那一年随着全院坝的人一起去看过"莫斯科大楼"。而今天，她竟然也成了东郊国防工厂——紫光电子管厂——的一名光荣的工人了。

这次特殊的招工，他们学校只招了十五个人，并且全部都分配到信箱厂紫光电子管厂，同学们羡慕得要死。这天，由一位老师带队，她和同学们走在建设路（此时还叫猛圣路）的人行道上，她心中的感受跟以往完全不同，过去她只是旁观者，一个过路客，而今天，她是猛圣路的主人。望着路两边的苏式宿舍楼和街两边盛开着红花儿的夹竹桃，涌上心头的是一种亲切的感觉。她早先就知道，前面不远的右首边，有很大的一片宿舍区，那就是他们793厂的。她看见，猛圣路正在被拓宽，一条过去的简易公路正重新修筑成水泥混凝土路。公路中间，堆着沙石、水泥，搅拌机在轰隆轰隆地旋转着，工人们正忙碌着。

前几天，中和哥回了一趟家，当得知她被录取为793厂的工人的时候，很替她高兴了一阵子。他悄悄告诉她，你也是东郊国防工厂的工人了，有一个秘密，我在考虑到底告不告诉你。她就央求他告诉她。他板着脸说，你必须发誓不泄露。

等她认真发过誓之后，他告诉她，这一次，我们国家打下美国的U-2高空无人驾驶侦察机，震惊了全世界，你知道吧？

她说，我当然知道，我们学校的校长做时事政治报告，还专门给我们讲过这件事情。还有一位德高望重的李老师发言说，能够打下美国的U-2飞机，那可不简单，说明我们国家的遥测技术非常厉害。

纪中和用更加神秘的口气小声说，知道吧？打下U-2飞机，我们东郊的几个国防工厂，都立下了汗马功劳。党中央、国务院专门给我们发来贺电，还给我们颁发了国防奖金，我们各个厂都召开了庆功大会呢！

哇！柳春枝惊奇地瞪圆了眼睛。真的是这样吗？打下U-2飞机真的有你们的功劳吗？

纪中和不悦地说，枝枝妹妹，你说说，中和哥什么时候骗过你？告诉你吧，猛圣路正在重新修筑，将修成一条又宽又漂亮的水泥大马路。那就是省里用中央奖给我们的国防大奖的奖金来修的！

此刻，柳春枝走过一丛又一丛开着鲜艳红花的夹竹桃，心里就像乐开了花一般。她真想把修路的内幕告诉身边的同学们，让他们也为东郊的工人阶级好好自豪骄傲一番。但一想到自己曾经在中和哥面前发过誓，把到了嘴边的话又吞了回去。

她和同学们是第一支赶到793厂大门口的队伍。793厂的大门真是雄伟啊！大门口矗立着两根高大厚重的方形石柱子，就像神话里镇守南天门的威风凛凛的天神。工厂的大门洞开着，石柱子下面，一左一右站着两个全副武装的解放军战士。同学们一见，不禁肃然起敬。接着，先后赶来了其他十来所学校的同龄学生，放眼一望，少说也有两三百人，都井然有序地面朝工厂大门排着队。基于同样的原因，聚集在工厂大门口的同学每一个人都兴奋异常，叽叽喳喳的喧哗声就像黎明时分闹林的鸟儿似的。

此时，从大门一侧走来一位英俊挺拔、阳刚气十足的北方大汉，女生们不由得在心里暗叫了一声，哇！好帅！他一走出大门站定，学生们无须招呼，一下子就安静下来。只见他笑容可掬地扫视了一下全场，热情洋溢地说道，同学们，我叫郭兴凯，是这次招工小组的成员。我代表793厂的全体员工热烈欢迎大家加入我们厂，成为产业工人大军中的一员。欢迎大家把自己火热的青春奉献给祖国的国防事业！下面，我来点一下名……

北方大汉每点一个人的名字，就有下面的学生答应一声。柳春枝望着北方大汉，心里涌起一种温馨的情绪。那天，他到学校来联系招工事宜，当时他们班正在上体育课，他就从他们的眼前走过。哎，她觉得这个人怎么有点面熟呢？但一时又想不起到底在哪里见过他。等到柳春枝他们通过政治审查，这个人在对他们进行面试的时候，他那洪亮悦耳的嗓音把她脑海里对他的记忆倏地激活了。

对这个人的印象和对美式吉普车的记忆是连在一起的，因为那是她平生第一次见到军绿色的吉普车。当时，洪水冲坏了武成门外的石拱桥，那车当时就停在桥头上。他走过她身边，用很好听的嗓音问她，小妹妹，你叫什么名字？她当时才七岁，还有点怯生。但是她还是清楚地告诉他，她名叫柳春枝。他又接着问她，你怎么一个人在河边玩呢？她记得自己当时还伸出左手往旁边的房子一指，说，我家就在这儿呢。哦。他边点着头，边追赶前边的人去了。当然，面试毕竟是很严肃的事情。她不愿意也不可能露出一点口风。可是，谁能想到，九年之后，她竟然进了他所在的这一家工厂。

点名完毕，所有新工人无一缺席。这样，各个学校领队来的老师也就完成了各自的使命，他们跟各自的学生告别以后，被留在了工厂大门以外。所有新工人则随着郭兴凯正式跨进了梦寐以求的工厂大门。经过三天的集中学习，尤其是进行了以"不该打听的不打听，不该知道的不知道，不该看到的不看到"为主要内容的保密教育之后，她被分到37车间当车工，带她的师傅叫赵明清，30多岁，是解放前重庆兵工厂的老工人，一名七级车工，绰号"赵七级"。

## 二

郭兴凯从厂部大楼阶梯上走下来的时候，脸色苍白，眉头紧皱，身子摇摇晃晃，那模样简直就像得了一场重病，仿佛他脚下踩的不是路，而是棉花团。

之前，他接到厂党委办公室打来的电话，说书记请他马上去一下。紫光电子管厂党委书记凌雨，原来是某军师政治部主任，是一个工作能力和党性原则都很强的称职的政工干部。他一进门，就敏感到今天的气氛有点不大对头，凌雨不仅亲自给他沏了一杯西湖龙井(以往像沏茶这样的小事可都是由秘书代劳的)，还拿出他珍藏的一包中华牌香烟请他抽。对他固然笑容可掬，但他总觉得他的笑容后面似乎隐藏着什么东西。简短的寒暄过后，凌雨拿出一本笔记本打开，收起笑容，说，我和厂长到北京领受了一项光荣而艰巨的任务。我现在向你传达中央首长的指示。

中央首长指示精神的大意是，鉴于目前复杂的国际局势，我们必须打破帝国主义和苏联修正主义的技术封锁。你们793厂我是信得过的，你们曾经以不屈不挠的自力更生的精神，顽强拼搏，不断创造出一个又一个的奇迹。此时，四机部基础元器件局申局长插话补充说，793厂在建厂之初，自行设计、砌筑了烧煤坩埚炉和退火炉，用废旧车床改制为成型机，在未通煤气的条件下，用炭花加热模具和模圈。中央首长接着说，你们在如此艰难的条件下，试制出我国第一支35厘米黑白显像管玻壳，向共和国国庆十周年献了厚礼。今天，我交给你们一个新任务，要求用半年到一年的时间，试制出我国第一只彩色显像管。如果搞成了，我给你们请功。

凌雨告诉郭兴凯，厂领导经过慎重研究，决定成立一支突击队，来搞彩色显像管试制的攻关。突击队配置精兵强将，全厂所有车间、部门为突击队开绿灯，要人给人，要物给物。突击队必须保证在半年之内，完成彩色显像管的研制任务。凌雨强调说，党委决定，由你来担任这个突击队队长。你看你有什么想法？

郭兴凯没有丝毫犹豫，爽快地表示，坚决完成任务。之后起身就走。他想马上赶到党委组织部去，抽调他的突击队的成员。不料，凌雨却叫他再坐一会儿，说还有重要的事情要给他交代。他只好在沙发上坐了下来。

凌雨似乎面有难色，端起茶杯吹了吹茶汤，呷了一口之后，才问，听说，你打了报告要准备结婚？

哎！郭兴凯回答。

女方是谁？凌雨明知故问。

她叫宛玉铃，720厂医院的医生。

她家直系亲属和社会关系的政治面貌你了解吗？

她是贫农出身，她能进720厂这种国防信箱厂，政治上肯定是没有问题的。

但愿如此吧，可惜事实上恰恰相反。

郭兴凯深感诧异，忙问，凌书记，你这话旳意思我可不大明白。

宛玉铃的直系亲属有重大历史问题。

啊？怎么会呢？郭兴凯一听就蒙了。

凌雨告诉他，从政审的材料来看，他女友宛玉铃的哥哥在国民党的中央军校里当过教官，是个业余无线电爱好者，1948年自己开始搞业余电台。在成都解放前夕，据说该电台曾经发布过一些包括解放军大进军的时政新闻。这是肃反运动时，他自己交代出来的。解放后，因为他曾经在旧军校供职，又搞过业余电台，形迹可疑。所谓发布解放军大进军的时政新闻，他又无法提供证据。公安部门一度把他作为军统特务嫌疑分子来追查，但也缺乏直接证据，一直难以下结论。

郭兴凯一听就傻眼了，他确实不知道宛玉铃的社会关系还有特嫌一说。

这个情况你完全不知道吧？凌雨不无同情地说。

可是，郭兴凯申辩道，她的家庭出身很好啊！他哥哥的特嫌问题，跟她个人有什么关系呢？

糊涂啊！你一个14岁就入了党的老同志，怎么能说出这么没有党性原则的话呢？凌雨不满地说，兴凯啊，我看你是被爱情迷糊了双眼啊！我以组织的名义正式通知你，你不能再跟宛玉铃保持恋爱关系了。

我，我……我恐怕办不到……郭兴凯慌乱地说。

办不到也得办。凌雨加重了语气说，因为这是组织的决定，除非你不想当党员了。

天降横祸，棒打鸳鸯。郭兴凯感到天塌了。他的女友宛玉铃是个多么好的女人啊！她美丽纯朴，心地善良，善解人意。郭兴凯虽然感到很痛苦，但组织的决定却不能不遵守。可是他怎么开得了口啊？凌雨见他他摇摇晃晃地站起身，忙说，你先别急着走，要不行的话，就在我这儿多歇会儿。

　　不！我行的。他凄然一笑。跟凌雨道过别，强打精神，走出了房门。

　　还没等到下班，郭兴凯就提前出了工厂大门。他想趁宛玉铃下班之前，找到她，把这个不幸的消息告诉他。等他赶到厂职工医院的时候，才得知她已经下班走了。他随着下班的人流在猛圣路上匆匆走着。他跑到她住的厂草房宿舍区去找她。跟她同住一间单身宿舍的一位女孩说，她根本就没回来过。他暗想，她会跑到哪儿去呢？难道她已经知道这件事了吗？对于一个女孩来说，这件事情的打击她能挺过去吗？这么一想，他的心就收紧了。他想，如果他们厂里已经给她谈过这件事情，那么她必然会找个僻静的地方来宣泄痛苦，她最可能去的地方，恐怕就是沙河边的芦苇丛中，那个他俩曾经悄悄约会过的地方。

　　他马上折转身，朝着沙河方向走去。他在沙河大桥下面折向了北边踏水桥方向。他在河滩上的小路上匆匆走着，目光一直留心着芦苇丛中有没有人的踪迹。正是吃晚饭的时候，此时的沙河边只有他一个人。在踏水桥以北的一大片茂密的芦苇丛中，他终于找到了她。在这里的芦苇丛中有一块大青石，他俩第一次确定恋爱关系的时候，就是在这儿约会的。他一走近通向芦苇丛的小径，就听见一阵阵呜呜的哭声，转过拐就看见她坐在大青石上的背影。她的双肩抽动着，发出的哭声很压抑很无助。他感到鼻子一酸，眼眶马上就潮湿了。

　　玉铃——他冲动地叫了一声，朝着她跑去。

　　听见他深情的呼唤，她不由得一怔，赶紧站起来转过身子，委屈地叫了一声，兴凯——就不顾一切地朝着他跑来。他张开双臂，把朝他扑过来的她死死地搂进怀里。她边把沾满泪水的脸蛋在他的脸上反复摩挲着，边说，兴凯，兴凯，我不能没有你呀！

　　天渐渐黑了，四野里响起了一片蛙声。她终于哭够了，慢慢地从他的肩上抬起头来。他掏出自己的手绢为她擦去脸上的泪痕。他的肚子早已饿得咕咕叫，就关切地问她饿不饿。她摇摇头说，不饿，就是心里堵得慌。说毕，扭头就走。

等等！他忙叫住她，问她这是为什么。

不料她冷漠地说，从今以后，你不要再来找我了。

为什么？

不能因为我哥哥的问题，而影响你继续为党工作，影响你发挥聪明才智为祖国的国防军工事业作贡献。

他问她，为什么如此绝情？

我不能害了你，也不能害了我自己。她的话显得十分冷静。

他忙问为什么？

她心有余悸地说，这是组织的决定，谁敢违抗，谁又能违抗？我哥哥的问题，厂里有人偷偷向省里、部里打了韩厂长的小报告，说他屁股坐歪了，居然把一个有特嫌社会关系的人留在国防保密工厂上班。韩厂长为了保护我已经替我背黑锅了。我们厂政治部找我谈话的那个人，我曾经治好过他老婆的病，他悄悄告诉我，我如果要坚持跟你保持恋爱关系的话，有人就要把我调到成都西郊的一个地方国营小厂去。

他感到大吃一惊，作为领导阶级的工人阶级内部，居然还有这样的事情，还有这种在背后打小报告的卑鄙小人？

# 三

四机部（即后来的电子部）之所以把试制第一只彩色显像管的光荣任务放到793厂，不仅因为它是我国最大的电子束管基地，还有它的技术力量最为雄厚。在793厂担任总工程师的祖海，是中国工程院院士，是我国电真空器件的四大权威之一。建厂伊始，他呕心沥血，亲自组建了793厂的产品设计所。他瞄准国际上的发展趋势，结合国内国防、军用、民用的实际，组建了全所下设的10个各具特色的设计室。在他的领导下，793厂正在开创中国四个第一只的历史记录——彩色显像管、视像管、摄像管、储存管的第一个试制成功。有了这位电真空器件权威的把关，彩色显像管突击队的所有成员都摩拳擦掌，恨不得早一天把它试制成功，恨不得把一天掰成两天来用。为攻关加班成了常态，突击队们不管是结了婚的，还是单身的，天天住在车间里。累了，往车间地板上搭的临时床铺一躺；醒了，接着再干，每天只睡一两个小时。队员们十几天不回家是常事，其实家离厂区也就三四里路远。

当时搞彩色显像管是世界最大的难题，但我们中国人要搞。我们要凭着从国外搞到的有关资料，我们要自力更生，搞出中国自己的彩色显像管。彩管的重要技术难关是"栅网"，由栅网而组成红绿蓝三种不同的色彩。国内并没有制造栅网的相关设备，但郭兴凯和他的突击队不信邪，硬是以人工的方式将4000多根镍铬丝焊接在一个框架上，这是何等精到细致的手工技术啊！苍天不负苦心人，经过四十多天的连续奋战，我国第一支21英寸彩色显像管终于宣告制造成功。消息传到北京，电子部立即派了申副部长前来验收。这天下午，当793厂自制的彩管接通电源，并联接上国外进口的视频播放信号以后，鲜艳而又不失真的彩色视频信号如愿以偿地呈现了出来。所有参加验收的人，全都不由自主地欢呼起来。申副部长激动地说，同志们！临走前，我给中央首长打电话报喜，首长要我转达他的祝贺，转达他对大家的问候。首长说，可别小看这第一只国产的彩色显像管，他就是我国电子工业爆炸的第一颗"原子弹"啊！如此高的评价，这可是793厂的书记、厂长，以及突击队的全体队员始料未及的。此时，人们你看看我，我看看你，激动得满面通红，热血沸腾。当然，当时这一科技成果的意义主要是政治性的，因为一只21英寸彩色显像管的成本就是8万元的天价，而售价仅2万元。

第二天是星期天。郭兴凯约了他的两个好朋友卞文渊、纪中和，一起去看望韩叔叔。以往被称为"烂泥湾"的猛圣路，现在被正式定名为"建设路"了，这个名字很响亮，也跟成都东郊工业区的特殊地位很般配。一眼望去，建设路宽阔平整，人行道两边种的夹竹桃，开着红红白白的鲜艳花朵，公路两边栽的梧桐树都已经有茶杯粗细了。自从公元1953年那个暑气逼人的七月以来，新中国掀起了一个个经济建设的浪潮，一批又一批的建设者跨过府河猛追湾，陆陆续续开了进来，许多工厂、企业、学校在东郊相继建成。这几年，除了成都市和四川省组建的地方国营的工厂以外，更有一家家从东南沿海搬过来的"三线建设"的内迁企业。在客家人祖祖辈辈居住的东郊圣灯村、八里村、新鸿村、双水村、联合村等等村庄，最初只是在辽阔的田野里嵌入了一家家独立的工厂，随着时间的推移，眼见一家家工厂渐渐连成了片，曾经的田园渐渐退远，林立的烟囱、鳞次栉比的厂房、轰鸣的机器、上下班的步行人流加自行车的潮流，取代了庄稼地。成都东郊变得愈来愈热闹了，包括风俗习惯、穿着、口音等带有各地浓郁地方色彩的文化元素，在沙河两岸踫撞着、交融着。

此时，建设路两边的人行道上人来人往，这些东郊各个大厂休周末的工人，有逛商店、书店的，有看电影的，有散步的。此时，各地的方言大荟萃，上海话、南京话、东北话、北京话、天津话、陕西话、安徽话、武汉话、唐山话、山东话、成都话……不时在空气中穿插交叉。这天，新修的沙河电影院正在放映一部新故事片《千万不要忘记》。卞文渊说他看过这部电影。郭、纪二人就说，据说这部电影是描写工人的，好不好看？他摇摇头说，一部应景之作罢了。二人问他此话怎讲。他说，报纸、广播当前不是在强调千万不要忘记阶级斗争吗？电影就编了一个故事，讲一个名叫丁少纯的青年工人，受丈母娘的资产阶级思想的侵蚀，追求享受，险些给工厂酿成重大事故，最后终于醒悟。最烦的是，电影借剧中人物之口，对观众耳提面命：千万不要忘记阶级斗争！郭、纪二人就感叹，说编导把观众当傻子了。

三个人走过电影院，看见大门口站着许多衣着光鲜的人。他们哇啦哇啦地讲着上海话，女的大多穿着花裙子，脖子上往往搭配着一条鲜艳的丝巾；男的普遍穿着做工考究的西裤，脚蹬黑色或棕色皮鞋。那种骨子里的海派风韵，是外地人学也学不来的。有人还同卞文渊打着招呼。卞文渊说，那些都是他们796厂的人。

在熙来攘往的人流中，卞文渊和纪中和发现郭兴凯有点魂不守舍，他的目光老是在人群中寻觅着谁，显然，他俩的这位老哥子，渴望能在建设路上邂逅宛玉铃。其实，他俩又何尝不想郭兴凯能跟他的梦中情人邂逅呢？

起初，郭兴凯是带着一颗破碎的心来当这个突击队长的。宛玉铃楚楚动人的模样时不时地就要在他的脑海里萦绕。尤其是那天傍晚，他和她在沙河边的芦苇丛中依依惜别的情景，时不时地就要跳进他的脑海，他甚至能产生她用沾满泪水的脸蛋在他的面颊上摩挲的感觉。随着试制进入攻坚阶段，需要解决的具体问题愈来愈多，他们也就愈来愈忙碌，每天能睡上一两个小时，成了奢侈的享受。这种忘我的工作状态，恰好转移了他对她的思念之情。眼下，他突然闲散了下来，对宛玉铃的思念不知不觉又强烈起来。

三个人轻车熟路，不久就找到了韩震的草房宿舍。天都机器厂是闻名全国的红旗工厂，是成都东郊所有国防工厂中唯一接受过毛泽东主席视察的工厂，也是新闻媒体宣传的先进典型，中央新闻纪录电影制片厂曾经两度拍纪录片来宣传它。前年，周恩来总理还在北京人民大会堂把一面绣着"红旗工厂"的红旗，亲手颁发给韩震。在外人的眼里，天都机器厂，还有他的掌门人韩震，是何等的风光啊！但是，现实生活中的韩震，却生活在水深火热之中。郭兴凯他们三个年轻人对此却一无所知。

韩震草房宿舍的双扇门敞开着，12岁的韩雪拴着围腰，坐在门前的一个大木盆前，正用搓衣板洗着衣服。她一看见他们，就连声招呼着。接着，她站起身，在围腰上擦了擦手，请三位哥哥到屋里去坐。之后又忙着为他们沏茶。正在厨房里漂清衣服的姥姥叶玉兰，听见外面的动静，颠着小脚出来，热情地招呼大家。

三个人一起大声叫道，姥姥好！

好好好，姥姥笑着说，今天中午，就在这儿吃午饭。

郭兴凯察觉姥姥今天的笑容有些勉强，心头涌上不祥的预感，忙问，韩叔叔呢，白阿姨呢？

又回到屋外搓衣服的韩雪插话说，有个阿姨生了急病，把我妈叫到厂医院去了。

姥姥说，你韩叔吗，早都搬到他的办公室住去了。起码有20天没有回来过。

三人一听，大感诧异，忙问，为什么呢？

为什么？姥姥气不打一处来，说，我怎么知道为什么，得问上面当官的去。这天底下，只有做好事成人之美的，哪有把人家的夫妻活活拆散的道理？作孽呀！

听姥姥这么一说，三个人更摸不着头脑了，刚要发问，只听见韩雪说，姥姥，可不敢乱说话，那可是上级组织的决定。

什么组织组织的，我看是吃饱了没事干撑的！我女儿女婿，和和睦睦，恩恩爱爱。这工厂里的家属老娘们儿，谁人不羡慕？谁不说他们是郎才女貌，天设一对，地造一双？可是，有人偏偏要棒打鸳鸯，强行拆散他俩。这种人，出门遭雷打，坐车出车祸，生孩子没屁眼儿！姥姥愈说愈气，愈说愈激动，说出的话也就越来越难听。

慌得韩雪跑进屋来，直是劝慰说，姥姥，我求你老人家别乱说了，好不好？要是被坏人听见了去打小报告，我妈我爸可是吃不了兜着走啦！

郭兴凯说，姥姥，你就给我们说说怎么回事嘛，真是急死人啦！韩叔叔，阿姨，究竟怎么样了嘛？

卞文渊、纪中和赶紧附和，姥姥！求你了！

姥姥愤愤不平地说，这种人的话，我都说不出口，免的脏了我的嘴巴。边说，边颠着小脚回厨房去了。

韩雪瞭了瞭姥姥的背影，凑近三个人面前悄悄说，我来告诉你们吧。上面派人来，找我爸我妈分别谈话，限他们在一个月之内必须离婚。

啊？三个人大吃一惊，就更想了解内幕了。这个上小学六年级的混血儿韩雪，从小就是小人精，各科成绩都很优秀，语文、绘画、体育成绩，在班上都是名列前茅，并且能说会道。通过她的绘声绘色的讲述，三个人这才了解到韩震、白羽这一家子的来龙去脉。

韩雪的外公是俄罗斯人，东北人称之为"老毛子"。她的妈妈白羽有一半的俄罗斯血统，东北有很多这种"二毛子"。她外公是没落的白俄贵族之后，5岁时，被一对没有孩子的中国老夫妇所收留。当时，沙皇的军队经常骚扰边境上的中国村民，村民报复，趁夜偷袭并烧毁了俄国的兵营。她外公的养父姓白，本是清朝松花江水师的一名下级军官，他带兵去平息暴乱，从火堆里抢救出一个四五岁的孩子，遍寻孩子的父母不见。俄罗斯人信仰东正教，除非父母遇难了，否则决不会抛弃自己的孩子。由此判断，这个吓得哇哇大哭的孩子，已经失去了父母，十分可怜。恰巧老白夫妇没有生育，就把孩子收留了。老白后来退役，当了一名乌拉匠（鞋匠），他收养的孩子也就随他学做皮鞋。老白供这孩子上学。孩子愈长愈大，愈长愈高，长到了1.92米不说，还是蓝眼睛、黄头发，一望而知是老毛子。

老毛子后来结婚的老婆——韩雪的姥姥，是满族镶黄旗叶赫那拉氏的后裔，也是八旗兵被打散后，她在走投无路、饥寒交迫之际，就自己卖自己，说：我也不要彩礼，谁给我饭吃，我就给谁当媳妇儿。她外公外婆结合后，生了六兄妹，她妈白羽是老五。白羽六兄妹都特别聪明，读书跳级，解放以后都当了干部。那一家子都是抗日的，韩雪的幺舅是最厉害的，曾炸翻过日本军列，被日军追捕。在1957年的反右运动中，韩雪的外公被打成反动白俄，听说要把他弄回去接受苏联人民的审判，结果胆小怕事的他就上吊寻了短见。

白羽14岁就在哈尔滨的一家私人诊所当护士。16岁参军后，就在四野的部队医院里当护士，天资聪明的她经常给医生当副手，后来那医生有时不在，她居然就能顶医生的那一角。上级因此栽培她，把她送到东北军医大学学医。白羽19岁加入中国共产党，20岁嫁给了韩震。

韩震在打辽沈战役时负了伤，住在军医院里，认识了当军医的白羽。有一颗机枪子弹打穿了他的大腿，做完手术后，就没给他穿裤子。那天，他叫警卫员快找裤子给他穿上。警卫员说，你裤子那么脏，给你洗了。他用被盖死死捂住身体，死活不让护士给他换药。正僵持间，一个身高一米七几、身穿白大褂、戴口罩的军医走进来，厉声说：把被子掀开！他搞不清来人是男是女，只好乖乖地听摆布。等给他换完药，来人才取下军帽，他一见，羞得恨不能钻进地洞，原来来人是漂亮的女军医白羽。二人因换药结缘，以后就谈起了恋爱。韩震当时已30岁，白羽以俄罗斯人的狂热爱上了韩震。二人结婚以后，新婚之夜，白羽娇羞地问他：你当时为啥要让我掀被子？韩震调皮地回答：其实我早就看出是你了。

白羽的父亲是自绝于党和人民的反动白俄，韩震是党的高级干部，尽管白羽本人是省人大代表、省级劳模、部级优秀党员、中华医学会理事，但都无济于事。因为上面有人不能容忍韩震社会关系的重大污点，美其名曰，是为了保证他政治上的纯洁性。还有，白羽本人也有叛徒的嫌疑。此事从何说起呢？这件事发生在日本鬼子投降之前，当时白羽14岁，在哈尔滨的一家私人诊所当护士。有一天深夜，有一个左手手臂糊满鲜血的男人，忽然跑来敲诊所的门。正在值夜班的白羽发现来人有点面熟。男人告诉她，是日本鬼子开枪打伤了他的手臂。她赶紧叫醒诊所的老板兼主治医生，请他来给他动手术。嵌进男人手臂里的子弹被取了出来，白羽为他细心地包扎好伤口，男人付钱后迅速离去。当时，白羽已经是哈尔滨地下党的外围成员。到了第二天她才听说，那个男人是地下党的叛徒，那手臂上的枪伤是地下党的除奸队打的。那个男人中枪以后，由于得到了及时的救治，得以顺利逃脱。直到哈尔滨解放以后，政府才把那个叛徒捉拿归案，执行了枪决。这件事情，本来是白羽在完全不知情的情况下，尽了一个医务人员救死扶伤的本职，做了分内之事。可是，这事在审干运动中被别有用心的人揭发出来，性质就完全变了样。白羽成了蓄意帮助叛徒脱险、本人有叛变嫌疑的罪人。当年跟白羽单线联系的地下党负责人之一的袁大姐，刚解放就已经写了证明材料，替她辩白。但此事却被别有用心的人紧紧揪住不放，弄得白羽本人百口莫辩。

白家的往事，外公的含冤自尽，以及妈妈白羽所受到的冤屈，由一个12岁的少女韩雪以悲凉的口吻娓娓道来，把三个人深深地打动了。现场一时沉默，大家都不知道该说点什么。依当时的政治背景和思维习惯，阶级斗争要年年讲，月月讲，天天讲。叫韩叔叔和白阿姨离婚，这是上级的决定。上级就代表着党。党的决定，谁敢抗拒？

只听卞文渊插话说，我现在有点明白了，你爸爸为什么要搬出去了。

纪中和说，我真的不明白，为什么要这样做？

唉！郭兴凯叹了一口气，说，这就是人为地制造人间悲剧。像韩叔叔这样一个经过革命战争考验的党的高级干部，是从枪林弹雨中活下来的，现在，搞国防工业的任务又那么繁重，为什么还要这样折磨他？

卞文渊问，你爸搬走这么多天了，他的生活谁照顾？他在什么地方吃饭？

韩雪说，只有我姥姥照顾啊！他一整天都只能在职工食堂搭伙吃饭。

在外面玩耍的8岁的韩刚，不知何时已经溜进了屋，此时插话道，哦，不是。郭哥，我姐姐骗你们的。我爸晚上是在家里睡的。

韩雪把眼睛一瞪，赶紧制止他说，韩刚，别瞎说！谁说爸爸晚上是回来住的？

就是就是，爸爸晚上就是回来住的。昨天半夜我起来撒尿，我看见爸爸用钥匙开开门，悄悄进来了。

三个人一听，不由得面面相觑。

你跟我住在一个屋子，爸爸回来过，我怎么不知道？韩雪反问。

你睡得像死猪一样，你怎么会知道？韩刚反唇相讥。

韩雪着急了，叫道，不许你胡说！她转过身，朝着厨房里的奶奶求救，奶奶！奶奶！快出来管管韩刚。

只见姥姥颠着小脚，从厨房里匆匆走出，大声斥责韩刚说，你要死了，你胡说八道些啥？

奶奶，我没有胡说，我真的看见爸爸回来了。韩刚委屈极了。

糊涂虫，我叫你乱说话！姥姥急了，扬起右手，啪地就给了他最疼爱的小孙子一巴掌。

韩刚何曾受过这样的委屈，就势倒在地上，又哭又闹。

郭兴凯赶紧把他从地上抱起来，搂在怀里又摇又拍，直说，刚刚乖，刚刚乖，别哭了，别哭了！

韩刚望着他抽抽搭搭地说，郭哥哥，我刚才说的是真的。爸爸妈妈叫我别说谎话，可是姐姐，还有姥姥，他们说的都是谎话。

韩雪一听急了，冲上来又要打他。卞文渊、纪中和忙上前护着他，直是说，别打了，别打了！小孩子是不会说假话的。

唉！姥姥伤感地说，一个好好的家，叫人弄成了什么样子？

郭兴凯把韩雪叫到她住的屋子，压低嗓门说，雪雪，哥想问你一件事情。你要老实告诉我，行吗？

韩雪狐疑地望着他，没有正面回答。

郭兴凯单刀直入地发问，你告诉哥哥，你爸爸回来过吗？

你问这个干什么？韩雪很警惕。

这个问题对于我来说很重要。我要你如实回答。

我不知道！由于说谎，她的话一出口，白白的脸颊就飞上了红晕。

他淡淡地一笑，说，你的眼睛告诉我，你不会说谎。你放心好了，我决不会害你们的。你爸是我的救命恩人，我的血管里一直流着你爸的鲜血，他的困境就是我的困境。如果我不竭尽全力帮助他，那我我还算一个人吗？

她被打动了，眼神流露出期待和信赖。他接着说，我想先弄清，你爸对你妈的真实态度……

她伤感地说，郭哥，我信你。我发现，我爸心里非常痛苦，这些天他成天愁眉苦脸，人都瘦了一圈。我爸很爱我妈，他每周都会悄悄回家两次。他总是把时间拖得很晚才回来，不等天亮，又悄悄返回办公室去。

我明白了，我完全能感到你爸爸的尴尬和痛苦。郭兴凯点点头说。他的心头升腾起一种难以言说的悲哀。韩叔叔和白阿姨，一对在革命战争年代结合的相亲相爱的夫妻，却不能公开地生活在一起，弄得像搞地下工作一样。韩叔叔当年出生入死闹革命，难道就是为了过今天这种水深火热的日子吗？他在心里说，不对，我们的生活绝不应当是这样的，这一定是什么地方出了问题。

三个人从韩家告辞出来，一路上感叹唏嘘，郁郁寡欢。

## 四

郭兴凯、卞文渊、纪中和三个人刚走到建设路的沙河大桥桥头，就看见蔡长安慌慌张张地迎面走来。他一看见纪中和他们，隔老远就喊道，中和！我正在找你。郭哥、卞哥，你们也在啊！

星期天蔡长安跑到这儿来干什么呢？三个人感到奇怪，忙在桥头上停下来，想问个究竟。

蔡长安走过来，劈头就说，我姐夫出事了，公安局把他抓起来了！

啊？三个人大吃一惊。

蔡长安忙说，我本来是找中和哥帮我拿个主意的，三位老哥子，你们说，这事儿该怎么办？

纪中和说，别着急，先说说是怎么回事。

蔡长安告诉他们，昨天晚上10点过，张洪炳居住的那个院子突然被公安人员包围了，几名公安敲开大门，直接走到张洪炳的家门前。这时候，张家的两个儿子——13岁的张星魁和10岁的张二逵，都已经入睡了，两口子正在洗脚，也准备上床睡觉了。听到敲门声，张洪炳还感到有点奇怪：这么晚了，谁还会找他呢？他打开大门一看，门口站着两名公安人员，立刻就紧张起来。两名公安问他：是不是张洪炳？他说是。两个人立刻就用手铐把他铐了起来。蔡淑芬从里屋冲出来，叫道：你们为什么抓他？他是好人呀！一个高个子公安说，你再不闭嘴，我连你一块儿抓。蔡淑芬吓得立刻噤若寒蝉。高个子把手一挥，说，给我搜！立刻从门外冲进三个公安，在屋里翻箱倒柜地搜了起来。一名公安从张洪炳两口子的寝室里走出来，手里拿着一张8开大小的道林纸，说，罪证找到了。高个子点了点头，转过身对着浑身筛糠般发抖的蔡淑芬说，你就老实在屋里待着，不许乱说乱动。之后，几个人扬长而去。

蔡淑芬担惊受怕，不明白男人究竟犯了什么罪，就用被子堵着嘴，嘤嘤地哭了一夜。蔡长安今天上午去姐姐家，才知道姐夫出事了。姐弟俩惊慌失措，忙人无计，经纪皮匠两口子的提醒，才想到去沙河对岸找纪中和。

三人问蔡长安，他姐夫究竟出了什么事？

蔡长安说，我也弄不大清楚。听我姐说，我姐夫好像自己画了一张什么地图，上面标着东郊这边的所有工厂的位置。听说他还在街坊邻居面前炫耀。可能多半就是为了这个图的事，公安局把他抓了。

郭兴凯问，长安，你见过他画的这张图吗？

卞文渊说，他在街访邻居面前是怎么炫耀的？你知道吗？

蔡长安把个脑袋摇得像拨浪鼓，说，不知道，我也没见过。

一席话倒把纪中和提醒了，他说，对了，你姐夫的那张地图，我在半年前见到过。他当时还没有画完，正趴在院子里老槐树的方桌上，拿着一支钢笔在上面做着标记。对了，他还对我说，中和，你看我这张图画的咋样？东郊发展得多快，修建的工厂真多呀！他还指着地图上的标记对我说，你看，我昨天才到河对门去核对过，这几个工厂都很提劲，都是刚从沿海一带搬来的。我当时还问他，张叔叔，你画这个图干什么呢？不干什么？他回答说，就是好奇，感到新鲜，很受鼓舞！哎呀，东郊那边，真是日新月异啊！

卞文渊说，从他画图本身，以及他说的话来看，他并没有什么恶意呀，那公安局为什么要抓他呢？

郭兴凯说，哎长安，打听过没有？究竟是因为什么罪名抓他？

蔡长安说，我姐今天一早就去找过居委会吴主任。吴主任告诉她，说我姐夫是因为特务嫌疑抓了他，还叫我姐一定要相信党相信政府，要站稳阶级立场。。

哦！三个人恍然大悟。

郭兴凯说，哎，对了，你姐夫是什么成分？

蔡长安说，我不太清楚。

纪中和说，我知道，张叔叔原本家里很穷。解放前被拉了壮丁，在国民党反动派胡宗南的部队上当过连长，临解放的时候开小差回到了成都。然后靠拉黄包车为生，现在在东城区的一家搬运公司拉板板车。

我明白了！郭兴凯、卞文渊几乎同时喊道。

蔡长安忙说，明白什么了，快说说。

郭、卞二人就互相补充着告诉他，很明显，首先是他姐夫有历史问题。东郊是国防工业的秘密基地，他在悄悄绘制东郊工厂布局的地图。这很容易让风声鹤唳、草木皆兵的人产生联想，认为他干的是特务的勾当，在为美帝国主义和台湾搜集军事情报。他这个姐夫，显然是被阶级觉悟特别高的某个街坊邻居告发了。

纪中和忙问这事儿该怎么办才好。

卞文渊说，这件事还真有点麻烦。只要是被抓进局子，苦头是少不了要吃的。

郭兴凯问纪中和，张洪炳这个人的人缘如何？

纪中和说，张叔叔这个人，古道热肠，人厚道，讲义气，肯帮忙，并且从不惹是生非，所以他们搬运公司并没有把他列为管制分子。卞哥，你还记得吗？七年前，张叔叔用他的板板车，把你们的行李从火车北站拉到猛追湾？

哦，你是说那个张师傅呀？卞文渊兴奋地说，记得记得，那可真是个好人！

这就好办了嘛，我有个主意。郭兴凯轻松地一笑，说，只需要在你们的街坊邻居中间搞一个签名活动，大家只要肯保释张洪炳，我想公安机关就不会不放人的。中和，我想由你牵头比较好，因为你是国防信箱工厂的工人，政治上非常过硬，这样可以避免节外生枝。不过呢，这可要辛苦你了，

郭哥，你这个主意太好了！我愿意！纪中和兴奋地叫道。

卞文渊说，兴凯，你脑袋就是转得快。

蔡长安一连叠声地直是道谢，并说，事成之后，我请你们喝酒。

纪中和依计而行，在新东门一带的街坊邻居中，征集到了一百多个人的签名盖章。大家都愿意证明，张洪炳是老地邻，是个好人，是绝不会当特务的。事出有因查无实据。张洪炳被关了三天之后，在街坊邻居的营救下，提前释放了。出狱之前，又被公安人员教育了一番，他们要他认清自己的身份，要规规矩矩做人，不要没事找事，无事生非。并且警告他，今后不要再提什么地图的事情，如果有人找他打听地图的事情，他必须马上报告公安局。

张洪炳灰溜溜地回到家，对蔡淑芬说，妈哟，老子才是舐勾子遇到摆腿，个人找些虱子在脑壳上爬！唉！

蔡淑芬心疼地说，个人的事情你个人注意点儿，你当过国民党反动派的丘八儿，屁股上夹着屎，今后就不要吊颈鬼上香火——假

充正神了。你先歇一会儿，我去给你炒几个好菜，今晚上让你好好喝一盅，让你的两个宝贝儿子也沾点荤腥。

## 五

韩震早在五年前就只担任720厂的厂长了。郭兴凯对韩震的尴尬处境一直念念不忘，就想帮他早一天脱离苦海。可是，怎么做才能如愿以偿呢？他暗忖，能给韩震夫妻下令，要他俩必须离婚的，按照常识，要么是电子部，要么是省国防工办。想到此，他豁然开朗：啊！如果有人能给四川省委黎书记说上话，替白羽和韩震开脱的话，那么，只要黎书记的秘书打个电话，这个事情也就了结了。他忽然想到，能够跟省委黎书记说上话的人大有人在啊！那不就是他们793厂的党委书记凌雨吗？他到793厂任职之前，不就是省委黎书记的秘书吗？以郭兴凯对凌书记人品的了解，以及他俩的特殊关系，可以肯定，只要他开口求他，凌雨一定不会袖手旁观的。

郭兴凯感觉凌雨这个人还比较正派，做事情也敢担当，凭着他跟他的交情，求他办成这件事还是很有把握的。这天下午，他先在车间里给凌雨挂了一个电话，说他有急事，需要马上见到他。凌雨回答说，正好有空，他现在就可以过去。郭兴凯满怀希望，兴冲冲地走进了凌雨的办公室。凌雨对他很热情，又是请坐又是泡茶的。郭兴凯不抽烟，他就自己抽出一支香烟点上了。

郭兴凯一开口就直奔主题，说，凌书记，我今天这件事很急，想求你帮我一个忙！

凌雨一听就笑了，什么事这么急？一点铺垫都没有。

郭兴凯正色道，凌书记，小郭在你面前是从来不讲价钱的，你叫我当玻璃车间的支部书记，我当了；你又叫我当彩管突击队的队长，我也当了。我这个人的政治面貌，你应该是信得过的吧？14岁，我就给地下党送情报；14岁，就加入了中国共产党。

小郭，凌雨打断他的话，说，哎，今天是怎么了？给自己评功摆好来了，这可不是你小郭的习惯啊！有什么话你就直说好了。

凌书记，我这不是评功摆好，我想跟你说的是，我小郭，在政治上是非常坚定的，是忠于党，忠于毛主席，忠于人民的。我以我的党性向你请求，答应帮我办一件事情，好吗？

哦？有这么严重吗？凌雨把眉头一皱，说，说吧，你需要我帮你做什么事情？

凌书记！我要你先答应我，我再跟你说。

凌雨抽了一口烟，说，好吧，我答应你。该你说了。

郭兴凯说，凌书记，720厂的厂长韩震，你知道吧？

怎么会不知道？东郊大名鼎鼎的传奇人物嘛，东郊七人筹备小组的组长，东郊的元老，你的老领导嘛！

郭兴凯说，他还是我的救命恩人呢！

哦？怎么没听你说过呢？

那我今天就详详细细地跟你汇报一下。

之前的铺垫吊足了凌雨的胃口，郭兴凯就不慌不忙地开始讲述了。他讲了他和韩震的特殊的关系，特殊的感情，还讲了韩震的白俄老岳父，他的所谓有叛徒嫌疑的妻子白羽的事情，最后讲了有关方面逼迫韩震夫妇离婚的事情。

听完郭兴凯的讲述，凌雨陷入了沉思。他又掏出一支烟点燃，在屋里踱来踱去地吸着，最后，他面对墙壁站住了，转过身对郭兴凯说，他们做的太过分了，怎么能这样对待一个经过革命战争考验的党的高级干部呢？再说白羽吧，当时也不过才14岁，她一个地下党的外围成员，怎么可能知道那个深夜求医的人就是叛徒呢？

显然，凌书记被他绘声绘色的叙述打动了。郭兴凯心中暗喜，赶紧趁热打铁，说，这件事弄得韩震同志非常痛苦，一边是上级组织的决定，一边是自己非常疼爱的妻子，他无所适从，不知道自己应该怎么办。唯一能做的，就是跟妻子分居，自己搬到厂长办公室去住。

凌雨担忧地说，这怎么能行呢？一个上万人的国防大厂的厂长，那种白天黑夜连轴转的忙碌，是普通人难以体会的。强迫别人离婚，这简直就是乱弹琴嘛！这样来折磨一个党的高级干部，也太没有人情味儿了，这样下去是要出大问题的呀！

郭兴凯说，凌书记，我知道你来我们工厂之前是省委黎书记的秘书，你能不能找找黎书记？请他出面说说话。

好，这事儿交给我了。我来办，我去找黎书记。凌雨把吸剩的烟头在烟灰缸里使劲撵了撵，说，某些人一贯以"左"的面貌示人，太无法无天了，我就不信没人能够治他们啦！

郭兴凯欣喜若狂，情不自禁地站起身，给凌雨深深地鞠了一躬。

事情正如郭兴凯预想的那样，省委黎书记一发话，省国防工办赶紧收回了成命，并且向韩震道了歉。韩震和白羽再也不用离婚了。但是，应当说，这只是暂时解除了"空袭警报"。因为像白羽的白俄家庭出身，以及她本人所受到的置疑，还有韩震曾经是苏军国际88旅的步兵营营长，这些问题，在"以阶级斗争为纲"的年代，就像一柄高悬在头顶的达摩克利斯之利剑，随时都可能凌空劈下。因为两年后，史无前例的无产阶级"文化大革命"开始了，韩震一家人注定在劫难逃。当然，这是后话了。

# 一

不知不觉间，柳春枝长到了18岁。俗话说：女大十八变，愈变愈好看。更何况本来就是美人胚子的柳春枝了。16岁那年刚进厂时，她还是一个营养不良的黄毛丫头。这两年，整个国家终于告别了大跃进的灾难，国民经济渐渐得以复苏，市面上老百姓日常生活的吃、穿、用的东西，也没有那么吃紧了。再也不缺食物的柳春枝，整个人也就渐渐变得水灵起来：水嫩的肌肤雪一样白，还泛着淡淡的红晕；白里透红的鹅蛋脸，任随太阳怎么晒也不见黑；弯弯的柳叶眉，湿润闪亮的眸子，桃花瓣一样娇艳的嘴唇，再加上高挑的个儿，丰乳翘臀。她毫无争议地成了793厂的厂花。但厂里的男工们背地里却不叫她厂花，而是称她"标准件"。这也不知是哪个头脑活泛的家伙的发明。所谓标准件，它其实是专门为工厂产品提供的进行比较的实物，生产出的每一个产品都必须以它为标准，只有符合规定范围内允许的细微误差的才是合格产品。标准件往往来自母厂，甚至来自国外。把一个美丽的大姑娘称为女人的标准件，那对她该是多大的褒奖啊！男人背地里对女人的议论，总是饶有兴致，乐此不疲的。既然一帮好事者把美人比喻为标准件，这个头一开，厂里这下子可就热闹了，许多人推波助澜，戴着有色眼镜在全厂寻觅，于是大标准件、小标准件也就应运而生了。所谓大标准件，也就是个子高大点，或者年龄大一点。接着，又诞生了厂区标准件和车间标准件。标准件，成了793厂的男工们的口头禅，成了他们衡量女人姿色的标尺。。

但是，柳春枝本人对此却一无所知。她甚至对于自己美丽不美丽，也毫不介意。她是属于那种不大会收拾自己的女人，对于穿着打扮没有什么要求，也不懂什么服装、围巾、鞋子之类的样式或是色彩的搭配。厂里发的工作服，几乎所有的女工都要把它改得适合自己的腰身，这样穿起来才显得有女人味儿。但她对这些没有感觉，发下来是什么样子，她就穿什么样子。有时候，哪怕吃饭时不小心，她在衣服上滴了油渍或者汤汤水水，她也听之任之。一年365天，她是工作服不离身，并且是偏大号的工作服，上面既有偶尔沾上的车床的油污，也少不了吃饭时滴的油渍汤迹。如此一来，任你是再惹火的魔鬼身材，也都给淹没了。这样一来，也就难免那些嫉妒她的女工要在背后数落她的邋遢了，尤其是她衣服上沾的油渍汤迹，更是足以让她们笑掉大牙。

她其实是个单纯的人。单纯得就像一根筋。她从内心里真诚地感谢党，给了她一个绝佳的机会，让她成为国防工厂793厂的一名工人。她也感谢厂里给了她一个绝佳的机会，让她跟着车刀大王赵七级学徒弟。工人的最高级别不是八级工吗？但车工这个工种是个例外，以前没有八级，所以七级便是最高级别，其工资待遇与其他八级技术工相比只有极小的差别。有一天她见识了师傅赵七级的精湛的车工手艺，在车某个工艺复杂，并且精度和光洁度要求极严的零件时，师傅在最后一道工序几乎是一刀完成，并不像别的车工需用游标卡尺反复测量多次。师傅的绝技让她佩服得五体投地。她暗下决心，一定要把师傅的手艺学到手。

她把自己的整个身心都扑在了工作上。每天除了上班下班，她还要抓紧一切可能的机会加班。她成天忙得毛根儿不沾背，这恐怕也是她对沾了油渍的衣服不大在乎的原因之一吧。两年来，她从不迟到，也从未请过一次假。有一回，遇到母亲生病住院，她在病房里陪着母亲输了一晚上的液，第二天一早，等二姐赶来接手，她又打起精神去上班了。每天早晨，她都提前一个小时上班，先把车刀大王所在的小组的5台车床打扫得干干净净，再为师父砌上一杯酽茶。对于这个勤奋好学、任劳任怨的徒弟，赵七级就没有不喜欢她的道理。一般来说，美人都自我感觉良好，喜欢无病呻吟，都难免娇气，但他的这个徒弟，却完全没有一点美人的意识，打一个不恰当的比方，她更像是一个在大户人家服侍主人的粗使丫头，成天低眉顺眼，尽心尽力，任劳任怨。一个学徒工，一般要三年才能出师，而她却只用了一年，经考试合格，就被批准正式出师了。她出师的第二年，再经考核，又被破格评成了三级工，当年年底被评为厂级标兵、市级劳动模范。

她似乎天生就是当劳模的料，大凡工作以外的事情，她都不大感兴趣。她对别的男人都没有什么印象，唯独对郭兴凯情有独钟。无形之中吸引她的，究竟是他气宇轩昂的男子汉的气质和魅力呢，还是他的传奇经历？每次碰到他，都会情不自禁地满脸绯红。她一直搞不明白自己为什么会这样，但也从没有刨根问底儿地想过，过后总要在心里骂自己没出息。当她偶然从女伴的嘴里得知，郭兴凯的对象是720厂职工医院的医生的时候，心里陡然感到很失落，一连几天都闷闷不乐。弄得赵七级都疑心她病了，直是劝她：小柳，有病可不要硬挺着，该休息就要休息嘛。她就满不在乎地一笑，拿话搪塞过去。后来，她又听说，郭兴凯和他的女朋友吹了。原因是他们打了结婚申请，但女方的政治审查没通过。听到这个消息后，她说不清自己的心里是什么感觉，只是隐隐地觉得自己好像又有了希望。这样一想，她就觉得自己应该去见见郭兴凯。

这天下班后，她故意落在最后，又故意绕道经过玻璃车间。心想今天或许能够在这里碰到他吧。真是天从人愿。不一会儿，郭兴凯果真一个人郁郁寡欢地从车间里走了出来。她一看见，顿时粉面含羞，满脸绯红。

在经过最初的犹豫和羞怯之后，她勇敢地迎着他，走了上去。郭书记！郭书记！她一连叫了他两声，才把他从魂不守舍的状态中叫回到现实。

哦，是你在叫我吗？他抬起头，抱歉地一笑，对不起，刚才我没听见。

她发现，他熟悉的这个男人黑了，瘦了，眉宇间愁云笼罩。一种心疼的感觉倏地传遍了全身。刹那间，她竟然忘记了自己该说点什么。

只听他在礼貌地说，哦！我想起来了，你叫柳春枝，是厂里的标兵，市上的劳模。对了，你还是我把你招进厂的呢！

是！她羞涩地一笑，心想埋藏在心里的那句话，今天要不说的话，恐怕永远都没机会了。于是，她脱口而出，郭书记，不单单是你把我招进厂的，其实早在十一年前，我就认识你了。话一出口，她才发现自己态度之坦然，心里就更有底气了。

是吗？他感到很惊奇。

当然是啦！她嫣然一笑，说，那还是1953年7月的事情，你那时应该还是东郊七人筹备小组的吧？

是。他疑惑地问，哎，你说你当年就认识我了？你那个时候几岁啊？

七岁。

啊？你七岁就认识我了？他惊讶地笑出了声，连说，不可能，不可能。

她扑哧一声笑了，说，怎么不可能，世间一切皆有可能。我来问你，你们那天坐的是不是一辆美式中吉普？

对！

那天武成门的石拱桥是不是被洪水冲坏了，你们的车开不过去，就只好停在城门洞下的桥头上？

对啊！你怎么会知道得这么清楚？他面露惊喜。

我就知道得这么清楚！她调皮地把好看的下巴一扬，无形之中竟带点儿撒娇的味道，说，因为我就在桥头啊，和我的那些街坊邻居站在一起，对你们的吉普车很好奇，我们在围观嘛！

随着她的引导，他记忆的闸门渐渐开启。他若有所悟地盯着他说，你说你当年七岁？

嗯。

哎呀！他兴奋地叫了起来，我想起来了！我记得当时跳下车的时候，跟一个约摸七八岁的小女孩说过话。

嗯，你想起来了？那个小女孩不是别人，那就是本人呀！

哇！真的是你？

怎么？你看着不像吗？

他眯缝着眼睛，像欣赏一件艺术品似的，细细地打量起她来，边点头边说，不错不错，当时，我发现桥头上站着一个小美女，感觉她挺乖挺漂亮的，就忍不住跟她说了两句话。

当时，你走过我身边……

我问，小妹妹，你叫什么名字？

我说，我叫柳春枝。你问我，你怎么一个人在河边玩呢？

你伸出一只手往旁边的房子一指，说，我家就在这儿呢。

你边点着头，边追赶前边的人去了。

他和她都沉浸在对往事美好的回忆里。他满眼含笑，频频点着头说，是你，还真的是你。一转眼间，十一年过去了。在我的印象中，你还是当年的那个长不大的小女孩，想不到你都长成大姑娘了！更想不到的是，你不仅跟我同在793厂，而且还是我把你给招来的。真是太巧了！

还有更巧的呢？她调皮地一笑，你的好朋友，铁哥们儿，天都机器厂的纪中和，我俩是住在同一个院坝里的，从小我就叫他中和哥。

哇！郭兴凯惊喜地叫了一声，真的？

是啊！

你怎么不早说呢？

早说又怎样？晚说又怎样？她发现自己的小嘴儿居然愈来愈利

索了。

你要是早说的话，我早就到河对岸去拜访你们了。

亡羊补牢，现在去也不晚呀！

我改天一定去拜访！

一言为定？

一言为定！

她心里很清楚，话说到这个份儿上，就该再见了。不然的话，叫厂里的那些讨厌鬼抓住了把柄，今后麻烦就大了。于是，她匆匆和他告别，一个人先走了。

他似乎也意识到了什么，也就故意放缓了脚步。一见她的背影渐渐远去，愁云又重新笼罩了他的眉头。

## 二

蔡长安今年26岁了。他有三个哥哥、两个姐姐，蔡淑芬是老四，他是老五。按照农村老家的习惯，他应该早就结婚了，他老同学的孩子最大的都已经七岁了，但他现在偏偏还是单身。几年前，那在邛崃平乐公社老家的父母就开始为他的婚事操心了。二老的如意算盘是，给他找个勤快贤惠的农村媳妇儿，一来，她可以帮助他们干干农活儿；二来，她也可以拴住儿子的心，这样一来，他势必就会贪恋他安在老家的这个安乐窝，就会经常回老家去看望老人。趁那年春节他休探亲假，二老就按照农村的风俗习惯，安排他相亲。四川把相亲叫"看人"。在川西乡下，如果女家家道殷实，姑娘长得漂亮，通常是女方来挑选男方。而蔡长安不同，他是在省城成都端金饭碗的工人老大哥，再加上人又长得英俊，在乡亲们的眼睛里那可是不得了啦！于是，提亲的人都快把她家的门槛踩断了。那个春节可把他给累坏了，年没有好好过，成天就光顾着看人了。不仅上午看，下午看，晚上还看。一个一个姑娘，在他眼前走马灯似的转来转去。高的，矮的，胖的，瘦的，长相漂亮的，姿色平平的，一个个的都看了。眼睛都给他看花的结果，就产生了审美疲劳，找不到一个满意的，感觉简直乏味儿透了。他就抱怨二老，表示这个春节再也不看人了。

这天，是大年初三。他家要到河对门的花楸山去走亲戚。蔡长安和二老走到码头上，看见等渡船的人很多，心中不免焦躁。这时，只见从上游远远撑来一条没有篾篷的木船，那撑船的是一个穿着红花紧身棉袄的女子。等船走近，便觉得眼前忽地一亮，原来这是一个俊俏姑娘，留着一条独辫儿，脸蛋儿红扑扑的。姑娘的勃勃英姿让他怦然心动，不觉就看呆了。他这馋相，怎逃得过二老的眼睛？二老就会心地相视一笑。姑娘把木船在码头上刚一停靠好，等船的人就乱纷纷地直往船上挤。没等到蔡长安他们挤到船边，那船早就装满人撑走了。他眼巴巴地站在码头上，望着姑娘撑船的身影渐渐远去，只觉得心里空落落的。

二老按照他的意思，请媒人去那个姑娘家提亲，不想被姑娘的父母一口回绝。媒人不服气，就夸耀蔡长安，说他如何了得，如何年轻英俊有出息，是成都秘密国防工厂信箱厂端金饭碗的工人老大哥，要不是想孝敬父母，凭蔡长安的条件，他才不会回老家找个农村么妹儿呢。不料那姑娘的父母却只是冷笑。媒人下来一打听，才弄清人家早已有了对象，男方就是他们平乐公社的党委书记，一个新近丧偶的30岁男人。岂知等媒人一走，那姑娘从闺房里跑出来跟父母吵。她说她才18岁，对方是个大她12岁的老男人，而且还拖着一个五六岁的娃儿，她决不当别人的后娘。她发誓绝不出嫁，要嫁就要嫁端金饭碗的工人老大哥蔡长安。姑娘的父亲就骂女儿不听老人言，必定受饥寒。告诫她，不准胡说八道，公社书记就是他们平乐老百姓的父母官，就是土皇帝。姑娘反驳说，他再跩，还不是一个乡坝头的土包子，哪里比得上人家成都省信箱厂的工人？父亲火冒三丈，骂她混账，骂她未必没有长眼睛，没有看到就连跑来说媒的都是当官的——他们公社的那位能说会道的女副社长吗？如果她胆敢拒绝这门婚事，就把公社书记得罪了，往后他们家在这平乐镇就休想有立足之地。自我膨胀不可一世的蔡长安自然无法得知那姑娘的真实想法，他何曾受过这样的打击？一气之下，就在床上躺了三天。这三天之中，他想了很多。他最后决定，一定要找一个如花似玉的成都姑娘，把那个土包子的平乐女子比下去，叫她一见他的漂亮的成都老婆就心生忌妒，自惭形秽。

本来，成都东郊在成都人的心目中是很神圣的，很神秘的，能在东郊工作不仅值得自豪，而且令人羡慕。蔡长安曾经听到过耐火材料厂的一个朋友给他讲，别人问他在哪里工作，他总是闪烁其词地说：东郊！总会赢得对方的羡慕和恭维。其实他们厂是市属企业，是地方国营，跟东郊的信箱厂完全是风马牛不相及。

当年，成都东郊信箱厂的名声好，待遇高，有房子住。上个世纪80年代以前，东郊工人是公认的工人贵族，省、市，乃至部里的好些高干子弟都选择在东郊信箱厂工作。成都市区的丈母娘找女婿，姑娘找对象，首先就要问：是不是东郊信箱厂的？如果是信箱厂的，就觉得了不得。如果是相反的情形，成都市区集体单位的小伙子找的是东郊信箱厂的姑娘的话，那简直就不亚于癞蛤蟆吃了天鹅肉，朋友、同事都会投来羡慕的目光，自己会感到扬眉吐气。

蔡长安早就操起了成都话，虽说他的南路口音顽固，成都话的发音还不那么纯正，但是，要忽悠成都以外的外地人，还是绰绰有余的。作为一个信箱厂的工人，又说着几可乱真的成都话，本人的形象也帅，但由于他的社会关系不广，几乎是全靠他姐蔡淑芬给他介绍，要找可心的成都女娃子做老婆，就不太方便了。再加上他自己又把标准定得过于高了一点，一心要找个比老家那个土包子美女还要漂亮的成都女娃子，这明显就是跟自己过不去了。蔡淑芬和她的朋友也没少费心，这几年前后给他介绍过七八个成都姑娘，却没有一个说成的，不是他挑别人，就是别人嫌他。好不容易才和一个看中的姓杨的姑娘对上了眼，他眼睛里的杨姑娘，啥都好，人长得洋气，个儿又高，皮肤又白，足以把平乐公社的那个不知天高地厚的女子比趴下。他跟她本来说得好好的：保持联系，以后经常见面。却不料那姑娘是敷衍他的，她可不想她未来的公公婆婆是乡巴佬，再说，他家的负担也太重了。从此，就再也不肯理他。但是他依然不肯死心，总想，说不定下一个成都美女就成了。一来二去，岁月不饶人，一转眼他就满26岁了。正当他对自己当初的决定产生怀疑的时候，有一天，去他姐蔡淑芬家，偶然撞见了貌若天仙的柳春枝。那时，穿了一身工作服的柳春枝，正要走出小杂院的大门。他和她在大门口不期而遇，几乎是迎面对撞而过。他顿时就惊呆了，立马转过身去目送她。其实，一个女人穿着肥大的工作服走路，她的背影应该是比较中性的。但蔡长安似乎独具慧眼，他分明看见她扭着腰肢，袅袅娜娜地远去，心里顿时充满了惆怅。

等到看不清她的背影了，他才依依不舍地收回目光。转身就朝着他姐家奔去。他一进门就喊道，姐！姐！刚才大门口的那个美女是谁？

蔡淑芬从房间里走出来问，什么美女？他就把他刚才看到的柳春枝，绘声绘色地描绘了一番。

蔡淑芬不以为然地说，哦，我晓得你说的是哪个了。就是那个小妖精嘛，她把嘴巴朝旁边一努，说，就是他们家的么女。

哦！真的呀？他叫什么名字？蔡长安喜出望外。

柳春枝。

姐，她长的好好看哦！

好看吗？我觉得一般般。

你给我介绍了那么多对象，你怎么不把她介绍给我呢？

啥？我把她介绍给你？我霉不醒了差不多。

姐，咋能这么说话呢？蔡长安不爱听了。

五弟，我说呀，你可别东想西想吃些不长。那个小狐狸精，岂是你能服侍得了的？

姐，我一看见就喜欢上她了。干脆说吧，我就迷了她的窍了。

蔡淑芬把嘴一撇，说，我看你在发高烧说胡话。

姐，兄弟求你了，求你了！把她介绍给我吧！

介绍也是白介绍，她不会嫁给你的！

蔡长安觍着脸一笑，说，我只需要你给我搭个桥，其他的你就别管了。

唉！蔡淑芬叹了一口气，说，我看你是鬼迷心窍了。你忘了？你那年子刚走进厂的时候，你来找我。那天跟我吵得冤冤不解的，就是那个狐狸精的大姐。我讨厌他们一家人！

姐，这可就是你的不对了，那吵架都是好多年前的事了。古话说得好，远亲不如近邻。大家都住在同一个院坝头，低头不见抬头见的，你总是记仇咋个要得？前一段姐夫遭抓进公安局，街坊邻居出面保释他，人家柳妈妈家可是出了力的。

好好好，我说不过你。蔡淑芬极不耐烦地说，我给你牵线搭桥，至于别个张不张你，我就管不了那么多啰！


三


滴水之恩，涌泉相报——这是张洪炳的人生信条。张洪炳放出来的第二天，就专门买了香烟和糖果，挨门挨户去感谢那些保释他出来的街坊邻居们。当他从小舅子的嘴里得知纪中和、郭兴凯、卞文渊三人的义举之后，就起心请他们吃一顿饭，来报答他们。起初，三人坚持不受，经不起蔡长安的一再软磨硬泡，此事才说定了。前后约了三次，才最后敲定了本周周日这个聚会的时间。

郭兴凯单身一人，都还好办。卞文渊和纪中和早就结婚安家了，今天要到猛追湾西岸来做客，免不了需要老婆的恩准。这天上午，三个好朋友邀约一路，有说有笑地走过二号桥。沿着府河边的马路，朝着原来的新东门城门洞的方向走来。

趁着闲暇无事，纪中和就给两个铁哥们儿讲起成都老城墙的轶事来。他告诉他俩，成都是驰名全国的历史文化名城，早在3000年前就是古蜀国的政治文化中心，公元前311年即兴筑了成都城池。这个成都城两千多年就从来没有挪过窝。老成都本来有一道引以为豪的古城墙，现在已不复存在了。早先城墙的位置被修成了马路。武城门城门洞斜对面的那个小杂院从此失去了屏障，小杂院一开门，就面凌大马路和从前圈在城墙里面的那些住户和房屋，从前的老城墙风景和小杂院的相对僻静，从此一去不复返了。纪中和打趣道，幸好他父母亲几年前就进了街道上办的皮鞋厂，不然的话，他家的皮匠摊子就只好摆到武成桥的桥头上去了。三个人感叹不已。但是，因为拆掉成都城墙是最高领袖发了话的，谁也不便多说什么。

三个好朋友沿着府河边的这条马路，不一会儿就到了小杂院的大门口。一推开小杂院的木板大门，整个院子的破旧和毫无章法就映入了眼帘，唯有院坝里的那棵老槐树，老态龙钟，浓荫匝地，还平添了许多生气。纪中和介绍说，院里只有三家人。他指点着右边的房屋说，那就是我家；对面，就是柳春枝家；正面就是蔡长安姐夫家。纪中和说，你俩在老槐树下面等我一会儿，我先回去，跟我爸妈打个招呼。他边说边朝家门口走去。

郭兴凯、卞文渊站在老槐树下面闲聊着，忽然看见蔡长安从他姐夫的堂屋里走出。原来，他一大早就从东郊那边赶过来帮忙了。蔡长安忙热情招呼二人进屋去坐。二人边应着，边随他进了张家的堂屋。趁着蔡长安拿烟泡茶的工夫，二人打量了一下这间堂屋。这是一座老旧的木结构的建筑，左右两边有门通向里屋，篾条夹壁的墙壁已经开裂，露出了白灰表面下的干黄泥。正面墙上贴着张家祖宗的家神牌位：天地君亲师之神位；牌位两边的对联昭示着这个家庭对祥瑞生活的向往：宝鼎呈祥香结彩，银台报喜烛生花 。牌位下面，还支了一块代替神龛的搁板，上面放着香炉和一本《玉匣记》。屋里除了一张方桌、几把竹椅板凳之外，就再没有什么家具了。这个家庭的贫困，一望而知。

蔡长安端了一盘水果摆在桌上，说了声请便之后，就出了堂屋，沿着右边的阶沿拐进了厨房。这间厨房，就是当年培修的那个偏偏。如今张家的两个儿子张星魁、张二奎慢慢长大了，它就派上了用场，可见蔡淑芬还是很有先见之明的。自从上回叫姐姐给他介绍柳春枝以来，一直不见动静，蔡长安心想，何不利用今天的机会，把意中人请过来一起吃饭，先交上朋友再说呢？

他一进厨房，就对姐姐说，姐，他们三个都来了。我已经把他们安顿在堂屋里喝茶了。

哦。正忙着洗菜的蔡淑芬说，那我马上过去跟他们打个照面。然后，你就陪着他们摆龙门阵。我这里也不要你帮忙了。

行。姐，你放心，我一定会把客人给你陪好的。蔡长安试探着说，我想柳春枝今天肯定会回来看望她妈的。等会儿，把她也请过来，陪他们三个，好不好？

哪个要她来陪啊？我们自己怕不会陪？蔡淑芬把眼睛一瞪说，长安，你的脚趾拇儿在鞋头扭姐都晓得。你是想叫她过来，你们一起吃午饭嘛？

对对对！蔡长安满怀希望。

不行！

为啥？

不为啥？不行就是不行。

姐，你怎么成了榆木脑袋了？你还进不进油盐了？

蔡淑芬在鼻子里哼了一声，背转身不再理他。

好好好，兄弟惹不起你还躲不起吗？蔡长安边假意往外走，边气急败坏地说，你今天中午的饭，我们几个都不在你这儿吃了。我马上去叫他们跟我一路走，再叫上柳春枝，我们去下馆子！

她一听就慌了神，忙转身拉着他的手，赔着笑脸说，好兄弟，有话好商量嘛！你也知道，你姐夫是最好面子的。你这么一走，你姐夫回来还不得把我暴打一顿呀？

他敢！蔡长安梗着脖子说。

哎呀！两口子之间的事情你不懂！蔡淑芬说，好好好，姐答应你，等会儿你去把她请过来吃饭！

蔡长安一听，喜得抓耳挠腮，兴冲冲地陪客去了。他想，今天这个机会千载难逢，自己要怎么做，才能引起柳春枝的好感呢？首先，自己一定要大方一点，自信一点；还要抓住机会，展示自己的口才。一定要给柳春枝留下一个最佳印象。时至今日，蔡长安其实并没有真正谈过恋爱，仅仅只是当着介绍人的面，看过几回人。他深感自己没有跟漂亮的成都女娃子打交道的经验，心里完全没有底，他很想找个朋友马上给他支两招。但他心里明白，他跟堂屋里的三个人还远远没有达到推心置腹的地步，因此只好打消了这个念头。

蔡长安走进堂屋，见三个人谈兴正浓。卞文渊说，有一天，他在路上碰到韩雪。嗨呀！她简直愈来愈漂亮啦，身材高挑丰满，那皮肤比雪还白，高鼻梁深眼窝，扎着两根羊角辫儿，那模样，比起苏联电影上的明星来，也毫不逊色。卞文渊这时故意卖了一个关子，说，你们猜一猜，她第一句话跟我说的什么？

郭兴凯、纪中和都直是摇头。

卞文渊故意夸张地模仿韩雪说话的神态，韩雪一开口就说，郭哥哥呢？我都好久没见到过他了。你们最近怎么也不到我家去玩了？我爸我妈，还有我姥姥，当然还有我，特别特别地想念你们。我爸还说，等哪天方便的时候，大伙儿一块儿聚聚。

阿嚏——恰好郭兴凯的鼻子发痒，就打一个喷嚏。

纪中和具有成都人的幽默感，马上就来了一句，哎，兴凯，平白无故打喷嚏，你知道成都人有什么说法吗？

蔡长安马上插嘴说，狗打喷嚏天不晴！

一句话把大家逗得哈哈大笑。

纪中和一本正经地说，这打喷嚏，并非平白无故的，背后一定是有人在念叨你。大家说说，刚才是谁在背后念叨兴凯呢？

韩雪——卞文渊、蔡长安同时起哄。

郭兴凯也不介意，宽容地跟大家笑成了一团。

蔡长安暗忖，等会儿柳春枝跟大家同桌吃饭的时候，要是有谁也像刚才这样，拿他和柳春枝开玩笑，那该多好啊！

岂料好事多磨。当蔡淑芬终于下定决心，穿过院坝，来到柳妈妈家门口，对柳妈妈赔着笑脸，表达了邀请柳春枝去陪纪中和他们几个东郊过来的朋友一起进午餐的时候，柳妈妈才满脸歉意地告诉她：女儿刚才找人带话回来，说她今天就不回来陪爷爷奶奶和妈妈了，她要加班。她说他们生产小组要超额完成本月的生产任务，要争夺全厂优秀作业组的流动红旗。蔡长安从他姐姐的嘴里得知这个不幸的消息，心里别提有多沮丧了！

# 四

公元1964年10月16日下午3时，注定会载入史册，也注定是全球新闻媒体聚焦的时刻，因为此时此刻中国在西部地区的新疆罗布泊成功地爆炸了第一颗原子弹，这是我国继美国、苏联、英国、法国之后，成为世界第五个拥有核武装的国家。一朵巨大的蘑菇云在中国的大沙漠上缓缓升起的画面，让每一个中国人无比自豪。这次核爆炸意义重大，它大大提高了中国的国际地位相称，不仅让挺直了腰杆的中国人有了理直气壮的话语权，而且势必促使全世界的核武装走向平衡。尤为值得称道的是，中国政府宣布绝不首先使用核武器，迄今为止，作出如此承诺的有核国家，中国是唯一的一个。

但成都东郊的工人阶级得到这个鼓舞人心的消息，是在原子弹爆炸后的当天晚上8时。这时，东郊各个国防工厂的工人们来到各自的车间里，收听中央人民广播电台播送的重要新闻。只听一位著名的男播音员用庄重洪亮而又充满磁性的声音播送道：中央人民广播电台！中央人民广播电台！现在播送我国政府发布的《关于中国原子弹爆炸成功的新闻公报》，公报的全文如下：

1964年10月16日15时（北京时间），中国在本国西部地区爆炸了一颗原子弹，成功地实行了第一次核试验。

中国核试验成功，是中国人民加强国防、保卫祖国的重大成就，也是中国人民对于保卫世界和平事业的重大贡献。

中国工人、工程技术人员、科学工作者和从事国防建设的一切工作人员，以及全国各地区和各部门，在党的领导下，发扬自力更生、奋发图强的精神，辛勤劳动，大力协同，使这次试验获得了成功。

中共中央和国务院向他们致以热烈的祝贺。

紧接着，中央台还播送了中共中央和国务院致参与首次核试验的全体人员和一切从事国防建设的同志们的贺电，贺电热烈祝贺第一次核试验成功的巨大胜利。并且指出，首次核试验的成功，标志着中国国防现代化进入了一个新阶段。这对美帝国主义核垄断、核讹诈的政策是一个有力的打击，对全世界一切爱好和平的人民是一个极大的鼓舞。

听完广播之后，工人们的心沸腾了，每个国防工厂沸腾了。整个成都东郊沉浸在欢腾的海洋里，人们奔走相告，欣喜若狂。因为对于第一颗原子弹的爆炸成功，成都东郊的国防工厂都作了不可磨灭的贡献。之后的一连几天，东郊乃至成都市区街头都在举行大游行，游行时发出的激昂口号声惊天动地，此起彼伏，原子弹爆炸成功的红红绿绿的号外传单，从一个个临街楼房的屋顶撒下，漫天飞舞。

次日是星期六。下午一下班，郭兴凯、卞文渊、纪中和就不约而同地赶到了沙河大桥的桥头。这是他们三人约定的碰头地点。与以往不同的是，纪中和还特意约到了柳春枝。当柳春枝得知，这天晚上，她要与郭兴凯他们三个到720厂韩震厂长家做客的时候，心里的那份儿欣喜真的无法形容。作为青春勃发的18岁的大姑娘，她太想跟他们三个交往了。因为忙，因为她的上进心，因为渴望多作贡献，她几乎把所有的业余时间都献给了工厂。她其实失掉了太多太多的东西，尤其是像郭兴凯这个她一见钟情的优秀男人，她不知道自己该怎么样做才能俘获他的心。即便是像今天这样的重要的聚会，她也穿着一身工作服，只不过这是刚洗过的。

郭兴凯最先赶到碰头地点。接着是卞文渊，最后才看见纪中和与柳春枝匆匆赶来。有793厂美女的标准件柳春枝加盟，三个大男人都显得很兴奋。四个人涌进商店，买了酒肉菜，有说有笑地朝韩震家走去。仿佛是心有灵犀，韩震家居然准备了一大桌子的菜，在等待着他们的到来。柳春枝是第一次到韩家，受到了好客的韩家一家人特别的欢迎。

满面春风的白羽，今天穿了一件白底青花的连衣裙，外面罩了一件蔚蓝色的短衫，又雅致又随和。她把柳春枝拉到一边，喜滋滋地上下打量后称赞道，哟！这么漂亮，就像从画儿上走下来的一样。她扭过头问郭兴凯，你们是一个厂的？二人笑着同时点头。好！她粲然一笑说，小柳，欢迎你跟小郭一道，常来玩啊！

柳春枝一听自己的名字和郭兴凯连到一起，就蓦地红了脸。白羽装做没看见，一转身招呼卞文渊他们去了。

正在里屋赶写作业的韩雪，也跑出来跟大家见了面。还得意地说，郭哥，你知不知道？我算准了的，我跟爸妈说，你们今天一定会来的。还是我给妈妈和姥姥建议，叫她们准备吃喝的。怎么，还不谢谢我呀？

谢谢，谢谢韩雪！三个来客一叠连声地欢笑着说。

呀！姐姐，你长得好美啊！她惊呼着，两步跨到柳春枝身旁观赏着。

两个肌肤如雪的美女这是第一次相见。14岁的韩雪，骨子里有着俄罗斯人的那种热情似火，虽然还显得青涩，但娇艳高雅，犹如傲雪凌寒的梅花。18岁的柳春枝，生长在古城墙下的小杂院，有一种小家碧玉的美，好似清丽朴素的梨花。

柳春枝淡淡地一笑，说，妹妹，你才真的长得好看，就像外国电影上的那些姑娘一样。

不，姐姐，你才好看呢！恬淡、朴素，就像一枝空谷幽兰，我喜欢。姐姐，你叫什么？

柳春枝。你呢？

韩雪。以前怎么不跟着郭哥他们一块儿来玩呢？

卞文渊插话，人家是大忙人。

那今天又怎么有空了？

今天不一样啊！纪中和说，为了庆祝原子弹爆炸成功，厂里不允许任何人加班。

韩雪问，哎，纪哥，你怎么搞得这样清楚？你们是一个厂的吗？

哪儿呀？她跟你郭哥才是一个厂的。我跟她从小就住在同一个院坝里。

真的？快说说是怎么回事？韩雪大为惊奇。

他是我纪哥哥，从小就不许别的娃娃欺负我的。柳春枝望了望纪中和，笑着说。

我们的家，就在府河猛追湾西岸的老城墙下面。纪中和边比画着边说，原来那儿有一个城门洞。城门洞斜对面的那个小杂院就是。

哦！我知道了，那还有一座石拱桥呢！韩雪叫了起来。

对，石拱桥旁边就是。

好了，我知道你们的老家啦，到时候，我可是要到你们那里去玩的！

这时，只听白羽喊道，韩雪，开饭啦！

主宾围着方桌坐了下来，开始品尝姥姥做的拿手好菜。韩震今天特别高兴，拿出一瓶白酒和一瓶红酒，说，今天是个特殊的日子，每个人都可以喝一点酒，能干杯的就干，不能干的表示一下也可以。妈，我们几个大人今天喝白酒。韩雪，你就喝点儿红酒。

　　好！他的提议得到了所有人的响应。

　　韩刚喊道，我也要喝！

　　韩震说，小孩子，不能喝。

　　韩雪把手一举说，今天的酒就由我来给大家斟。她接过爸爸递给她的白酒，逐一给大家斟。

　　韩刚叫道，姐，我来斟红酒！他抓过红酒瓶子，略显吃力地往一个小玻璃杯里倒起酒来。

　　斟酒完毕。所有人都端起自己面前的那杯酒。

　　白羽满眼含笑，满面春风地说，老韩，我提议，我们今天一人说一句祝酒词，然后再干杯，大家说好不好？

　　好！好！所有人一致欢呼。

　　韩震说，让客人先说。兴凯、文渊、中和，你们谁先来？

　　郭兴凯说，中和先来。

　　好吧，我给大家来段顺口溜。只见他略一沉吟，随口道来，府河流水流到东，东郊工人气势雄。大漠升起蘑菇云，国防建设我立功。

　　哇！好！众人一起鼓掌，之后是干杯。韩雪插话说，该郭哥了！

　　韩刚边啃着鸡腿，边跟着姐姐起哄，该郭哥了！该郭哥了！

　　众人一起起哄，兴凯，兴凯！该你了！

　　郭兴凯笑着说，中和有文才，我可不能跟他比。我就只能说大白话。原子弹的爆炸成功，我们东郊的这些信箱厂都起了很大的作用。以我们厂为例，如果没有我们厂生产的管子，仪器就成了瞎子，指挥现场将什么都看不见。

　　韩震点着头说，你别说，还真是这样。

　　韩雪一直搞不清793厂是生产什么产品的，就故意抬杠说，郭哥，你说得那么神，至于吗？

　　卞文渊插话说，雪雪，你郭哥可是一点儿都没有夸张。他们厂可真是了不得。他们生产电子束管，是我国最大的生产显像管的基地。天津生产的"北京牌"电视机你们知道吧？那个电视机的黑白显像管就是他们厂生产的。他们厂另一大类是生产军品，比如示波器用的示波管、摄像管、夜间摄像管、图像倍增管、雷达指示管等等，都属于世界先进水平。

哇！众人又是一阵惊叹。自己所在的工厂竟如此了不起，连柳春枝都不甚了了。

只听韩震说，韩雪、韩刚，你们刚才听到的，都是国防机密。绝对不准跟你们同学和老师讲。听见了没有？

韩刚边吞嚼着姥姥夹在他碗里的肉，边含糊不清地说，爸，放心，我听不懂。

韩雪委屈地说，爸！你老把人家当小孩，我都14岁了。哪些话能说，哪些话不能说，我心里自有分寸。

干杯，干杯！白羽忙打圆场。众人应邀又喝了一杯。白羽说，下面该谁？

该我，该我。卞文渊说，原子弹爆炸成功，东郊人心情激动！

好！众人一齐喝彩。

接下来，韩震、白羽、韩雪都用自己的方式，致了祝酒词。就连柳春枝也爽快地说了一句：踏踏实实做好本职工作，用实际行动来庆祝原子弹爆炸成功。

最后，该姥姥致辞了。姥姥说，你们都说了词，我老婆子也不能给你们泄气。原子弹爆不爆炸的，我也不懂。就是有人叫我女儿女婿离婚这件事，丧尽天良……

一席话，说得众人的心里沉甸甸的。趁着众人发愣，韩震赶紧说，妈，喝酒喝酒。

不料，姥姥却不依，反而大声说道，谁都不许打扰我，听我说完。兴凯，你这个娃娃，有良心，讲义气。要不是你出手相救，我们这个家早完蛋了。来，姥姥借这个机会，今天要敬你一杯。说罢她起身端起酒杯。

使不得！郭兴凯慌忙起立，端起酒杯说，姥姥，姥姥，让晚辈来敬你。祝你老人家福如东海，寿比南山。

好人有好报！姥姥祝你，早娶媳妇，早生贵子。等你有了儿子，姥姥帮你带！一言为定！

好，一言为定！众人又是一阵喝彩。

只见姥姥端起酒杯，豪爽地跟郭兴凯的酒杯一蹭。二人一饮而尽。

当晚难以尽兴。白羽提议，反正明天是星期天，干脆大家去秋游。纪中和说，我们乘船去漂府河怎么样？这个提议得到了大家一致的拥护。纪中和说，我认识一个船家，明天早晨九点钟，大家在猛追湾东岸武成桥的桥头上船。

# 五

绕抱老成都流过的有三条河流，从北往南数，依次是沙河、府河、南河（锦江）。这三条河，又在城市东郊的河心村附近汇流，名字依然叫府河，之后流过双流县的古镇胡家坝、黄龙溪，一直向东，至彭山县江口镇，与滚滚滔滔的岷江合流。

次日上午，一只篾篷木船从武城桥下面撑过，沿着府河顺流而下。姥姥本来不太想去，但是拗不过女儿、孙女的坚持，结果，昨晚在一起吃饭的八个人全都上了船。

这是川西平原一年中最美的季节。蓝天白云，阳光灿烂，气候却凉爽宜人。木船一撑过三水合流的河心村，水势陡涨，河面也自然开阔起来。这是一河来自雪域高原的好水，清澈、冰凉，在蓝天的映衬下，河水愈发幽蓝，蓝得让人心醉。前面有一处浅滩，流水哗哗，在众人的惊呼中，木船随着激流直冲而下。河的两岸，是川西农村星罗棋布的林盘，茂林修竹、青瓦粉壁、小桥流水，衬托着青虚虚的远山。一望无际的稻田，残留着秋收后的谷茬，从眼前掠过。

原野上有围着一棵棵大树堆积起来的稻草堆，韩刚用手指着问姐姐，那是啥？

韩雪说，傻瓜，那就是安徒生童话里的城堡啊！

哇，金色的城堡！韩刚非常认可。

不久，河的两边出现了蓬蓬勃勃的甘蔗林，岸上水中铺满了甘蔗的透着蓝色的浓绿，连绵不断。郭兴凯兴奋地叫道，青纱帐！青纱帐！

纪中和说，这可不是你们北方的高粱地，这是川西的甘蔗林，栽种的是白干蔗，红糖就是用它榨的汁水来熬的。

漂流府河，移步换景，如诗如画，美不胜收。兴奋无比的小韩刚，在船上跑前跑后地欢呼。14岁的少女韩雪，也少不了被两岸的风光弄得大呼小叫。大人们心旷神怡，不时指点着两岸的风光。这只船上，除了纪中和、柳春枝是成都人以外，其余人都来自外地，或东北，或天津，或上海，都从未领略过川西平原的乡村风光，更没有乘着木船在河里漂流的经历。

哎呀！中和，今天多亏了你啊！要不然的话，我做梦都想不到川西平原的风光有这么优美。韩震站在船头不胜感慨。

对于有点一根筋的柳春枝来说，厂里规定今天不允许加班，心里开始还有点抵触。在外人看来，她的生活轨迹非常单调，每天除了上班下班，吃饭睡觉，毫无情趣可言。只要不上班，她就有点无所适从。除了上班，好多事情她都想不到。她是作业组长，感觉组里的人都很支持她，她也没想过他们会不会嫉妒。她只觉得组员们又纯朴又上进。厂里追求产值，生产任务压得很紧，大家晚上都自觉加班，但加班的餐券只有3张，大家宁愿饿肚子也没人争。

但幸好今天能跟心仪的郭兴凯一块儿乘船漂流府河，她这才感到有些欣慰。谁知上得船来，郭兴凯不仅很少跟她说话，而且连目光都难得瞟一瞟她。她想，莫非他的心还在宛玉铃的身上，但听说那个人怕被调走，不是已经不理他了吗？不过，一个男人能用情如此专一，倒是很令人敬重的。

忽然传来一阵优美深情的歌声，打乱了她的思绪。

一条小路曲曲弯弯细又长，
一直通向迷雾的远方。
我要沿着这条细长的小路啊，
跟着我的爱人上战场。

纷纷雪花掩盖了他的足印，
没有脚步也没有歌声。
在那一片宽广银色的原野上，
只有一条小路孤零零。

在这大雪纷纷飞舞的早晨，
战斗还在残酷地进行。
我要勇敢地为他包扎伤口，
从那炮火中救他出来。
……

这支诞生于苏联卫国战争烽火中的著名的歌曲，是随着苏联专家的脚步来到东郊的，它描写的是一位年轻的姑娘追随心上人，一起上战场抗击敌人的故事。唱歌的人，是站在船尾的韩雪，她受了河上风光的感染，情不自禁地唱了起来。众人也被她的歌声感染了。可歌还没唱完，就被她的母亲打断了。

停，快停下！白羽说，这首歌不能再唱了。

歌声戛然而止。韩雪不满地白了妈妈一眼，问，为什么？这首歌不是挺好的吗？它歌颂的是革命战争中的爱情，给人一种向往美好、战胜困难的勇气。

白羽说，可它是苏联的歌曲啊！苏联成了修正主义国家，再唱他们的歌，被别有用心的人听到，可就麻烦了。再说，这歌是苏联专家带到东郊来的……

韩震说，现在说到苏联专家，他们似乎成了洪水猛兽，你我都是过来人，知道是怎么回事。咱们东郊的这些国防工厂，哪一座没有苏联专家的心血？中苏现在决裂了，作为援助中国的活生生的苏联专家个体，无形中沦落为政治的牺牲品，他们的处境尴尬呀！文渊，听说你们厂的专家组组长谢尔盖，因为跟中国过于友好，回国以后，被赫鲁晓夫给关起来了。

是，是这样。卞文渊回答说，当年，我们跟苏联专家相处得很和谐，他们都是手把手地教我们，我们经常在一起吃饭，开联谊会，苏联专家也经常请我们吃饭，他们的酒量很好，我们经常被灌得烂醉。苏联专家要撤走了，我们这边还不知道。有个名叫安德烈的专家跟我的关系特别好，有一天，他叫我加班，当天晚上必须要晒完他指定的那批图纸。我当时感到奇怪，何必要这么赶时间？第二天才知道他们已经不辞而别了。

郭兴凯说，我们都长期跟苏联专家打交道，他们真的对我们很友好，我们厂的专家组组长达雅林洛夫还把它使用的一本工作笔记悄悄留给了我。

刚才的话题似乎接触到了人心里最柔软的东西。接下来，是一阵沉默。

韩雪的歌声，不失时机地填补了这个空白。这歌声缠绵悱恻，带着浓郁的异民族的色彩：

花儿为什么这样红？

为什么这样红？

哎，红得好像燃烧的火，

它象征着纯洁的友谊和爱情。

这支歌，是风靡全国的电影《冰山上的来客》的插曲。韩雪边唱，还边移过目光瞟了瞟郭兴凯他们三个。她刚唱完第一段，又再次被她的母亲打断了。

白羽说，这支歌还是不唱为好。

韩雪火气上冲，执拗地说，我偏要唱！

白羽说，报纸广播不是在批判这首歌，说它是资产阶级的靡靡之音吗？歌声在河面上会传很远，让人听见不好。

韩雪并不答话，又开口唱起了另一支歌：

阿哥，

你何须说，何须说，

且听我为你唱歌。

我只能唱啊，一支无字的歌。

为了我的歌啊，

你也要在人世上生活。

这支歌，是电影《农奴》的插曲，是剧中的女主人公兰尕为了鼓励自己的情人强巴活下去而唱的歌。《农奴》这部电影船上所有人都看过。这歌声，带着藏北大草原的特殊的韵味，辽远，深情，直指人心。韩雪的嗓音甜美，声情并茂的歌声让人们情不自禁地想起了电影中的情景。歌声消失了，船上的众人一时无话，还沉浸在歌的意境中不能自拔。

唉，这个好啊！卞文渊喃喃自语。

纪中和忽然说，听韩雪这么一唱，弄得我们大家都想唱歌了。我提议，我们来唱一支符合这个场景和心情的歌吧，就唱《上甘岭》的《我的祖国》怎么样？

这话说到了大家心坎上，众人一致叫好。

韩雪说，这歌前面是要领唱的。我建议，由我妈妈来领唱。

白羽并不忸怩，清了清嗓子，就大大方方地唱了起来。她的歌声又嘹亮，又婉转。一开口就引来众人的一阵掌声。

一条大河波浪宽，
风吹稻花香两岸。
我家就在岸上住，
听惯了艄公的号子，
看惯了船上的白帆。
……

除姥姥以外，大家蓄势待发，等领唱一完，就一齐纵情高歌：

这是美丽的祖国，
是我生长的地方。
在这片辽阔的土地上，
到处都有明媚的阳光。
……

　　江天空阔，阳光明媚，碧波荡漾，木船顺流而下，两岸风光如画。这支歌就好像是专门为今天的漂流而作的。此情此景与歌声的意境交融，人人激情澎湃，无形之中，每个人都凭借歌声表达着自己对生活的热爱，都为自己美丽的祖国而自豪骄傲，壮丽的歌声随着跳动的浪花飞舞飘荡。就连缺乏文艺细胞的柳春枝，也在忘情地唱着，她这才感受到，原来，唱一支歌还可以这么享受，叫人这么心旷神怡，看来今天真是来对了呀！

　　有时候，集体飙歌是有瘾的。此头一开，就打不住了，几个人激动地引吭高歌，唱了一支又一支。好不容易终于唱够了，大家才感觉口渴了。姥姥早在一边从暖瓶里倒水，把水给大家凉好了。喝水，快喝水！姥姥微笑着一声喊。大家也不客气，端起得奖的白色的搪瓷缸子，咕咚咕咚地直往喉咙里灌。白羽把早已准备好的干粮拿出来分发给大家。姥姥在船舱里放的小方桌上，摆出了腌卤肉和自己拌的凉菜。韩刚喝着汽水，其余人则喝着啤酒，边吃边聊。

　　郭兴凯早就想了解一下韩叔叔在国际88旅的一些情况，感觉今天的气氛合适，他就趁机提出了这个请求。这个请求简直太符合大家的心意了，得到了众人一致的响应。

　　韩震抽出一支香烟叼在嘴上，韩雪赶紧抓起打火机，为他点上。他皱着眉头深吸了一口，神情变得深沉起来。他说，这个话题在今天这种政治形势下比较敏感。中苏分裂，苏联成了修正主义国家，我们国家提出的口号是反修防修。历史上的一些真实情况，就不便于再说了。

此话一出，郭兴凯、卞文渊、纪中和都不同意他的说法，都说，无论如何，还是必须得尊重历史。

白羽打圆场，说，老韩，你就给大家说说吧！在座的都不是外人，让年轻人了解了解真实的历史也好。

韩震一听就笑了，说，既是白阿姨替你们说好话，我就给大家说说吧！不过，丑话说在前头，咱们这是哪儿说，哪儿丢。众人自然又是随声附和。

木船开始往回走了。一头一尾站着的两个船工，各自挥动着篙竿，奋力地往上游撑去。船上的人，就在这种逆水行舟的状态下，听韩震讲述着二十多年前的往事。

东北抗日民主联军简称抗联，是我们党领导的抗日军队，曾经转战在松嫩平原之间，为打击日寇的嚣张气焰，进行了艰苦卓绝的武装斗争。1941年是抗联极为艰难的年头，面对日本关东军拆屯并屯、赶尽杀绝的疯狂清剿，抗联的残部只好躲进了人迹罕至的深山老林。没有吃的，没有棉被，没有枪支弹药的补充，冻死饿死的抗联战士比被日本鬼子直接杀死的还要多。为了避免全军覆没的危险，为了保存实力，抗联残部不得不含恨退到苏联境内，在苏联远东的亚斯克森林里休整、治病、待命，他们受到了苏军的热烈欢迎和接待。接着，苏军对抗联进行了现代军事技术的训练。抗联官兵接受了苏联红军的军衔和职务，穿着苏联红军军服，编入苏军序列，成为苏联红军战斗部队的一部分，正式编号为"苏联红军远东军区第88特别独立步兵旅"，俗称"苏军国际88旅"，对外番号"8461步兵特别旅"。但接受改编的前提，是继续坚持中共党组织的领导。重新组建后的国际88旅有1500多人，主要由原属于东北抗联的中国人、朝鲜人和为补充兵员而添加的苏联人所组成。全旅辖四个步兵营、1个无线电连、1个迫击炮连，其中，抗联官兵有640人。苏联远东方面军司令部任命周保中（原抗联第二路军总指挥、中共吉东省委书记）为旅长，李兆麟（原抗联第三路军总指挥、中共北满省委常委）为政治委员，苏联红军军官什斯基任副旅长兼参谋长。第一步兵营的营长，是苏军少校朝鲜人金日成；第二步兵营的营长是原抗联4师25团团长、苏军少校韩震。

韩震的讲述，闻所未闻，众人听得津津有味，都期待着下文。岂料韩震把话锋一转，说，国际88旅的大体情况就讲到这里。就再也不做声了。众人意犹未尽，都希望他继续往下讲。

韩震说，该讲的情况我都讲了，差不多了吧？

韩刚插嘴说，我要爸爸讲战斗故事！

柳春枝赶紧附和，对对对，韩叔叔，你就给我们讲讲战斗故事吧！

你们都想听战斗故事？韩震望着大家问。

想听！想听！众人异口同声地表达着自己的意愿。

好吧，那我就给你们讲一个国际88旅特遣队的故事。他深吸了一口烟，讲道：

1945年6月，苏联准备出兵东北，与驻扎在东北的日本关东军进行决战。解放东北的关键一仗发生在牡丹江。

牡丹江是东北亚的战略要地，扼守着东北亚的咽喉地段，日本人霸占牡丹江后，一方面一直在努力把它建成日本城市风格的"东满盛京"，另一方面又加紧把它建成"东满"的核心军事基地，妄图把它建成北攻苏联、南侵东三省和内地的桥头堡。牡丹江流域有着连绵不断的原始森林，有极为丰富的粮食、原煤、黄金等战略物资。日军在这里部署了大量精锐的关东军，修建了许多铁路、军用干线和机场。如此一来，牡丹江就成了苏军出兵东北的第一道关口。

要获取日军情报，为解放东北打开进军通道，就必须深入敌后，进行潜伏、渗透和侦察活动，苏联远东情报局和国际88旅决定组建一支特遣队，秘密潜入牡丹江地区。8月8日午夜，苏联正式对日宣战。紧接着，特遣队接到登机命令：空降牡丹江。

我是特遣队的队长，我们特遣队由32名远东情报局的抗联战士组成，被分为8个空降小组，每4人一组，将分乘4架飞机，秘密飞往牡丹江。我们每人配备了1支冲锋枪、360发子弹和3套服装(苏军军装、日军军装和中国老百姓的服装)。

1945年8月9日凌晨，4架运送特遣队的飞机从乌苏里斯克军用机场起飞，十多分钟以后，就飞到了西南方向的牡丹江上空的指定空投区域。苏军机长发出了跳伞的命令。我们的着陆点是在牡丹江市与海林之间的郊区。要知道，在此之前，我们谁都没有坐过飞机，更别说接受过跳伞训练了。但是为了解放东北，消灭日本法西斯，我们选择了冒险跳伞。按照苏军机长的命令，我率先跳伞。我毫不犹豫地跃出机舱，扑向黎明前的黑沉沉的夜空。在急剧的坠落中，强烈的气流让我呼吸困难。我按照登机之前讲的跳伞要领，从容不迫地打开降落伞，降落伞于是倏地朝上蹿升。借着微弱的星光，我看见一挂又一挂降落伞，就像盛开的银花在夜空中飘荡。此时，地面的日军发现了正在进行空投的苏军运输机，慌忙将高射机枪和高射炮拼命朝着天上乱射。接连不断的开火声、爆炸声让我把心提到了嗓子眼。我的队员们真是好样的，在这种极具挑战性和危险性的跳伞行动中，居然先后在目标附近徐徐降落了。我赶紧收缩队伍，发现少了两名队员。事后得知，一名队员被高射机枪击中，另一名队员没能打开降落伞。

按照预定计划，在天亮之前，我们要首先占领海林附近的一个小村庄，让它成为我们的一个据点。特遣队第一小组的组长是我的通信员狗蛋。我命令他，立刻摸进村庄侦察。此时，我们所有人都穿的是日军军装。狗蛋带着他的第一小组刚走到村口，就碰到了日军布的暗哨。暗哨突然大叫：口令！狗蛋回答的是前一天的口令。日本鬼子立即开火，四个人当即倒在血泊里。因为敌情不明，我们不敢留然进攻，只好暂时隐蔽在密林中。第二天早晨，我们通过老乡的帮助，摸清了敌人只有一个班。之后，我派了两个小组，化装成当地老百姓，混进了村庄。我指挥其余小组躲在密林中进行佯攻，鬼子慌忙应战。潜进村庄的两个小组从背后袭击，鬼子腹背受敌，很快被我们歼灭了。我们占领了这个村庄，穿上了苏联红军的衣服，大张旗鼓地动员群众。老百姓恨透了日本鬼子，主动给我们提供情报。

1945年8月14日清晨，决战将要打响，情报准确与否，将直接影响战局的发展。苏军的伞兵部队已经空投到牡丹江外围，并且设置了包围圈。我预感到敌人一定会孤注一掷，强行突出重围，便带了一个战斗小组偷偷深入到敌人的后方，展开侦察。这天下午，我们赶到牡丹江市的海浪大桥潜伏。果然发现日军正在集结，准备通过海浪大桥向城外突围。我命令立即打开电台，马上向苏军发出敌情坐标，而这个坐标也正是我们自己所处的方位。可是不幸的是，电台刚打开，报务员就被鬼子的狙击手打死了。我立刻抓起电台就跑，躲到了一个隐蔽处。时间紧迫，要译成密码已经来不及了。我立刻进行明码发报。在我报告了敌情坐标以后，我对着耳麦大喊：向我开炮！

两分钟不到，苏军的卡秋莎炮群发出怒吼，铺天盖地的炮火突然倾泻到海浪大桥及其周边地区。炮火直接落到鬼子的大部队中间，大桥被炮火彻底摧毁，日军鬼哭狼嚎，四散奔逃。苏军随即向牡丹江发起总攻，牡丹江市内的日本关东军成了瓮中之鳖，当晚就被彻底歼灭了。

当苏军炮火打来的时候，我的四名队员都死于密集的炮火中。我也被震昏了，而且被埋进土里。我的队员们都以为我牺牲了。最后在清理战场的时候，发现我居然还活着。等到东北全境解放，88旅特遣队的32位中国战友最后只幸存下来5个人。整个东北解放之后，我们又乘车回到了在远东亚斯克密林里的88旅营地，苏联远东军区为我们88旅召开了隆重的授勋仪式。总共有10名抗联特工人员被授予苏联"解放勋章"，我只是其中之一。苏方挽留我们，希望我们继续留在苏联军队中工作。但是，我们非常思念自己的祖国和亲人，义无反顾地回到了祖国母亲的怀抱。我一回到东北，就投入到接应八路军、新四军调赴东北的部队的工作中，以后，我成了林彪元帅统率的人民解放军东北野战军的一员。

故事讲完了，船舱里响起了热烈的掌声，众人感叹着，议论着，对当年出生入死建立奇功的老抗联韩震充满了敬意。姥姥抚摸着韩刚的脸蛋说，孙子，你爸爸了不起，活下来不容易！

柳春枝过去也知道，像韩震，像他们793的党委书记凌雨这种老革命，是从枪林弹雨中走过来的，但是她对何为枪林弹雨缺乏实感。今天，从韩震的现身说法中，她才真切地感觉了这个词语的深刻含义。这些老革命打天下真的太不容易了！她不由得想起了正在流行的一首革命歌曲：

我们是革命的下一代，
懂得幸福从哪里来。
没有先烈洒下的热血，
哪有红花遍地开？
万里江山披锦绣，
青春为祖国放光彩。
万里江山披锦绣，

**革命的红旗传万代！**

柳春枝心里默唱着这支歌，一股革命的豪情在心里油然奔涌着。是啊，她柳春枝作为革命的下一代，作为长在红旗下的年轻人，她得更加卖力地工作，把火红的青春贡献给亲爱的祖国，不然的话，那就太辜负那些为了新中国而抛头颅、洒热血的革命先烈了。

动乱年代的爱情

一

两年以后。一切都颠倒过来了。

郭兴凯对正在席卷全国的无产阶级"文化大革命"运动，感到难以理解。

这几年，有关国计民生的老百姓的吃穿用问题，逐步有了好转。东郊的数万产业工人大军羽翼日渐丰满，蓄势待发，正渴望在建设祖国、巩固国防的过程中大显身手的时候，史无前例的无产阶级"文化大革命"骤然爆发。"横扫一切牛鬼蛇神！""破四旧，立四新！""造反有理！"……种种触目惊心的革命口号，通过报纸广播，在不断地煽动人们去造反，去炮轰，去火烧，去干任何匪夷所思的坏事。问题在于，这是最高领袖毛泽东主席亲自发动和领导的政治运动，他老人家还连续八次接见红卫兵。起初，郭兴凯一度认为"文革"是无产阶级专政下的继续革命，是反修防修的伟大实践，是确保无产阶级红色江山永不变色的创举。但是，当东郊各厂的群众造反组织如雨后春笋不断涌现、生产陷于停顿的时候，当东郊几乎所有的党委书记、厂长受到冲击、挨批斗的时候，尤其是他敬佩和欣赏的韩震叔叔和凌雨书记被打成"走资派"的时候，他感到困惑和彷徨，陷入了深深的痛苦之中。

此时，除了一个担负绝密使命的工厂在神不知鬼不觉的情况下，正为我国的人造卫星上天在研制某种产品之外，整个东郊都停产了，793厂所有车间的机器也全部停止运转了。但是，玻璃车间还在悄悄运转着。玻璃熔炉前不久刚进行过技术改造，由间歇式池窑改建的十工位坩埚炉刚投产不久，如果停炉，这个炉子就彻底报废了，以后要想恢复生产就只能另起炉灶，会造成很大的浪费。郭兴凯最怕这样的事情发生，就串联了十几个和他观点相同的工人，自愿组成了护炉队，日夜倒班，在车间里吃住，以低温维持炉子的保护。昨晚该郭兴凯、田云志、小秦他们三个值班。一早，三人洗漱完毕，用电炉煮了一锅面条，草草吃过早饭。早晨八点，郭兴凯把值班记录交给继任者，嘱咐了几句。然后，三人就朝着厂区大门走去。今天上午九点，在建设路将要召开批斗"走资派"的万人大会。

一走上宽阔的厂区的主干道，三人就陷入了白色大字报海洋的包围。干道两边的墙壁上，横空跨越的管道上，贴满了层层叠叠的大字报或大幅标语。在数百米长的范围内，又横七竖八地扯着无数的绳子，绳子上挂满了白纸黑字的大字报，白花花的，一眼望不到边。深秋的晨风把这些大字报吹得哗啦哗啦直响，有的纸页被吹落到地上，随风飘得很远。这些大字报披露的内容五花八门，良莠杂陈，混乱不堪——各种所谓的反党、反社会主义、反毛主席的"三反"罪行，工人中的各种丑闻轶事，各种道听途说的消息，各种造谣惑众的煽动，各种互相攻击谩骂的言论……在这些白纸上纷纷呈现。为了吸引人看，有的大字报还特地在需要炮轰、打倒的人物的名字上打上鲜红的"×"。面对这种黑白对比强烈、空前绝后的大字报奇观，郭兴凯忽然觉得这太像一个盛大的祭祀场面了。这个念头一冒出，自己立刻被吓了一跳，意识到自己反动至极，如果被人发现，后果将不堪设想。

正当郭兴凯、田云志、小秦出了玻璃车间，朝着工厂主干道走的时候，有一个年轻女人，率领几十个老工人和先进生产者，正慌慌张张地朝工厂大门口赶来。这个领头的女人不是别人，正是全厂公认的标准件——省级劳动模范、全国三八红旗手柳春枝。

当"造反有理""万炮齐轰西南局，烈火猛烧省市委"等等这些大逆不道的口号铺天盖地的时候，柳春枝所受到的强烈震撼恐怕不亚于世界末日的来临。这年8月下旬，当北京清华、北大的红卫兵带着中央"文革"小组赋予的秘密使命，窜到成都煽风点火时，中共西南局和四川省委的主要领导并不甘心退出历史舞台，在最初的慌乱过后，他决心逆潮流而动，试图力挽狂澜，继续掌控全四川乃至西南的局势。他采用的招数之一，就是利用东郊产业工人对党、对毛主席朴素的阶级感情，把他们派出去灭火。这天，他在成都锦江宾馆9楼紧急接见几十名东郊的产业工人代表，有点一根筋的柳春枝自然身在其中。在这些产业工人代表的心目中，这位号令西南的领导人，就是党的化身，他们崇敬他，服从他；他们感到能来参加这样的会议，是党看得起他们，是他们的荣耀。他号召他们，在这山雨欲来风满楼、牛鬼蛇神纷纷出笼的时候，要发挥产业工人的先锋队作用，要站在毛主席革命路线一边，以自己的实际行动来誓死保卫党中央，誓死保卫毛主席。柳春枝他们的具体任务，就是要深入到各个大专院校，去劝导学生，去感化学生，叫那些人站稳阶级立场，不受坏人的蛊惑，不要起来造反。他告诫他们，对于造反的学生，要打不还手，骂不还口，千万不要授人以柄。每个受到接见的产业工人代表，被这位领导人冠冕堂皇的说辞煽动得热血沸腾。他们每一个人甚至做好了随时牺牲、为党献身的准备，凡是重要的东西都不带在身上。柳春枝他们就这样以三个人为一组，被专车送到全市最动荡的那十几所大专院校，犹如扑火的飞蛾一般，去扑灭已成燎原之势的造反之火。这当然完全是徒劳的。

昨天晚上，她听说他们793厂的党委书记凌雨，第二天要被弄到建设路的万人批斗大会上去批斗。在她的心目中，凌书记不仅是党的化身，而且还是一个优秀的领导者。他为国防建设呕心沥血，他工作能力很强，对工人和蔼可亲，而且还是提携她的恩人。她决不能让某些坏人的阴谋得逞，让他们随便就把凌书记拉出去批斗。她连夜去串联了几十个她最信赖的老工人和先进生产者，密谋第二天去阻挠此事。

郭兴凯三人刚走进白色的大字报海洋，就听见背后传来一阵急促的汽车喇叭声。回头一看，原来是三辆大卡车气势汹汹地飞驰而来，三人赶紧朝路边上一闪。每辆车上，都站满了带着红袖标的本厂工人。打头的那辆卡车车厢的前面，站着五花大绑的党委书记凌雨。卡车飞速驶过他们的身边，向大门冲去。

凌书记头发蓬乱、脸色苍白的惨状从郭兴凯眼前一闪而过，他感到揪心的疼痛，暗想韩震今天恐怕在劫难逃，不由得垂头喟叹。突然，从厂区大门方向传来呼天抢地的哭声和喧嚣声。不好，出事了！他的心里闪过这个不祥的念头，带头拔腿就跑。

原来，卡车上的人早已得到消息，有一批老工人将要来阻拦他们，他们想避其锋芒，抢先冲出工厂大门。但是，时间还是晚了，柳春枝组织的几十个老工人和先进生产者，早就堵在厂区大门口了。他们一个个摩拳擦掌，严阵以待。风驰电掣的大卡车鸣着疯狂的喇叭，对着大门口直冲过来。老工人们没有半点畏惧，相反，却迎着卡车涌了上去。他们一见敬爱的凌书记被五花大绑在卡车上，情绪就激动起来。柳春枝边朝卡车冲去，边悲痛地叫了一声：凌书记啊！之后就放声大哭起来。其他人受了感染，也口口声声地叫着凌书记、凌书记，哭成了一片。五花大绑的凌雨被感动得热泪盈眶，焦急地大喊着，快走！快让开！小心汽车！打头的卡车司机见迎面而来的老工人毫无避让的意思，马上紧急刹车。随着嘎的一声锐响，卡车凭着惯性滑行了好几米才停下来。好险！离冲在最前面的柳春枝只相差几寸了。柳春枝的情绪完全失控，她无所顾忌地号哭着：你们不能这样对待凌书记呀！凌书记是毛主席的好干部，是咱们工人的贴心人，是国防建设的大功臣啊！她的号哭，就好比是合唱队里的女高音领唱，几十名老工人和先进生产者，用此起彼伏的哀号给她壮着着声势：凌书记是毛主席的好干部！你们不能这样对待凌书记呀！以柳春枝为首的老工人是如此的痛心疾首，让旁边围观的工人也忍不住抹起了眼泪。

卡车车厢上的一个名叫崔琦的头目气得暴跳如雷。这崔琦柳春枝认识，他当年在厂办公楼后面的林子里用气枪打鸟，他对准树上的鸟儿砰地开了一枪。鸟倒是打下来了，他却被闻声赶来的保卫部长抓了起来，被送去劳教了十年。罪名是妄图谋害苏联专家，因为林子后面的办公楼里，苏联专家正在办公。只见崔琦不断地呵斥着，干什么干什么？好狗不挡路！谁敢反对批斗反革命修正主义分子凌雨，谁就是反革命。快滚开！快滚开！拦车的人们不仅没有让开，相反，倒把头一辆车团团围了起来，哭声、哀号声、斥责声混成了一片。卡车上的人开始反击，喊出了愤怒的口号：打倒资产阶级保皇派！打倒走资派凌雨的走狗！

不合时宜的口号声更加刺激了柳春枝。此刻，她披头散发，泪痕满脸。她冲动地呼喊着：师傅们！凌书记是毛主席的好干部！保护凌书记，就是捍卫毛主席的革命路线！我们要以死抗争，我们决不能让他们把凌书记带走！她突然转过身，挥舞着双手，对卡车上吼道：崔琦！你们休想带走凌书记，除非汽车从我的身上碾过！她边说，边往地上一坐，整个身子了突然横躺在主干道上。她的这个动作，具有极强的煽动性和传染性。几十个工人同时发出怒吼：休想带走凌书记！除非汽车从我身上碾过！喊完，他们就齐刷刷地横躺在路上，所有人将眼睛一闭，再也不吭一声。

现场陡然沉静下来。这个以死抗争的场面，是卡车上的人和拦截的人始料未及的。几十条活生生的生命，谁敢下令从他们身上碾过去啊？崔琦不由得一愣，他埋头看了看手表，一抬头就恼怒地对手下吼道，他妈的，没有时间啦？快给我跳下车去，把他们统统赶走！赶不走的，就给老子抓起来！上百个青壮年男女，纷纷从车上跳下来，两三个人对付一个，使劲拖起来就往路边推。拦路的人就拼命挣扎，双方推推搡搡，大喊大叫。其他人都还好办，唯独柳春枝最难对付。四个男人扑上去，抓的抓手，抬的抬脚，好容易才把她抬离地面。她拼命地乱扭乱踢，声嘶力竭地尖叫怒骂，居然被她几次挣脱。人们这才领教了这个美丽的标准件的厉害，原来她撒起泼来，比母老虎毫不逊色。

等到郭兴凯他们三个人跑拢的时候，三辆卡车已经突出了重围，一溜烟冲出了厂区大门。拦车的工人们眼睁睁地见大势已去，一个个伤心地号哭起来。郭兴凯刚才分明听到了柳春枝的声音，就转过身在人丛中到处搜索她。找来找去，才在人圈子外发现了她，只见她孤零零地斜靠在办公大楼山墙下的墙角，就赶紧朝她走过去。才发现她双眼紧闭，披头散发，美丽的脸蛋早已被泪水和泥弄得一塌糊涂，身上穿的工作服也蹭满了泥灰。

他蹲下身子，关切地呼唤着，春枝，春枝，你怎么了？

她睁开哭得红肿的眼睛望了望他，突然捂着脸，哇的一声号啕大哭起来。

他没有劝她，而是让她痛痛快快地哭，让她尽情地宣泄一直压抑在她心底的痛苦、失落和沮丧。说实话，他很佩服她，想不到一个平时如此柔弱的姑娘，为了自己的信仰，关键时刻竟能爆发出如此大的能量。等她哭够了，他才说，你也不要太难过，事情总会好起来的。来，我送你回家！

她抽泣着，依然用手捂着脸，摇摇头说，我没事，你走吧！她明白他舍不得走，就故意冷冰冰地撵他，说，不用你管，你走！

唉！他叹息了一声，起身悻悻地离去。

她从松开的指缝中望着他，一直目送着他远去，心里一时五味杂陈。

二

批斗走资派，是当前最大的政治任务。因为今天要在建设路上召开的批斗会声势浩大，东郊十几家国防工厂的反革命修正主义分子都要押出来示众，参加会议的造反派少说也有七八万人，电影厂和电视台都要来拍摄纪录片。指挥部宣布：封锁交通，断道开会。还专门在沙河大桥的桥头搭了一个面向猛追湾的简易舞台，整个建设路加上两边的人行道就成了一个很大的集会的广场，广场两边还挂了十几个高音喇叭。舞台上悬挂着一道浅蓝色的底幕，正中挂了一幅毛泽东主席身穿军装的巨幅画像；下面摆了一个猪肝色的演讲台，这是为大批判发言人准备的位置；舞台左边，树立了带脚架的两个麦克风，那是供领呼口号的一男一女用的。

等郭兴凯、田云志、小秦他们三人赶到的时候，大会已经开始了。只听舞台上的一男一女在激昂地领呼口号：誓死捍卫毛主席的革命路线！彻底清算成都东郊反革命修正主义分子的滔天罪行！台下造反派组织的红旗林立，数万席地而坐的男女同仇敌忾，大声重复着口号，发出的怒吼犹如山呼海啸。紧接着，高音喇叭里传来主持人声嘶力竭的大喊：把走资派押上来！

话音刚落，就见从舞台左右两边的出口处，接二连三地推出一个个"走资派"来。每一个"走资派"由两名打手负责，打手一只手抓着"走资派"的手臂，一只手压在"走资派"的后颈上，以普通人难以承受的姿势高速推到舞台前面，然后一个挨着一个，面向观众站成一个横排。这些"走资派"有男有女，年纪都不轻了。每个人被打手呵斥着，必须脖子前伸，腰杆弯曲，两手后伸保持不动，这叫"坐喷气式飞机"，这是一种令人痛苦不堪的屈辱姿势。每个"走资派"的脖子上，都悬吊着一块墨笔写的"罪名"带姓名的身份牌，所有姓名一律被打上鲜红的×。这些身份牌，用材各异，或纸板，或层板，或木板，或钢板，全凭造反派们的一时高兴。

郭兴凯他们三人是从搭在桥头上的舞台背后绕到前台的。他刚在台下站定，就发现了舞台上呈"喷气式飞机"姿势站着的韩震和凌雨。凌雨脖子上悬吊的是一块木板的身份牌。韩震脖子上悬吊的是一块1米多长的厚钢板，上书：苏修特务、反革命修正主义分子韩震。这块钢板起码有好几十斤重，而吊钢板的铁丝却只有香签棍儿般细，细铁丝勒进了韩震的肉里。长伸着脖子躬身站立的韩震浑身战栗着，拼着老命支撑着钢板的重量，虚汗滴滴答答地落到舞台上。这就是那个对着耳麦大声疾呼"向我开炮！"的韩叔叔吗？这就是那个抗命坚持修建"莫斯科大楼"的韩叔叔吗？这就是那个从周恩来总理手中接过红旗的韩叔叔吗？这就是那个在天安门城楼参加国庆观礼的韩叔叔吗？啊！这实实在在就是他，当初挽起衣袖为他输了500cc鲜血的韩叔叔啊！他忽然想起了柳春枝的壮举，这个单纯得有些一根筋的美女，为了保护他崇敬的老革命凌书记，她竟可以以死相拼。难道他郭兴凯连柳春枝都不如吗？

望着韩震遭受折磨的惨状，郭兴凯感觉自己的心脏仿佛被人捅进了无数根钢针，他痛不欲生，只觉得一股热血直冲脑门儿。

啊——他突然爆发出一声怒吼，嗖的一声就纵身跃上了舞台。他冲到韩震面前，发力将厚钢板一搂一抬，就把这劳什子从他的脖子上摘下，再往台下的水泥马路上一扔，一声沉重的"砰——"被高音喇叭放大到惊天动地。刹那间。现场所有的人，都被这个疾如闪电的胆大包天之举惊呆了。谁知，他竟然又大吼了一声：韩震厂长是毛主席的好干部啊！你们不能这样对待他呀！

大会主持人最先反应过来，声嘶力竭地号叫着，快抓住他！抓住现行反革命！不要让他跑了！顿时，台上台下冲上来十多名打手，有的赤手空拳，有的提着木棒。那领呼口号的一男一女着实机灵，又趁机喊出"打倒现行反革命！打倒走资派的孝子贤孙！"等口号。但广场上席地而坐的数万人，被台上发生的非常事件所吸引，回应者寥寥，纷纷起身，一边议论一边伸长脖子观看。全场秩序大乱。793厂的崔琦在台口纵身一跃，抢先赶到正朝后台跑的郭兴凯的面前，猛挥木棒，往下狠狠地一砸。说时迟那时快，木棒在半空中却被另一根木棒当地一挡，郭兴凯趁机逃脱。这个挺身而出的不是别人，正是今天大会的现场纠察之一的蔡长安。只听他叫道，哥子！手下留情，他是我哥们儿！

郭兴凯已经逃到了建设路的桥上，但还是没能逃脱魔掌。他被先后赶到的十几个纠察围着殴打。打手们自认为自己最革命，打的既是破坏批斗大会的现行反革命，一个个毫不手软。若不是手臂上带着纠察袖套的蔡长安及时赶上来劝说，他非被当场打死不可。

当郭兴凯纵身一跃跳上舞台的时候，就被坐在各自方阵里的卞文渊、纪中和发现了。郭兴凯内心的煎熬，以及爆发的冲动，两人都非常理解，但都不由得为他捏了一把汗。当他俩看见郭兴凯逃向后台，被众多的打手围追堵截的时候，两人再也坐不住了，不约而同地溜出各自的队伍，朝着舞台背后匆匆赶去。他俩在半路上又汇合了793厂玻璃车间的田云志、小秦等二十几个工人。殴打郭兴凯的打手们一见匆匆赶来一大群工人，他们边跑边发出怒吼，立刻作鸟兽散。大家跑到郭兴凯身边，见他被打得遍体鳞伤，满脸血污，卞文渊、纪中和、田云志、小秦立刻上前，把他抬起就走，朝着桥下最近的一家职工医院走去。医生检查的结果，他除了皮外伤以外，主要是内伤，肋巴骨被打断了两根，内脏受到重创。医生为他包扎了伤口，并且开了消炎药和活血化淤的药。考虑到他一直住的单身宿舍，没人照顾他，纪中和就叫把他送到自己父母的家里去养伤。这样，他就被一辆人力三轮车送到了府河边上的那个小杂院。

## 三

　　韩雪对这天发生在建设路的事情一无所知，直到吃过晚饭，天都黑了的时候她才听说。因为这个白天，她没在成都市。

　　韩雪是品学兼优的学生。她可不像一般东郊工人的娃娃那样都在本厂办的子弟学校上学。她凭自己的成绩考上了市上的王牌中学——九中。她的班主任老师名叫张水萍，同时也是在美术上颇有造诣的美术老师。她是张老师美术兴趣组的得意门生，她画的一幅人物工笔画曾在全市的展览上拿了一个金奖。张水萍被以宣传封资修黑货毒害学生的罪名，被对立派的学生组织揪出来，在批斗会上被打伤了。之后，她被送回离成都几十里的郫县老家疗伤。这天，韩雪特意约了几个跟张老师亲近的同学，骑着自行车去探望她，直到黄昏的时候才匆匆赶回来，做晚饭给弟弟吃。

　　邻居向她讲述了白天发生的事，她就像劈头挨了一闷棍，刹那间，脑海一片空白，之后，突然发出一声怪叫，转身撒腿就跑。她心急如焚，从家里推出自行车，跨上去就拼命地骑。她的第一感觉，就是赶快找到郭哥。郭哥，亲爱的郭哥！那么多人围殴你，肯定把你打得很惨。你现在怎么样了？你现在在哪里？

　　小时候她就特别喜欢郭哥，后来知道了她爸和郭哥的特殊关系，心里就更喜欢他了，一看见郭哥就感觉特别的亲切。那一年，她爸和妈被坏人强制离婚，若不是郭哥出手相救，他们这个家早就完了。郭哥就像她爸韩震一样，人长得高大英俊，充满男子汉的魅力。而且，他能力超强，为了祖国的国防事业，不怕吃苦，任劳任怨。最为了不起的是，郭哥心地非常善良，重情重义，简直就是个完美的人。还有，即便是郭哥对爱情的态度，也让她深深感动。宛玉铃姐姐迫于压力，不敢跟郭哥好，可是他对她却一往情深。郭哥的点点滴滴就像春天的雨露，不断洒在她的心灵上，而又恰逢她少女怀春的年龄，渐渐地，她就偷偷恋上他了。她知道他是个大忙人，一个以事业为重的有担当的爷们儿。郭哥曾跟他们全家人合过一次影，那是他爸爸妈妈恢复正常夫妻关系的第三天。当时，14岁的她就站在郭哥的身边，就像一对儿幸福的恋人一样。她是故意站在他身边的。拍照的时候，她感觉既兴奋又羞涩，但毕竟那种温馨的幸福感超越了一切。在照片上，她的笑容很甜美，郭哥却一点都没有笑，他有棱有角的面部显露出深沉的神情。而这恰巧是她最喜欢的男子汉的味道。照片上的郭哥，跟他们全家五口人完全融为了一体。她曾经面对照片痴痴地想，这张照片对于未来是一种征兆吗？或者是一种暗示呢？是否暗示着将来她会和郭哥结为伉俪呢？她对这张全家福的合影爱不释手。她拿着底片跑到照相馆，专门去加洗了一张三寸的。她把它卡在自己皮夹子透明的玻璃纸后面。这样，她每天就可以跟亲爱的郭哥见面了。这是她自己心中的隐秘。哪怕有一次妈妈打开了她的皮夹子，也没有产生怀疑，因为它毕竟是一张全家福的照片哦！

那年秋天在府河里漂流的时候，她唱的两首歌其实都是别有深意的。《花儿为什么这样红》是向郭哥的间接的表白；电影《农奴》里的插曲《阿哥你何须说》，是她的心灵在跟郭哥悄悄对话。她把自己掩饰得很好，从来都不失态。但是，卞哥和纪哥还是察觉到了他对郭哥的感情，并且还打趣过她。她在心里信奉这样的座右铭："两情若是久长时，又岂在朝朝暮暮。"她已经想好了向郭哥表白的时间。那就是，等她考上了大学离开了东郊这块土地后，她就要写信回来追求他。但是，"文革"突然爆发，她本该是去年考大学的美梦彻底破灭了。

她骑着自行车，在建设路上狂奔，一口气蹬到793厂宿舍门口。她向门卫说明了情况，很快就找到了郭哥所住的那栋苏式住宅楼，结果当然是扑了一个空。郭哥因为是厂里的中层干部，单独享受了这个住宅楼单元的一个单间，跟他同住一个单元的工友，既有家在农村的，也有尚未婚配的单身汉。她向他们打听郭哥的下落，但他们都不知道他的去向。啊！亲爱的郭哥下落不明，她急得眼泪都流下来了。

这时，有个老工人才搭话说，他当时看见过郭兴凯和他的两个好朋友——一个是796厂的那个上海人，还有一个是姓纪的成都人。这个消息很重要，心想只要找到卞哥就好办了。她谢过这几名工人师傅，冲下楼，骑着车跑了。她回到建设路，又往东边的796厂的宿舍区骑。她找到了卞文渊所住的那个单元房。这是一个一套三的房子，住了三家人，抽水马桶和厨房三家人共用。她敲开房门进去一问，才知道卞家三口都出门去了。她忙问他的邻居，他会去什么地方。邻居回答说，好像听说他们去猛追湾那边的那个谁的家了。她想，猛追湾那边的那个家，不就是纪哥的家吗？这么晚了，他们全家出动到那儿去干什么呢？一定是有什么特别重要的事情。想必纪哥就在他的老家等他了。她决定马上骑过二号桥，直奔河边的那个小杂院。

等到她汗流浃背地骑车赶到小杂院的时候，才明白自己来对了。卞文渊夫妇带着三岁的孩子，买了好些营养品来看望好朋友。纪中和夫妇还特意赶回来，安排郭兴凯疗伤的细节。郭兴凯半躺在纪中和以前睡的床上，几个人正围在床前跟他说着话。郭兴凯鼻青脸肿，头上、脸上、胸脯上都缠着绷带。韩雪匆匆走进来，一见他的样子，就心痛地哭了起来。

郭哥——她冲动地发一声喊，扑到床边上，情不自禁地抓住她的手直摇。

啊——郭兴凯疼得直抽凉气。

慢点！纪中和忙说，你郭哥遭打断了两根肋巴骨。

啊？她大吃一惊，真是后悔自己的鲁莽。她双眼含着泪水哽咽着说，郭哥，是我不好，弄疼你了！我来晚了。我今天有事没在市里，我的一位老师被坏人打伤了。我约了同学去郫县看望她，傍晚才赶回来，晚上才听说的。

郭兴凯说，别哭，郭哥我很好。你爸呢？他怎么样？他想笑得轻松一点儿，结果，挤出来的还是苦笑。

她愧疚地说，我爸他很不好。我今天还没空去看他呢。

你妈呢？

我妈，她最先被关进牛棚。本来，因为她医术好，救过好多人的命，她的人缘好，都已经放回家了的。结果，几天前，省里来了一个大人物到我们厂视察，硬说我妈是叛徒，是隐藏得很深的苏修特务，就重新把她关押起来了。

哦！众人一听，大吃一惊，不禁为白羽的命运担心起来。

你姥姥呢？纪中和问。

我姨妈和舅舅他们悄悄把她弄回哈尔滨去了。我们老家那边，老毛子、二毛子很多，我爸我妈在成都这边处于风口浪尖上。老家那边的人说，姥姥回去的日子会比这边好过。

众人都点着头，议论着，都说这样安排最好，老人家年纪大了，受不了这种打击。

郭兴凯问，那家里就只剩你和弟弟了？

她默默点点头。刚才的一席话，触到了她的痛处，眼泪顺着脸颊流了下来。

对了，郭兴凯突然想起了什么，说，你们家的存款，肯定早就冻结了，你父母又被关押，你们用钱怎么办？吃饭怎么办？

郭哥！她凄然一笑，把目光扫了扫病床前的众人，说，你们大家都放心，他们给我和弟弟发了生活费，不缺钱，我过得很好！

天色已晚，几个人安慰了郭兴凯几句，就起身告辞走了。

第二天下午，韩雪又来了，还用网兜提着一钵热腾腾的鸡汤。她一停好车，就直奔郭哥养伤的那间房子。她一撩开门帘儿，就看见躺在床上的郭哥正在睡觉，屋子里还响着轻微的鼾声。她蹑手蹑脚地走过去，把陶钵轻轻放在床前的柜子上，然后转过身，深情地凝望着他。这个她朝思暮想暗恋的男人，此刻，就神态安详地平躺在她的眼前。他脸上的浮肿和淤青已经明显消散了一些，这让她略感欣慰。噢！他长得真的好英俊，脸庞线条刚硬，剑眉浓黑，鼻梁挺直，嘴唇饱满。她愈看愈爱，就身不由己地俯身细看，如此一来，男人身上特有的的气息就直接冲击着她，让她感到意乱情迷。突然，她凑近了他的脸，将她滚烫娇艳的嘴唇突然贴在他的嘴唇上。他被惊醒了，睁开眼睛一看，发现是韩雪在亲她，忙下意识地将脸一转。她顿时满脸通红，急忙尴尬地移开脸蛋，直起腰来。

雪雪，是你？他涨红着脸问。

她竭力克制着自己，掩饰地咳嗽了一声，说，郭哥，我都来了好一会儿了，就想把你弄醒。哦，对了，我差点忘了，我给你炖了鸡汤来呢。说着，她就揭开了陶钵的盖子。一股浓郁的鸡汤的香味儿顿时在屋里弥漫开来，他情不自禁地吞了吞口水。

他不想让她太尴尬，就没话找话地说，哎呀，真香啊！

那就快吃吧！她拿过自己带来的碗，把鸡肉和汤舀进碗里。

我自己来吧。他边说，边坐起身，这么一动又情不自禁地皱起眉头。

别动，快躺好，还是我来喂你吧！

他默认了，因为他受伤的右手也缠着绷带。

她拉过一旁的椅子坐在床边，试过鸡汤的温度，然后就一勺一勺地喂着他。这简直就是几年前同一场面的重现，只不过当年喂他鸡汤的那个女人，已经被打成苏修特务关押了起来，眼下喂他的是她的女儿——一个17岁的美丽的大姑娘。

我想起了当年……他吞下一口汤，感动得喃喃自语。

我也想起了当年，当时上小学六年级，居然那么不懂事，还和你争鸡汤喝……

唉！可惜你妈妈她……他长长地叹了一口气。

先喝鸡汤，喝完再说其他的事情。她赶紧拿话岔开。

之后，两个人不再说话，一个默默地喂，一个默默地喝。鸡汤终于喂完了。

唉！他下意识地叹息了一声，感动地望着她说，你和你妈长得真像，你就是青春版的白羽阿姨。

这话听着很受用，她就用眼神鼓励他往下说，或许说着说着，他就会吐露真言呢。可是他却不吭声了。

当她掏出自己的手绢为他擦嘴时，他发现，她右手臂中段的动脉血管那儿，有个小小的红点，在她雪白肌肤的映衬下相当明显。他起了疑心，就问她是怎么回事。她瞟了瞟小红点淡淡地一笑，告诉他，是被小虫子咬了。他不相信，追问她究竟是怎么回事？她又俏皮地说，爱信不信。她忽然起身一站，只觉眼前一黑，眼睛下意识地一闭，跟跄了两下，才稳住身子没有倒下去。

雪雪，你怎么了？他大惊失色地叫道。

她故作坦然地一笑，说，没什么，可能是起身猛了一点。

不对，你刚才可是差点儿晕倒了，你肯定眼前发黑！

郭哥，哪有你说得那么严重嘛，我不就是肉吃得少了点儿吗？她故作轻松地一笑。

不对，你在骗我。他阴沉着脸问，我问你，你哪儿来的钱买鸡？

她觍着脸，笑嘻嘻地说，怎么？审问犯人吗？

你少嬉皮笑脸的，告诉我，哪儿来的钱买鸡？

他们不是给我姐弟俩发生活费吗？

发了多少？继续追问。

她迟疑了一下，说，也没多少，反正还凑合吧。

凑合？你骗不了我的，我们厂也在给走资派的子女发所谓的生活费，每个人最多5块钱。刚才我就起了疑心，你手上的小红点？根本不是虫子咬的，那是抽血后拔出针头留下的针眼儿。雪雪，你去卖血了？

她转过脸，下意识地躲避着逼视她的眼神。

他刚才那样说，其实是在试探，她的表情却明明白白地告诉他，她确实去卖鲜血了啊！你卖了多少CC？他问。

300！她怯生生地说。

雪雪啊雪雪！你糊涂啊！你正在长身体，你怎么能这样干呢？你让郭哥我怎么面对你的父母？你这是在往郭哥的心脏上扎钢针呐！

她见他情绪激动，浑身气得发抖，这才明白自己干了傻事，忙说，郭哥，是我不好，惹你生气了，我再也不敢了！快别生气了啊，求你了！

他语重心长地说，雪雪，你爸爸妈妈蒙受不白之冤被关押，家里就剩你和弟弟韩刚了。你要答应郭哥，你一定要好好照顾你自己和弟弟，你俩要好好地活着，等待爸爸妈妈回来。现在社会上这么混乱，坏人都跳出来造反了，你人又长得这么漂亮，你一定要特别留心保护自己，晚上别出门！好吗？

嗯。她乖乖地点着头，他的话让她的心里感到特别的温暖。她自己和弟弟过的日子跟叫花子差不了多少，每月总共8块钱的生活费，实在是少得可怜，除了买回她和弟弟的口粮和蜂窝煤的钱，就所剩无几了，吃的菜都是到菜市场上去捡的别人不要的老叶和虫啃过的叶子。想到这里，她的眼泪又流出来了。

郭哥知道你现在过得很难，但是无论怎么难，你都要咬牙挺过去。你和弟弟在外面过得好，就是对你妈妈爸爸的最大的安慰！

郭哥，你的话我记住了，我向你保证，不管怎么艰难，我都要带着弟弟好好活下去！她发誓般地说着。

好！他欣慰地点着头。然后，挣扎着用左手从枕头底下抽出自己的钱包，说，这里边有一百多块钱，你全都拿去，等伤口好点，我再去看你们。

韩雪不要，转身要走。他故意说，好吧，你要走也可以，那我们今后就再也不见面了。韩雪想了想，走过来默默地从他手里接过钱包，扑闪着美丽的大眼睛望着他，似乎有满腹的话儿想说。他提醒她，你弟弟在等着你呢。她的嘴巴张了张，转身离去。

## 四

这天晚上，柳春枝偷偷跑回家来看望妈妈。她参加的那个主要由一大批老党员、老先进工作者组成的群众组织，被中央"文革"小组宣布为反动组织，他们原来设在东郊一家大工厂办公大楼里的总部被造反派攻占了，所有的人都被赶出了东郊。几天后，被打散的他们组织的残部流落到离东郊几十里外的一个乡场上。这晚，她是借着夜色掩护，才摸回家来的。从妈妈的嘴里才得知郭兴凯在他们这个院坝里养伤。她责怪妈妈怎么不早点告诉她。妈妈说，你人都不落屋，怎么告诉你？她马上出了家门来到纪家。纪爷爷、纪奶奶、纪伯伯、纪大妈正在家门口乘凉，一见柳春枝，满眼流露出惊喜和担忧，都很关心她最近的下落。她礼貌地回答了老人们的问话，又问明了郭兴凯确实住在她纪哥原来住的房子里。

她一走进里屋，就看见郭兴凯半靠在床头上，正在摆弄纪哥自己装的那台电子管收音机。此时，东郊时兴自己装电子管收音机，买的是星光厂生产的电子管，中波、短波的广播电台都能收听，拥有这种收音机的人家在旁人眼里非常了不起。此时，收音机里正在播送一首江西民歌风味的优美歌曲《毛主席登上庐山顶》。

她一开口就说，郭哥，原来你躲到这儿来了，怪不得我好多天都没见到过你了。

郭兴凯一见是她，面露惊喜，忙随手将收音机一关，关切地问，哎，听说你们被赶出了东郊？你们在哪儿落脚？

一个乡场上，那里的贫下中农非常支持我们，同情我们。

那就好！郭兴凯说，唉！我真的没想到，最后的结局竟是这样……

我们都感到非常悲愤，我想，毛主席一定是受了蒙蔽。哦，不说我了。我也听说了，那天很多人围着打你，你的伤情怎么样了？

除了断了两根肋骨，其他都是皮外伤，这几天好多了。我给你说，那天要不是蔡长安在现场当纠察，他出面劝解的话……啊对了，还有，要不是文渊、中和带着人及时赶到的话，恐怕我早就被打死了。

这么说，是蔡长安救了你？

对！当时，我们厂的那个崔琦，抡起一根木棒劈头砸向我的时候，要不是他拿木棒一挡，恐怕我的脑袋当时就遭敲碎了。崔琦那家伙下手真狠！

这么说，张洪炳这个小舅子的良心还算是好的？

问句不该问的话，听中和说，他当初追过你？

他叫我去赴约，我却跑到厂里加班去了。

为什么？我觉得他人不坏嘛。

这世界上人不坏的多了，他人不坏我就要嫁给他呀？告诉你吧，我不喜欢他。

我觉得吧，你长得太漂亮，背后打你主意的人多，你应该找个对象。

我成天忙着上班，宿舍、车间、食堂三点一线，根本就没有接触其他男同志的机会，你说我找谁谈对象？话说到这个份儿上，她觉得今天的机会来了，一想到这儿，脸就红透了，至于怎么样才能把话题往那个方面引，她却不知道。她很不得体地问了一句，哎，你今年多大了？

马上满33岁了。

你怎么还不安家呢？未必你的心还在那个宛玉铃的身上？

他苦笑了一下，说，春枝你取笑我。你也是21岁的大姑娘了，为什么也不交个男朋友呢？

她调皮地一笑，说，这个原因，你知道……

可别说你还小，正是抓紧学习、工作的好机会。

这是你说的，我可不会这么说。她叹了一口气，说，你们都以为我是一根筋，我只懂上班，其他的什么都不懂。告诉你，你们都错了，我也是一个女人啦，又何尝不渴望爱情呢？我在等一个机会，在等一个人……

你在等一个人？他感到莫明其妙，追问道，那么这个人是谁呢？他知不知道你在等他？

这个人就是……她双目灼灼地望着他，她本想说这个人就是你，但见他探究的眼神，一副毫无感觉的样子，话到嘴边她又吞了回去，皱着眉头叹了一口气，唉！回头再说吧！

然后，她就转过身径直走了，把他一个人撂在那儿。望着她闷闷不乐离去的背影，他不知道自己刚才怎么就得罪了她。他想，唉！自己还是不懂得女人啊！

柳春枝对自己今天的表现十分不满，话都说到那个份儿上了，她就是没有办法让他掏出心窝子，而她自己也把那句至关重要的话说不出口。她觉得自己的人生到了水深火热的关头，工厂停产了，班不让上了，自己参加的那个组织又被宣布取缔了，大字报上早就辱骂她是走资派的宠儿，红得发紫，红得发青，今后是免不了要被拉出来批斗的。她百思不得其解，不知道自己为什么错了，过去有组织保护她、肯定她、提携她，她不用操闲心，只需要努力去工作，她就什么都有了。离开了党组织的保护，她就成了孤家寡人。她真的不知道以后的日子该怎么过，以后的路该怎么走。过去，她从来没考虑过自己的婚姻问题，现在，她仿佛突然在磨盘上睡醒了，她迫切需要一个家，一个她钟爱的男人来保护她，让她在外面受了委屈，甚至是受了凌辱的时候，好有个大山一样坚强的肩膀供她倚靠，供她扑在他身上宣泄自己的情绪。这个理想的男人不是别人，就是躺在纪哥床上的郭哥啊！

眼下，这个男人在疗伤，他迫切需要增加营养，帮助他早日恢复健康，她感觉自己责无旁贷。她的第一个念头，就是想做点儿好吃的，给这个心爱的男人吃。可究竟做什么好呢？突然想到，曾经听人说过，吃团鱼（学名"鳖"）最能促进伤口的愈合。对，自己一定要做团鱼给郭哥吃。第二天早晨，她故意找了一套母亲穿过的陈旧的衣裳来套在身上，并且戴了一顶破草帽，又在自己白皙的脸上抹了一层淡淡的锅烟灰，尽量使自己变得很土，其貌不扬。她骑车赶到了位于市中心的国营菜市场，在那里如愿以偿地买到了两只母团鱼。她以为，正像产妇要吃母鸡熬汤补身子一样，也该是母团鱼炖汤才好。殊不知团鱼这东西恰恰相反，要公的炖汤才滋补。这是她特意叫人给挑的，对方也乐得顺水推舟。

团鱼倒是买到了，可是该怎么杀、怎么做，她又犯难了。她从小就很喜欢洗衣服，觉得那是一种享受，却非常讨厌下厨房，万不得已需要她来煮饭，她做出的菜，一定非常难吃。柳妈妈见她买回来团鱼，并且还要亲自下厨来做，觉得简直是太阳从西边出来了。

柳妈妈问她，团鱼那么贵，你怎么舍得买回来吃？

她说，我这是给病人吃的。

柳妈妈一听就笑了，说，我懂了，你这不是孝敬妈妈的，是给对门屋里的那个人吃的吧？

她撅着嘴撒娇说，妈，你好讨厌，明知故问。你快教教我，怎么样杀团鱼吧，然后再教我怎么做。

什么？你要杀团鱼？妈妈说，你可别把自己的手割破了。

妈，你别瞧不起人，我可是全成都市评选的巧姑娘，我手可巧了，要学杀团鱼的话，不费吹灰之力。

柳妈妈说，好，我的巧姑娘，那妈就看你怎么样杀了。

她撒娇地说，嗯，我要妈先教我嘛！

好，你仔细听好了，我开始教了。柳妈妈说，拿一根筷子，去戳团鱼的头，它就会咬住筷子，伸出脑袋来，这个时候，你拿菜刀把她的脑袋砍下来。听清楚了没有？

就这么简单？她说，那就看我的！

那我们就开始杀了。说着，只见柳妈妈从网兜里抓出一只团鱼，把它放到菜板上，然后用一只筷子去戳它的脑袋，团鱼果真伸长了脖子死死地将筷子咬着。柳妈妈说，嘿，快砍呐！

她举起刀，跃跃欲试，就是砍不下去。

快砍！柳妈妈急了。

砰！谁知她一刀砍下去，却砍偏了，团鱼受到惊吓，嗖地就缩回壳里去了。

柳妈妈就笑了，说，你呀，这么简单的事情都不会做，还是全市的巧姑娘呢？

她说，妈，我实在砍不下去。你来砍，我来逗它。

行啊。柳妈妈把手里的筷子递给她。

她接过筷子如法炮制，谁知团鱼吸取了教训，无论如何都不肯咬着筷子把脑袋伸出来。她叫道，妈，它欺负我！怎么办？

怎么办？柳妈妈说，看妈的。说着，她先抓起菜刀，又一伸左手把甲鱼翻转，团鱼急了，长伸着脖子想把身子翻过去。说时迟，那时快，只见柳妈妈举起菜刀，对准团鱼的颈骨，用刀背砰地一敲，团鱼挣扎了两下，就不动了。

她惊喜地叫着，哇，还是妈有办法！

这时，蜂窝煤炉子上水壶烧的水已经发出了吱吱的响声。只见柳妈妈拿过一个搪瓷盆子，往里面倒了小半盆滚烫的水，把垂死的团鱼往盆子里一甩，那家伙立刻又在热水里挣扎起来。

她忙提醒道，妈，你还没杀呢！

柳妈妈说，不慌，先让它泡一会儿。

要泡多久呀？

等它的表面稍微变白了再说。

过了一会儿，她看见团鱼不动了，并且表面果然开始变白，就叫道，妈，白了，变白了！

只见柳妈妈不慌不忙地捞起团鱼，抓起一旁的一个干丝瓜瓤，就在它的表面擦了起来，团鱼身上的那一层很脏的膜不一会儿就被清除了。然后，她左手按着团鱼的长脖子，右手拿刀割开肚皮上的甲，取出内脏和黄黄的油脂丢到潲水桶里。

她提醒道，妈，那是鱼油，很补的。

柳妈妈说，油脂吃起来很腥，只能丢掉。

接着，柳妈妈又挖了两个团鱼蛋出来，说，瓜女儿，买团鱼要买公的，公的才滋补呢！

她一惊，哇，我怎么不知道呢？

你怎么会知道？从小就不喜欢下厨房，妈真担心，你不会煮饭，你将来嫁了人怎么办？

妈，她撒着娇说，人家今天不是在跟你学吗？

柳妈妈喜笑颜开，说，好！妈给你做！

不嘛，我不要你做嘛，我要亲手来做才有意义，妈在旁边给我指点。

好好好，妈今天就给你帮厨，打下手。

妈，这团鱼要怎么做才最补？

清蒸最补，做汤也行。

那就清蒸吧！

柳妈妈站在一旁口述，她就在厨房里按部就班地操作，从怎么把团鱼洗干净，怎样备料开始教起，到怎样把团鱼底部朝上放进碗里，怎样加姜片、黄酒、盐、酱油(少许)、冰糖，到把水烧开，再怎样把团鱼放入蒸格隔水蒸。并且告诉她，最多蒸上15分钟，鱼就好了，然后，再把蒸好的团鱼翻到盘子里。

最后，当一盘色香味形俱全的清蒸团鱼出现在她眼前的时候，连她自己都陶醉了，她喜滋滋地说，妈，你的女儿能干吧？

柳妈妈乐呵呵地回应：能干，能干！

她说，妈，还有一只。我等会儿回来，再做给你吃。

柳妈妈说，这么贵的团鱼，我可舍不得吃，再说，我又没有受伤。快点快点，少废话，快给他端过去，不趁热吃的话，可就腥了！

好的！她小心翼翼地端起盘子，朝门外走去。

当她端着清蒸团鱼出现在郭兴凯面前的时候，坐在床边上的郭兴凯的第一个反应是诧异。他问她，你怎么还没走？你就不怕他们来抓你吗？

她本来想回答他说，我舍不得你，可话到嘴边却变成了：我不放心你。

他说，现在有些人，心中的恶念完全释放出来了，他们是有恃无恐，什么坏事都干得出来，你可要多加小心啊！

她半嗔半娇地白了他一眼，说，知道知道，你就不要唠叨了好不好？人家又不是三岁小孩。

看见她手里端的盘子，他好奇地问，这是什么？是乌龟吗？他起身凑近盘子闻了闻，说，哇，好香呀！

她边把盘子放到柜子上，边说，这是清蒸团鱼，这东西能促进伤口愈合，我特意为你做的。

他感动地望着她说，真是难为你了！哎，这东西不大好买吧？

市区有家国营菜市场有时候能买到，今天算我运气好。

大白天的你跑那么远去买东西，你就不怕坏人抓你啊？

放心，我可是化了装的。哎，你快趁热吃吧！我妈说，凉了，可就腥了！你躺上床去，我来喂你。

还是我自己来吧，我的手能端东西了。

怎么？别人能喂你，我就不能喂？她假装板起脸说，我妈可告诉我了，韩雪给你炖了鸡汤来，她不是喂了你吗？

他怕她引起误会，赶紧解释，不是的，我当时确实……

躺好，你只要乖乖地躺好，我就不再多话了。

唉！他叹息了一声，无可奈何地靠在床上躺好。

她用筷子把团鱼翻过来，夹了一块软软的裙边，喂进他的嘴里，说，郭哥，我昨晚翻来覆去没睡好，你知道为什么吗？

他一边咀嚼着，边茫然地摇了摇头。

她心情沉重地说，说实话，我有点灰心了，原先以为厂领导凌书记他们就是党的化身，他们不管说什么话我都当成圣旨在听，后来才知道他们也是人，他们也会做错事情，也会说错话，所以就被造反派抓住了把柄，把他们往死里整……

他张开嘴吞下她勺子里的汤，用赞赏的目光望着他说，春枝，你能这么想，我很高兴……

没有什么高兴不高兴的，这么斗来斗去，我有点累了！我们国家这么大，如果都这么闹革命，不搞生产，我们吃什么？用什么？郭哥，你说，我这些想法是不是很反动？

唉！其实我跟你的想法一样，我也想不通啊！

我烦了，我真的烦了，我想当逍遥派了！郭哥，想问你一句话，你现在有贴心的女人吗？

绝对没有！他郑重其事地摇了摇头。

她不由得一阵窃喜，胆子顿时就壮了，紧接着单刀直入地发问，你觉得我柳春枝怎么样？……她逼视着他的眼睛。

他下意识地躲避着她的目光。

看着我的眼睛！她目光灼灼地说，我还算是一个好姑娘吧？

他肯定地把头一点。

我要你用嘴来说！连她自己都无法解释，她今天怎会变得如此张狂。

你是一个……非常好的姑娘！他一字一句地说，心里忽然涌上了某种预感。

你喜欢我吗？目光里明显带着某种暗示和期盼。

见他又是点头，她不满意地说，用嘴巴说！

793厂女人堆里的这个标准件，不知是多少东郊男人的梦中情人啊！此刻，她却面对面地暗示自己，向自己示爱。热血开始在他的体内奔流，他明显激动起来，喉结上下滑动，又舔了舔嘴唇，说，我……我口渴，我想喝点水……

她把放在柜子上的那半杯水递给他，他接过杯子，咕咚咕咚地一口气喝干，之后再把水杯还给她。趁着她伸手来接杯子的时候，他突然抓着她的手，含情脉脉地望着她，喘息着说，我……我……我喜欢你！

啊，他说他喜欢自己！一刹那间，巨大的幸福感犹如滔天的潮水，在她的周身冲撞、回旋，她似乎在椅子上无法坐稳了，身子开始瑟瑟发抖，苍白的脸蛋陡然绯红，晶亮的泪珠从又长又密的睫毛之间涌出，一滴，两滴，之后，泪水开始在脸颊上不断地流淌。

你……你怎么啦？他以为自己说错了话，有些慌乱。

她并不答话，忽然站起身，冲动地叫了一声，郭哥！就不顾一切地扑到他怀里。他被她撞痛了，不由得皱了皱眉头。但这其实是爱的疼痛，甜蜜中带点儿苦涩。作为柳春枝来说，这可是渴望已久的郭哥的男子汉的怀抱啊！他的男子汉的气息让她迷醉，她急切地把艳若红樱桃的小嘴儿堵在他的嘴上，他却张开嘴热烈地回应她，结果，他和她死死地搂住，吻得舌根交缠，心旌摇荡……

# 人间地狱

白羽是天都机器厂职工医院的副院长。这家职工医院是一号桥那边最大的，有上百名医务人员，医疗设备和科室都比较齐全。白羽在天都厂救活过48个人，在一般工人的心目中，她的声望甚至还要高过当厂长的韩震。提起白医生，哪个不感谢她？运动初期，白羽作为走资派被造反派揪了出来，与丈夫韩震他们关在同一个"学习班"。因为她的人缘好，她是最先获得解脱被第一个放回家的。但是，某一天忽然来了一位靠造反起家的母老虎似的大人物——省革命委员会筹备小组的副组长，此人跑到天都机器厂来视察，说非要挖出一个隐藏得很深的反革命，才能显示成都东郊这个国防军工基地开展无产阶级"文化大革命"取得的伟大成果。然后，厂里的造反派头目就组织人翻档案，白羽的二毛子身份正好符合他们的政治需要。尤其令他们弹冠相庆是，白羽的档案里还夹着两份相互矛盾的材料，这是解放初期审干时放进去的：其一，是一份揭发材料，揭发她当年故意救治并放走了地下党要处决的叛徒；其二，是一份为她辩白的材料，说她当年只有14岁，她只是地下党的外围成员，她对处决叛徒一事毫不知情；写材料的人是当年跟白羽单线联系的地下党负责人之一的袁大姐。但对于事关白羽政治生命的这一重大问题，组织上当年却并未作出正式结论。其实，就当时的风气来看，即便作了结论，也是可以根据政治需要推翻的。强加给白羽的罪名是隐藏得很深的苏修特务、叛党分子。如此一来，白羽投身革命一步一个脚印的红色足迹——16岁参军，19岁加入中共，20岁嫁给了东北野战军的师长韩震……以及她的家人足以为之自豪的新社会授予她的种种荣誉——省人大代表、省级劳模、部级优秀党员、中华医学会理事等，全都成了她刻意乔装打扮、长期潜伏隐藏的罪状了。

在韩雪的心目中，妈妈白羽是天下最好的妈妈。

她最为自豪的是，妈妈救活了那么多的人。她曾亲耳听见过被妈妈救活的病人夸妈妈：白医生简直就是天上派下来的神仙。妈妈治好的病人，什么病症都有。她曾经见过她嘴对嘴地为病人吸痰。有一个七八岁的小孩，掉到茅坑里了，那茅坑在大路边上，秽物的表面结了一层硬壳，他一脚踩上去就掉到坑里了。路人发现了小孩，把他捞了起来，但他已被粪水窒息得昏死了，他们家人都不管他了。妈妈却把他抱到河里洗干净，然后嘴对嘴地给他吸痰，最后居然把他救活了。有老工人解不出大便，妈妈用手给抠。妈妈医术高明，经验丰富，从二舅那里也学了几招。二舅是中医，手里有手抄的中医秘方。妈妈治好的病人有不孕的，有肺结核、气管炎、关节炎的病人更多。当时，好多工人都是北方来的，家里娃娃多，脏得很。妈妈就从防病讲卫生抓起，搞"卫生家庭"评比，月月评，年年评。

　　"文革"来了，在摧毁了所谓的保皇派组织之后，红色东郊本来同属造反派的天下，为了争谁更革命，又分裂为以枪弹相见的两大派。为了躲避武斗，工厂职工医院都关了门，病人无处求医，就跑到韩家排长队。她给妈妈打下手，帮助给那些长疮的伤口敷药，帮助扎针的捡药。妈妈还叫她帮他们去取药。她冒着危险，跑到大门紧锁的厂医院，从上面的副窗翻进去，副窗上的碎玻璃还挂破了她的衣服和肚皮。记得有个工人得了脑溢血，嘴巴歪在一边，家属跑到她家找妈妈。妈妈冒着武斗的枪声，一趟一趟地往那个工人的家里跑，为他输液。这时，厂里分成两派，妈妈实行人道主义，不管是哪派，凡是来找她的病人，她都给他们看，包括受了枪伤的。晚上常有来找妈妈看病的，她晚上几乎没有睡过安稳觉。

　　但是妈妈却被人恶毒地妖魔化了，她的毫不利己专门利人的精神被丑化为厉鬼身上披的画皮，是化装成美女的毒蛇。


# 二

　　每个月月初发了工资，郭兴凯总会给韩雪姐弟偷偷送来20块钱，这钱差不多是他工资的三分之一了。这20块钱可不是小数目，恐怕相当于今天的几千块了。韩雪本不想接受这种馈赠，但又哪里拗得过郭哥的一再坚持。这钱却好比烫手的红炭圆，拿到手上却不敢乱用。俗话说：家中有金银，隔壁有戥称。如果这个消息传到造反派的耳朵里，就会给韩家和郭哥带来极大的麻烦，那可是会当作阶级斗争的新动向遭到残酷打击的。她每月只敢用这笔钱的四分之一，其余的钱用油纸包好，藏在床挡头的砖墙里。每天下午，她照例去国营菜场梭巡，捡一些别人不要的菜叶、菜帮回家。菜场的人都把她认熟了，但鉴于她的父母反动至极的身份——两人不仅都是苏修特务，而且，一个是走资派，另一个是叛党分子——她就成了双料的狗崽子，人们对她都很冷漠，有的人甚至对她很敌视，只有个别人才用同情的目光望着她，但都不敢跟她搭话。

她牢牢记着了郭哥说过的话，好好照顾自己和弟弟，好好地活着，等待爸爸妈妈回来。经过父母被关押的最初暗无天日的日子，她和弟弟都渐渐适应了。在吃食上，尽量管饱；在穿着上，缝补浆洗，让自己和弟弟尽量穿得干净体面。闲暇的时候，姐弟俩非常想念爸爸妈妈，但造反派只准二人每周去探视一次。爸爸和妈妈都是被单独囚禁的，爸爸被关在工厂大水塔的底层，那间铁桶也似的黑屋子里；妈妈是省上点名的要犯，被关在工厂仓库二楼的一间小屋里，屋子只有几平方米大，睡觉都只能斜着躺下，连脚都打不抻的。

上次带弟弟去探监的那天，她发现妈妈的情绪明显要好些，她惨白的脸庞虽说有些浮肿，还透着乌青，但她的嘴角挂着微笑，眼神满怀希冀。妈妈告诉她，他们已经派人去东北搞外调了，弄清她的问题有希望了。她刚想发问，就被一旁的看守厉声制止，并发出终止探视的警告。妈妈只好改口，询问她和弟弟过得怎样。早在几个月前，她就把郭哥资助她和弟弟的情况写在纸条上，趁看守不注意时，塞到妈妈手里。妈妈事后偷偷看了纸条，然后将它撕碎吞进了肚子里。妈妈抚摸了一下弟弟的头说，看见你俩现在的样子，脸上有了血色，妈就放心了。以后的日子还长，你俩要好好过日子，好好活着！说着说着，妈妈瞟了一眼在一旁监视的看守，加了一句时髦话，孩子，你们要相信群众，相信党，相信爸爸妈妈的问题总有一天会得到解决的。望着妈妈明显挨过耳光的脸庞，她的泪水悄悄滑出了眼眶。

岂料白羽满怀希冀的外调，其结果却完全背道而驰。当年唯一写材料替白羽辩白的袁大姐，如今是哈尔滨某中学的校长兼党支部书记，在这次运动中被打成了假党员和潜伏的苏修特务，她受不了非人的折磨和凌辱，前不久割腕自杀了。这就无法让该专案的两名外调办案人不喜出望外了，这正是他俩所希望看到的结果。辩白人本身就是坏人，并且又是畏罪自杀，袁某替白某辩护，显然就是出于长期潜伏的罪恶目的而替她打掩护。省上有关方面曾指示：白羽的案子一定要做成铁案，要经得起历史的检验。他俩都急于建功立业，急于向敬爱的伟大领袖毛主席表忠心，既然案情的真相已经水落石出，他们可就要抓紧搜集证明白羽有罪的揭发材料了。他俩通过当地的有关部门，设法找到了当年开诊所的那个老板兼主治医生，这位仁兄是1957年反右运动的"摘帽右派"，在精神上早就断了脊梁骨，为了解脱自己，在调查人员的威胁利诱下，乖乖地按要求写了证明材料，并且签了字画了押。

接下来的事情就简单了，只需白羽本人承认揭发材料对她的指控，并且亲笔写下自证有罪的交代材料，这个案子就了结了。这天上午，审讯再次举行。审讯人刘谋过去是厂里的一名中层干部，如今是专案组组长。他当年突发哮喘生命垂危之际，白羽诊断准确，及时给他用药，挽救了他的一条小命。但这人心狠手辣，利欲熏心，在第一次审讯白羽时就表明了态度。他说，白医生你是救过我，这不错，但这是私。忠于毛主席，捍卫毛主席的革命路线，这是公。我要公而忘私，大义灭亲。对你若有不敬，还请原谅。这个简短的开场白过后，他就越过了心理障碍，该干啥就干啥了。这一回，因为铁证如山，审讯人刘谋显得特别的不耐烦，除了拍着桌子对白羽呵斥责骂，便是叫她老实交代。

白羽镇定地说，等你们的外调材料回来，就会证明我的清白。

刘谋说，你不要做白日梦了，你的黑保护伞已经畏罪自杀，自绝于人民了。

刘谋提醒她，当年那个被打伤的叛徒，她白羽不仅认识，而且临走时，她还偷偷塞了几块银元给他做盘缠。

白羽就辩解说，这真是活天冤枉，我根本就不认识那个叛徒。

刘谋怒不可遏，抓起放在桌子上的一件自制刑具，冲到白羽身边，扬起刑具，朝她的脑袋猛地一击。

啊——在白羽的头颅发出沉闷响声的同时，她发出一声痛苦的惨叫，眼白朝上一翻，整个人连同她坐的那把椅子一起，哗啦一声仰面栽倒在水磨石的地面上，椅子也摔散了架。白羽在着地的一瞬间，脑袋向旁边一歪，被钢管打破的头顶开始冒出鲜血，将她栗色的头发染红。她在一瞬间就解脱了，从此再也不会被同类打得遍体鳞伤，再也不会受折磨和凌辱了。

此情此景让刘谋不由得一惊，他俯下身子，伸出右手去试她的鼻息，这才发现她居然就落气了。这刑具是一截电缆，顶端箍着一节钢管，是他的手下今天刚做好给他送来的，刚才因为气急攻心，情急之下，只想抓起它小试牛刀，却不料这苏修特务却是如此之不经打。人命关天，虽说中国人历来爱说这句口头禅，但白羽不同，她是隐藏得很深的苏修特务，是叛党分子，是十恶不赦的反革命，是不齿于人类的狗屎堆。这样的反革命居然敢于负隅顽抗，就是自寻死路，每个革命同志都可以向她表达革命的义愤，把她打翻在地，再踏上一只脚。刘谋这么一想，心里就完全平衡了。

他马上对陪同审讯的三名手下说，刚才发生的这一幕，谁都不准说出去，谁说漏了嘴，谁就给无产阶级"文化大革命"、给毛主席的革命路线抹了黑，那样的话，可就别怪我搭起眼皮不认黄了！白羽这个反革命死不悔改，本来就死有余辜，她一直软拖硬抗，可把我们大家害苦了。她这么一死，我们专案组也轻松了，就可以顺利结案解散了。但是我们必须统一口径，对外必须说她是畏罪自杀，对了，就说她是跳楼自杀的。听见了没有？

听见了！三名手下用同仇敌忾的齐声回答来回应他。

刘谋心里很明白，说白羽畏罪自杀，对上对下都是一种很好的交代，一个人一旦成了反革命，他的生命其实就连猪狗都不如了。他紧接着给专案组下令，要他们赶快给白羽整容，下午通知她的女儿韩雪来看自杀现场。有人打来一盆凉水，首先把白羽头发里糊的淤血清洗干净，接着又擦去她脸上的血污。如此一来，不明真相的局外人如不仔细察看，就很难发现她头顶被自制刑具打的伤口。

韩雪一听见专案组传来的妈妈已经跳楼自杀的通知，就发疯般地朝着囚禁妈妈的那栋仓库楼跑去。仓库只有一楼一底。此刻，白羽平躺在底楼楼梯旁边的阶沿上，身上穿着灰布衬衫和深色长裤，她紧闭双眼，蹙紧眉头，脸上的肌肉挤成一团，嘴巴大张着，似乎正在发出惨叫，生前遭受重创时瞬间流露的痛苦神情被永远定格在脸上，虽经业余水平的粗糙整容，仍不能消失。

妈妈——妈妈——韩雪号叫着奔过来，一见妈妈痛苦不堪的面部表情，泪水顿时奔涌而出，一头扑倒在妈妈的身上号啕大哭起来。她滴血的心在不断地呼唤着：妈妈！妈妈！你怎么就这样抛下我们走啦？几天前，我来看你，你不是还面带微笑、满怀希望吗？妈妈，妈妈，你脸上的表情为什么那么痛苦不堪？你一定是遭受了难以忍受的折磨啊！妈妈，亲爱的妈妈！你是世界上最好的妈妈，你救了那么多人的命，他们为什么还要残害你？天理良心何在啊？这些天杀的刽子手，简直禽兽不如啊！

站在一旁的刘谋见她哭个没完，不耐烦了，说，还有完没完？有完没完？起来，快起来！

她抬起泪眼，转过头说，人都遭你们弄死了，还不让我们哭？

刘谋不依，忙说，什么叫"人都遭你们弄死了"，她明明是畏罪自杀嘛！

呸！放屁！我妈是绝不可能自杀的。她在心里狠狠地啐了刘谋一口。这个刘谋，妈妈当年真不该救他的狗命啊！但又转念一想，得好好察看一下妈妈的遗体，看看她究竟伤在哪儿？边这么想着，就边用手擦干了泪水。

请你们暂时回避一下，韩雪站起身，说，我要看看我妈妈的身体。

刘谋说，人都死了，还看什么看？不行！

那请你们转过身去一下，总该行了吧？

不行！见其余三个打手正欲转身，刘谋赶紧吼道。

韩雪强忍着心头的怒火，冷冷地说：请你们尊重一下死者的人格。

刘谋说，她是反革命，是人民的敌人，她不配有人格！要看就快看，不然我们把尸体抬走了！

你这个只配下地狱的人渣，你才不配有人格！韩雪在心里怒骂着，却不得不委曲求全。她转身蹲下，轻轻撩起妈妈的衣裳，就看见了她腰上、胸脯上的伤痕。她大吃一惊，忙撩起妈妈的两只裤管，见小腿上也有明显的伤痕。她悲愤已极，泪水不觉又模糊了双眼。她在心里说，妈妈呀，亲爱的妈妈！不知你遭受了多少非人的折磨啊！她擦了一把泪水，又移到妈妈的头颅旁边察看，她头发上的一点血渍引起了她的警觉。韩雪伸手翻开妈妈乱蓬蓬的头发，查看着头皮，突然，头顶鼓起的那个大包赫然入目，还有一条结了新鲜血痂的口子，她的手不由自主地战栗着。她暗忖，啊！这一定是妈妈临死前挨打留下的伤痕。

她陡然站起身子，忍无可忍地发问，我妈妈究竟是怎么死的？请你们给我一个合理的解释。

跳楼死的！三个打手异口同声。

小屋没有窗户，她怎么可能跳楼？韩雪两眼喷火。

三个打手不由得一愣。刘谋赶紧回答：她是打开门跳的。

她反驳说，门你们成天都是锁着的，还派了人看守，仓库只有两层楼，楼下又是一片菜地，她即使跳了楼，也不可能摔死！

刘谋蛮横地说：反正她跳楼自杀了，自绝于人民，自绝于党！

任凭韩雪哭得天昏地暗，白羽还是被强行放在一辆解放牌卡车上拉走了。白羽火化后不许韩家要骨灰，造反派把她的骨灰偷偷倒掉了。韩雪在郭兴凯的帮助下，在东山上找人买了一块墓地，就把白羽的衣物做了个衣冠冢。这个衣冠冢成了厂里的一些善良人祭奠白医生的祭坛。他们向韩雪打听她妈埋葬的地点，每年清明都有人给白医生上坟。等韩雪一家去给白羽上坟时，哎哟！只见那墓前摆着一束束鲜花，那钱纸、香烛烧了一地。当然这是后话了。

## 三

一夜之间，柳春枝成了成都东郊的反面典型，她组织人集体拦车，以死抗争，阻止批斗793厂党委书记凌雨的壮举，被革命造反派视作对抗无产阶级"文化大革命"的反革命罪行。在强大的政治攻势之下，柳春枝所在的群众组织迅速瓦解。"受不完的蒙蔽，站不完的队，写不完的检讨，流不完的泪。"这首诞生于当时的民谣，正是曾经参加过她所在的群众组织的工人生存景遇的真实写照。抓住柳春枝等人，把他们押回东郊批斗，成了红色东郊造反派头目的心病。柳春枝等人在乡下东躲西藏，本来是难以抓到的，由于身上的钱和粮票用光了，她就派了个人潜回成都去取，岂料此人当夜一潜回建设路就被造反派的巡逻队俘获。这位仁兄经不起对方的威逼利诱，心理防线一触即溃，很快就认同了"受蒙蔽无罪，反戈一击有理"的宣传理念，然后就痛哭流涕地表示反悔，供出了柳春枝等人的藏身之处。紧接着，造反派出动了抓人的大卡车，车上载着别动队，20来个队员全都荷枪实弹。大卡车风驰电掣，连夜奔袭，于四更时分赶到了柳春枝藏身的那个小山村，隔老远就停车熄火。然后，一个个别动队员在反戈一击者的导引下，蹑手蹑脚，悄悄摸进了村里，又用肉骨头引开了试图报警的狗。在凌晨时分人睡得最深沉的时候，把柳春枝等六名被取缔组织的头目包围在他们借住的农家院里。别动队中曾在部队当过侦察兵的两名队员有了用武之地，他们轻而易举地跃上农家院的墙头，悄无声息地跳进院坝，然后取下顶门杠，将院门打开，其余队员一拥而入。两名从前的侦察兵又用工厂自制的匕首拨开了里屋的门闩，分散睡在两间房子里的两女四男在梦乡里就被抓了起来。在数枝闪亮的枪刺的逼迫下，两间屋子的六个睡眼惺忪的俘虏被喝令穿衣下床。他们旋即被五花大绑，头上被罩上黑色的布套，又被跌跌撞撞地推出农家院，直至推到小山村的村口上了大卡车。

大卡车一路奔波，抢在黎明以前驶回了建设路，之后在沙河大桥的桥头左拐，不久就驶进了沙河边的那所著名的电子大学——成都电子工程学院——的大门。大卡车在校园里开了一阵之后，停了。六名俘虏被弄下车，被别动队员分别押走了。

由于罩着黑布头套，柳春枝完全失去了方向感，完全不知道自己身在何处，她只知道卡车在路上奔驰了好久，自己被弄下车以后，被人挟持着，上过台阶，下过台阶，走过平路，转过好几个拐，最后被推进了一间屋子。然后，她被松了绑，摘掉了头套。她抚摸着被捆得麻木的手臂，刚想借着从门口透进来的灯光观察一下环境时，铁门被砰地关上，并从外面上了锁，外面过道上的电灯一熄灭，这间屋子重新陷入了黑暗，只听见挟持她进来的两个男人的脚步声逐渐远去。

这间屋子黑得令人毛骨悚然，她故意伸出右手摸了摸额头，眼睛居然连右手心都看不见。她不明白自己被关在什么地方，但闻到了一股股明显的霉臭味，她不敢乱动，就顺势往地上一坐，两只手就触到了坚硬的水泥地面。四周过分的黑暗和沉静原本就让她不寒而栗，接着她听见了老鼠发出的吱吱声，她从小就惧怕老鼠，此刻更是恐慌万分，竟吓得失声尖叫起来，啊——来人——尖锐的惨叫声在这间共鸣很好的屋子里回荡着。当然不会有人来理睬她，但是老鼠却被吓得落荒而逃。

不知过了多久，屋里渐渐有了光亮，但光线昏暗，她才看出这是一间空荡荡的地下室，面积比两三间教室还要空旷。她抬头追寻光源，发现它来自过道一侧墙壁上方的一排小窗户，也就是说，这个地下室并不直接从地面采光。这是什么地方？造反派为什么要把她单独囚禁在这儿？他们究竟要对她做什么？一连串的为什么，让她百思不得其解。其实，她早就想当逍遥派了，远离运动，远离派系，远离斗争，远离尘世的纷争，跟她钟情的男人郭兴凯一起，逃到一个世外桃源般的地方，去过那种男耕女织的小日子。自从她跟郭兴凯接过吻之后，心里就有了这个美梦。可惜她人在江湖，身不由己，她早已是风口浪尖上命运难卜的一只飘荡的小舟，她注定要成为"文革"这场运动祭坛上的牺牲。

她发现旁边靠墙的角落地上铺着干净的纸板，她就起身走过去，在纸板上躺了下来，这样，整个人感觉就要舒服得多。自从她被关进来以后，就一直没有人来理会她。她不知道时间，只觉得饥肠辘辘，并且愈来愈饿，饿得都开始冒虚汗了。忽然，门外响起了脚步声，接着，铁门被打开了。她难得看那些人的嘴脸，就鄙夷地闭上了眼睛。

春枝，饿坏了吧？该吃饭了。来人的声音明显似曾相识，并且毫无敌意。

她不觉睁开眼睛一看，哇！来人竟是蔡长安！在这种与世隔绝的环境中，突然来了一个曾经追求过她的男人，心头不禁涌上一阵窃喜。怎么是你？她问。

昨天晚上，我就一直在场。他答非所问。

是你跟他们来抓我的？这话让她想起了对方的卑鄙和自己人昨晚的屈辱，不由得狠狠地说，你们太卑鄙了！说，你们是怎么找到我们的？

蔡长安委屈地笑了笑，说，这可不能怪我们，是你的手下叛变了，反戈一击，是他带领我们去抓你们的。

唉！她叹了一口气，闭上眼睛不再说话。

蔡长安说，有什么话，等吃过饭再说吧！

不吃。她的口气并不坚决。

你又何必呢？要学《红岩》中的江姐？

……

那都是写书的人瞎编的。再说，人是铁，饭是钢，你要吃饱了饭，养足了精神，才能更好地坚持啊！边说着，他就边把一大碗米饭和一双筷子递到她面前。

她睁眼一看，这是一墩足足有四两米的干白米饭，上面还覆盖着发出香味儿的青菜叶子，刹那间，本能爆发的食欲压倒了一切。她一把夺过饭碗，狼吞虎咽地大吃起来，她实在是饿坏了，一点都没有考虑自己的吃相。

蔡长安静静地站在一边，等他吃完后，又取下身上背的一个军用水壶递给她。她实在是渴坏了，拧开水壶盖子，咕咚咕咚地直往嘴里倒，弄得胸前的衣裳都湿了一片。她水足饭饱，这才注意到他满脸同情地望着自己，就问：什么时候放我出去？

蔡长安无奈地摇了摇头，转身走了。铁门被再一次锁上。听着门外渐行渐远的脚步声，她感觉一阵不可抗拒的倦意陡然袭来，眼前的景物开始变得模糊，接着，她仰面朝天，软软地朝地上一倒，顿时睡死过去，并且发出很响的打鼾声。沉睡中的柳春枝，这个793厂女人堆里出了名的标准件，这个白的像葱根似的处女，现在松软得仿佛成了一摊烂泥。

她喝的那壶水一定有问题，因为她睡得实在是太沉了。铁门被再次推开的声音她听不见，进来了一个戴黑面罩的蒙面男人她不知道，那个强壮的男人扒光了她穿的衣裳，对她进行恣意猥亵，她也没感觉。直到这个歹徒强行进入到她的体内，夺走了她的贞操，那撕裂般的刺痛和随之流出的鲜血，才暂时弄醒了她。她这才感觉到有个男人骑了她在呼哧呼哧地运动着，她本能地想反抗，无奈身子柔软得像面团。渐渐地，她的感觉愈来愈麻木，深沉的疲乏犹如滔天的洪水一般再度袭来，她的头颅一歪，顿时又呼呼大睡过去。

这一觉足足睡了一天一夜，直到第二天上午她才醒过来。她一睁开眼睛就感到很不舒服，忽然发现自己赤身裸体地躺在纸板上，内裤、胸罩和长裤被甩在一旁，外衣和衬衫却胡乱搭在身上。她伸手下意识地一摸胯部，发现那儿竟黏着布壳似的秽物。她慌得一屁股坐起身来，竟然发现自己的下体和纸板上有暗红色的血迹。她愣了片刻，才恍然大悟：啊！她被人下了迷药，歹徒趁着她昏睡不醒，强行把她奸污了，她柳春枝已经被坏人夺去了贞洁，她再也不是处女了呀！想到此，她顿时歇斯底里地号哭起来，呼天抢地，痛不欲生。

啊！她柳春枝是何等传统的女人啊！她把自己的贞操看得无比神圣，甚至比生命还重要，自从她有了青春期的初潮以来，她就暗暗发誓，一定要把自己的第一次留给自己的丈夫，留给那个冥冥中的最亲爱的男人。而在现实中，这个最亲爱的男人，就是他一直暗恋的郭哥郭兴凯啊！她跟他的身子已经零距离地接触过了，他俩已经亲热过，已经接过吻了，她把自己的灵魂早就已经交给了他，她已经是他的人了。但是此刻，她已经不再是那个纯洁无瑕的姑娘了，她已经被坏人彻底玷污，并且已经被坏人打上耻辱的印记了，真是奇耻大辱呀！郭哥是多么优秀的一个男子汉啊！她再也无法面对亲爱的郭哥，她再也不配做他的妻子了！郭哥啊郭哥，春枝妹妹辜负了你呀！这一切，都是因为那个蹂躏她的歹徒啊！那个挨千刀万剐也不解恨的衣冠禽兽，把她这一生的幸福活生生地毁了呀！

她这一哭，哭得昏天黑地，忘了时间，忘了饥饿，直到传来铁门开锁的声音，她才慌了。不许进来！不许进来！她一边厉声尖叫，一边匆匆套上长裤，披上外衣。铁门还是开了，并不因为她的阻止而延宕。

蔡长安！她厉声叫道。

你他妈嚷什么嚷？谁是蔡长安？来人斥责道。

她一边飞快地扣着纽扣，一边定睛一看，来人果然不是蔡长安！她心里突然涌起一个疑问，蔡长安在躲避他，这个一直对她垂涎三尺的男人，为什么会突然失踪？她可是吃了他送来的饭菜，喝了他水壶里的水，她才昏睡的。难道这是蔡长安故意设的圈套？难道强奸她的人就是他？想到此，不由得怒火万丈。她厉声问道，蔡长安这个狗日的，他为什么不来？

来人大吃一惊，想不到这么漂亮的一个婆娘居然会骂得这么难听，就俯下身子，把端来的一碗饭菜往地上一杵，说，他妈的疯婆子！之后，站起身来，扬长而去。

在把大铁门锁上的同时，来人听见了母狼嗥叫一般的怒吼——蔡长安！你这个天打五雷轰的恶棍！

# 四

这次飞来的横祸，彻底改变了柳春枝后半生的命运，犹如一把刚刚锻造好的钢刀被丢进冷油里淬了火一样，她立刻变得锋利无比了。痛定思痛之后的柳春枝，好像突然变了一个人似的。一想到自己在迷药发作的状态下，任坏人恣意蹂躏，就恨得把牙齿咬得格格响。但她毕竟是长在红旗下的新时代的女性，跟旧时代的女性在被强暴之后往往选择自尽不同，她的心里除了痛悔，就是仇恨。她发觉自己突然变得泼辣起来，泼辣得就像蠢蠢欲动的母老虎。幸好蔡长安再也没有走进地下室，不然的话，她真会扑上去跟他拼命，把他的脸抓得稀烂，甚至会拿刀割下他的鸡巴去喂狗的。

虽说她有点一根筋，但她并不傻。她清楚地知道，如果这个桃色案件一旦张扬出去，那就无异于在东郊丢了一颗重磅炸弹，就会触动所有人的神经，社会上形形色色的男男女女，无论是何种派别，都会为之兴奋，它将成为人们茶余饭后的谈资，只不过有的人津津乐道，有的人义愤填膺罢了。她暗下决心，这件事情一定不能吐露一星半点，即便是最亲密的人也不能透露，就只能让它烂在肚子里。此刻，她才真正领会了什么叫打碎了牙往肚里吞的滋味儿。对于那个强奸者（蔡长安的嫌疑最大），她对他却有一丝隐隐的担忧。固然，强奸妇女是重罪，一般而言，强奸者也不敢张扬自己的罪行；但他难免也有得意忘形的时候，说不定狗日的哪次喝醉了酒，向铁哥们儿一炫耀，那她柳春枝可就惨了。应该说，这种可能性极其小。

她在被囚禁了五天之后，这天早晨被押出了地下室，他们没有再捆绑她。清晨的阳光并不怎么强烈，但是她一走到地面上的一刹那间，还是被晃得眯上了双眼，她赶紧把头一埋，然后被推上了一辆大卡车。大卡车开动。她用已经习惯了光亮的眼睛偷偷打量着汽车的左右两边，怎么看周围的景物都感觉有点儿眼熟，她暗忖，这地方她应当是来过的。直到那栋实验大楼在不远处的左边出现的时候，她才恍然大悟，原来这里就是电子工程学院呀，却被某些歹徒弄成了人间地狱。

汽车沿着沙河岸边开上了建设路，之后就朝他们的紫光电子管厂驰去。汽车一拐进工厂的大门，就听见楼顶的高音喇叭传来一阵一阵的口号声："誓将无产阶级文化大革命进行到底！誓死捍卫毛主席的革命路线！打倒资产阶级保皇派！柳春枝不投降，就叫她灭亡……"直到此刻，她才搞明白，今天是要把她弄回厂进行批斗哦！

批斗她，她并不畏惧。四川人爱说，做得受得。她曾经怀着深厚的无产阶级感情，为保卫毛主席，为捍卫毛主席的革命路线，奋不顾身地投身到运动中，抱定的决心是，即使牺牲了也在所不惜。对此，她至今也无怨无悔。但是，他们那个由老工人老党员老先进工作者组成的群众组织，却被宣布为反动组织，这是她的内心无论如何也不能接受的。这个弯子，她根本转过来。但是，迫于政治压力，她又不能不转，因为这是中央文化革命领导小组定的调子啊！她知道，她所面对的绝非仅仅是东郊的造反派，而是汹涌澎湃的时代潮流，她只是滚滚洪流中漂泊的一片枯叶，她哪里能够抗衡？她只能随波逐流，努力不使自己沉入水底，被泥沙覆盖。如果她一意孤行，一条道走到黑，可就要被时代的车轮抛弃了，她就会走到自己的反面，成为不齿于人类的狗屎堆，被实行无产阶级专政，那她的政治生命也就终结了。而一个人一旦失去政治生命，无论她曾经有多么显赫，在中国的大地上是不可能有立锥之地的。而这恰恰是最令人恐怖的。

　　只要不把她推到反面，哪怕是受到一点侮辱，她都能够承受。这么一想，她的内心反倒轻松了。但另一个更为严重的问题又钻了出来，那就是她心爱的郭哥，这个已经三个月没见过面的刻骨铭心的恋人，一旦得知她今天在厂里挨批斗，他又会不会像一年前那样，不顾一切地冲到台子上，就像保护韩叔叔那样去保护她呢？如此一来，场面就会失控，执勤的打手们就会围着他群殴，那些嫉恨他的人就有可能趁机痛下杀手，那郭哥就完全可能被当众活活打死。那岂不是她柳春枝害死了郭哥吗？想到此，她顿感心慌意乱，不寒而栗。如果郭哥真的要冲上礼堂的台子，她该怎么办？她该怎么办啊？她要怎么做才能保护自己的爱人呢？

　　就在这种紧张的思考中，她被弄下了大卡车，押到了工厂礼堂的后台。这里清静，光线又暗，押解她的其中一个打手，垂涎于她的美色，忍不住伸手趁机偷偷捏了一把她的奶子。流氓！她杏眼圆睁，脖子朝左边一扭，呵斥道。这个人在另一名打手谴责的目光中，赶紧往后一缩。她又沉浸到她的紧张的思考中，此时批斗会开始，前台主持人说了些什么，她完全不知所云。然后，她被两个打手叉着脖子迅速推到舞台上，为了少挨斗，她主动摆出了喷气式飞机的屈辱姿势。真是失势的凤凰不如鸡，793厂女人堆里的标准件，曾经是多少男人的梦中情人啊！此刻，却衣衫不整，蓬头垢面，神情沮丧地站在台上等着挨斗。有人开始领呼火药味儿浓郁的政治口号，但台下的反应并不齐心，有的人声音高亢充满斗志，那往往都是些嫉恨她过去红得发紫的人；有的人则是斗志涣散，回应的声音懒洋洋的，明显带着同情心。柳春枝虽然不得不伸着脖子、垂着头，但是她仍竭力睁大眼睛，在紧张地搜寻着郭哥的影子，这样做很费神，她却乐此不疲。

　　其实，今天郭兴凯并没能够到会，他早就被人控制起来了。这个人姓姜，当年是彩色显像管公关突击队的副队长，如今是793厂造反组织的副司令。今天一大早，姜司令就找人去给郭兴凯带话，说有急事找他。郭兴凯毫无戒备地赶到那幢宏伟的苏式建筑——过去的厂部办公大楼，如今的造反组织司令部去找他，老姜早就在办公桌后面等着他了，郭兴凯一跨进门，他立刻叫了一声，把他给我捆起来！顿时冲进来几个打手，把郭兴凯五花大绑了，接着又把他推倒一把椅子上坐下，连人带椅绑成一堆。

郭兴凯猝不及防，惊诧万分，边挣扎边吼道，干什么？你们要干什么？

老姜挥了挥手，叫手下退下以后，才抱歉地一笑，说，兴凯，今天得罪了！今天上午要在大礼堂召开一个批斗柳春枝的大会……

什么？没等他说完，郭兴凯冲动地发了一声喊，想要站起来，结果当然是徒劳的。

怎么样？老姜说，我不用胡琴笛子算，我都知道你绝对会干蠢事儿。兴凯，你老实告诉我，你是不是跟柳春枝有一腿？

郭兴凯气得两眼喷火，破口大骂道，姓姜的，你他妈的少胡说八道，老子堂堂正正，不是你说的那种人！

谁知老姜却并不气恼，笑嘻嘻地说，你在猛追湾对岸的那个小院儿里养过伤？

郭兴凯吼道，养过又怎样？没养过又怎样？

这就对了嘛，说明我的情报没错。那个小杂院儿里，不也是柳春枝的家吗？你敢说她没有进过你养伤的那间房子？

你什么意思？究竟想怎么样？郭兴凯有点心虚，满脸忽然涨得通红。

哼，不打自招。老姜淡淡地一笑，话锋一转，说，我才懒得管你的屎事呢，我只是暂时把你关在这儿，不要你参加今天的批斗会罢了。

为什么？为什么？郭兴凯怒不可遏。

为什么？我可警告你，你今天要是再犯浑，真的会活活打死你的！老姜伸手看了看手表，说，没时间了，老子不给你啰唆了。他边说，边拿起放在桌上的一张新毛巾往郭兴凯的嘴巴里一塞，之后，转身跨出门去，咔嚓一声将门锁上，走了。室内，只剩下绑在椅子上的郭兴凯唔唔有声，在徒劳地地挣扎着。


## 五

等老姜返回来给郭兴凯松绑的时候，批斗会早就结束了。他积聚了半天的愤怒无以发泄，绳子刚刚解开，就陡然往地上一站，并趁势出拳，想让自以为是的老姜吃点苦头。岂料他人绑得久了，血脉不大通畅，加上用力过猛，双脚一动，顿觉双腿酥麻无比，腿脚根本不听使唤，身子一歪，整个人就咚的一声栽倒在地板上。老姜见了哈哈大笑，就说：你看你看，居心不良，狗咬吕洞宾，不识好人心哇！此言一出，连郭兴凯都被逗笑了。过了好一会儿，他的腿脚才勉强可以站立。他向老姜打听柳春枝的关押地点。老姜等他发过誓保证不去肇事之后，才告诉他：柳春枝关押在48车间的半成品仓库里。

48车间在工厂东北角的一片树林后面，地势比较偏僻，由于停产，一个个的车间死气沉沉，往常热气腾腾的厂区变得萧条荒芜了，路边上的菜地、花圃里杂草丛生。郭兴凯一路走来忧心忡忡，心想这种混乱的局面何时是个头啊！

这天值班看守柳春枝的是玻璃车间的人，过去他是郭兴凯的手下，其实他老早就发现郭兴凯过来了，对于这位现在靠边站的车间支部书记，他的内心一直怀着尊敬。郭兴凯跟柳春枝有一腿的桃色新闻在厂里被传得活灵活现，但郭兴郭本人却一无所知。他一见他走过来，就悄悄躲到了一边。

这个48车间的半成品仓库，郭兴凯从来没到这边来过，他找到这儿，发现大门紧锁着，门外并无看守，就怀疑里面是不是真的关了人。他透过上了铁栅栏的玻璃窗，竭力想把屋子里的情况看个究竟，无奈靠窗堆放的纸箱完全挡住了他的视线。春枝！春枝！他顾不得许多，找了一扇只有半边玻璃的窗户，隔着窗户朝屋里大叫了起来。

柳春枝一被押回厂里，境遇就有了改善，因为她毕竟是全国三八红旗手，又是全厂出了名的大美女，内心同情她的人比较多。在这个仓库的纸箱堆的后面，有一个半间教室大小的空间，专门为她安放了一张单人木床，还给她放了枕头和被盖。此刻她躺在床上正在想心事。她先是庆幸郭兴凯今天没有出现，避免了惨遭毒手，但接着又为他的下落担起心来，他现在怎么样了？他会到哪里去呢？郭兴凯一开口叫她，她就听到了。啊，他来了，他终于来了！心里立刻涌起一阵狂喜，她有多少贴心话要给他说，有多少痛苦和屈辱要向她倾诉啊！

春枝！春枝！窗外的他在继续深情地呼唤着。

哎！她下意识地答应了一声，接着就跳下床，绕过纸箱堆，跑到窗户前，像是突然想起了什么，赶紧伸手理了理自己的头发。啊！她看见他了——眼神焦灼，胡子拉碴，眼睛里布满了血丝。郭哥郭哥！我在这儿……她急切地喊着，嗓音微微发颤。

他也看见她了，她的脸曾经美丽如花，此刻却神情憔悴，面色惨白，眼睛肿泡，她努力想发出一个灿烂的笑容，结果却引起他的一阵心酸，他不知不觉地就热泪盈眶了。春枝，你受苦了……他说。

没有，没有没有……她凄然一笑。

她伸出她的小手，想要拉着对方，无奈被半扇玻璃阻隔着。他叫她闪一闪，俯身捡起一块石头，哗啦一声，把残存的玻璃击得粉碎，两个人的手于是迫不及待地伸向对方。隔着栅栏，他一把抓过她的手，贴在自己的脸庞上摩挲着，这双手曾经那么娇柔，那么温暖，此刻却是冰凉的。接着，他把自己的脸庞紧贴在铁拴栏上，下意识地抓住她把她往窗外拽，眼里满含着吻她的期待。就在两个人的嘴唇即将贴在一起，上演曾经的刻骨铭心的深吻时，她被强暴的画面片段在脑海里倏地一闪，那种锥心的痛苦顿时将她整个的心撕成了碎片，她的心境急转直下。

不——她发出撕心裂肺的一声尖叫，使劲挣脱了他的双手，之后，她手捧着自己的脸颊号啕大哭起来。

这种戏剧性的突转，只有在电影里、舞台上才可能发生的情景，现在居然发生在他的眼前。他先是一愣，实在不明白自己做错了什么，接着就关切地问，春枝，你怎么啦？是不是我太粗暴了？

她急急地摇着头，哭得更厉害了。

望着哭得成了泪人儿的她，他的心里充满了怜爱，就说，知道你受委屈了，你说，是谁欺负了你？

谁说我受欺负了，谁说的？谁说的？他的这句话可是触动了她的心病，马上神经质地进行反问。只要这话是蔡长安传出来的，她真的会去把他阉了。

哦，没有就好。见她的反应如此强烈，他有点诧异。

你是不是听到过什么谣言？关于我的……她怕听，但是又必须得了解情况。

他莫名其妙地摇着头，茫然地说，我不知道……我真的什么都不知道，厂里并没有关于你的任何谣言啊！

她这才略感放心，又呜呜呜地哭了起来。

他只以为她心高气盛加上心绪恶劣，也就没去多想，就说，等你恢复了自由，我们就打报告结婚……

这正是她梦寐以求的啊！心中又是一阵狂喜，她差点就答应

"好"了。但是，她已经不再是纯洁的处女了，她已经被坏人彻底玷污，被坏人打上耻辱的印记了呀！想到此，她又"哇"的一声放声痛哭起来。

他完全被她彻底搞懵了，就小心翼翼地试探着说，你……是不是不愿意？

不愿意！我就是不愿意！她呼天抢地地号叫起来，好像他跟她有着天大的仇恨一样。这句完全违背自己本意的话，居然是由她自己亲口喊出来的，那种痛苦和绝望简直无法形容，她悲痛欲绝，刹那间连死的心都有了。

他本来是来探望她安慰她的，却完全没料到她的反应是如此的强烈，心里就愈发感到不安，就一叠连声地说，别哭了好不好？别哭坏了身子……春枝，我爱你！我愿意等你，等多久都行……

啊啊啊啊啊啊——柳春枝再次放声痛哭。他完全没料到，他的这句绵绵情话，竟让她悲痛的哭声达到了顶点。他害怕了，惶惑了，忙说，春枝，是我不好，是我惹你伤心了……我这就告辞，改天再来看你！

滚！你给我滚！痛不欲生的她早已是肝肠寸断，她只能以蛮不讲理来掩饰自己。

他只好悻悻地离开了，心里装满了疑问，难道在东躲西藏的日子里，她已经另有所爱？

# 六

在革命造反派看来，韩震和白羽开的是苏修特务的夫妻店，真是黑到了极点，坏到了极点。尤其是韩震，不仅加入过苏修的黑红军，而且还专门接受过苏联远东军区的特工训练，真是个不折不扣的老牌的苏修潜伏特务。在对他进行严加审讯之后，把他单独关进了工厂大水塔底层的铁桶似的那间黑屋子。

黑屋子里放着尿桶，凡是白天他就不能上厕所，只能在尿桶里方便，弄得狭小的空间臭气熏天。韩震被打成苏修特务、反革命修正主义分子、顽固不化的走资派、天都机器厂牛鬼蛇神的总后台。运动发展到了"一斗二批三改革"的阶段，各个车间为了显示自己的革命性，一齐向他开火，对他进行轮流批斗，每天以上午、下午、晚上三场斗争会来拼命折磨他。有一天，他的腰椎甚至被挟嫌报复的某个工人狠狠打了一棍子，落下了终身残疾。这样还嫌不够，还要组织庞大的游行队伍，在水塔外面游行示威。"砸烂韩震的狗头！""韩震不投降，就叫他灭亡！"韩震浑身伤痛，疲惫透顶，蜷缩在臭气熏天的黑屋里，从敞开的门外，狂噪的口号声和杂沓的脚步扑面而来，他的情绪低落到了极点。他对这个疯狂的运动完全无法理解，对强加给自己的种种罪名感到无比冤屈，无比愤慨。

这时他才四十七八岁，就感觉自己死到临头了，相亲相爱的老婆已被人弄死了，自己活着还有什么意思啊？有一天晚上，他忽然梦见了他的白羽。她依然是50年代中期时最美的样子——肌肤如雪，姿容妙曼，气质高雅，栗色的头发在头顶挽了一个髻，穿的还是那条白底青花的连衣裙，外面罩了一件蔚蓝色的短衫，又雅致又随和。她坐在芳草萋萋的一面浅坡上，怀抱着一只琵琶，正弹奏着一首优美祥和的仙乐。她的背后是灿若云霞的一片桃花林，脚下还有一条淙淙流淌的清溪。少顷，她对着他嫣然一笑，并且深情地给他招了招手。他好不激动，正要走过去招呼她，却突然醒了。

他的白羽，病人都说她是天上派下来的神仙。他宁愿相信白羽走了，回到天国去了。梦中，她分明在召唤他，让他早日脱离苦海。他想，与其被斗死、被打死，还不如自我了断，痛痛快快地去死。既然要死得痛快，他就设想了种种死法：用皮带上吊，用刮脸刀割大腿动脉，往墙壁上撞……终因怕自杀后被以"自绝于党和人民"作结论，连累自己的两个可怜的孩子，才未敢痛下决心。他这时最渴望的，就是斗他的人能一枪崩了他，让他能马上解脱。但是那些人并没有这个狗胆，他们不敢枪毙他，每次斗完还是把他送回来。斗来斗去，斗不出新鲜货色，那些人渐渐地懈怠了，韩震被拉出去挨批斗的次数逐渐少了下来。

韩震悟到自己终于熬过了一生中最悲惨、最难熬的一段日子，心情竟有些开朗起来。他不由自主地回顾了自己的一生，从当年投笔从戎投身抗联开始，到"四清"运动前建成驰名全国的红旗工厂，他的一切作为都是忠于党、忠于祖国、忠于人民的，他这一生问心无愧。他不由自主地想到了他曾经看过的一些古戏，忠良自古不是被杀头就是被谪贬，但他们仍然要做忠良。未必他韩震连古代的忠良都不如吗？如此一想，他也就略感心安了。

铁桶似的这间黑屋子里有一张单人床。这天上午，无所事事的韩震正躺在床上假寐时，忽然听见水塔外面吵了起来。他赶紧下床，贴到木门背后去偷听，他听得真切，知道是女儿韩雪在跟看守老李吵架。今天并非探视他的日子，韩雪却要破例，看守当然不会答应。

只听韩震可怜巴巴地说，李叔叔，看在我跟你女儿是同班同学的面子上，我求你啦！

求我也不行，你要体谅我们这些人的难处，我不敢放你进去啊！老李面有难色。

李叔叔，你女儿跟我都是必须要上山下乡的知识青年，到大凉山去插队落户当农民。我们这一批明天就要出发了。这话击中了老李的要害，她的女儿李红霞明天就要背井离乡到遥远的大凉山去了，他们一家人也正为这事儿纠结呢！

李叔叔，我妈死了，我弟弟才12岁，我一走他就没人照顾了……说着说着，韩雪的眼泪就情不自禁地掉了下来，她哽咽着说，李叔叔，我只想跟我爸道个别……只是道个别啊！说罢，就呜呜呜地放声大哭起来。

女儿凄惨的哭声让韩震老泪纵横，他赶紧拍着门说，李师傅，李师傅，开开门吧，我求你了！

屋外，老李绕过水塔，伸长脖子朝四周觑了觑，见并无闲人路过，才赶紧走过来将门锁打开，并嘱咐道，有啥话快点说，别让外人看见了。

嗯。韩雪含泪，感激地点着头，正要走进屋，见父亲已经站在门口。

爸——她抬起泪眼，冲动地发出一声喊。

雪雪，我的女儿呀！满含热泪的韩震一把将女儿揽在怀里，女儿是无辜的，为了这个家她受到了太多的屈辱啊！

爸！我想你啊！我想妈妈啊……

雪雪，我也想你和你弟弟啊！我也想你妈妈啊……

父女俩抱头痛哭，哭得撕心裂肺。老李的泪水都忍不住流了出来，他忙把他俩往屋里推，进去说，快进去说！别人看见就糟了！

父女俩知道他的难处，也就趁势退进了屋里。随着木头门哐啷一声被关死，屋子里顿时黑了下来，只有些许亮光从门缝里漏进来，尿臊味儿开始往鼻孔里钻。少顷，等眼睛习惯了，韩雪才将老爸搀到木床边上去坐好。

她告诉老爸，别人上山下乡都是张贴红榜，感觉非常光荣，而她和学校的另外十几个同学，因为是黑五类狗崽子，接到的是《黑色勒令》。他们明天早晨九点钟就出发了。她说她最担心老爸了，她要韩震答应她，无论如何，无论活得有多么艰难，他都必须坚强地活下去。他告诉她，为了他们姐弟俩，他决不会自杀，何况那些人也渐渐懈怠了，他都有一个月没有挨过批斗了，应该说，最艰难的日子他已经挨过了。韩震说，他最不放心的是韩刚，她走了，弟弟怎么办？他可是才12岁啊！他告诉老爸，自从妈妈死了以后，弟弟变得愈来愈懂事了，会煮饭，会洗衣服，也会照顾人了。她说她有一天害重感冒起不来床，弟弟不仅上药房去买药，还熬姜汤给她喝呢。听了她的话，韩震稍感欣慰，但还是担心韩刚太小了会出什么意外。

最后，韩震忧心忡忡地说，雪雪，其实爸爸最担心的还是你，你一个18岁的大姑娘，人又长得这么漂亮，最要命的你是一个双料的狗崽子。你到了大凉山，山高皇帝远，你一定要好好地保护自己……

爸，你尽管放心，我会特别留意保护自己的。

还有，爸爸要提醒你一句，你在乡下，绝对不可以谈恋爱！你要答应我。

韩雪一下子就想到了她心仪的郭哥，脸蛋不由得一红，说，爸，我答应你！

热运动，冷处理。我们国家不可能永远像现在这么混乱，也不可能让一整代年轻人一直都窝在农村里的。你要遵照毛主席的最高指示，认真接受贫下中农的再教育，吃苦耐劳，好好表现，要力争成为公认的"可以教育好的子女"。即使爸爸的问题得不到解决，我相信你也一定会有出头的那一天的。如果你在乡下结了婚，你就永远都回不来了！

哦！韩雪听得频频点头。韩震的话颇有见地，一下子就开阔了她的视野，让她对自己的未来有了一点儿信心。

## 七

韩雪与爸爸告别之后，就骑着车去找郭兴凯。她明天就要奔向远方，她今天必须见到心爱的郭哥。30多岁的郭哥一直没有结婚，这既是她这个大姑娘的希望之所在，也是她最揪心之处。"文革"毫无结束的迹象，韩家也今非昔比，一落千丈了。她背负着沉重的命运十字架，即将成为大凉山的农民。偏远的大凉山对于省城成都来说，千里迢迢，关山重重，此一去天各一方，她跟郭哥何时才能重逢啊？他俩，一个是有着双重身份的狗崽子、大凉山的农民，一个是成都东郊信箱厂的工人，他俩明显门不当户不对啊！她从来都没给郭哥挑明过，即使她爱他，乐意跟他建立家庭。但是，假如他俩要打结婚申请报告，政治审查这一关是无论如何都通不过的。这就是说，她将永远无缘投入郭哥的怀抱，她将永远不可能成为他的耳鬓厮磨的妻子。她是太爱郭哥了，郭哥是她活下去的精神支柱，由于有了郭哥的支撑，她才可能在命运的无情打击面前如此坚强。郭哥为他们韩家，为她韩雪所作的奉献真的太多了，为了老爸，他还差一点儿丢了性命。作为一个弱女子，她又无以回报。值此离别的前夕，她特别思念他，特别想见到他，她以往看过的那些外国小说的浪漫故事此刻在心中发酵了。她心中暗藏着一个如意算盘，一个很单纯很浪漫的念头，那就是——什么时候，能把郭哥悄悄约到沙河边的芦苇丛中，在那里，她将宽衣解带，把自己脱个精光，然后就像外国小说里描写的那些情人一样，跟他浪漫，跟他疯狂，把自己身子的一切毫无保留地献给他……之后，穿戴整齐，各奔东西。而今夜，就是他俩的唯一机会了。想到此，她满脸绯红，心跳加速，心里的烈火呼啦啦地燃烧起来，恨不得马上就能见到郭哥，跟他好好地亲热一番。

她对于紫光电子管厂郭哥的宿舍楼是轻车熟路，不久，她就上得楼来，敲开了郭哥所住的那个单元。跟郭哥同室居住的几个室友都在，但是，偏偏郭哥不在。她是太急切了，甚至显得有点眼神焦灼神思恍惚，几个工人师傅都察觉到了她的异样。但幸好这几位工人师傅跟郭兴凯都相处得不错，他们没有拿她打趣儿，只是如实告诉她：郭兴凯被召进北京了。

什么？他被抓进北京了？韩雪大吃一惊，忙问，怎么回事？

几位工人师傅就笑了，告诉她说，不是抓进北京，而是召进北京。

但她仍听不明白，招进北京，什么意思？

他们告诉他，四机部的领导紧急召见他，他今天一早就乘火车去北京了。

是好事还是坏事？她仍不放心。

有一位工人师傅终于忍不住了，不满地说，韩雪，你是真傻还是假傻？四机部领导召见他怎么可能是坏事呢？肯定是好事嘛，说明部领导很看重他嘛！

哦！她终于听明白了，接着又问，他什么时候回来呢？

师傅们七嘴八舌地说，他什么时候回来谁说得清啊？到北京一个单边得三天三夜，你自己算算看。

韩雪告辞出来。心里呼啦啦燃烧的一团烈火，犹如被突然浇了一盆冰水，心里塞满了悲伤和沮丧。她想自己真的是太倒霉了，太不幸了！

# 八

十天以后，郭兴凯才从北京回来，这次跟他一起进京的，还有他的好朋友星光电子管厂的卞文渊，以及四机部所属的东郊几个国防工厂的十几名骨干们。他们这次被召进京，与一个代号叫"29"的援外项目有关。我国与东亚C国达成协议，为该国包建一个包括显示、发射为一体的综合性的电子管厂。要建成"29"工程，牵涉国内几个电子管厂的联合行动。郭兴凯被部里任命为"29"项目专家组的副组长。50年代初，是当时社会主义阵营的"苏联老大哥"援助中国，如今是60年代末，由于中苏分裂，社会主义阵营早已解体，是中国老大哥对东亚的这个C国履行国际主义义务的时候了。

恋人柳春枝忽然莫名其妙地跟他一刀两断，这让郭兴凯内心很是苦涩和纠集。他想弄清原因，但她却连见面的机会都不给他。后来，他又两次去关押她的地方找过她，但看守根本不允许他靠近，并明确告诉他，柳春枝说了，不想再见到他。等到她认罪伏法恢复了人身自由，而厂里的单身女工宿舍却禁止男人涉足，他只能请门卫大妈帮他带口信，说他在楼下等她。他在单身女工宿舍楼下一直徘徊到深夜，可她却始终不露面。实际上，她曾经在3楼的窗口偷觑过他几次，见他形单影只地苦等，难受得热泪涟涟，当夜倒在床上用被头堵着嘴，偷偷哭了一夜，第二天眼睛肿得像水蜜桃。

等到他再去单身女工宿舍楼找她的时候，门卫大妈满眼同情地递给他一封信，这是一个密封的没写任何字的牛皮纸信封。他迫不及待地撕开信封，抽出信纸一看，上面用蓝墨水写着："一切都结束了，请你不要再来打扰我！"信纸上明显有眼泪滴落过的痕迹。他感到震惊，脸色霎时变得苍白，他把信封信纸匆匆塞进裤袋，惨兮兮地微笑着，礼貌地跟门卫大妈点了一下头之后，摇摇晃晃地走了。

作为当事人的郭兴凯自然无法参透其中的玄机，他只知道自己自作多情，成了多余的人，打扰了别人。那天晚上，她的柔情蜜意彻底俘虏了他，和她热烈深吻的情景一直刻骨铭心，说实话他做梦都没有想到她会主动追求他。他一度以为，他俩是最幸福的一对儿、最甜蜜的一对儿。但是这一切却如此短暂，她怎么可以说变就变呢？对于女人，他实在搞不懂她们，他无法分清她们的话哪些是真话哪些是假话。是的，那天晚上她向他挑明了关系，二人陶醉在爱河里差点就不能自拔，之后是整整三个月的分离。三个月的流亡，有男有女，这期间什么事情都可能发生，也许是她又爱上了别人；也许是别的男人发狂似的追求她，她难以抵御，二人共同坠入了爱河，生米已经煮成了熟饭。总而言之，他和她的一切都结束了，她不再需要他了。她给他的信虽说只有十五个字，但是把一切都说明白了。是的，当一个女人不再爱你的时候，你却自作多情地去纠缠她，就别提你有多么傻多么讨人嫌了！他拿定了主意，无论自己的心中对她有多么的留恋，他必须选择远离。

郭兴凯起码有半个多月没见过韩雪姐弟俩了，当天下午一下火车回到厂里，放下行李，就赶紧骑车直奔天都机器厂宿舍，去找他俩。韩震虽说被打成了苏修特务和反革命修正主义分子，但他的家仍然是十年前修的那个草房顶的宿舍。

还没走到韩家，隔着老远，他就看见12岁的韩刚坐在自家门前，用搓衣板洗着衣服。心想韩刚何时变得这么勤快了，就说：韩刚，你好勤快啊！

韩刚抬头一见是他，非常激动地喊道，郭哥！你终于来了！

这话让他感到诧异，忙问，你姐呢？

一提起姐姐，韩刚就眼泪汪汪地说，我姐走了，她接到了一个黑色勒令，被送到大凉山插队落户去了！

什么？到大凉山插队落户？

嗯。韩刚含着泪点头。

什么时候走的？

姐姐她都走十天了……

啊！他竟然把韩雪上山下乡这件这么重要的事情忽略了。这场运动把韩叔叔一家折磨成什么样子了呀？白羽阿姨被人折磨至死，韩叔叔本人还关在牛棚里，韩雪妹妹被赶到了大凉山插队落户，韩刚弟弟还是一个小孩子，谁来管他呀？如果遇上了坏人欺负他怎么办？

韩刚见他愁眉深锁表情阴郁，忙安慰他说，郭哥，你别担心我，我向姐姐保证过，我一定照顾好自己，乖乖地在家里待着，等着我爸回来……

一席话，说得他眼眶潮湿，就说，可你还是个孩子啊？你还未成年呢，好多事情你都还不懂啊！

不，不，郭哥，我懂我懂！韩刚为了让他放心，就亮起了自己的看家本领来，说，我会煮饭，会炒菜，还会切肉，会烧蜂窝煤炉子，会洗衣服，我出门的时候还会记住锁门……

韩刚越说越起劲，他却听得愈来愈心酸，索性一把将韩刚揽到怀里，抚摸着他的头，动情地说，韩刚，好样的，你一定要活出一个人样来，替你妈，替你爸，替你姐姐争一口气！郭哥相信你！说罢，掏出十块钱递给韩刚，说，把这钱好好收着，把你自己的生活开得好一点。

谁知韩刚却连连摆手，说，不要！不要！他放眼看看左右无人，就凑近他悄悄说，郭哥，我有钱，我有好多钱！

他狐疑地盯着他问，怎么会呢？

韩刚赶紧把手上的肥皂水在围腰上擦了擦，拖了他就朝里屋走。韩刚把他领到姐弟二人睡的房间，指着韩雪睡的那间单人床的床挡头，说，姐姐把所有的钱都藏在床挡头后面的墙里，她临走前，就把所有的钱都移交给我了，我悄悄取出来数了一下，一共有300多块钱呢。郭哥，我可是大富翁哦！

你姐哪儿来的那么多钱？他感到挺奇怪。

郭哥，你忘了？你每个月不是给了我们20块钱吗？姐姐走的头天晚上给我漏了底，她说，怕别人看出破绽找岔子，她每个月只敢多用5块钱，其余的她都存在墙壁里了。郭哥，你要不要取出来看看？

他忙说，不要，不要，就藏在那儿挺好。他暗忖，想不到韩雪妹妹这么有心计，他一直挺纳闷儿，有了他每月给的20块钱，姐弟俩的生活应该能过得比较舒适了，但他俩却依然那么清瘦，满脸的菜色，原来答案在这儿哩。他接着问韩刚，知道你姐下乡的具体地方吗？

韩刚茫然地搔了搔头，说，我不知道！又转念一想，说，哎，我可以去我姐上学的九中去打听呀！郭哥，你放心，我明天一定能打听到。

他赶紧提醒他说，韩刚，你可不能到处乱跑啊！要打听，郭哥知道去。

当天晚上，郭兴凯的心事无以排解，就约了卞文渊、纪中和在沙河边散步。正是垂柳如丝、桃李芬芳的季节，借着朦胧的月色，还可以看见河畔农家院旁边盛开的桃李花。如此幽静的夜晚，如此冷清的东郊，仿佛又回到了公元1953年以前的工业文明的处女地时代。

沙河两岸总算听不到枪声了，各个工厂的临时权力机构革命委员会也先后建立了。一年多以前，对立的两大派以沙河为界，在一号桥、二号桥、东风桥的桥头构筑工事，双方进行武装对峙。两岸的工事里不时传出枪声。时不时地就有无辜的路人被流弹击中。天都机器厂的造反派在全厂二十来个车间和十几个科室制造武器，先后投料8个品种，在将近一年的时间里，共制造出成品、半成品1200件，有土坦克一辆，还有60炮、82炮、手榴弹、815式冲锋枪部件，以及炸药、燃烧瓶、五四式手枪、小口径步枪等。耀武扬威的土坦克在建设路上巡逻，弄得鸡飞狗跳。有一次历时两天的武斗，工厂宿舍区的两幢楼被烧毁，连拉着警报赶来救火的消防车也受到子弹的袭击。

三个人都为东郊的现实状况深深地忧虑。如今，派驻各厂的军代表强调抓革命促生产，强调恢复生产，可是，整个东郊搞得这么混乱，过去形之有效的规章制度被彻底砸烂，人心患散，派性严重，要想恢复生产谈何容易！而现在他们几个厂又偏偏承担了援外任务。三个人唉声谈气地议论着，心里都很不好受。

郭兴凯说，我有一个问题始终想不明白，我们东郊产业工人最多，按理说，思想最先进，为什么武斗打得最早、最厉害？为什么派性反复折腾，闹得这么厉害？

卞文渊说，正因为每一个人在意识深处都认为自己觉悟最高，是国家的主人翁，是最革命的产业工人大军的一员，只有自己才是毛主席的忠诚卫士，所以，才要自觉地响应毛主席的伟大号召，为他老人家冲锋陷阵。

纪中和补充说，还有，是这些人多年形成的优越感，总想对别的人群形成威慑力。

郭、卞二人表示赞成，都说纪老弟的这个看法深刻，触及了人的本性。

卞、纪二人又关心地问起了郭兴凯和柳春枝的近况，并说他俩该结婚了，不要老这么拖着。郭兴凯就长叹了一声，向两位好朋友倾诉了自己的苦衷。听完她的讲述，卞、纪二人一时无语。

唉！捆绑不成夫妻呀！少顷，卞文渊说，我猜，柳春枝肯定出了什么意外的情况。

我跟春枝是在同一个小杂院长大的，她这个人我了解，她人很善良，心眼很实，这件事，并不那么简单，一定有什么说不出口的原因，她心里一定有一道翻不过去的坎儿……

嗯，有道理！郭兴凯感到有点儿开窍了。

纪中和接着说，这样吧，我下来找找她，疏导疏导，再给你回话。

接下来，郭兴凯又谈了韩雪被黑色勒令弄到大凉山插队落户的情况，三个人又是一阵感叹。

郭兴凯说，他想到大凉山去跑一趟，去看望看望韩雪。他说她背着那么沉重的命运十字架，又在那么偏远穷困的地方，他真怕她挺不过来。他以一个在省城工作的信箱厂工人的形象去看望她，总能多少改善一下她的生存环境吧？再说，他也想给她送点钱去，让她能活得稍微舒适一点。

不料，卞文渊却坚决反对他这么做，说，上山下乡的知青在一年之内由国家供应口粮，并且每个月发给10块钱的生活费。韩雪至少暂时衣食无忧。你如果真的去了，收到的效果恰恰适得其反，还有，你究竟以什么名义去？是亲戚，还是朋友？

郭兴凯忙说，我想还是以亲戚的名义比较好交代，我可以冒称是他的表哥嘛。

卞文渊说，随便你以什么名义，都会给她带来无尽的麻烦，舆论绝对会说你是她的男朋友，别的知青也会嫉妒她，她就成了不好好接受再教育的人，加上她的双料狗崽子的身份，兴凯，你掂掂这个分量吧！

郭兴凯不以为然地笑了笑，说，文渊，你有点儿危言耸听了。

中和，你说呢？

去，还是不去，这是一个问题。纪中和用了一个哈姆莱特的句式，又接着说，都各有利弊。

二人都嘲笑他是高级泥水匠，说他想和稀泥。

他就说，果真要我投票的话，我投郭哥一票，因为韩雪的情况太令人担忧了。

吧！郭兴凯忍不住和他击了一掌，高兴地说，二比一获胜，去！

第二天上午，郭兴凯跑到九中，问明了韩雪下乡的具体地址，然后就去买了张去西昌的长途汽车票。此时成昆铁路尚在修筑中，通向大凉山的唯一交通工具只有汽车。成都至西昌的长途客车只有白天才行驶，他要在路上跑两天多才能到达，之后，再乘区间的短途汽车，说不定还得骑一段马，才能赶到川滇交界的大凉山村寨。他这一趟来回，少说也得耽误十来天。客车的发车时间是次日的上午7点。当晚，当他正在收拾行装的时候，厂革委办公室主任专门跑来通知他：部里命令，赴C国选点考察的时间提前了，成都这边的有关人员必须在4天之内赶到北京。又说，火车票都已经买好了，明天早晨7点出发。

至此，郭兴凯只能仰天长叹，天不遂人愿！

# 大凉山和建设路

## 一

一辆破卡车开出成都，一路向西，之后再折向西南，沿途的光景愈来愈荒凉，在路上整整颠簸了三天，过金沙江时搭乘汽车船，才把韩雪他们一队30多个男女知青送到了川西南大凉山腹地的盐源县。这个彝族自治县大得出奇，面积8000多平方公里，全县只有20多万人，县城却只有一条丁字形的小街和几家小店铺，而且还被曾经的武斗打得伤痕累累。盐源县海拔一般在1500米至3000米之间，有蕴藏量极其丰富的岩盐。这个县因为与云南省的宁蒗县交界，交界处还有一个很大的泸沽湖，因其摩梭人神秘"女儿国"的民俗特色文化，如今成为人们向往的旅游胜地。但在40多年前，这里却是一个偏僻落后贫困的地方。

第四天，破卡车又在崇山峻岭的盘山公路上爬了半天。这条公路不比之前的国道，沿山而造，狭窄，多弯道，一边是深渊，一边是断崖，沿途险象环生，吓得女知青们惊叫不断。一路上下了三拨人，车上就只剩下韩雪他们九个知青。最后又爬了半个小时曲曲弯弯的盘山路，才把他们送到了离县城七八十里地的草巫乡曲比寨。公路在半山腰中断了，韩雪他们只能下车步行。他们看见路边上站着一个慈眉善目的彝族中年汉子。草巫乡的向导对带队的工宣队员说，他就是曲比生产队的日则队长，但彝族人从不习惯叫队长，只叫寨主。向导和带队工宣队员跟日则寨主办过交接之后，勉励了知青们几句，就随着破卡车返程了。

这九个知青五男四女，四个女生同校，相互间还算认识，五个男生却完全是外校的陌生人。他们其实是一群孩子，最大的18岁，最小的才16岁。学校这么来搭配，其出发点完全是为了保护女生们的安全。这九个孩子来自繁华的省城成都，如今突然被抛到这人烟稀少的深山中的彝族村寨，并且从此就要在这个远离城市的蛮荒的地方生活，前程未卜，一个个的心情都无比沉重，都默默地跟着日则寨主拐上了密林中的羊肠小道。他们后来才领教到这地方的落后，当地的彝胞没见过电灯，也没见过火车。他们如果想回成都，得步行3天走到西昌，才能买到回成都的长途汽车票。

一钻出密林，他们就站到了山脊上，眼前豁然开朗。日则寨主说，对面就是曲比寨。知青们就情不自禁地欢呼起来。但见在对面的缓坡上，耸立着高低错落的两层或三层的土掌房。土掌房是彝族独特的民居建筑，是填土夯实逐层加高后形成的土墙，与藏式碉楼很相似。令人称奇的是，在土红色的土掌房之间居然点缀着好些老梨树，在逆光的照射下，铁干虬枝，繁花如云似雪，灿烂极了！更妙的是，山脚下居然有一条碧玉般的河湾蜿蜒流过，河面还架着一座石头的平板桥。有人诗兴大发，情不自禁地喊道，啊！这简直就是世外桃源，人间仙境啊！

忽然，一阵无比欢快、热烈异常的乐曲声直冲云霄，旋律动听，音符跳跃，情绪跌宕，乐曲恰如其分地宣泄着每个人此刻内心涌起的喜悦。众人惊奇地回头一看，原来是同行的一个男知青拉起了随身携带的手风琴，他的个头不足1.7米，但气质不俗，眼神灵动。韩雪知道这是一支手风琴世界名曲，肯定属于挨批判的封资修黑货之列，此刻山高皇帝远，却无人顾及这些，大家不仅觉得它好听，而且还情不自禁地手舞足蹈起来，知青们自嘲为"群魔乱舞"。让韩雪称奇的是，这个演奏手风琴的男生技艺娴熟，连续跳跃的快节奏居然拉得一丝不乱。日则寨主好奇地站在一边，注视着乐手手里的这个神奇的小箱子，没想到这东西一经人拉开，就能发出这么美妙的声音。他在心里就把它称为"撕得开琴"，以后，曲比山寨的所有人都叫这琴为撕得开琴了。

知青们被安排住进了一栋陈旧的两层的土掌房，这房子的院坝里有两棵斗碗粗细的香杉，还有土坯围墙围着，从前也不知是谁家的住宅。底层是用来装杂物和饲养家禽家畜的。楼上有三间房子，中间是堂屋兼厨房，这里本来是彝家安放火塘的地方，房顶和墙上残留着许多烟熏火燎的痕迹，现在却按照汉族人的习惯新砌了一个灶台，还摆了一张新打的方桌。左边的一间，住五个男生，右边的一间住四个女生，每人并非席地而睡，而是都有一张新打的单人床。他们还在破卡车行驶的途中，就吃干粮用了午餐，此刻一到寄居的土掌房，就忙着打开各人的行李，把自己安顿下来。刚刚安置停当，日则寨主带着两名手下，给大家带送来了白菜、土豆和一袋大米。他本人牵来了一只尺把长的小狗。寨主告诉大家，在山寨里过日子，必须要喂一只狗看家护院。

这是一只麻栗色的奶狗儿，两只耳朵支棱着，浑身毛茸茸的，只有尺把长，人见人爱。拉手风琴的小伙子就说，干脆就叫它"立耳子"吧。大家一致叫好，从此就把立耳子叫出了名。立耳子小的时候，知青们晾晒的衣物曾经被人偷走过。后来，它愈长愈高大，四肢健壮，动作凶猛，叫声低沉有力，拖着一条大尾巴，大家才意识到这不是一只普通的土狗，而是一只狼狗。每次出工的时候，他们都把立耳子拴在院墙门口，从此小偷再也不敢涉足半步。当然这是后话了。

寨主明确告诉知青们，他带来的大米、蔬菜是生产队分配给他们的，等到年终结算的时候是要扣减的。知青们随身带来了油、盐、调料、碗、瓢、勺、铲。等寨主三人一走，他们就商议着要做晚饭了。他们就到附近彝家去借水桶，借竹篮、筲箕，借柴火，然后，担水的担水，淘米的淘米，洗菜的洗菜，烧火的烧火，大家七手八脚地做好了晚饭。在吃晚饭的时候，大家蹲在堂屋里，围着一大盆土豆烧白菜，边说笑，边有滋有味儿地吃着。有人叫了声暂停，说，各人自我介绍一下，相互认识认识。韩雪才知道拉手风琴的小伙子名叫张星魁。

吃过晚饭，韩雪下楼方便转来，见张星魁在土掌房的屋檐下望着她笑。她礼貌地对他点了下头。不料他得寸进尺，凑上前悄悄告诉她说，他早就见过她。韩雪表示怀疑。

他告诉她，柳春枝柳姐和纪中和纪哥，你总该认识吧？

她忙说，认识认识，他们两个人的家我都去过呢！

我们家跟他们两家是邻居，就住在府河边上的那个小杂院里。

嚯！她惊喜地瞪圆了双眼。

原子弹爆炸的那一年，我就看见你在柳姐她家玩！

哦，那你爸是……

我爸叫张洪炳，我妈叫蔡淑芬！我知道你家是高干，你爸是创建东郊的元老……

嘘！她惊惶地拿食指将嘴唇一锁，环顾了一下左右，说，不许乱说！

张星魁满不在乎地一笑，说，其实我也是黑五类狗崽子，我找护送我们的工宣队徐师傅打听过，其实我们九个人，没有一个的家庭出身是干净的。

哦！听他这么一说，她不那么紧张了，就问，我家的事你是怎么知道的？

我舅舅告诉我的。

你舅舅？

对，我舅舅也在东郊上班，他跟纪哥都是天都机器厂的，他名叫蔡长安。

## 二

　　刚到的那几天，韩雪有点不服水土，吃了东西有点拉稀，好在过了几天就完全适应了。最要命的，是过劳动关，第一天上工就是背人畜粪上山，九个知青无一例外。俗话说：变了泥鳅就不怕泥糊眼。这些在成都长大的孩子明白自己的身份，毕竟少年气盛，不管是乐意还是不乐意，全都勇敢地背起了粪桶。木桶装满粪水有100多斤重，还要爬坡上坎，运到几里外的梯田里去。九个人累死累活，气喘如牛，汗流浃背，颠簸出来的粪水顺着身子往下淌，但一个个都咬紧牙关坚持着，谁都不肯示弱。到了目的地，刚取下背上的粪桶，一个个全都仰面朝天，迫不及待地躺倒在山坡上，享受那份儿从未有过的轻松和爽快。歇完脚，背着空桶下山的时候，每个人心里都涌起了一种成就感，连身上染的粪味儿也不觉得臭了。

　　毕竟处在生命力最旺盛的年龄，过了十来天，韩雪他们九个知青就完全适应了繁重的体力劳动，虽然山里的伙食蔬菜品种单一，并且少油荤，但一个个全都吃得很开心。韩雪很快就品尝到了山寨生活的妙处，在大自然面前，在土地面前，只要你能劳动，这里人人平等，日出而作，日落而息。疲乏的身体一沾上床铺，立刻呼呼大睡，他们很快变得能干、能吃、能睡了。这里民风纯朴，因为知青们出工时不偷懒，山寨里的乡亲们慢慢认可了他们。自从"文革"以来，自卑和忧郁就一直纠缠着韩雪，身高一米六五的她，初来时还瘦的像竹竿。不知不觉间，她逐渐变得开朗起来，嘴里时不时地会哼着歌儿，人就渐渐变得丰满。她干起农活来完全不吝惜力气，甚至学会了驾起两条牯牛犁地，这可是寨子里的阿咪子们想都不会去想的，这样她就赢得了乡亲们钦佩的目光。

　　更令人难以置信的是，她如今成了乡亲们心目中的神医。她随身带着一本妈妈留下的医书，眼看着乡亲们缺医少药，心里暗暗着急。她亲眼见到过曲比寨为生病的小娃娃治病的情况，发着高烧的孩子难受得哇哇大哭，当妈的嘴里一边念着孩子的名字，一边在自己裸露的大腿上使劲拍打，拍得青一块紫一块。但是这种方法怎么可能治病呢？妈妈救死扶伤的身影，还有从小的耳濡目染，都促使她去钻研医术，她选择了针灸为乡亲们服务。她在悄悄学医的消息不知怎么就走漏了。有一天，有一位面黄肌瘦的老阿妈，挺着个大肚子来找她，她说自己不知怎么回事，肚子经常会疼痛，求韩姑娘给治治病。她同情地摸了摸她的肚子，估计是寄生虫在作怪，就拿出了她从成都带来的唯一的一颗驱蛔虫的"宝塔糖"。按理说，一颗"宝塔糖"对病人是起不了多大作用的。问题是老阿妈平生从未服过任何药，岂料她吃了"宝塔糖"之后，拉了一大堆蛔虫和别的寄生虫，她的大肚子消失了，病也好了，人也精神了。韩雪做梦都没想到，一颗"宝塔糖"居然有如此神奇的药力！韩姑娘是神医的消息于是不胫而走。

寨子里有一对夫妇，家道殷实，一连生了"五朵金花"，就一心想生个儿子。如今既然来了韩姑娘这位神医，两口子满怀期望，就抱着大公鸡，提着一篮鸡蛋，跑到知青点来要神药。韩雪怎么可能决定他们生男生女呢？她被逼无奈，加上两口子可怜巴巴的哀求，让她动了恻隐之心。但她手里只有一颗留给自己吃的阿司匹林了。她从瓶子里倒出那颗阿司匹林，用白纸包好，郑重其事地交到妻子的手里，又按照医书上的说法，涨红着脸给小两口交代了行房事时的注意事项。韩雪明白自己不过是安人之心罢了，事后也没把这事儿放在心上。岂料天下之事无奇不有，竟然误打误撞上了。三个月之后，那妇人有了妊娠反应，后来腹部逐渐隆起，人们都说她怀的是男娃子，盼子心切的小两口儿欣喜若狂，把这个喜讯传遍了寨子里的每一个角落。前几天，小两口的大胖小子平安出世，韩雪简直成了乡亲们心目中的送子娘娘。趁此机会，韩雪请日则寨主去城里买回十根银针、医用棉花和酒精，她决心用针灸来为乡亲们治病了。

## 三

今年30岁的蔡长安终于在前年结婚了。

他的老婆孙巧兰是川棉一厂的挡车工。他要找一名貌若天仙的成都籍女娃子结婚的美梦最终破灭。一来，是他不断相亲、不断失败的经历让他觉醒，他总是高不成，低不就；二来，是他老家的父母忍无可忍，声称如果他再不娶个媳妇带回去，二老就要跟他断绝关系；还有，他本人实在是把单身汉的日子过够了。说起来，他和孙巧兰的情缘还是那天建设路的批斗大会。川棉一厂直属四川省轻工厅管辖，是成都东郊的一个重要工厂，曾经是柳春枝加入的那个有名的所谓保皇组织的总部所在地，也是全川武斗首开先河的爆发地。20岁出头的孙巧兰是逍遥派，两大对立派的人都不得罪。那天，她是在台下瞧热闹。亲眼目睹了郭兴凯跃上舞台为韩震摘牌子的全过程，当台子上的某个人猛挥大棒要将郭兴凯置于死地的时候，她看见蔡长安挺身上前，挥棒一挡，救了姓郭的一条命。她当下赞叹不已，认定了蔡长安是个好人，而且人也长得帅，再一打听，这个好人居然还是单身。她就动了以身相许的念头。恰好她们细纱车间的一位老大姐是天都机器厂的家属，她就托她去说媒。这孙巧兰本来就有几分姿色，人又贤惠善良，第一次约会她就采取了主动，三两下就把蔡长安给俘虏了。成都东郊有个约定俗成的规矩，如果结婚的男女双方都是东郊大厂的人，谁的工龄长，就由谁所在的工厂分配住房。蔡长安的工龄自然长于孙巧兰，天都厂就在四套一的苏式单元楼里分了一间给他作新房。新婚之夜，等闹过洞房之后，孙巧兰满面娇羞，对蔡长安说，如今工厂停产，正是抓紧造人生孩子的好机会。蔡长安心急火燎，马上就要来个颠鸾倒凤，孙巧兰却坚持要避孕，说他酒喝多了，小心生个瓜娃子。结果，还真是按照她的安排，让他玩了半年，这才要了孩子。她为他生了一个大胖小子，又健康又聪明，如今，他俩的儿子都一岁多了。

柳春枝始终对那天被迷药麻翻惨遭蹂躏的事耿耿于怀。在她的内心深处，始终认为作案人就是蔡长安。她真想去告发他，要把他抓起来判刑才解恨。但又转念一想，俗话说：一泡屎本来不臭，挑起来臭。告发他的结果，也就彻底出卖了自己。思前想后，她才迟迟没有采取行动。她真的是一个心地善良的好姑娘，完全想不到这件事其实还有别的解决办法，比如：花一笔钱，找一个亡命徒把蔡长安给废了之类。在这种犹豫不决中，光阴一天一天逝去。

工厂里现在比较清闲，她是所谓资产阶级反动路线树立的黑典型，别人再也不需要她没日没夜地加班了。经过运动的残酷冲击，她现在已经不再像过去那样单纯了，她学会了偷懒，学会了包裹着心灵接受别人的批斗，有事没事的她就要往娘家跑了，回来陪陪妈妈，陪陪年老的爷爷奶奶。这天，她刚回到娘家不久，就看见蔡长安一个人走进了小杂院的大门。自从那天过后，她和他就再也没有见过面，此刻一看见他的影子走进了小杂院，刻骨仇恨就陡然塞满了胸腔。她暗忖，今天倒是找他算账的好机会。于是，她就装做若无其事的样子，叫妈妈去张家把蔡长安请过来，就说有事情想找他一下。

不一会儿，蔡长安如约而至。对于美人的召唤，他当然不会怠慢，尤其她还是自己曾经追过的女人。柳妈妈和爷爷奶奶见柳春枝召唤蔡长安，都找个借口躲到邻居家去了。蔡长安走来，见堂屋里没人，就唤道，春枝，春枝！

只听她在里屋说道，你进来说话！

美人邀他进里屋说话，这就有了某种暧昧的意味儿。他答应了一声，兴冲冲地撩起门帘儿进了里屋。

里屋光线偏暗，他还来不及看清柳春枝坐在什么位置。啪啪啪……一阵突如其来的竹鞭子就劈头盖脸地狂抽在他的身上、头上、脸上。他边躲闪着，边尖声惊叫，哎哟！哎哟！你干啥，你干啥？凭什么打我？

793厂的标准件此刻成了凶恶的母夜叉，她挥舞着手里倒抓的鸡毛掸子，一边追打着蔡长安，一边恶狠狠地骂道，打死你这个臭流氓！打死你这个恶棍！

对方的咒骂，疼痛的鞭答，让蔡长安火冒三丈，他一伸手就抓住了对方打过来的竹鞭，再一使劲，竹鞭就到了他的手里，只听嚓的一声，竹鞭断成了两截。

披头散发的柳春枝张牙舞爪地扑上来，对着他的脸就乱抓，好在他早有防备，一伸手就将对方的两手死死钳住。她就埋头去咬他的手，他忙将她的两只手猛地一分，眨眼间就将她的身子扭转过来背对着他。她不甘心被他钳制，就边挣扎边气急败坏地骂他流氓、恶棍。

她强加的奇耻大辱让他感到忍无可忍，就将她往床那边使劲一推，她砰的一声就仰面倒在自己的床上，然后就发出了屈辱的呜咽声。

说，你今天为啥子这么恶毒？他两眼喷火。

你自己知道！她凶狠的目光跟他的目光对撞，毫不示弱，说，你这个人面兽心的东西，衣冠禽兽！

你凭啥子这么骂我？凭啥子？……他更感到屈辱。

你把老娘给害惨了！她的眼神既惨痛，又愤慨。

她反常的神情倒把他提醒了，她该不是出了什么意外，怪罪到他的头上吧？就放缓了语气问，你能不能把话说清楚？我感到非常冤枉！

好，说清楚就说清楚。她阴沉着脸说，我来问你，你那天为什么给我送饭？之前给我送饭的人并不是你。

这有什么好奇怪的？他坦然地说，给你送饭的那个人叫老苟，那天他拉肚子急着跑茅房，我正在值班，他就叫我临时帮他跑一趟，那碗饭菜和那壶水，都是他交给我的。

她完全没料到，事情原来是这样，就脱口说，你在骗我！

我干吗要骗你？天理良心，我做好事，反倒遭雷打。

你的那壶水有问题！

有啥子问题？有毒药，还是有迷药？

哇！迷药！她暗忖，这可不能暴露，否则就穿帮了。看来，干那事的不像是他，否则的话，他不可能表现得像现在这么坦然。既然他不知情，就还是捂住的好。她就支吾着说，那壶水……有问题，我喝了……拉肚子。

他说，这个老苟，搞的什么名堂？害得老子背黑锅，挨了一顿毒打！

她赶紧借台阶下台，忙说，蔡大哥，是我弄错了，我向你道歉！说罢，给他鞠了一躬。

他叹了一口气，说，唉，脸也叫你整烂了，叫我回去怎么向我老婆交代？

蔡大哥，我很后悔，真的很对不起你！她满脸愧色地说，要不，我跟你一块去找你老婆，我去给她解释……

算了算了，这不是愈描愈黑吗？还是我自己想办法吧！

她又问，那个老苟干什么的？

是我们天都厂的，就一个普通工人。

普通工人？她暗忖，看来他没有那么大的胆量，敢来侵害她。看来他的背后另有其人，一个有权有势可以一手遮天的造反派头目，这人早就垂涎于她的美色，早就起了打猫儿心肠。如果她敢去找老苟打探，这个案子也就差不多该水落石出了。但是，案子揭开之时，也就是她柳春枝臭名昭著之日。她是一个姑娘，是一个弱女子，她还要成家，还要在这世上生活，她可不能干这种玉石俱焚的蠢事。唉！看来她只能选择忍气吞声，让这段惨痛的经历烂在肚子里了！

蔡长安告辞出来，脸上有两处伤还火辣辣地疼着。心想，没料到这美女柳春枝还是一只母老虎，当初幸好没有找她做老婆，就为了一壶水让她拉肚子这点小事，她居然能下如此狠手，对她大打出手，还骂得那么难听。相形之下，他老婆孙巧兰人贤惠，性格温柔，又心疼他，还会料理家务。还是他老婆好啊！

## 四

中国拟为东亚C国建一座综合性的电子管厂，这当然是C国的绝密军工基地。郭兴凯、卞文渊一行十多名中国电子专家，从北京首都机场起飞，空降到C国首都，一口气就忙碌了半年。这情形，颇有点类似郭兴凯他们七人小组当年在成都选点建立秘密军工基地。只不过电子部当年是定点成都，事情就相对要容易得多。而C国这个援建项目不同，他们必须在C国全国范围内考查，为这个工厂选一个恰当的地址。这个代号"29"的工程，需要考虑的情况牵涉到方方面面，诸如物质原料的供应情况，运输情况，当地的气象情况，泥层结构情况，交通情况，电力供应情况，水源供应情况，保密情况等等。他们怀着履行国际义务的使命感，任劳任怨，兢兢业业，在C国有关人员的配合下，跑遍了他们国家的山山水水，最后终于初步把厂址确定了下来。之后，再把相关的选点情况反馈回国内征求意见，并通报给C国。经过两国特派的相关专家最后的论证和会商，这个工厂的厂址才最终确定下来，而此时时令已经到了十月底，C国早已是冰天雪地了。这项援建工程的基建动土时间，被定在来年三月。于是，郭兴凯他们就回国来休整了。

一回到北京电子部复命，郭兴凯在部里的一个老朋友老盛就悄悄告诉他，国家有一个硬性规定，所有出国援外人员的婚姻状况必须是已婚；部里接到一个举报，说你老郭还是一个单身汉，根本就没有出国履行国际主义义务的资格。部里对这个举报很重视，正在考虑找一个合适的人选，把你这个专家组的副组长换下来。老盛还给他建议，叫他赶紧去找一下分管的田副部长，就说他郭兴凯结婚不成问题，保证在年前结婚，请部里一定不要撤换他。

郭兴凯一听就急了，说，谁他妈的这么讨厌，连这点小事都紧盯着不放？

老盛就打趣说，不就结个婚吗？你就赶紧找一个漂亮的弟媳给那些人看看嘛！老兄，你35岁了吧？早就该讨个老婆疼你了！按照毛主席说的一分为二的哲学观点来看，这其实也是好事一桩，这么一闹腾，你小子不就得赶紧结婚吗？

你倒说得轻巧，这是找老婆，又不是在自由市场买东西，哪能说结婚就结婚呢？郭兴凯感到很为难。

老盛就故意刺激他说，好，好，那你就等着被除名吧！

郭兴凯说，除什么名？你当我脑袋进水了？

他马上向他打听了田副部长的行踪后，匆匆离去。不言而喻，田副部长其实非常欣赏他，给他任命的专家组长虽是副职，正职却空缺着，实际这个C国援建工程的专家组是由他郭兴凯在主持工作。他在田副部长的办公室找到了他。

兴凯！进来，进来！田副部长一看见他，就笑着招呼他进去，边迎上前跟他握手边说，你们回来了？辛苦了辛苦了！兴凯啊！你们专家组干得漂亮，不辱使命，C国劳动党总书记对你们选的点很满意嘞！

是部里领导得好！他刚应付了一句，就把话锋一转，说，田副部长，我想给你谈谈我的婚姻问题……

我知道。田副部长打断他的话，脸色顿时就严肃了，说，兴凯，以你的资历，当这个援外工程项目的专家组组长绰绰有余，为什么只任命你当副组长？就因为你的任命在部里有争议嘛。原因是，你曾经公然在批斗大会上死保韩震，说明你路线觉悟不高嘛！

他说，我知道部里在启用我的时候，是顶着压力的……

知道就好，我们不能授人以柄啊！田副部长不解地望着他说，小郭，你搞什么搞？这么大岁数还在打光棍儿？当初我们定名单的时候，要是知道你还没有结婚的话，再怎么着也不会考虑你。

他有点急了，忙说，部长，我愿意立军令状，保证在春节之前结婚。否则，你撤了我！

哎，这还差不多嘛！田副部长半开玩笑地说，我就不信你想打一辈子光棍儿，是不是你小子眼光太高，在成都找不到合适的姑娘？要不，我在北京给你物色一个？

郭兴凯忙说，我哪敢惊动你部长的大驾？成都那边现在就有一个现成的姑娘在等着我，我一回去，马上就跟她结婚。

郭兴凯还惦记着柳春枝，那个激情澎湃的夜晚一直让他刻骨铭心。心想一回成都，就马上发动纪中和、卞文渊他们去当说客，无论如何都要把她这个堡垒攻下来。

郭兴凯没说错，成都这边果真有一个好姑娘在痴痴地等着他。但这位好姑娘并非柳春枝，而是一位名叫甘丽丽的天津人。甘丽丽今年26岁，毕业于北京工业学院之后，留校任教。甘丽丽的父亲，是天津卫的一名老工人，跟郭兴凯的父亲是同一个工厂的工友，两人还是好朋友。甘丽丽的哥哥与郭兴凯是大学里的同学和好哥们儿。她从小就从哥哥的嘴里得知，郭兴凯为地下党智送情报的故事，他和七人小组空降四川在成都帮助建立军工基地的故事，他当突击队长在电子工业界"成功爆炸原子弹"的故事……可以说，她是在对郭兴凯的崇拜中长大的。"文革"爆发的前一年，22岁的那年秋天，她大学毕业回到故乡，在自己的家里邂逅了回老家度探亲假的郭兴凯，见识了郭兴凯的男子汉风采，并从哥哥嘴里得知他还是单身时，姑娘就在心底里无可救药地迷上了他。但是她在心里同时又产生了一个疑问：如此优秀的郭哥，为什么至今还是单身一人，为什么就不能找到他可心的女人？她把这个疑问直言不讳地跟哥哥说了。哥哥是郭兴凯的死党，就替他辩护，向他透露了郭兴凯和宛玉铃曾经恋爱的经过，说他曾经很爱那个女人，但对方把他伤得很厉害，他的心里老是迈不过那道坎。可想而知，郭兴凯对女朋友的痴情，只能催发她心里的那颗爱的种子。有一天下午，等她买好了两张电影票，去约他晚上一道看电影的时候，才知道他的探亲假已满，已于这天上午乘车回了成都。她心里那个后悔哟！直是骂自己不会捕捉机会。她回到学校任教以后，按捺不住自己的冲动，给他写过几封信，表达了对他的爱慕之情。但是他的回信却不能不令她失望，他总是很礼貌，也很克制。总是在信里劝她说，她的年纪还小，又刚刚走上工作岗位，要把精力放到为党、为祖国、为人民多作贡献上去。

　　后来"文革"爆发，天下大乱。她和郭兴凯都被狂热的时代大潮所席卷，不由自主地投身其中。如今，时过境迁，运动初期的造反风潮早已远去，蓦然回首，这才发现自己已经青春不再。个人的婚姻问题变得迫切起来，对郭兴凯的思念和挂牵重新在心里翻波涌浪。她的心事压得自己食不甘味，夜不能寐，明白自己得了相思病，在无以排解的情况下，她只好跑到在化工部工作的哥哥哪里去倾诉。哥哥很喜爱也很同情这个妹妹，就向他透露了郭兴凯的婚姻现状。她这才知道，郭哥他又失恋了，那个主动追求过他的女人居然又把他给抛弃了。她替郭哥难过，替郭哥抱不平，替郭哥这样的好人迟迟找不到可心的姑娘而伤心。哥哥鼓励她说，郭兴凯真是不可多得的好男人，如果她真的爱他，就应该毫不犹豫地去追求他。有了哥哥的支持，她就更加狂热了。她通过哥哥找电子部的关系，把她的工作关系直接从北京工业学院转到了位于沙河畔的电子工程学院，于是，她成了该大学实验室的一名管理员。她调到东郊都已经三个月了，但郭兴凯在C国忙着当他的专家组长，对此事一无所知。

甘丽丽得到郭兴凯回厂的消息已经是第二天上午的事了。晚饭以后，她美美地洗了澡，洗了头，把自己收拾得光光鲜鲜的，又用一条花手绢儿把茂密的黑发束成马尾巴状，然后去郭兴凯的单身汉宿舍找他。这在色彩单一、压抑人性的当时，她的这个头饰已经算是时髦了。她想给他一个惊喜，当晚就约他出去散步。她对自己的女性魅力很有把握，她身高一米七，身段生动，皮肤白皙，眼睛大而有神。虽说她不是那种很抢眼的美女，但她的美耐看，愈品赏愈有味道，尤其是她有一种典雅的书卷气，是那些美艳的女子所望尘莫及的。郭哥正处在失恋的人生阶段，他干涸的心田需要她的爱的滋润。她远道而来，为了他，她甚至不惜牺牲她的北京市区的户口。她是为了爱情，为了追求个人的幸福，而来到这个远离北京的地方的。

但是郭兴凯不在。同居一室的工友们告诉他，他到猛追湾那边的那个小杂院去了。她礼貌地问，他到那边去干啥？工友们就神秘地笑了笑，表示无可奉告。她暗忖，应该把她来过的消息转告给郭哥，让他产生心理期待。她于是对工友们说，她是郭兴凯好朋友的妹妹，名叫甘丽丽，已经从北京工业学院调到了电子大学，他要带一封哥哥的信给他，明天晚上七点，她在沙河电影院门口等她。

等她一走，几个工友立刻七嘴八舌地议论开了，有人说这女娃子长得真漂亮，有人说看样子他是老郭的女朋友。有人又说不像。有人说听说他的女朋友是793厂的厂花。接着，又有人担忧地说，一下子就钻出两个美女，不知老郭究竟会选哪一个？

她告辞出来的时候，单元房的大门并没有关，正慢慢往楼下走的她，清晰地听到了工人们的议论。兴致勃勃地来找他，人却不在，心里本就有一种失落感，此时又听到屋里的议论，心想，就不知道哥哥的情报是否准确，心里就担忧起来。

## 五

天色渐渐暗了下来，沿河一带的路灯相继亮起，映在水面上就像一朵一朵漂浮的白莲花。远远望去，建设路那边一幢幢的工人宿舍楼里那一扇扇亮着灯的窗户，就像无数夜的眼睛。郭兴凯和卞文渊站在石拱武成桥的桥上，一时无语，似乎在聆听着浅滩处哗哗的流水声，其实两人都无心观赏风景，都在等待着一个至关重要的消息。

郭兴凯的婚姻既然关系到他本人能否出国援外，能否继续担任专家组副组长，这在铁哥们儿纪中和的心里就成了一件天大的事情。当天下午，当郭兴凯和卞文渊去找他商议时，他当即表态说，此事包在他身上，他对劝说同院长大的这个妹妹答应这门婚事，还是有把握的。他说，他听二老讲过，现阶段柳春枝每天晚上都是回家住的。他建议二人今晚干脆到他家去等，由他去当说客。他说他们仨朋友半年都没聚过了，死活坚持要给他俩接风。他在建设路的一家馆子招待郭、卞二人吃过晚饭。三个人边商量着，边走过二号桥来。

三人坐在纪家的堂屋里闲谈，碍着纪皮匠两口子的面，无非是谈些出国见闻之类。终于听见院门吱嘎一声响了，传来女人穿着布鞋走路的脚步声。

纪皮匠两口子高兴地说，是春枝，是她回来了！

纪中和忙说，那我先过去了，兴凯，你就等着胜利的消息吧！

见郭兴凯心情烦躁，卞文渊就叫他走出纪家，到石拱桥上去散心。可是两人站在石拱桥上左等右等，等了将近两个小时，仍然不见回音。

纪中和接受的其实是一项无法完成的任务，他自己却浑然不觉。他自以为是地分析了他今天谈判的种种有利条件：他和柳春枝是从小一块儿长大的，情同兄妹；而她作为女人又比较单纯，就是成都方言所说的，她没有什么过场；她都23岁了，正是谈婚论嫁的好年龄；再者，据郭兴凯说，她当时是主动追求的他，柔情蜜意让他不能自拔。于是他得出结论：不论双方有什么误会，也不论有什么第三者插足横生枝节，只要她柳春枝还没有领结婚证，他就有办法把她说得回心转意。正是带着这样的自信，他跨进了柳家的堂屋门。

他和柳春枝虽然偶尔要打打照面，但其实好久以来都没有机会深谈了。两个人开初的见面也还算愉快，寒暄，闲谈，自然，随便，没有丝毫的客套。为了营造谈话的气氛，纪中和还特意发扬他口才的优势，讲了一个把她逗得哈哈大笑的笑话。可是，当他征得她的同意去里屋密谈，他切入正题的时候，谈话在一瞬间就卡了壳。他郑重其事地告诉她，他今天是受人之托，来谈她的婚事的。

她顿时变得不自在起来，忽然满脸绯红，说，我晓得，是郭兴凯要你来的嘛。

对！他忙点着头说，晓得就好，你的年纪也不小了，兴凯都35岁了，你们就把婚结了吧！

她的眼神倏地一亮，随即低垂着头，下意识地抓过搭在肩上的辫子，放在嘴里咬着。心想要不留余地，要一口回绝了才好，就说，不！

这一声"不"，无异于晴天霹雳，他怀疑自己听错了，忙问，你刚才说啥？

不！不！她加重了语气强调。

他惊讶地瞪圆了双眼，半天回不过神来。她这是怎么啦？她为什么要这样？她和他究竟产生了什么修复不了的裂痕？一刹那间，种种疑问在他的脑海中不断冒出。他了解柳春枝，有点一根筋，认死理，但他根本没想到，她一开口就把话说绝了。看来，还得跟她慢慢地磨才好，就放缓了语气，赔着笑脸说，你看你看，又不是阶级敌人，犯得着这么你死我活的吗？你能不能说说你的理由？

没有理由。她的样子爱理不理。

那就来说说我的理由，好吧？见她不反对，他接着说，兴凯这半年来并没在成都，你知道吧？

半年不见人，她当然打听过他的行踪，但她却不愿意答话，只是沉默着。

他接受了一项援外任务，到C国去考查了半年，明年开春还要出去，就像当年的苏联专家帮助我们一样，帮助那边建厂，他是那个援外工程的实际主持工作的专家组副组长。他见她在认真地聆听，就故意夸大其词地说道，但是，他马上就要被撤职了……

哦？她大吃一惊，不禁抬头向他望去。

对方刚才的反应非常自然，这让他感到窃喜，说明她很在乎他，有门儿！就接着说，因为有人举报他，说他根本不具备出国援外的资格。

哦？她的眼睛里写满了疑问。

因为当年他在批斗大会上死保过韩震，对他的任命本来就存在着非议。再加上国家有规定，所有援外人员的婚姻状况必须是已婚，但这个恰恰是他郭哥的软肋。除非他能在短期内把婚结了，否则，他就只能落个鸡飞蛋打的下场！

……

春枝，我晓得，你曾经那么爱她，难道你就忍心看着他惨败，眼睁睁地看着他被踢出局吗？他的话戛然而止，他明白自己这话的分量，对方的心里要想不掀起波澜是不可能的。

沉默。屋里静得能听见针掉到地上的声音。柳春枝的心灵在剧烈地煎熬着，她何曾不想跟郭兴凯结婚啊？但是，她已经被歹徒夺去了贞操，已经被打上耻辱的印记了呀！如果她一松口表示愿意跟郭兴凯结婚，那新婚之夜的尴尬她如何能够面对？她后半辈子的几十年又如何活得出来？与其那样，她还不如去死！难以抑制的悲痛让她生不如死，她突然伤伤心心地号哭了起来。

见她一哭，纪中和反倒没了主意，只会说，又怎么了吗？别哭，别哭，有话好好说嘛！

她反而哭得更厉害了，双肩抖动，悲痛欲绝，楚楚可怜。这一来就惊动了柳妈妈和她的爷爷奶奶，三个人忙不迭地撩开门帘走了进来，着急地问，枝枝，你怎么了吗，你哭啥吗？

她抬起泪眼，拖着哭腔说，出去……你们都出去……呜呜呜呜……

三个人惶惶不安地面面相觑，不得不退了出去。

见她哭得无比悲痛，他真的不知道该说什么才好。但有一点他明显感觉到了，柳春枝有隐衷，心里埋藏着不可告人的秘密。也许她受到过伤害，也许心上的创痛已经结了痂，他跟她的这场谈话无形之中又将那疤痕撕开，让她的心灵再次鲜血淋漓。如果真是这样，他可就太残忍了！但是，有一个实质性的问题他却不能不问。他赔着小心说，春枝，是纪哥不好，惹得你伤心了。但有一句话我还是不得不问，你跟他，还有没有可能？

没有！没有！她泪眼迷离，脑袋摇得像拨浪鼓。

我还想问一句，是不是他对不起你？如果是，我可就对他不客气了。

她忽然睁开已经发肿泛红的泪眼，瞪着他说，你……你可不能干蠢事啊……

他心里咯噔了一下，啊！她还不忘维护他，这么说，是她对不起他了？他这么一想，心里不由得一惊。她的悲痛，她的异乎寻常的反应，此刻都好解释了。如果她能向他敞开心扉的话，他或许可以顺藤摸瓜，去除堵在她心里的块垒。但她今天的态度已经明确地暗示他，这是万万不可能的，他俩的关系已经无法挽回了。看来他该离开了。他离座起身，再次向她道歉之后，走出了柳家。

郭兴凯站在石拱桥上望眼欲穿，等来的却是柳春枝绝交的消息，可是他还不死心，就提出让纪中和再去跑一趟，帮他传个话，就说他要亲自找柳春枝说话。纪中和明知不可为而为之，就说，好吧！你跟我来，我前脚去他们家打招呼，你后脚就跟进去。二人一前一后，匆匆走进小杂院，郭兴凯躲在院坝中间那棵老槐树下的阴影里等候着。走在前面的纪中和敲开了柳家的堂屋门，开门的是柳妈妈。纪中和赔着笑脸说，柳妈妈，我想再跟春枝带句话。柳妈妈转过脸，伸手无声地指了指里屋。

纪中和上前撩开里屋的门帘，发现里边黑洞洞的没有开灯，就说，春枝，郭兴凯已经来了，就在门外，他让我转告你，他想马上进来跟你面谈……

滚——屋里发出一声绝望的号叫，一只枕头同时落到了纪中和的脚边。

死女子，你怎么能这么对你纪哥？柳妈妈满脸是歉意和惊惶。

他苦笑着，跟站在一旁的柳妈妈点了点头，走出了门。

见纪中和闷闷不乐地走过来，郭兴凯忙迎上前问，怎么样？

滚！他没好气地推了他一把。眨眼间，最终的努力宣告失败，郭兴凯的希望彻底破灭了，他只觉得眼前无比黑暗。

# 六

垂头丧气的郭兴凯一推开单元房的大门，还没来得及换上若无其事的脸色，就被同一单元的七八个室友包围了起来。他们添油加醋，争先恐后地向他讲述了甘丽丽来访的事情，都说他走了桃花运。然后逼着他交代，对方是不是他交的女朋友？他什么时候请大家吃喜糖？他只好藏起心中的隐痛，跟大家嘻嘻哈哈地敷衍一气。

不言而喻，今天晚上碰到的两件事情都过于刺激，他就只有躺在床上辗转反侧的份儿了。柳春枝如此绝情，连跟他同院坝一块儿长大的纪中和的面子都不给，这是他始料未及的，仅有的一线希望突然化作泡影。正当他陷入极度痛苦不能自拔的时候，他老同学的妹妹甘丽丽及时出现了，她就像甘愿下凡配董永的七仙女一样，驾着祥云从天而降。她不远千里，从北京下到成都东郊工作，这明摆着是要嫁给他呀！失恋了，他那颗受伤的心变得格外敏感了。平心而论，她的乐观善良，她的飘逸的书卷气，她的耐人寻味的美，都是他所欣赏的、喜欢的。三年前，他鬼迷心窍，曾经阴差阳错地错过了她，这回，他无论如何要抓着她这根救命稻草不放了。这么多年来，他个人的感情生活一直很不顺，他累了，乏了，他真的好想有个家的港湾，供他这只漂泊的帆船去停靠，去避风雨，去享受家的温馨了。此刻，别说是美丽多情善良的甘丽丽了，哪怕就是姿色平平的另一位姑娘，只要她心好，贤惠，政治条件符合，愿意嫁给他，他也会毫不犹豫地跟她成家的。他生怕甘丽丽来访的消息是个幻觉，就使劲地掐了一把大腿，结果感觉很疼，这才相信他果真是苦尽甘来了，这不就是痛并快乐着吗？

　　好容易挨完了一天的光阴，他早早地去职工食堂吃罢晚饭，洗了澡，刮了脸，换了一身衣裳，把黑皮鞋擦得锃亮。他平时可没有这么多讲究，他生怕给老同学的妹妹留下个邋遢鬼的印象，那可就不妙了。

　　沙河电影院就在105信箱宿舍区的斜对面，他从宿舍出发，不到十分钟就赶到了目的地。约会的时间是7点，他一看表，还差1分才到六点半钟呢。

　　7点钟有一场电影，这天放映的是特供东郊革命造反派观看的内部影片——彩色故事片《达吉和她的父亲》。讲述一位汉族工程师与被抢到大凉山的女儿在解放后相认团圆的故事，这部影片充满了人情味儿，当年电影刚出来时，女主角陈学洁饰演的达吉被香港的电影海报誉为"凉山明珠"。这部影片，当然是宣扬资产阶级人性论的反动影片。作为制片单位的峨眉电影制片厂，在此时把它拿出来放映，并非为了宣扬它，而是为了配合运动批判它。整个放映过程自始至终配备了一位专职批判员，在凡是需要批判的桥段，就会响起批判者喋喋不休的同期声，让观众不胜其烦。尽管如此，观众却非常踊跃，一票难求，人背后都毫不掩饰对这部"毒草电影"

的喜爱。此时，电影观众已经开始陆续进场，影院门前人头攒动，有许多钓票的人，他们在人丛中穿来穿去，不同的口音在不厌其烦地询问，谁有票？谁有票……嗨，师傅，有没得票？

他暗忖，幸好今天是放这部电影，他站在电影院门前的人堆里一点儿也不打眼，要是像往天放的冷门片子，他站在台阶下傻等的话，夜色里的建设路上来来往往都是东郊各大厂的工人，就难免不被熟人所打趣了。

夜色降临，华灯初上。郭兴凯一直在朝着沙河大桥的方向引颈张望着。在7点差3分的时候，借着灯光，他看见一位身材修长的女士从人群中款款走来，她穿的那件银灰色的外套，还有用手绢儿扎成的一摇一摆的马尾巴，走路时自然流露出来的风度，让他眼前不禁一亮，再定睛一看，那不就是老同学的妹妹甘丽丽吗？

甘丽丽一路走来，心怀忐忑，毕竟她这是一厢情愿啊，只要在此之前有人捷足先登，她可就惨了！如果郭兴凯今晚不来约会，或者约会时故意迟到，她跟他的关系可就玄乎了。还隔着老远，她就认出了站在电影院门口张望的郭兴凯，心里的担忧顿时不翼而飞。

郭兴凯穿过行人迎上前，激动地呼唤道，丽丽——

郭哥——甘丽丽脸蛋绯红，不由自主地加快了脚步。

你怎么来了？他这话问得很蠢。

我就是来了！她完全是答非所问。

在众目睽睽之下，甘丽丽突然把手伸向对方。郭哥……她含情脉脉，顾盼生姿。

丽丽……他欲言又止，略感诧异地望着她，脸上泛起了红潮，犹豫着伸不伸手。

她顿时醒悟，想到自己追郭哥的这一招过于疯狂和突然，他显然还缺乏心理准备，也就毫不介意地嫣然一笑，边缩回自己的手边说，哎，到沙河边去好吗？这儿太闹了！她开始撒娇了。

嗯！他使劲地把头一点。

两个人一前一后，默默穿过人群，朝着沙河大桥的方向走去。

二人在沙河边并排漫步的时候，她再次将手伸向他。这一次，他没有再犹豫，粗糙的大手将她娇嫩的小手一把攥着。他的手很暖和，她的手有点儿凉，幸福的暖流开始在两人的胸腔里激荡。河水反射着灯光，柳丝轻拂，迎面的晚风竟有如春风般温暖，哦，夜色是如此的美好！如此默契，这是二人始料未及的。

# 七

一队人马沿着白灵河谷的一条小路，朝着深山里的原始森林进发。这是曲比寨的伐木队，30多匹马驮着人和生活用品，浩浩荡荡地在河畔走着。那横亘在天际的大山莽莽苍苍，天气晴朗的时候，站在寨子里就可以很清楚地望见它，但真要走进山中伐木，就还要翻山越岭，走上两天的路程。

每年双抢大忙之后，薅完水稻田里的秧苗，就进入了近两个月的农闲时节，此时，各个山寨就该进深山伐木了。县上给沿江的各个山寨都分配了伐木指标，由各个山寨组织伐木队进山伐木，然后从水路运到盐源县城，卖给国营土产公司。每到这时候，就是寨子里的少妇们跟自己的男人分开的时候。

寨子里没有来知青的时候，每年农闲季节的伐木行动，全都是由寨子里的壮汉担任的。今年的伐木队非比寻常，按照寨主的意思，把韩雪他们九个知青一齐编入。十几岁的年轻人天生好奇，喜欢刺激和历险，寨主的决定传到知青院落，一个个无不欢呼雀跃，连称寨主英明。清一色的男人世界里，现在忽然有了四个女知青，谁能保证在深山老林中不发生风流韵事？何况伐木队里长得帅的彝族小伙子也并不少，寨子里的留守女人们变得惴惴不安了。除了枕头边的撒娇嘱咐，留守女人们索性把自己的担忧直接编成歌唱了出来。

马队起初傍着河边走的时候，屁股后面跟随着一长串送别的大人小孩。这地方兴早婚，阿咪子14岁就嫁人了，赶来依依不舍送别丈夫的，多半是一些十六七岁的少妇。寨子里那个唱山歌最拿手的少妇阿鸽，她才不过16岁，怀里就已经抱了个一岁多的孩子了。只见阿鸽把怀里的孩子顺手递给身旁的一位阿妈，清了清嗓子之后，挑声天天地唱道：

哎哟喂——

太阳出来嘛圆又圆，

送别的少妇们无须招呼，一齐和而歌之：

哎呀呀，圆又圆！

我的阿哥嘛进深山，

少妇们又一齐和而歌之：

哎呀呀，进深山！

阿鸽的歌声带着白灵河的灵气，嘹亮婉转，映山映水。送行的少妇们心领神会，用歌声表达着自己对丈夫的深情。阿鸽每领唱一句，少妇们就起劲地用哎呀呀的衬词连接，再把每句歌词的最后三个字重复唱一遍。

深山里头黑黢黢，
危险的山沟你莫钻。
小心筋骨莫受伤，
小心野兽把你撵。
管好你的铺盖和油盐，
别人家的婆娘你莫贪！

《送别歌》的最后一句，对自己的男人耳提面命，毫不避讳，这才是她们最担忧的，也是最想说的心里话。

彝家山寨的男女能歌善舞，知青们早已领略过他们的民俗风采。火把节时，知青们与曲比山寨的一千多名彝家乡亲，在梨树园的草地上欢度佳节。彝家男女对歌，现编现唱，见什么编什么。他们九个汉族知青，就只能唱唱革命歌曲，穷于应付。在整个栽秧薅秧的农忙季节，每一天的劳作，都伴随着山寨男女的对歌。他们甚至可以把某一个栽秧缓慢的男子，以四周插满的秧苗把他关在水田中央，然后现编歌词嘲笑他。对方也不甘示弱，现编歌词回敬。你来我往，以歌声对骂，权当娱乐，绝不伤和气。而今天，由送别的少妇们唱的《送别歌》，又是别一番风情，让骑在马上的知青们感慨不已。张星魁对骑马走在他前面的韩雪说，他好后悔自己没有带上手风琴哦，不然的话，他就会在马上拉琴，好好地给少妇们伴奏一番。他本来是打算带上手风琴的，可是寨主特别告诫他，山上陡晴陡雨，谨防把撕得开琴给淋坏了。他只好把琴存放在他的家里了。

在少妇们柔情蜜意的歌声中，浩浩荡荡的伐木队拐进河边密林中的小道，渐渐消失了踪影。

马队赶了两天的路程，山势愈来愈高，山路愈来愈难走，他们在第二天的傍晚才进入伐木的林场。这里的海拔已接近三千米，漫山遍野几乎都是原始冷杉林，树身长满了苔藓，高处悬挂着藤蔓，一棵棵冷杉粗壮挺拔，树梢似剑，直刺苍天。茫茫林海无边无际，在弥漫的雾气中若隐若现。遥望对面的大山，重峦叠嶂，莽莽苍苍，丛林中不断升腾的白雾渐次形成厚重的朵朵白云。山风吹来，林涛澎湃，发出虎啸似的低吼。此地的景色既神秘，又壮丽，让这些来自大城市的娃娃们大开眼界。

按照伐木队头人的安排，他们在林中一条清澈的溪边安营扎寨。四个女知青和五个男知青分别各挤一个窝棚。正在搭窝棚的时候，头人专门走过来给知青们打招呼，他说此地的猴子很刁蛮，跟人抢饭吃很凶的，每个人都必须提高警惕。营地每天都要有人值班看守马匹和东西，开饭的时候，值班的人必须爬到大树上去，一旦发现猴群过来，就立刻敲铜盆报警。不然的话，等猴群赶到，眨眼工夫就会把饭给你抢光的。烤着篝火，吃着晚饭，值班员的铜盆始终没有敲响，也许猴子怕火，一直不敢来骚扰。天色已经很晚了，除了值班的人以外，其余人都钻进帐篷。经过两天的鞍马劳顿，大家都累了，不一会儿，整个营地就响起了一片呼噜呼噜的打鼾声。

第二天早晨，大家来到指定的伐木地点。彝族的壮汉们纷纷脱掉外衣，裸露出黝黑的上半身。他们认为，在森林里砍树，衣服很容易被荆棘树杈挂破，他们惜疼衣服，宁愿让皮肉受苦，因为挂破的皮肉自己还会长好。知青们自然是穿着上衣的，但下装却跟彝族汉子们无异，无论男女，全都穿着一条早已磨成半截的巾巾绺绺的裤子，屁股上补丁重补丁，裤子的下摆却任其破成拖布条。男人们都拿了一把沉重的开山斧，立身选定的大树旁，甩开膀子，朝着坚硬的冷杉树的根部奋力砍去。具有俄罗斯血统的韩雪身材高大，力气也大，却不甘心像其他女生那样只做辅助工作，也去拿了一把斧子，朝着选定的大树砍了起来。森林里砰砰砰的砍伐声此起彼落。

山里的天，娃娃的脸。突然，一阵大雨滴滴答答地袭来，凉丝丝的雨滴随着山风飘落到人们的身上，雨愈来愈大，云雾迅即弥漫开来。林子里无处躲雨，穿上蓑衣又不便干活，大家索性冒雨继续砍伐。彝族汉子们裸露的上半身顿时被雨水浇得油光水滑，黑得闪闪发亮。山风呼呼，山雨哗哗，砰砰砰的砍伐声在云雾缭绕的山中回荡，犹如一部气势磅礴的交响乐在天地间忘情地演奏着，令人荡气回肠。岂料，雄浑的交响乐突然冒出了原生态的领唱声部，一阵狼嗥似的号叫率先从头人的嘴里吼出：

哎嗨哟嗬嗨——

山风吹，山雨狂，

山娘娘保护我——砍山郎！

彝族的壮汉们和而嚎之，众知青受到感染，不由自主地加入了群嚎：

山风吹，山雨狂，嗨哟嗨哟！

山娘娘保护我——砍山郎，嗨哟嗨哟！

砍山郎嘛，胆子壮，

砍下树子嘛漂大江。

哎嗨哟嗬嗨嗨嗨，

漂呀嘛漂大江！

……

砍好了原木，下一步就是把每20根原木扎成一个排，然后把木排推进雅砻江去放，最后完成卖原木的定额。发源于巴颜喀拉山系的雅砻江，滩多水急，波涛汹涌，在横断山脉的峡谷中蜿蜒奔腾，一泻千里。曲比山寨扎成的原木排总共有20多个，在头人的号令之下，同时撑离岸边，浩浩荡荡地沿江漂流而下。韩雪她们四个女知青就像革命现代芭蕾舞剧中的白毛女一样，打着光脚板，手握竹篙，穿着半条破裤子，还不忘在披散头发的脑袋上戴个野草编的花冠，站立在木排上，任木排随波逐流。

扑面而来的江风吹拂着她们的长发和衣衫，但见江流激荡，两岸景物如飞，自我感觉非常威风，就情不自禁地唱起《白毛女》中《喜儿在深山》的歌。剧中的喜儿，当然是被恶霸地主黄世仁逼进深山的，而他们九个知青则是响应伟大领袖毛主席的号召来到大凉山插队落户的。她们因此还隐隐觉得此情此景唱这支歌有点反动。韩雪的歌喉最嘹亮，也最动听。她双手抓住一根长长的篙竿，挺立在木排上放声，那模样就像那位古代女将军花木兰一样英姿飒爽。江风吹开韩雪拖布条般的半截短裤，让她白白的大腿时隐时现。同排的一名彝族汉子，老是盯着韩雪的大腿看。冷不防江风把他头上的毡帽吹进水里，他忙窜到排边弯腰去捞，恰遇木排在大浪中猛一颠簸，他身子一歪，失脚跌进江里，顷刻之间就被波浪冲远了。木排上的人全都紧张地叫喊起来。韩雪想也没想，扑通跳进江水救人，没想到反而被他死死抱住不放，二人一起沉向水底。她在慌乱中接连吞了几口水，就憋着一口气，下意识地猛踢了他几脚，趁着他负痛松手时，她冲出水面，游回到木排边。她喘了口气，又转念一想：他真要淹死了，婆娘娃儿一大家人可就造孽了。于是又游了过去，抓着他的天菩萨（头发），把他拖回排边，甩到排上。他吐出许多水后，活了过来。回到山寨以后，他还给知青点逮去一只大公鸡表示感谢。当然这是后话了。

经过几天几夜的漂流，木排终于漂到县城边上，然后，他们在江边搭起窝棚，燃起篝火煮饭吃，等待国营土产公司来收购原木。

# 八

曲比寨子这地方，早晚温差较大，但一年四季气候温和，哪怕是冬天，也有干不完的农活，加上全国又在推行农业学大寨，山寨里的九个知青一直忙到来年的元月中旬，才获准回家过年。快一年没回家了，知青们都激动地准备起回家过年的年货来，最好的年货当然就是当地的土特产。他们早就将知青点的家禽家畜处理了，该卖的卖，该杀的杀，该寄养的寄养了。韩雪向彝族老乡买了天麻、山核桃、山蘑菇这三样当地的山货，装在一个麻布口袋里背在背上。张星魁因为要背着自己的手风琴赶路，就只买了一小袋山货。知青们告别了为他们留守知青点的寨主的大儿子马赫和狼狗立耳子，告别了邻居们，匆匆上路了。他们一行九人，在路上步行了三天才赶到西昌，然后又连夜排队，在次日早上七点，才买到了去成都的长途汽车客运票。之后，又乘车在路上颠簸了两天，才回到成都。

在山寨里的日子过得很充实，成天忙忙碌碌，常常累得筋疲力尽，韩雪很少去想成都的那些事。如今坐在长途汽车上，忽然空闲下来，况且离成都又愈来愈近，往事就像潮水一样一浪一浪地向他袭来。父亲、母亲、姥姥、弟弟，还有郭哥……全都走马灯似的在她的脑海里打转。

前不久，爸爸写信告诉过她，他已经出了牛棚、搬回家去住了，已经没有人敢再骚扰他了，估计很快就要获得解放了。韩雪一回到家，让爸爸和弟弟欣喜若狂。见爸爸明显衰老清瘦了，但弟弟长高、懂事了，嗓音也变粗了，心里就难免忧喜参半。她把带回来的装山货的口袋打开，分了一半出来装进另一只小口袋里，说，这是送给郭哥的，我晚上给他送过去。爸爸和弟弟直是点头，都夸她想的很周到。爸爸告诉她，郭兴凯来看望过他，他前一段时间一直在C国考察，听说要为那边援建一个综合性的电子管厂，过完春节马上又要走。因为有人举报他未婚，没有资格去援外，他最近正忙着结婚的事。

一说到郭兴凯结婚，她就脸蛋绯红，走神了片刻，才说，哦！他的对象是谁？

女儿的神情自然没能逃过父亲洞察一切的眼睛，女儿渐渐成人了，她对郭兴凯的特殊感情他早就察觉了。但她还太嫩，且不谈政审的问题，他俩其实并非同一辈人，她跟郭兴凯并不合适。就说，是他老同学的妹妹，名叫甘丽丽，她为了追他，还自作主张，专门从北京工业学院调到了我们这边工作……

父亲后来还说了些什么，她都没有听到。一时间，她的心里就像打翻了五味瓶，可那种乱糟糟的复杂心情又无法跟别人诉说。她定了定神，竭力露出自然的微笑，对父亲和弟弟说，我有点儿累了，想去躺一会儿。说罢，就进了里屋。

韩刚在她的背后喊道，姐姐，你辛苦了，好好躺一会儿！我现在做菜的手艺大长，晚饭我做好吃的川菜，给你接风！

其实，韩震的一席话是故意说给她听的，也深知她听后会受到刺激，但为了能让女儿有个心理准备，他可顾不得许多了。

但是，韩雪这回却没有大哭。经过将近一年在山寨的磨炼，她发现自己懂事多了，也坚强多了。最初的冲击一过，她很快擦干泪水冷静下来，梳理了自己的思绪。她心里明白，她跟郭哥别说过政审这一关，就是爸爸也决不会同意。况且她从来都没有给他表白过，他又已经跟甘丽丽生米煮成了熟饭，而她又很值得他爱，既然是不可能有结果的，那么，巴望郭哥幸福就成了她唯一的心愿。这么一想，心情豁然开朗。就想着该送什么礼物来恭贺郭哥的新婚大喜。这礼物，应当最能表达他的心意，最具有纪念意义才行。突然，她想到了东北老家结婚时贴喜花儿的风俗，随之，姥姥小时候教他剪喜花儿的情景在脑海里闪回起来。

天都机器厂的人结婚，有一个成都人绝对没有的风俗——贴喜花儿。所谓喜花儿，就是表达对婚姻的吉祥喜庆祝福心意的剪纸，全套36件。而绝技的传承人就是她的姥姥，一个叶赫娜拉氏的满族后裔。50年代的某次婚礼，老太太把剪的喜花儿作为贺礼赠给厂里的某一对新人，新人的新房因此蓬荜生辉，从此，新房贴喜花儿成为天都机器厂的一种时髦，邻居有孩子结婚，必找老太太剪喜花儿。

老人家剪喜花儿时，先取下簪子在红纸上划个图案的印子，然后往炕上盘腿一坐，边用剪刀剪纸，边下意识地哼着东北小曲儿，那模样十分好看。她想起了小时候：姥姥强迫她学剪纸，剪得不好，就用她抽旱烟的烟锅啵地敲她的头一下，说："你这么丑，不学点手艺嫁不脱。"她就认真跟她学，从小练就了童子功，剪出的东西还在学校的美展得过奖。要是姥姥还在的话，那该多好呀！为了让郭哥的婚礼与众不同，令人羡慕，她决心重新拿起姥姥留下的剪子，剪喜花儿。她把自己关在屋里整整五天，凭着儿时的记忆，硬着头皮，好不容易才完成了全套。跟姥姥剪的相比，她剪的喜花儿线条还略显生涩，个别地方的线条还断了气。她把36件喜花儿一一摆在她寝室的地上，请爸爸和韩刚进来看。

爸爸喜滋滋地望着她，暗中为女儿有这么良好的心态高兴，就说，不错不错，三年没摸了，你还能剪成这样！继续努力！

韩刚夸张地直竖大拇指，连说，哇！姐姐，你太牛了，都快赶上姥姥的手艺了！

韩震戴上老花镜，俯身一张一张地看过去，最后，将"龙凤呈祥"、"鸳鸯戏水"等几张涉嫌"封资修"内容的喜花儿拎在一边。

韩刚叫道，爸，你干什么，这几张不是挺好的吗？

是挺好，但暂时还不合时宜，有人的眼睛一直盯着咱们韩家呢，咱们可不能授人以柄！

韩雪没吱声，一转身把那几张不合时宜的喜花儿抓在手里，使劲揉成一团。

郭兴凯原本就是793厂的中层干部，现在，又被部里任命为援外专家组的副组长，他现在要结婚了，来自军区的驻厂军代表就特意给他调了房子，给了他一套一套二的苏式单元房。郭兴凯想把它粉饰一新，就跟玻璃车间的几个老部下打了个招呼，他跟他们只用五个晚上的时间就完全搞定了。先粉刷墙壁，然后把地板擦干净，刷上了猪肝色的油漆。再用勾兑的米色油漆把天花板刷了两遍。又在客厅里安了一只大灯泡。

一个月以后的这天晚上，郭兴凯把甘丽丽接过来看新房。当他把电源开关咔嗒一声打开，整个房间倏地被照得透亮，雪白的墙，米黄色的天花板，粉绿的窗框，猪肝色的地板，一齐焕发出迷人的光彩。哇！她惊喜万分，不由自主地叫道，太漂亮了！说罢，就扭身含情脉脉地望着他，朝他的怀里一扑，搂过他的脖子就吻了起来。

　　笃笃的敲门声打断了二人的缠绵。郭兴凯走过去把房门一拉，门里门外都同时欢呼起来，原来是韩震带着女儿和儿子上门贺喜来了。

　　不等郭兴凯介绍，走在后面的韩雪探头就问，哎，你就是甘丽丽姐姐吗？

　　甘丽丽就兴奋地回应，是！你是韩雪？

　　甘姐！韩雪亲热地发一声喊，两步走上前来，抓住甘丽丽的双手直摇，说，我一猜你就是！

　　两个风韵迥异的美女站在房子中间，叽叽喳喳地寒暄起来。

　　甘丽丽激动地说，韩雪妹妹，原来以为我们结婚你赶不回来了，我心里正遗憾呢！你不知道，这三个月来，兴凯老是在我的耳边念叨你们韩家，老是念叨着韩叔叔是他的救命恩人！说罢，她神色激动地转身面对韩震说，韩叔叔，今天终于见到您了！谢谢您当年救了我们兴凯一条小命！

　　不值一提，不值一提！韩震对小郭的这个爱人比较满意，感觉他俩真是天生的一对，就语重心长地说，小甘哪，小郭是个难得的好人，那年为了我，差点被坏人打死，我被关进牛棚，他一直都坚持接济我的两个孩子……说着说着，他的眼眶开始潮湿了。

　　爸，说点儿高兴的嘛！一旁的韩刚不依了，然后转身对我说，郭哥，你绝对猜不到，我姐会给你送啥结婚礼物？

　　猜不到，猜不到！郭兴凯和甘丽丽喜滋滋地说着，好奇地把眼睛瞟向韩雪。只见她蹲下身来，将放在地上的纸盒打开，露出了一叠红艳艳的纸花。

　　这是祝福新人结合贴的喜花儿，韩雪指着纸盒介绍说，这手艺当年是我姥姥传下来的，我这几天根据回忆学着剪的，不知道你们喜不喜欢？

　　喜欢喜欢！郭兴凯和甘丽丽乐得合不拢嘴，忙接过喜花传看。

　　哇！太美了！妹妹，你太了不起了！甘丽丽赞不绝口。

韩雪！这个礼物太珍贵了，谢谢你！丽丽，请韩雪马上帮我们把它贴起来！好吗？

众人齐声叫好。

韩刚把韩雪带回来的那一小袋山货拎起来，上前塞到郭兴凯的手上，说，这是我姐，从大凉山给你带来的山货，接着！有山核桃，有山蘑菇，还有天麻！

郭兴凯转眼望着韩雪，动情地说，韩雪，千里迢迢，交通又不方便，真的难为你了！

韩雪故意轻描淡写地对甘丽丽说，甘姐，瞧郭哥说的，哪儿有什么为难？接着，把话锋一转，说，郭哥，我把胶水都带来了，咱们先把喜花贴上，好吧？

30来张民间色彩浓郁的喜花儿，分别被贴在门上、窗户玻璃和墙壁上，在强光的照耀下，红艳欲滴，把这套新房装点得生机勃勃喜气洋洋。喜花儿贴好以后，几个人又在几间房子里一一巡视了一番，都乐得合不拢嘴。甘丽丽不胜感慨。她在心里对自己说，做梦都没有想到，我从北京调到成都，会有这么理想的爱人，理想的新房，理想的韩叔叔一家跟我们做伴，我真的太幸福了！

# 九

甘丽丽是个聪明的女人，从不过问郭兴凯从前的那些事儿。但郭兴凯认为，两人既然结成夫妻，就要对对方忠诚坦白，对自己从前的感情生活要毫无保留地告诉对方。

她有几次都故意岔开了他吐露心曲的冲动，她搂着他的脖子，眼对眼，撒着娇说，不听不听，人家不想听嘛！我对你过去的那些事儿毫无兴趣，我只关心你的现在和将来！

他观察着她的反应，试探着说，我想请柳春枝参加我们的婚礼，你看行不？

她笑了笑说，亲爱的，我刚到成都，也没什么朋友，你想请谁，我都没意见。

他俩的婚礼定在2月4日，那天是农历的腊月二十八。这是纪中和悄悄找到张洪炳，帮他选的大吉大利的好日子。张洪炳在"文革"前一直喜欢研究风水，如今当然只能偃旗息鼓了。他眉飞色舞地对纪中和解释说，2月4号那天立春，是一元复始万象更新的首日，又是农历十二月二十八，第二天就是除夕合家团圆的日子。这样大吉大利、大福大贵的好口子，也只有郭兴凯这样的好人才能碰到！这个时候的人们结婚，选的都是诸如三八、五一、十一这样的政治性的节日。而郭兴凯结婚的日子很匆忙，又恰恰只能安排在旧历年的岁末，找不到什么节日。临近春节，人们忙着办年货，忙着抽空打扫卫生洗洗刷刷，一个个都行色匆匆。纪中和想，把兴凯的婚期放在除夕的前一天，确实是最好的选择了。

革命年代的婚礼崇尚简朴，当局又一直在鼓吹破旧立新，没有人会大操大办。一般送贺礼的，也就2元、3元，送5元就是大礼了；只有好朋友，才会为对方买暖瓶、搪瓷盆、花瓶、果盘、痰盂之类的器皿。答谢来宾，也就是请吃喜糖，抽喜烟。只有至爱亲朋，才会聚在一起吃一顿喜宴。成都的物资供应紧张，诸般日用品都凭号票供应。卞文渊写信回家，专门叫家里从上海寄了50斤糖果过来，其中最多的就是在成都人口中最有口碑的上海大白兔奶糖。一般赶礼的来宾，郭兴凯用喜糖喜烟就招待了。他只在建设路上的一家馆子包了两桌，款待一下至爱亲朋。

郭兴凯始终忘不了柳春枝，他专门委托铁哥们儿纪中和给她带口信，请她一定来参加他的婚礼。纪中和回复说，口信他是带到了，但她究竟来不来，他就不好说了。

柳春枝接到郭兴凯的口信后，心里也是五味杂陈，这个花好月圆的幸福日子，本来应该是她和他去享受的呀！但是天下并没有卖后悔药的，她种下的苦果，只能由她自己来默默承受。郭哥的年龄真的不小了，怕有35岁了吧？他真的该成家结婚了。纪中和来给她带口信的时候，她打听过甘丽丽的情况。郭哥能找到这样一位优秀痴情的姑娘，她心里感觉很是欣慰，有一种如释重负的感觉。郭哥的婚礼，她真的好想去，在众目睽睽之下，大大方方地走到他的面前，向他和甘丽丽表达自己真诚的祝福。之后，瞅个空子，背着女方，再向他道个歉，消除他心中的积怨，让他能轻轻松松地度过往后的日子。但是，思前想后，她觉得自己还是不去为好，因为她至今仍然深深地爱着他。她对自己完全没有把握，在那种氛围下，她很难不触景生情，也很难控制自己的情绪，她如果当众失态，后果可就不堪设想了！

唉！她自己也不小了，眼看就快满24岁了。郭哥的个人问题圆满解决了，她也该考虑嫁人了。但是，她又怕嫁人，她深知中国的男人很在乎那个东西，她怕在新婚之夜过不了男人的那一关。

## 十

正月初六，春节还没过完呢，郭兴凯、卞文渊他们一帮支援C国的专家就出发进京了。在部里集中学习了几天之后，就从北京出境，直接飞到了C国的首都，他们的援建工程之旅，由此正式开启。

这个时候，时兴过革命化的春节，单位上普遍只放4天假，正月初四就得上班。有的农村人民公社的领导"左"得可爱，只放除夕和初一，初二就开始把农民赶下地，搞学习大寨的改土造田。九个知青都是夹着尾巴做人的黑五类子女，不敢像别的知青那样放肆，那些人甚至在农村里打架斗殴，偷鸡摸狗，游手好闲不出工。正月十五一过，九个人又碰了头相约返回。张星魁自告奋勇负责为大家买车票，他提前两天跑到南门汽车站，买到了既定日期的返程车票。在返回城市一个多月后，九名知青又回到了曲比山寨。

这天该韩雪上山打柴，她拿着绳子和砍刀刚一走出知青点的院墙门，那头小牯牛就尾随而来。农忙刚过，水稻田里的秧子也刚薅过，一年中最闲暇的季节到了。

小牯牛一岁多了。去年春天，九个知青刚到山寨不久，牛妈妈在河滩上生它的那一天，恰巧韩雪他们从旁边路过，亲眼目睹了它被生下来的全过程。也在一旁围观的几个乡亲说，小牛儿刚生下来不要去抱它，不然它就会把你当作妈妈，跟着你走的。知青们对这话将信将疑。小牛犊刚生下来，浑身黏液，乌溜溜的大眼睛惶恐地张望着四周，小模样怪可怜的。韩雪就赶快跑回知青点找来一块破布，把小牛犊浑身上下擦得干干净净，还把她抱在怀里，想让它暖和一点儿。当知青们往自己的家走的时候，奇迹发生了，小牛犊果然屁颠屁颠地跟在他们的身后，走进了他们的院墙门，并且从此就在他们楼下的牲口圈里找了一个角落安家落户。每天，它只是在肚子饿找牛妈妈吃奶的时候离开一会儿，吃完奶又会回到知青的院坝里，而看门狗立耳子也特别认可它，任随它来去自由，高兴时还要跟它疯玩。日则寨主说，这条牛你们知青负责管它。

立耳子凭着它的绝对忠诚和它无可比拟的能耐，成了这个知青院坝动物们的大总管。因为政府对知青养猪不收税，他们就饲养了4头肥猪。此外，还养了一只猫，七八只兔子，十几只公鸡和母鸡，十来只鸭，现在又来了一位新成员小牛犊，还有总管立耳子自己，全都住在土掌房底层的牲口圈里，并且各有各的领地，互不侵犯。比方，肥猪们就自觉地住在靠近茅坑的角落，立耳子就当仁不让地把自己的铺位设了门口，小牛犊不揣冒昧，就在立耳子的旁边设了铺位。傍晚，动物们就会乖乖地回到圈里，各就各位，准备栖息。如果有哪一只在院坝里贪玩迟迟不归，立耳子就会汪汪地发出警告，被警告者不敢怠慢，赶紧灰溜溜地回窝。

这地方几乎与世隔绝，除了干农活，就没有什么娱乐。有一天闲得无聊时，张星魁提议，干脆给院里的动物们取名字玩儿。全体知青一致叫好，按照各人的喜好分别为它们取了名字。然后进行悬赏训练。知青们拿着猪、鸡、兔喜欢吃的食物，边叫着名字，边以声音诱导，以食物逗引。结果，只有鸡们认可人类的玩法，显得特别通人性，被知青们训练了三四回，居然就习惯了自己的名字了。以至于形成了条件反射，每一只鸡只要一听见叫自己的名字，先是抬头张望，主人再叫，它就会咕咕咕地匆匆赶到人面前，等你奖赏它。而猪、兔则对人类赐予的名字抱着无所谓的态度，只要主人拿着它们喜欢的食物，无论叫谁，全都是一哄而上，毫不谦让。

寨主按照上级的安排，叫人给知青们新修了高达4层的土掌房，这样，每个知青都能住上一个单间了，每个人从此有了独立的活动空间，大家心里都挺高兴。搬家的这一天到了！知青们把每个人用的、吃的东西，都搬到了一里地外的新房子，然后再返回来迁移饲养的家禽家畜的时候，始料未及的情况发生了：无论是猪、狗、牛、猫、兔，还是鸭和鸡，忽然通都不听指挥了，无论他们怎么叫骂、吆喝、驱赶，它们就是不肯走出院墙门。邻居跑来点拨他们说，赶快把灶台打了，灶台一捣毁，它们就会跟着人走的！

知青们将信将疑，就拿着锄头上了二楼，乒乒乓乓一阵乱挖乱捣，灶台顷刻间化成了一堆石块和泥土。这个时候，所有的家禽家畜都围在楼底下的院坝里伸长脖子观望着。韩雪站在堂屋前的走廊上，冲着下面的禽畜喊道，搬家啦！搬家啦！她匆匆跑下楼，伸手拍了拍小牯牛的屁股，边说，走啦，走啦！说罢，她示范性地带头朝着院墙门口迈去。其余的人都在楼上静静地观望着。

岂料，奇迹还真的发生了。由小牯牛带头，后面跟着鸡、鸭、兔、猫、猪，再由狼狗立耳子殿后，拉开一段距离，才是另外八名知青，依次从院墙门鱼贯而出。这几十口子的人畜禽混编的队伍，排成一溜并不整齐的长队，在寨子里的大路上摇头摆尾地招摇过市，仿佛要赶着去上诺亚方舟一般。这支奇特的队伍，所到之处，遇到的都是啧啧称奇的围观的乡亲们，以及为它们助威的沿途的狗吠声。

这小牯牛似乎跟韩雪特别投缘。她给它取名叫"邦邦"。邦邦是英梧强壮的公牛的意思。知青们和山寨里的人，也都邦邦，邦邦地叫得欢。邦邦受到她和知青们特别的宠爱，每天下工以后，他们都要把它赶到河边去洗澡。如果哪天知青们太忙忘了给它洗澡，它就会走到韩雪面前冲着她直叫，之后以带头朝河边走来提醒她。韩雪发现，小牯牛其实是有感情的，高兴的时候，它眼神温柔，发出轻轻的"嗯呃"声，朝她撒娇；不满的时候，它就会瞪着眼睛，发出短促的哼、哼声。日则寨主曾经提醒过他们，说，你们惯它嘛，它变了牛，就要抄田，别以为可以把它当宠物养！

邦邦一天一天地长大，长出了黑灰色的弯弯的头角，肚子变得愈来愈大，知青点牲口圈的那扇门它再也挤不进去了，就只能伸个脑袋进去过过瘾。有一天早上快出工的时候，张星魁忽然在楼下喊：嗨！快去看哪！他们要给邦邦穿鼻子啦！知青们闻声纷纷冲下楼来，都想去看个究竟。等他们赶到现场的时候，发现邦邦的四条腿已经被绑在四根木桩上了，有两个壮汉分立在它的脑袋左右，擒着它的耳朵和嫩角。一贯受宠的邦邦何曾见识过这个阵势，预感到大祸临头，眼神惊惧，浑身战栗。只见日则寨主在手里垫了厚厚的湿巾，将旁边火堆里烧得通红的一根铁签子一把抓起，瞄准小牯牛鼻孔中间的鼻中隔，嗤的一声直刺过去。在韩雪等女知青发出尖叫的一刹那间，一股青烟和肉香同时冒出，小牯牛痛得号叫不已，四肢在徒劳地拼命挣扎着。一眨眼的工夫，小牯牛穿鼻的仪式完成，预示着不久它将下田拉犁，将完成牛的使命了。

此情此景，不由得让韩雪产生了联想，小牛犊再怎么可爱，作为牛类，它也只能听天由命；而作为人类，他们九个人跟小牛犊相比，也好不到哪里去，他们虽然各有各的人生梦想，如今也不得不听天由命，屈居山寨。随即，她又想到了自己的身世——母亲的惨死，父亲的受迫害，姥姥的避难，她思念郭哥的苦涩，弟弟的孤苦伶仃，这么一想，泪水就模糊了双眼。知青们见她哭泣，只以为她心软，见不得邦邦受苦，就劝她想开一点。她心里的痛苦无以发泄，此时索性痛痛快快地哭出了声。日则寨主瞟了他一眼，恼火地说，哭啥子哭？它又不得死。不穿鼻子，它又咋个抄田嘛？只有张星魁没有劝她，只是若有所思地默默地望着她。

吃午饭时，邦邦用嘴巴拱开大门，想踏进了知青的院坝，结果肚子卡在门框上。立耳子跑过来，首先以欢快的汪汪声表示欢迎。此时的院子里十分热闹，三头猪躺在墙边上晒太阳，几只兔子在香杉树下的草地上跑来跑去，二十几只鸡、鸭在啄食撒在地上的玉米粒，那只黑猫在楼上围着正吃午饭的主人们打转。一听见立耳子的叫声，知青们就知道是邦邦来了，因为它这叫声是专门用来欢迎邦邦的。韩雪端着一碗饭，边往嘴里扒着饭，边下了楼，她要去关上院门，省得鸡们趁机跑出去乱逛。此时，那只一身黑羽名叫"鬼头子"的大公鸡见立耳子正跟邦邦亲热，就悄悄靠近院门，刚想跨过门槛，汪——一声尖利的狗叫发出警告，它吓得一抖，赶紧转身归队。韩雪见了，会意地一笑。邦邦等她走过来，忽然伸出长长的舌头，将她左手端的饭碗呼地一卷，大半碗饭顷刻间已到了它的大嘴里。她气得挥手想打它，一见它可怜巴巴的眼神，就住了手。她一眼望见了它鼻中隔上乌黑的血痂，心想它今天刚刚受过刑，让它吃点好东西补一补也是应当的。

小牯牛刚满一岁，就要下田干活了。它的鼻子上戴了个算盘珠子似的称为"牛鼻护儿"的木质鼻环，一根食指粗的篾绳连着鼻环，从鼻中隔穿过。这根篾绳就相当于孙悟空头上的紧箍，这样一来，人类役使它就方便了。但邦邦却不肯向命运屈服。那天，日则寨主把枷担套在它的牛脖子上，教它犁田。无论牛鞭子怎么抽它，它都不就范，站在水田里又跳又蹿。没想到这条小牯牛这么不听使唤，日则寨主急了，就铁青着脸对学使牛的三个女知青说，看你们把这头牛惯的，给你们说，它今天要是学不会干活，就扣你们三个一天的工分！寨主要实行连坐法的这句话还真管用，包括韩雪在内，三个女知青都分别拿牛鞭子去抽它，希望邦邦能听话。可是无济于事，每个人都被它溅了满身的泥水。韩雪就建议，能否找牛妈妈来教教它。等寨主一点头，她就赶紧跑去牵了母牛过来。

牛妈妈一过来，邦邦就老实了。不知牛妈妈怎么就会明白是要叫它做示范，它静静地站在水田里，任由人给它套枷担、连篾绳。然后，在寨主的吆喝声里，拉动犁头，一步一回头，望着儿子。犁了一会儿田，寨主让牛妈妈上田坎来歇气，并且加餐。牛妈享受着瓷盆里装的煮四季豆，还不忘回头望着儿子，发出哞的一声长啸，分明是告诉它：你要是干活，同样会有可口的美食吃。接着，韩雪她们三个女知青相帮着把邦邦枷了，由韩雪扶犁，驱使它跟在牛妈妈的后面学着犁田。在水田里走了两趟，它就学会犁田了。谁知到了太阳落山该收工的时候，寨主和牛妈妈都上了田坎，邦邦却偏偏逞能，它还要继续犁，根本不听招呼。韩雪她们强行把枷担给它取下来，扔到地上，故意不理它，扬长而去。它也只好慢慢跟了上来。但从小每天习惯了知青们给它洗澡，它却不回牛棚，径直跑向了河滩，等到韩雪他们赶上去为它洗去一身的泥水，它才离去。从春天到初夏，邦邦一直忙着犁田耙田，几乎就没有歇过一天。

邦邦喜欢跟着知青们到山上的树林子里去玩儿。他们有时会站在它的背上，伸手去掏树上鸟巢里的鸟蛋，去采摘高处的野果子；或者让它独自在林子里玩，他们去草丛里采蘑菇、松茸。这天，韩雪忙着在林子里打柴，任随邦邦在林子里溜达闲逛。如今的邦邦，乌黑的牛角又宽又大，一双牛眼炯炯有神，走起路来威风凛凛，它明白自己的实力，等到明年它两岁的时候，它就会成为寨子里所有水牛的首领。韩雪打好了柴，想叫邦邦驮回寨子里去，就放声招呼它，叫它快回来。可它还没玩够呢，根本就不理会她的呼唤。她有点急了，就在山林里边呼唤着"邦邦！邦邦！"边去寻它。她找到它的时候，就骂了它几句，它瞪着双眼，回敬了它两声"哼！哼！"

等到韩雪爬到牛背上骑着它往打柴的地方走时，邦邦突然放开四蹄撒起野来，在山道上疯狂地奔跑。她只觉得耳边风声呼呼，屁股下面的牛背仿佛是风口浪尖上颠簸的小船，光溜溜的牛肚子无处可抓，她随时有摔下山去的危险，情急之下，她只好要用双脚死死蹬着牛角。但是，半山腰有一个水深数米的大水库，驮着韩雪的邦邦，毫无停脚的意思，朝着水库奔腾而去。转瞬之间，水库已经在她面前了。韩雪绝望地想，这畜生要害死我了！说时迟，那时快，邦邦径直冲进水中，在激荡的水浪发出轰隆一声的同时，韩雪惊声尖叫，惊惶失措地闭上了双眼。岂料邦邦却浮在水面上，从容不迫地游了起来。韩雪这才知道，哦，看起来笨重无比的水牛，原来这么会游泳呀！邦邦意犹未尽，一直把她驮到水库中央，然后一动不动地漂浮在水面上。水牛驮着韩雪冲进水库的事，早已惊动了周围的人，他们纷纷惊慌地赶过来，站在湖边大呼小叫：不要乱动！抓紧牛角！结果，当然是有惊无险。浑身湿淋淋的她，女性曲线毕现，自我感觉就像水中一块黑色大石头上的雕塑，任凭岸上的人围观评说。等到邦邦在水里泡够了，它也就悠闲地游回了岸边，她才如释重负，爬上了岸。

## 十一

平心而论，在九个知青里面，韩雪如今是过得最舒坦的人了。她干活最肯卖力气，往山上的梯田里背粪水，下田干活，进深山伐木，她都毫不含糊，她还能像寨子里的男人那样驾着两条牯牛耕田；更了不起的是，她还是一名神医，乡亲们身上的小病小痛，让她手里的那根闪闪发光的小银针一扎一捻，都能手到病除。这样的奇才，日则寨主自然格外器重。他把她从农业队里抽出来，调到马帮队去，并委任她当了队长。

这个寨子很大，有一千多号人，牵涉到每个人吃穿用的好些物资，都要靠马帮队驮回来。山里的各种特产，包括天麻、党参、苦荞、野蘑菇、核桃、梨子、苹果、土豆等等，还有出产的稻谷，除了寨子里的人自己消费之外，都需要运出山外，或者卖给县上的土产公司，或者交公粮。寨子里需要的种子、化肥、农药，也需要从山外运进来。这个马帮队，对于全山寨乡亲们的生活、生产的重要意义不言而喻，寨主能够选择韩雪这个外来的知青姑娘当这个马帮队队长，也算是别具慧眼了。

马帮队经常跑的地方还是盐源县城，往返一趟需要三天的时间：一般都是头一天早上启程，赶70里的山路，傍晚赶到县城边上，然后搭窝棚，造饭，过夜，第二天把有关销售和进货的事情办妥，第三天早晨再出发往回赶。明摆着，这马帮队比起干农活儿来，要轻松多了。如此一来，韩雪就无可避免地遭到了其余知青的暗中嫉妒。

对于一直生活在省城成都的人们来说，大凉山无异于化外之地，蛮荒、偏远、贫瘠，而且神秘。在他们的心目当中，这些远在大凉山彝族山寨插队落户的孩子们，无异于生活在水深火热之中。当年上山下乡是政策一刀切，但是社会肌体的生存在本质上需要不间断地进行新陈代谢，三百六十行都需要有人接班啊！于是，他们想尽一切办法，动员一切可以动员的社会关系，寻找一切借口，要把自己的孩子弄回成都去。往往都是家长们替孩子找到了工作单位，当然，这些工作单位有好有孬，甚至还有街道所属的集体小企业。家长们拿着这些单位的招工表，直接赶到自己孩子插队落户的地方，找当地的干部填上同意推荐的意见，并盖上公章。当然，在做这些事的时候是要请客送礼的。甚至有的女知青为了回城，还不惜以自己的肉体贿赂对方。

从韩雪他们下乡之后的第二年的年底开始，曲比寨的知青点就陆续有人返城了。返城这件事情，对于留守知青来说，是有传染性的，他们不断写信回去，诉苦、哀求，到了第三个年头的春天，整个知青点就只剩下韩雪和张星魁两个人了。韩雪的父亲一直没有解放，她的双重狗崽子的身份没有一丝改变，她写信回去，只有对父亲的问候和安慰，从来不谈返城的问题。张星魁的父亲张洪炳，好不容易给儿子弄来了一个返城工作的指标。因为在他工作的搬运公司一时没有请到假，他没能同步赶到盐源，招工指标下到草巫乡，却被人调了包。

张星魁走不成了，接到父亲来信的当天晚上，他绝望极了，把自己灌得酩酊大醉，说了很多酒话。在知青点的堂屋里，他正和韩雪一起吃晚饭，喝着喝着，他就从桌子上梭到了板凳底下打起了呼噜。他本是不会喝酒的人，还没等韩雪把碗洗完，酒力突然发作，吐得一塌糊涂，弄的满屋子臭气熏天。吐过之后，他又翻了一个身，在知青点堂屋里的地板上鼾声如雷地睡死过去。韩雪叹了口气，换了两盆清水，才把他衣服上的秽物擦干净，再把堂屋打扫干净。直到第二天中午他才醒过来，嗅到了自己胸前的酒气和残留的臭气，这才想到自己昨晚醉酒的事情，赶紧起床寻韩雪道歉，谁知韩雪一早就带着马帮队出发了。

从此，张星魁一有空就拉起他的手风琴，全都是些忧郁的令人伤感的曲子，让人听了直想哭。韩雪把自己关在房间里，听着堂屋对门从张星魁敞开的房间里传出的令人柔肠寸断的琴声，躺在床上默默地流泪。她的心灵其实非常孤独，非常寂寞，有时候也非常空虚。她有许多心里话无处宣泄，但是她宁愿将它写进日记本里，也尽量避免跟张星魁沟通，乃至养成了记日记的习惯。因为她一直没忘父亲当年的嘱咐：在乡下，你绝对不能谈恋爱。如果你在乡下结了婚，你就永远都回不来了！

岂料两个月过后，张洪炳突然带着一张招工表，出现在曲比寨的知青点，这可把张星魁乐坏了。原来，张洪炳有个老朋友在一家街道工厂当厂长，厂里需要招40名学徒工，而本厂职工在农村当知青的子女只有39名，恰好空出一个当铁匠的招工名额。反正招工招谁都是招，老朋友就把这个好事落到了张洪炳的头上。张洪炳找到了儿子，乐不可支地将这个好消息当面告诉了他。谁知儿子不仅不高兴，而且还不乐意。

张星魁说，老爸，你懂不懂？我这双手，是音乐家的手，是弹键盘乐器的手，你现在叫我回成都去当个打铁匠，你不是活活把我的后半生毁了吗？

自己费了不少心血才弄来的招工名额，儿子居然不买账，这让张洪炳心里很不爽，就气鼓鼓地说，你娃娃……有肉，还要嫌毛？

反正，我不回去！我宁愿在这里当农民！张星魁故意赌气说。

热血直冲张洪炳的脑顶，心里一急，反而张口结舌起来，你，你娃娃不知好歹！你，你拉……拉手风琴，能当饭吃吗？你气……气死老子了！

在自己屋子里补衣服的韩雪，听见对门儿父子俩的争吵，感觉张星魁太混账，就几步穿过堂屋，站在他房间的门口，大喝一声，张星魁，你给我听着！

父子俩都被她的吼声吓了一跳，不觉抬起头，诧异地盯着她。

你可别太过分了，你爸千里迢迢跑到大凉山来救你，他容易吗？你要是实在不喜欢当打铁匠，想留在这里娶个阿咪子的话，我来成全你，把这张表给我填，我回去当铁匠！

张星魁刚才是说气话，却也隐含着想陪伴韩雪留在乡下的意思，现在见对方急于想走，连铁匠也不嫌弃，心里不免暗暗叫苦。张洪炳刚认识韩雪不久，还摸不清楚她的路数，以为她真的要拿表格去填，心里有点恐慌，忙赔着笑脸说，姑娘，当铁匠苦啊，那是男人干的活儿，你女儿家恐怕……

哼哼，韩雪冷笑一声，说，张星魁，既然舍不得放弃，你就别惹你老爸生气了，还是乖乖地把表填了吧！说罢，一转身回到自己的房间，"砰"的一声关上了门。

张洪炳心想，这漂亮姑娘还真是快人快语，就问儿子，她条件这么好，怎么还没有调回成都？

张星魁压低嗓音说，他爸叫韩震，原先是舅舅厂里的厂长……

张洪炳一惊，说，你说的是东郊的天都机器厂？那可是省军级的单位，警卫部队就有一个连呢！怎么，他爸还没解放？

唉！张星魁叹息着把头一点。

儿呀，别看失势的凤凰不如鸡，人家以前可是真正的千金小姐！张洪炳边感叹着，边把脑袋凑近儿子，神秘兮兮地说，我看你们这个知青点的风水就挺好，不信你看，她和你，往后都要大发！

# 十二

张星魁回成都当铁匠去了，曲比寨子的知青点就只剩下韩雪一个人。

偌大一个知青院落，一个超级大的碉楼，十多间房子，如今人去楼空，就只剩下韩雪一个人形影相吊。除了忠实的狼狗立耳子和那只老猫以外，她只养了几只鸡。夜晚，山风吹来，碉楼发出呜呜呜的啸叫，山寨没有通电，美孚灯的火苗受风的影响，也摇晃不定，令不怕鬼的韩雪也不寒而栗。立耳子再不用住底层的牲口圈了，它现在的窝就在堂屋里。每到晚上，它先在楼上的走廊里走来走去地巡逻，之后，乖乖地趴在堂屋里，护卫着主人的安全，但它绝不跨入主人的卧室一步。

马帮队一走就是三天，韩雪给它留下足够的食物和水，任其在知青院落里自由来往。有一次，寨主的大儿子马赫给韩雪送了一小口袋党参过来，韩雪当然不好意思接受，二人就在院坝里相互推辞。这情景让走在她身后的立耳子误会了，它以为他要侵害它的主人，就嗖的一声一跃而起，将马赫猛然扑倒在地上，那尖利的犬牙离他的脖子近在咫尺。这可把韩雪吓坏了，赶紧厉声制止。立耳子的威猛从此名扬山寨，外人再也不敢越雷池一步，有人如果要路过知青点，都非得要绕道走了。

只剩一个人的韩雪很孤单，很寂寞，也很郁闷，但是她绝对不感到悲哀，是这些年家庭一落千丈的变故磨砺了她，是这些年被人唾弃的炼狱般的日子锻炼了她，她貌似娇嫩，内心却很是坚韧。她坚信，只要她坚持到底好好表现，她一定会有崭露头角的那一天。别的不说，单是她下到大凉山以来一直打赤脚这点，就令人钦佩。这里气候偏暖，即使是冬天也不冷，她一年四季坚持天天打赤脚，下田、上山、伐木、放排、进城，都是一双赤脚。她的赤脚跟寨子里所有的彝胞相比，也毫不逊色，脚板厚得像砖头，简直足以赴汤蹈火了。

有一次，马帮在返回山寨的山道上，这位马帮队长亲眼目睹了一匹母马的生产过程。走着走着，母马站住了，开始分娩，可背上还驮着重物啊！韩雪从队列的前面朝后面的母马跑去，她发现，可怜的母马在流泪。她想，也许它的分娩过程会像人一样疼痛，也许背上的驮子让它不堪重负。她不由分说跑上去，动手解母马背上的驮子。

不！不行……你不能这么干……这是老规矩！马帮队的队员们一反常态，全都七嘴八舌地阻拦她。

她莫明其妙地环视了一下众人，只得作罢。

所有马帮队员都围住母马，但都只兴看不兴帮忙。当出生的小马驹快掉到地上时，她不由自主上前去接。

乡亲们阻止了她，说："不用管它，它掉到地上如果爬不起来，就只有死。"

只见糊着黏液和血污的小马驹儿用四肢费力地支撑着身体，岂料前腿一软，它噗的一声就跪倒在地上。

啊！韩雪和大家同时发出一声惊呼，都为小马驹儿的命运捏了一把汗。

小马驹儿真是好样的，它垂着头歇了一会儿，前腿颤抖着用力一撑，再猛一撑，嗖的一声从地上站立起来。

好！众人发出一阵赞叹。

母马转过头舔了舔小马驹儿，像是在表扬它一般。马赫端着一盆玉米粒混合着米糠的精饲料过来奖赏它。给母马加过餐后，马帮队再次上路。小马驹儿一直坚强地跟在妈妈的身后，回到了山寨，得到了出生后的第一次洗澡。当晚，韩雪在她的日记里这样写道：这就是严酷的生存法则啊！这是上天对我含蓄的启示，我一定要沉得住气，坚持到底，苦尽甘来的那一天一定会来到！

日则寨主有一对孪生儿子，今年20岁，大的叫马赫，小的叫马诺，这两兄弟是寨子里出了名的帅哥，浓眉大眼，鼻梁高挺，嘴唇饱满，脸型坚实瘦削，个子也长得挺拔，就是跟当今某些偶像派的明星站在一起，也毫不逊色。当哥的马赫，不爱说话，只喜欢无声地一笑；弟弟马诺，要说话，但话不多，面部表情冷峻，一副忧国忧民的样子。有一天，这兄弟二人同时来到了知青点。两兄弟学着汉人知青的样子，特意洗了澡，换上干净的衣服，并没像彝族小伙子习惯的那样敞胸露怀，而是扣好了每一个纽扣的。马赫是马帮队的，也是知青点的常客，立耳子平时对他还是友好的。马诺几乎就没到知青点来过，马赫以为立耳子肯定会咬他。谁知马诺还没走到知青点的院墙门，只朝门里的立耳子吹了一声口哨，那狗居然就摇头摆尾地跑过来，围着他跳跃撒欢。更不可思议的事，他伸手去抚摸狗头，那狗居然眼睛微闭，摆出一副十分舒适享受的样子。此情此景，叫韩雪和马赫惊奇不已。

韩雪不知二人的来意，又不便问，便对二人借口说，实在不好意思，她要去自留地里浇地。边说，边去担起墙角的一担粪桶。马诺说，反正我们也没有事，就陪你去。马赫就无声地笑了一笑。两个小伙子就去墙角各担起一担知青们留下的粪桶，跟在韩雪的屁股后头出了院门。到了门口，她转过身，对摇着尾巴跟上来立耳子说，回去，好好看家！那狗居然就住了脚，再也不撵路了。

从此，这两兄弟就经常一道来到知青点，帮助韩雪干这干那，有时是下午，有时是傍晚。这两兄弟就像她请的长工一样，只是默默地帮她干活儿，偶尔才会有兄弟马诺跟她交流两句。他们相互间的说话很少，如果有旁人路过，一定会感到非常奇怪。起初，她也并没怎么介意，心想这应该是日则寨主的安排，怕她一个人过得孤独，叫他的两个儿子来陪陪她吧？两兄弟经常干完活儿就走人，她要留他们吃晚饭，可二人从来都不接受。这么一来，她就感觉很过意不去了，搞不明白他哥儿俩为什么要这么帮她。寨子里有几个年轻女人跟韩雪的关系好，时不时地，就有姐妹晚上过来陪她睡。这天晚上，是阿鸽过来陪她，她就把心里的疑问对阿鸽说了。

阿鸽一听，就神秘地笑了，说，韩雪姐姐，你读过那么多书，人又那么聪明，你是真的傻呀，还是假傻？

韩雪忙说，阿鸽妹妹，你是什么意思嘛？

阿鸽紧盯着她的眼睛，问，你真的不知道？

她傻乎乎地摇了摇头。

你真的不知道，我就来告诉你。马赫和马诺两兄弟早就订了婚的，为了你，他们两个都把婚退了！

是吗？韩雪大吃一惊，说，阿鸽，好妹妹！你可不许拿我打趣啊！

我说的是真的，不是拿你开玩笑哦！阿鸽有点急了，说，两兄弟都迷上了你，又不好跟你明说，就主动上门帮你干活，那意思是让你在他两兄弟当中挑一个！

啊？韩雪惊得杏眼圆睁，张开的嘴巴半天合不拢。这该如何是好？她暗忖。如果她断然拒绝，就把寨主一家人都得罪完了，自己在曲比寨就难以立足了。好在这两个彝族小伙子都非常淳朴善良，好在他俩并没有把事情挑明，她韩雪又何必自作多情呢？于今之计，最好的办法，就是装糊涂，就是装聋作哑。

从春天到夏天，从满坝水稻田里装满亮汪汪的春水，到插满秧苗，再到结满金黄的稻谷，时光在一天一天地逝去，兄弟俩的帮助在一天一天地继续。但两个彝族小伙子始终什么都没有说过，韩雪也就始终都没有多过一句嘴。眼看大半年的时光转瞬即逝。

8月里的一天，曲比寨的马帮队正在盐源城里的供销社装货，韩雪忽然听到附近有一个东北口音的人在说话，在这满耳都是彝语味道的汉话的地方，这久违的东北老家的口音让她感到格外亲切。她不由自主地扭头一瞧，就见一个穿着蓝色中山装的中年男子，正在跟马赫说话。嗨！那不是夏叔叔吗？他是爸爸的老部下啊，厂里党委办公室的干事！

她激动地喊道，夏叔叔！夏叔叔！

老夏蓦地转过头，一见是她，惊喜万分。韩雪！韩雪！他边喊着，便匆匆向她走过来。

夏叔叔！你怎么在这儿呢？她迎上前问。

我是专门来找你的！老夏笑逐颜开，声音充满喜气。他说，先告诉你一个好消息，你爸，我崇敬的老厂长，他解放了！

真的……真的……她本来以为，自己听到这个天大的喜讯会欢呼雀跃，结果却只是喃喃自语。她忽然想起惨死的妈妈，随即神色一变，捂着嘴巴啜泣了起来。

老夏神色凝重，理解地望着她。等她的情绪稍稍平稳，他才告诉她，现在老厂长被结合进厂革命委员会，担任党的核心小组的常委。她默默地听着，在心里说，这么说老爸他彻底失势了，再也不可能东山再起重掌帅印了。

老夏继续说，厂里为了照顾老厂长，专门给了一个特招指标，把你招回厂里去当工人。你爸本想亲自来接你回去的，可他现在的身体不大好，被我们大家劝阻了，我是自告奋勇来帮他跑腿的。

韩雪赶紧说，夏叔叔，真的太感谢你了！让你一路上吃苦受累！

老夏解释说，他从西昌赶班车过来，才知道盐源城跟乡下不通汽车，他已经在县上的知青办公室办好了手续，正说租一匹马赶到草巫乡去。

韩雪说，夏叔叔，我现在是寨子里的马帮队队长，我们中午的时候就要路过草巫乡政府的……

老夏说，那就太好了！免得我一个人在荒山野岭中赶路了。

手下的马帮队长韩雪要走了，日则寨主的心里很不好受。别的知青走不走都无所谓，但是韩雪不同，她是太优秀了，他真的舍不得她走，他甚至还巴望着老大或者老二能把她娶回家来，当他的儿媳妇。但日则寨主心地善良，他不但为韩雪返城尽可能提供方便，而且还准备了好菜好饭，要为韩雪饯行。不仅韩雪，就连老夏也在邀请之列。

饯行的晚饭就摆在堂屋里的火塘旁边，寨主的一家子和两位客人围着丰盛的饭菜，席地而坐。席间的气氛很沉闷，即使日则寨主连连向老夏劝酒也收效不大。韩雪自从踏进这个家，就一直低着头，她神色凝重，满脸哀戚，似乎在参加什么人的"葬礼"。日则寨主本人和马赫、马诺两兄弟有恩于她啊，而她现在却要抛弃他们远走，她的心里实在是有愧呀！马赫、马诺两兄弟今天都没有喝酒，只是默默地来菜扒饭。马赫本来喜欢无声地一笑，但今天就从来没有笑过。马诺那张忧国忧民的脸，甚至让人感到沉痛。

韩雪匆匆吃完了饭，将碗筷朝矮桌子上一放，埋着头说，寨主，谢谢你们一家为我饯行！你们对我的好，我都牢牢记在这里了！她用力拍打着左边的胸部说，我至死都不会忘记！但是，我还是要说，我韩雪不属于这里，我有家，我有老爸。我老爸是一个老革命，在战争年代出生入死，现在他解放了，重新恢复了工作。我的妈妈在几年前被人活活打死，我弟弟被下放到云南生产建设兵团当知青。我爸爸他老了，身体也很不好，他一个人孤苦伶仃，我必须回去照顾他……她说着，眼里涌上了泪花。寨主！对不起啦——当她坚持着喊出这最后的一句话，并且同时朝寨主深深地鞠了一躬的时候，顿时泣不成声，紧接着，她跑出堂屋门，逃遁似的离去。

日则寨主安排了两匹马，让韩雪和老夏骑到盐源城去。天黑以前，韩雪还专门教会了老夏骑马。第二天天刚亮，韩雪刚刚打开院墙门，就见马赫、马诺两兄弟骑着马赶来。韩雪昨天晚上已经跟乡亲们告了别，她现在最难以割舍的，就是她的这只名叫立耳子的狼狗了。她把立耳子唤到身边，然后俯下身来搂着它的脖子，人脸和狗脸紧紧地靠了好一会儿。立耳子温顺地摇着尾巴，转过脸，伸出柔软的舌头舔着她的脸，她发现它的眼神里流露出明显的依恋。然后，她立起身拍了拍狗头，用一根棕绳把它拴在门口的一棵大树上。她和老夏各人牵了一匹马出了院门。立耳子在他们的身后跳跃着，挣扎着，发出狂叫。

四个人沿着公路，一路快马加鞭，用了不到3个小时，就赶到了盐源汽车站。成昆铁路已经于去年7月1日通了车，韩雪和老夏要从这里乘汽车赶到西昌，然后在西昌上火车回成都。这一路上，马赫、马诺两兄弟始终一言不发，韩雪发现他俩的眼神里其实写满了依依不舍，但表面上似乎什么都没说。这两兄弟的美好情意极其纯朴，深深地令韩雪感动和惭愧，她一路上都不知道自己该说点什么，此时此刻，语言似乎成了多余的、虚假的东西。

韩雪沿着汽车屁股上的钢筋梯子爬上车顶，把自己的行李塞进车顶上的网罩里面拴好。然后爬下汽车，跟站在车头门口的马赫、马诺两兄弟告别。两个小伙子依然一言不发，只是点着头，用眼神跟她告别，那神情里分明包含着祝福、伤感，和依依不舍。这种无声的真情流露是最折磨人的，韩雪的眼睛忽然就潮湿了。发车的电铃声响了。韩雪赶紧上车，坐到了老夏旁边靠近窗户的座位上。汽车开动了，她打开车窗，跟站在原地的两兄弟挥手道别。

突然，她看见了她的立耳子，它呼哧呼哧地吐着红红的舌头，从车站出口的斜坡狂奔而来。她清楚地记得，她当时用棕绳把它拴在门口的大树下，它却挣脱束缚，赶了70里的山路来追赶她。啊！这个忠诚的不会说话的伙伴啊！她感到一阵冲动，边使劲挥着手，边脱口大喊，立耳子！立耳子！再见啦！

立耳子忽然听见主人的呼唤，就激动地抬起头，跑来跑去地寻找她。与此同时，一辆进站的汽车沿着斜坡滑下，但立耳子毫无警惕。作为狗类，尤其是来自大山里的狗类，它根本就搞不清背后的那个庞然大物是怎么回事。它忽然看见车窗里的韩雪在向它挥手，就汪汪地欢叫着朝她跑去，刹那间就被从后面冲来的钢铁怪物压在车轮底下。汽车从立耳子的身上碾过，刚才还是活蹦乱跳的狼狗顿时身首异处，一摊鲜血染红了路面。

啊——韩雪发出撕心裂肺的尖叫，停车！快停车！我的狗被碾死了！她边喊着，边冲到车门旁边。刚才的一幕，开车的师傅都亲眼目睹了，幸好他富有同情心，就给她打开了车门。

立耳子！立耳子！她发疯般地狂奔过去，砰的一声往地上一跪，搂着血淋淋的狗头号陶大哭，是我害死了你呀，是我呀……我的狗乖乖，我对不起你呀……

围上来看热闹的人，有的同情，有的惋惜，有的鄙夷。客车上有个性急的乘客，冲着韩雪不耐烦地喊叫，哭狗的，你到底走不走啊？赶不上火车啦！在马赫、马诺两兄弟和老夏的劝说下，韩雪被架回车上坐好。客车重新开动，瞬间出了站口，朝着西昌驶去。韩雪紧闭双目，靠在椅子靠背上想着心事。她觉得自己真是罪孽深重，自己的离去，不仅给有恩于他的日则寨主一家带来痛苦，而且还造成了狗乖乖立耳子的惨死！大凉山啊！你让我留下了惨痛的青春记忆，今后无论我走到哪里，我的灵魂都将无法安宁了！

一

柳春枝从决心把自己嫁出去，到实际完婚，用了差不多一年的时间。

最初，她要找对象的消息，只是控制在极小的范围内，比如：她的妈妈，她的两个出嫁多年的姐姐，她在793厂的两三个闺中密友。以上的知情人，人脉关系极为有限，所处的社会地位也不高，这样一来，她们所介绍的后备人选条件也就比较有限了。柳春枝自己提出的条件也不怎么样，首先要求的是家庭出身要好，有正式工作，为人诚恳踏实，人要勤快，人的长相和个头只要看得过去就行，她特别强调的是心地要善良。就这么相亲，看来看去，没有一个是稍微满意的。有一天，她大姐介绍她跟一个小伙子见面。那人个子高大，人也长得比较帅，什么条件都合适，柳春枝本人对他也颇有好感，直到约会快结束的时候，才知道他的家庭出身不那么好。而她所在的这种国防军工企业，对配偶政治面貌的要求又特别高，她只好狠心地再不跟他联系了。这么相亲相了半年，前后大概看了有十多个，她也有点灰心丧气了。

有一天，她的闺中密友的一个朋友给她介绍了一位市区的小学教师。介绍人说，他名叫石泉清，不仅出身贫农，而且还是党员，因为他的书教得好，工作能力强，最近刚被提拔为学校的教导主任，他的前途绝对一片光明，将来恐怕还不仅仅是当校长了。他刚满24岁，比柳春枝要小点儿月份，他身高一米七四，身材不胖不瘦，并且长相英俊。介绍人一番天花乱坠的介绍，柳春枝被她说动了心，就答应见见面。见面的地点定在人民公园金河边的树林中。这天的天气有点热。柳春枝并未做任何打扮，只穿了一件涤棉的白色短袖衬衫，一条老蓝色的棉布长裤，一双黑色的盘口布鞋，两条长及胸脯的黑油油的辫子扎的也只是橡皮筋儿。当柳春枝在闺中密友的陪伴下走进阴凉的树林时，男方已在介绍人的陪同下等候多时了。石泉清见柳春枝款款走来，她的清丽，她的丰乳翘臀，比他想象的还要风姿绰约，他一下子就入迷了。柳春枝人还未到，就已经把对方观察清楚了。她暗忖，介绍人说的一点没错，石泉清真是长得一表人才，他戴的那副无边框的近视眼镜也好看，那镜片后面的目光还真有点摄人呢！二人未经开口交流，先就一见钟情了，这婚姻哪里还会不成呢？

第二次约会，两人就是单独见面了，他约她在杜甫草堂的后园里散步，此地古木参天，草深林密，他见前后无人，就突然一把将她搂在怀里，贴着她的嘴唇就强吻。她急得满脸绯红，使劲挣脱了他的怀抱，边用手背擦着嘴唇，边恼火地说，干什么呀？你……说罢，扬长而去。

他愣了片刻，明白自己刚才是冒犯了她，就匆匆赶上前去，不断地给她赔礼道歉，并保证下不为例。她审视着他的眼睛，认真地说，我并不是一个随便的人，不是不可以亲热，而是我们的关系还没有走到那一步。你要是不愿意，我们现在就可以分手。

他吓坏了，他哪里会舍得跟她分手呢？就一再跟她保证，他愿意听她的话，唯命是从，她叫他走两步，她决不走三步。这天的事给他敲了一个大大的警钟，从此他再也不敢造次。事后，他也想清楚了，反正她早迟都是他的人，他又何必性急，争这一时半会儿而徒增她的反感呢？此后，两个人约会时，他只说甜言蜜语，只含情脉脉地打望，最多抓过她的小手，温柔地抚摸抚摸。如此一来，她对他的表现极为满意，也愈来愈依恋他，甚至有时她都渴望他的拥抱和接吻了，但他仍然不越雷池。双方就这样交往了半年，两人的感情已经瓜熟蒂落，到了该结婚的时候了。

如果不是"文革"，作为省劳模的柳春枝，结婚时本可以分到一套二的房子，由于她站错队，现在连想也别想了。家只能安在石泉清那边了。学校给石泉清分了两间半旧房子，那是青瓦砖墙的平房，顶棚是纸糊的，墙壁作了了粉刷，屋后的半间厨房骑在学校的一面围墙上，那是学校统一搭起来的一溜厨房，隔音效果很差。在当时的革命年代，人们对物质生活的需求很低，柳春枝对这个新家已经很满意了。

新房闹过了，贺喜的宾客也陆续告辞，洞房里就只剩一对新人了。柳春枝今天穿了一件水红的开司米毛衣。她可舍不得买这么贵的衣服，这还是她大姐春秀送给她的。这毛衣把她映衬得光彩可鉴，楚楚动人。石泉清闩死了门，一转身就见柳春枝站在床前。她满面娇羞，白里透红，好似一朵含苞欲放的红牡丹。梦寐以求的时刻终于来到了！他扑上前，一把将她搂了，发狂也似的跟她接起吻来。她双眼微闭，接受着他的爱抚，身子微微颤抖着，软的像面团。他将她放倒在床上，取下眼镜。眨眼间，他把自己和对方脱得精光，正要扑上去的时候，突然想起了什么。他从容不迫地从枕头底下翻出一张雪白的毛巾来，他把毛巾平铺在她同样雪白的屁股底下。糟糕！他要对她进行验证！她的心倏地收紧了，紧张地注视着他的动作。她暗忖，要是等一会儿他发现了真相，他会怎么样？而她又该怎样面对？她一时心乱如麻，突然讨厌起两性之间的做爱来。

但此刻已是箭在弦上，一切都由不得她了。她感觉自己好无辜，就好比是菜板上的肉，就要任人宰割了！她真的是太有点儿一根筋了，其实，在新婚之夜以假乱真糊弄新郎的事情并不鲜见，她至少可以在一张干净毛巾上预先滴上红色的液体，趁对方不备时垫在自己的屁股下面。一般的新郎在洞房花烛夜都会沉浸在男欢女爱之中，对新娘的小把戏丝毫不会疑心。但柳春枝恰恰没有这种心计，只凭着运气闯关。

石泉清是一个性能力很强的人，他特别在意老婆的贞操，婚床上的新娘就应该是一个处女，这也是他深入骨髓的人生理念。在向她的裸体发起几次冲击之后，他终于折腾够了。她感到索然无味，只等他一起身，就赶紧拉过被子把自己盖上，心情紧张地注视着他的动作。他翻身下床，拿起放在五斗橱上的眼镜戴上，然后怀着欣赏战利品的心情，从被盖下面取出那张白毛巾定睛一看，结果，当然没有他希望看到的血迹。

笑容在他的脸上凝固了，他扭头盯着她，目光顿时变得刀子般尖锐，然后仰天长叹，妈哟！千选万选，结果选了个漏灯盏！

她懒得搭理，只麻木地注视着他。

他穿好衣服，在一旁的椅子上坐下来，划燃火柴点燃了一支香烟，然后朝天吐着一个接一个的烟圈，说，你说，你跟哪个搞的？

没跟哪个，是我自己骑车不小心。她的回答很平静。

哼！他冷笑了一声，说，你就哄鬼吧！给你说，我对这个很有研究。

反正不是你所想象的那样……她欲言又止，在考虑到底告不告诉他真相。

你既然早都不是了，早都偷尝了禁果，你又何必在我面前装清纯？他满脸铁青，恶狠狠地说，妈哟，我他妈才是一个大瓜娃子！

他的声色俱厉的表现，让她彻底失望，彻底打消了讲述真相求得谅解的念头。

新婚之夜的冲突，在两个人的内心埋下了化解不开的块垒。石泉清热衷于房事，每天必来，他只图自己快活，丝毫不顾及对方的感受，每做一次，总要把她折磨得死去活来。既然对方对不起自己，那他还跟她客气什么。这种无休无止的性事折磨，让柳春枝厌烦透顶，苦不堪言。她白天忙于上班，晚上又休息不好，眼看神情憔悴，面色发黄。认识她的人都以为她病了。

第二年，石泉清的学校里分来了一位音乐教师，这姑娘年方十八，长相漂亮，性格外露活跃，爱唱爱跳，很快就对英俊干练的石泉清产生了好感，二人一来二去就就对上了眼儿，很快打得火热。干柴遇烈火，一点就着。有一天下午，趁着柳春枝回了娘家，二人就在柳春枝两口子的床上迫不及待地折腾起来。谁知柳春枝忘了一样带给母亲的东西，走了一条街又踅回来取，这就将一对狗男女捉奸在床。这就让柳春枝找到了离婚的理由。石泉清很爽快地就跟柳春枝离了婚。虽说那姑娘的美丽和风韵无法与柳春枝相提并论，但别人却是实实在在的处女。柳春枝无家可归，厂里的单身宿舍也被其他的女工占了，没奈何，她又只好回到府河边的那个小杂院儿。

二

从结婚到离婚，刚好是一年时间。这个异常的婚姻，对于柳春枝来说，完全是一场灾难，当她从街道办事处拿到离婚证出来，心里竟有了终于脱离苦海的感觉，感到了前所未有的轻松。

她还很年轻，今年才26岁，但她已经不是大姑娘，而是一个少妇了。人们说，一个女人一生中最美丽的阶段其实就是少妇时期，柳春枝自然也不例外。当旁人还在为她短暂的婚姻惋惜，为她的不幸遭遇大发感慨的时候，她已经调整好了心态，活得有滋有味了。如今，她个儿高挑，身材丰腴，凹凸有致，绝无赘肉，皮肤是天然的洁白光润，脸蛋白里透红，水灵的眼睛似乎会说话。她从来不用护肤品，只是天冷时抹点儿医用凡士林，润一润干燥的皮肤。只要她在公共场合出现，回头率总是很高。但她仍然我行我素，穿的衣服基本上以工作服当家，并不怎么合身的工作服，一穿在她身上却很耐看。

她其实明白自己身体的优势，她本来可以跟郭哥过得很幸福，因为一次偶然的变故，却让她的命运发生了逆转。她思前想后地掂量过，第一次婚姻之所以失败，一个是男方的不忠实，花心，吃着碗里的，想着锅里的；二个是因为她自身的不完美，她有短处被那狗男人抓了把柄。如今，这个短处却烟消云散了。因为谁都知道她是离异的少妇，她不再是青头姑娘了。并且是那个该死的男人背叛了她。如果她再婚，那个冥冥之中的爱她的男人，心照不宣，就再也不会嫌弃她了。

第一次失败的婚姻，让她吸取了教训，她已经想明白自己需要什么样的丈夫了。这个人各方面的基本条件当然要符合她的要求，除此之外，他还必须很爱她，发自内心的爱。而她，则不必强求自己很爱对方。如此一来，这个未来的丈夫就会依恋她，依附于她。

这回，她要找个男人的事并没有给任何人打过招呼。但是，那些离异的、丧偶的男人，甚至一些未婚的小伙子，全都托了各种关系争先恐后找上门来了，他们都想娶她做老婆。她突然成了香饽饽。有的介绍人甚至毛遂自荐，跑到紫光电子管厂门口等着她下班。一位省上的领导，刚刚为出车祸的老婆办完丧事，就叫秘书到厂里来找她，表示愿意娶她为妻，说如果她愿意，她跟他结婚以后，立刻把她调到省级机关去工作。偏偏柳春枝对跟丧偶的大人物结婚毫无兴趣，并且对大人物的人品严重不信任：前妻尸骨未寒，他居然好意思急着续弦。碰了软钉子的秘书自然不甘罢休，就去找厂领导施加压力。这位厂领导恰好就是批斗柳春枝最起劲的人，他不敢直接去找她，就找了柳春枝信任的一位女干部去做工作。如今柳春枝也学乖了，并不直接拒绝，而是谎称她已经有了意中人，都快结婚了。

柳春枝忽然醒悟，感到再这么单身下去会给自己惹上麻烦，就产生了想赶快把自己嫁了的念头。结果，还真是想睡觉遇上了枕头，有人给她介绍了一位丧偶的内科医生。医生只比她大一岁，名叫杜宇庭，在一家闻名遐迩的大医院里工作，家庭出身雇农。其妻是该医院的一名护士，她的血型属于RH阴型血，是非常稀有的血型，因为极其罕见，被称为"熊猫血"。医生与妻子非常恩爱。妻子死于难产的大出血，在紧急状况下，根本无法找到所需要的"熊猫血"，她的血液眼看流尽，连赶来会诊的妇产科专家也回天无力。负责接生的医生曾经问过他，保大人还是保小孩？他回答，保大人！结果，大人小孩都没能保住。一个幸福的家庭就此瓦解，他成了孤苦伶仃的单身汉，在思念妻子的痛苦中挣扎了三年，才终于活了过来。他与前妻的悲剧故事首先就把柳春枝打动了，加上这个男人长得虽说不算有多高大帅气，身上却有一股凛然正气。她答应跟他保持联系。她跟他接触了三个月，也注意观察了他三个月，最后才决定跟他结婚。在三个月里，他都非常尊重她，从来都没有非礼的举动，她暗中为此感动不已。

新婚之夜，二人缠绵缠绵，如胶似漆。他非常顾及她的感受，对她很是惜疼，从不鲁莽行事。她这才第一次尝到了男欢女爱的那种只可意会不可言传的甜蜜，那种欲死欲仙的感觉让她爽快无比，以至于情不自禁地叫出了声。

二人似乎琴瑟和谐，相敬如宾。她认为这都是上天赐给她的幸福，赐给他的一个好男人。结婚一年之后，他为杜宇庭生下一个漂亮的大胖小子。但是十分可惜的是，人世间的一些事情，耳听的不一定为虚，眼见的也不一定为实。杜宇庭这个男人的人品究竟怎么样，那是需要柳春枝用后半生来慢慢体会的。

在柳春枝的妊娠期间，二人在很长的一段时间里不可以过夫妻生活。这时候，杜宇庭在医院里的同事，一位风骚的女医生，她的家庭出现了突然的变故。她的男人出了车祸，偏偏伤到了命根，疗好伤出院之后，那劳什子就再也不管用了。女医生为了儿女，选择了忍气吞声，虽说并未提出跟男人离婚，却选择了"堤内损失堤外补"的方式。她把色迷迷的媚眼抛向了同一科室的杜宇庭，见他的目光在躲避她两三回之后，开始跟她眉目传情，心里就有底了。这天，她故意留在最后下班，走进他的诊断室，用眼神和语言赤裸裸地勾引他。身强力壮的杜宇庭原本就饥渴难耐，也就顺水推舟，接受了她的特殊邀请。

打从这天以后，二人每周都要抽半天时间偷偷幽会一次。为了掩人耳目，二人不惜从城南骑着自行车奔到城北，住进女医生提前选好的便宜的旅馆里。这一趟路可不近，骑一个单程就要花一个小时。二人赶到目的地，锁好自行车，立刻上楼进到房间，草草洗过澡之后，立刻迫不及待地大战起来。二人的身体很棒，又正是如狼似虎的年纪，在床上要整整折腾一个小时。每次幽会，二人都疯狂无比。为了避免家里人察觉，每次幽会都是卡着时间的，来回两个小时，一进屋就抓紧时间实战。真可谓：招之即来，来之能战，战完即散。因此每一次都是来去匆匆，意犹未尽。女医生在满足了自己肉欲的同时，也逐渐生出了对杜宇庭的幽怨。她发现他吝啬得要命，大热的天他居然不要风扇。因为女老板说过：如果要开风扇，就要多收5块钱。有一次幽会恰逢五月端阳，二人完事儿后下楼，发现楼下正好有一个卖油烫卤鸭的摊子，杜宇庭连招呼都没跟她打，就径直去宰了一只鸭子，之后骑车绝尘而去。她当时的愤慨和失落可想而知，简直没想到他是这么抠门的一个人，这事要换了她，她怎么都会买上两只卤鸭，让对方拿走一只的。她一连生了好几天的气，慢慢地也就想通了，杜宇庭这家伙虽然吝啬，在床上还真是好身手，她还真是离不开他。她就自我宽慰自己：别把他当成情人，就把他当成自己的工具好了。一想到他是供自己发泄的工具，所有的怨气就都不翼而飞了。

杜宇庭一直是女医生的"工具"，直到几年以后，她终于厌倦了他，因为她找到了更为优质的"工具"，而他也实在疲惫透顶，懒得奔波了。因为保密工作做得好，杜宇庭与女医生的偷情的事居然滴水未漏，直到杜宇庭最后惨死，柳春枝自始至终都蒙在鼓里，居然连一点风声都没有听到过。

# 三

1971年9月13日凌晨，当人们还在沉沉梦乡中酣睡的时候，"九一三"事件骤然爆发，党和军队的副统帅林彪乘三叉戟飞机出逃，飞机在蒙古温都尔汗坠毁，消息传来，举世震惊。本来已经渐趋平缓的"文革"运动，一夜之间又再次升温，全国被突如其来的"批林批孔"的政治狂潮所裹挟。

韩震刚刚才解放三个月，当上了工厂革命委员会党的核心小组的常委，这个核心小组就相当于原来的工厂党委会，"批林批孔"的政治狂潮一起，谁都知道韩震是林彪的旧部，虽说明知他并未上林彪的贼船，但他还是被驻厂的军代表冷落在一边。韩震才不过53岁，正当盛年，正是一个人的精力最旺盛，工作能力最强的时候，他本来可以为这个国家的国防工业作出许多贡献，但是如今坐起了冷板凳，他明显成了多余的人。给他安排的工作完全是安慰性的，甚至可以说是讽刺喜剧性的，由他来协助分管行政的厂革委会副主任管理后勤科。这对于这位曾经叱咤风云红遍全国的韩震厂长来说，就正如四川人最爱说的一句俗话：猪尿泡打人，打不痛但是怄人。但他却不敢表示丝毫的不满，其原因不言而喻。但他每天照样准时上下班，一杯茶一张报混上一天，连报纸中缝里的文字都不放过。

他唯一感到欣慰的是，终于把女儿韩雪从大凉山调回来了。当时解放他的时候，驻厂军代表找他谈话，要他对革命群众不要有怨气，问他有什么要求。他就说，女儿已经当了三年知青，他们知青点的知青全都调走了，现在就只有她一个人孤孤单单地在那里留守。他要求组织上把她女儿调回厂里来当工人。女儿调回厂里是十来天之前的事，厂里安排她到35车间当了一名电工。幸好他把女儿调回厂里的事情追得很紧，幸好他的老部下小夏帮了他一个大忙，幸好女儿如愿以偿地调回来了，如果这件事情拖延个十天半月才办，拖到中央向外界正式公布"九一三事件"的话，其后果就不堪设想了。

如今，他的工资恢复了，一个月两百多块，是普通三级工工资的五倍多。爱人白羽离开人世已经快四年了。他成天无所事事，闲得无聊，心里难免空虚，就感觉一个人的日子过得实在是太冷清了。厂里家属区那些对他抱着好感的老娘们儿把一切都看在眼里，开始为他张罗老婆的事情。这天，介绍人给他带来了一个35岁的寡妇。这寡妇名叫蓝春梅，身材娇小生动，五官精致，长了一双顾盼生姿的美目，说话的声音温柔悦耳。这女人给人一种甜甜的感觉，只是眉宇间略带憔悴之色。乍一见面，韩震就对她心生好感。介绍人见二人一见面就谈得比较投机，情知有戏，就借故告辞走了。韩震眼神里流露出的对蓝春梅的欣赏之色，自然没能逃过这女人的眼睛。韩震本人的传奇故事，她早已从介绍人的嘴里得知，及至见面一看，本人气宇轩昂的程度比她想象的还要强烈，就暗中拿定主意，必须要把这个老帅哥、老高干抢到手。还有，韩震的高工资对她嗷嗷嗷待哺的三个儿女的意义不言而喻，这可是打着灯笼火把都不好找的极品男人啊！虽然，他比她要大18岁，虽然他是刚解放的"走资派"。她想得非常实际，如果他不是年过半百，如果他没有当"走资派"，这么显赫优秀的男人，哪里轮得到她蓝春梅来嫁给他？

她十分清楚，对于几年都没有闻到过女人味儿的韩震来说，自己的美丽性感意味着什么。但是，这显然还不够，她要让对方感觉她很可爱，让他迷恋她，直至离不开她才行。于是，她对他嫣然一笑，说，老韩，我很会料理家务，我做的饭菜很可口。你能不能给我一个机会，让我为你做一顿饭？

这话说到了他的心坎上，这正是他想考察她的地方，嘴上却说，算了吧，家里也没什么菜，等会儿我们上街吃馆子吧！

吃馆子又费钱，哪里有自己家里做的菜好吃？而且还不卫生。她边说，就边往大门外走，去推她骑来的自行车。

他忙叫她稍等一下，从抽屉里拿出肉票、油票等物资供应凭证，又从兜里掏出10元钱，赶上去塞给她，可她却坚决不要钱，只接过票证，很老练地骑着自行车走了。不大一会儿工夫，她就买了菜转来。她一扭身对他嫣然一笑，自然得就像他的老婆，说，饿了吧？老韩，你稍坐一会儿，40分钟之内吃午饭！之后，拎着买来的菜，一转身进了厨房。他本想进去给她打个下手，转念一想，又打消了念头。

蓝春梅果真是做饭的一把好手，第38分钟就开始抹桌子摆饭了。她做了两菜一汤：回锅肉、红汤鲶鱼、豌豆尖儿丸子汤。韩震一见，桌上的菜色、香、味、形俱全，不仅喜上眉梢，就说，这么好的菜，不喝酒可惜了！就去取出珍藏的贵州茅台，又拿出两只青花瓷的酒杯，斟满了酒，递了一杯给她。

她说，她只能喝一小口。推辞了一会儿，也就顺水推舟端起了酒杯。她心里正巴不得他喝酒呢！

他先夹了一片回锅肉放进嘴里咀嚼，忽然叫道，哇！好香！好好吃啊！接着，又夹了一片放进嘴里大嚼，兴奋地说，我可从来没吃过这么好吃的回锅肉，好吃得差点把舌头吞下去了！

她就吃吃地笑，说，老韩，你说的太夸张点儿了吧？

他就说，它表达的是他味蕾的真实的感受，并向她请教那美味儿是怎么样做出来的。她就笑着说，四川回锅肉是家常菜，似乎家家都会做。其实不然。她这手艺是向一位美食家学的。首先要把姜米、葱节、蒜片儿炒出味儿，再把煮熟的五花肉片放进锅炒，炒成灯盏窝的形状，再加上家常豆瓣、少许的豆豉混炒；快起锅时，加少许的白糖粒，味精，再下蒜苗炒几铲，最后，就成了桌上这个味道。这种做法的秘诀，就是先将葱姜蒜炒出味儿来。这番高论，她其实是故意要说的，无形之中，又为她的美好形象加了分。

他又尝了她做的红汤鲶鱼，只觉鱼肉鲜嫩可口，麻辣适度，最难能可贵的是，一点都没有腥味儿。他不得不承认，像今天这样的川菜美味儿，他的东北老岳母是做不出来的，更别说他的夫人白羽了。心里就有了感慨：家里的老婆如果会做菜，作为男人可就有享不尽的口福了！

吃过午饭，他想帮她洗碗，她却不许他插手，不一会儿，她就把厨房打理得干干净净地走了出来。就这一顿饭的工夫，韩震对蓝春梅更添了好感，不仅觉得她人长得好看，而且觉得她有点儿可爱了。他起身亲自给她沏了一杯茶，边说着你辛苦了，便双手把茶杯递给她。她接过茶杯放在桌上，然后走上前，张开双臂，从背后突然一把将他搂住。他顿时一愣，浑身开始燥热，胸脯剧烈地起伏起来。她将他扳转过来面对着她，又把他的双手拉过来搂着自己，她见他的神情愈来愈激动，就朝他的怀里猛然一靠。之后，她嘬起嘴唇，仰起脸蛋，含情脉脉地诱惑他。他哪里能够抵抗她的魅惑？不由得将她使劲一搂，勾下脖子，将滚烫的嘴唇紧紧贴在她红樱桃般的嘴唇上。她的男人死了几年，她其实也很需要他的抚爱。

但是，这场激情戏却没能顺利地演下去。韩震的脑海里突然冒出了另一个自己，他神情严肃地质问现实中的他，韩震，你是经历过革命战争考验的人，你跟你的夫人白羽那么恩爱，难道你没见过美女？你就这么好色吗？你跟你怀里的这个女人才接触了多长时间啊？你就这么迫不及待地跟她拥吻了？你了解她吗？最后，正在接吻的韩震分明听见另一个自己厉声喝道，嗨！赶快给我住手！

韩震陡然一惊，松开了怀中的蓝春梅，抬起头来，惶恐地注视着虚空。

韩震的突然中断，让沉浸在快感享受中的她不胜诧异。她满脸羞红，一边整理着头发和衣衫，一边柔声问道，怎么了，老韩？

韩震红着脸，尴尬地一笑，说，没什么，步子迈得太快了点儿，坐，坐下说话。

在激情澎湃的关头，他居然能够紧急刹车，她不得不佩服这个男人的意志力。她暗忖，一定要把握好机遇，不然今天就白来了。

谈谈你自己吧，我们之间需要相互增进了解。韩震为了抑制自己激动的心情，特意点起了一支烟。

他和她各人坐了一把沙发，隔着一个茶几。她心里明白，以下的谈话对于她十分重要，她必须拣那些最打动人的事情向他倾诉。她向他娓娓道来，谈起自己的过去。她说她五岁死了爹，六岁得肺炎，因为无钱医治，她差点夭折；她说她妈妈很爱她，含辛茹苦，节衣缩食，好不容易才把她拉扯大；她说她和丈夫很恩爱，却没想到他会突然得了癌症，她想方设法给他治病，任劳任怨地照顾他；她说她丈夫倒是解脱了，但是给她丢下了一儿两女，她在一家街道化工厂上班，工资并不高，日子过得很艰难……

东郊和猛追湾西边，其实是两个世界，韩震完全不了解那边底层小人物的生活，蓝春梅声泪俱下的叙述把他深深地打动了，眼前这个楚楚动人的女人是如此的可怜，他不由得为她的命运担忧起来。

韩震眼神的变化自然没能逃过她的眼睛，她意识到该转换话题了。她说，她跟他的认识是一种缘分，要不是"文革"，他俩永远都不可能相识。她早就听说过，知道他是东郊的元老，还听说他的经历很传奇，她就问他，能不能借今天这个机会，谈谈他在战争年代的那些出生入死的革命经历。她的这个要求，正中韩震的下怀，经历过"文革"的残酷打击，他的内心太渴望外界对他的重新肯定了，何况眼前的这个女人还是一个令人心动的美人呢！

他就不由自主地打开了话匣子，就连吃晚饭的时候也没有停息。本来，她是抱着跟他拉近心理距离的初衷来激发他讲故事的，却被他滔滔不绝绘声绘色的讲述渐渐征服，她不时地发出惊叹，情绪随着他的讲述起伏跌宕，最后，直至内心对眼前的这个男人充满了仰慕。

时间过得是如此之快，不知不觉间，十来个小时过去了。

她忽然打断他说，哎呀！老韩，对不起！天色不早了，我该回去了，改天再来听你继续讲。说着，就站起身来。

韩震看了看表，说，已经十点了，收车了。

她太想留下来了，却故意说，没关系，我骑车走。

那怎么成？太晚了，路上不安全！韩震想了想，说，你留下来吧！我女儿今天去朋友家了，晚上她不回来的。

她感到窃喜，心想这个机会真的太难得了，孤男寡女同居一室，什么浪漫的故事都可能发生啊！但嘴上却说，老韩，这不太好吧？

岂料他坦然地一笑，说，没事，你睡我女儿的床，我到家属区门卫室去睡。

她一愣，一时无话，只有眼睁睁地望着他抱着枕头被盖出了屋。

韩震来到宿舍区门卫室，对值班的老张说，我家里来客了，住不下，我来帮你值班，你回家住去，明天早晨六点半钟你再来。老张这人素来对老厂长很敬重，听他这么一说，就乐滋滋地卷起被盖卷，道了一声谢，走了。

今天兴奋了一天，也说了一天，韩震感到乏了。临入睡之前，他还颇为自己今晚的坐怀不乱而得意，心想我老韩还是经得起糖衣炮弹的攻击的。谁知他的梦境却很不争气。梦中，他看见蓝春梅一个人在沙河边迎面走来，曲线毕露，脉脉含情，他就扑上去，将她一搂，毫不客气地就跟她热吻起来。这么一折腾，他就突然醒了过来。借着大门外透进屋的灯光，他一睁眼，发现果然有个女人的嘴压在他的嘴上。是蓝春梅！他忙伸手把她推开，一翻身坐起身来。她忙把他的衣服拿过来，披在他肩上。

你怎么跑出来了，让别人看到了不好吧？他的心还在梦境里，说话底气不足。

老韩，我爱你！我不怕别人看到。她的话说得平静，但语气坚定。

韩震下意识地转过头，瞟了瞟窗外，窗外空无一人，只有灯光笼罩下的大铁门。他说，你先回到我家去，好吧？有话明天好商量。

不。你已经抱过我，亲过我了，我还在你床边上站了大半夜，我已经是你的人了。最主要的是，我爱你！你要不答应，我就不走。女人撅着嘴，满脸委屈地撒着娇，睫毛上挂着泪珠。

好楚楚动人的一张脸啊，连生气都这么可爱！韩震不忍心了，问，不嫌我老？

不嫌！她破涕为笑地摇着头。

他一伸手把她揽到怀里，两人就忘情地亲吻起来。

## 四

考了两年，韩雪才考上北京钢铁学院。去年开始招工农兵学员，她考了个全市第三名，岂料这年出了一个"白卷英雄"张铁生，政治风向变了，她就没上成大学。但招考她的北京钢铁学院的老师忘不了她。次年招生，这位老师以学院招文艺特长生为借口，以"可以教育好的子女"的名义，硬是把她招进了钢院。韩雪原本想女承母业，一心想报考医学院。但父亲说，男的都不愿炼钢，你是干部子女，你要带头。这样，她就只好学炼钢了。

"你是干部子女"，这句话犹如一柄悬在韩雪姐弟俩头顶的达摩克利斯之剑，也像一道紧箍，这是韩震对子女的要求，也是姐弟俩自我约束的座右铭。韩震多次教育子女，你是干部子女，做好了，是应该做的；做得不好，就是给父辈，甚至是给党抹黑。你学习上、工作上可以高标准，但在生活上就要大众化，你要融入人群里面，叫别人看不出来，不搞特殊化。

上大学之前，韩震单独找女儿谈了一次话。这次谈话相当严肃，也相当正规。

韩震告诉她，俗话说：吃得苦中苦，方为人上人。孟子有句名言：天将降大任于斯人也，必先苦其心志，劳其筋骨，饿其体肤，空乏其身，行拂乱其所为。党的事业需要接班人，工厂也需要接班人。爸爸心里一直有个心愿，希望你将来能当上720厂的厂长。

这怎么可能？她大吃一惊。

怎么不可能？你是中俄混血儿，你是我韩震的女儿，混血儿都特别聪明。爸爸早就看出来了，你特别聪明，是文体全才，你性格坚韧。否则的话，你考不上九中，也考不上钢院。

韩雪根本没想到，爸爸对自己的评价这样高，对自己的期望这样高，心里既兴奋又惶恐，就说，可是，爸爸……

没有什么可是！韩震打断他的话，慈爱地说，女儿，爸爸相信自己的直觉，你是红二代，你不接班，谁配接班？

这句话使韩雪的心里升腾起一种使命感，青春的热血开始在身上奔腾。

你必须加强锻炼，把自己打造成一个大能人。韩震接着将话锋一转，说，你在上大学期间，我不会给你写信，也不会给你一分钱，你要做好心理准备。

听见父亲说，不会给他一分钱，韩雪的心里咯噔了一下。心想，这话似乎更像后妈的意思，不给钱就不给钱，我就不信我在北京活不出来。抱着这个倔强的念头，韩雪进京上大学去了。

说实话，韩雪不喜欢这个后妈。有亲妈白羽这个典范，后妈的一切都相形见绌。后妈太俗气，太势利，太有心计了！韩雪的户口本来上在厂里的，后妈居然把她下到家里的小户口簿上，其目的就是为了垄断韩雪的那份儿购买物资的号票，好让她的四个亲生儿女来分享。她觉得，这个比父亲小18岁的后妈，太风骚，就像狐狸精一样，把他哄得团团转。其实她心里也明白，有了后妈，父亲的心情开朗多了，脸上也有了红润。但是她始终想不通，父亲当年既然那么爱她的母亲，他还怎么可能爱上这个俗气风骚的娘儿们呢？他和她居然又生了一个老幺儿，一个同父异母的弟弟！

到北京钢铁学院报完到，幸好韩雪身上还有十几块钱，不然的话，一个24岁的大姑娘家，身上没有一分钱是没法活的，因为连卫生纸、牙膏、牙刷都用不上。所幸的是，学校不交学费，还发饭票管饭。为了生存，为了优异的学业，她选择了拼搏。她为校刊写稿，每篇5毛钱；参加校田径队、篮球队训练，每天有4毛钱的津贴；参加院文工团的演出，每次有3块钱。她是同学中最寒酸的，虽说买不起汗衫，但钢院发的白色工作服正好一衣二用。她剪了工作服的袖子，夏天当短袖衫穿，到了冬天，又再把袖子缝上。北京的冬天很冷，零下40度，生冻疮的手肿得像包子。

在这个极"左"思潮甚嚣尘上的年代，父亲是"走资派"，母亲是"苏修特务、叛党分子"，背负着沉重的命运十字架的韩雪分外自卑，每次班会，她都要被任党支书的一名同班女生批判或挖苦。女支书是北方人，因为根正苗红，有几分姿色，加上比较风骚，成了钢院的校花，男生们排着队等她约会。真正堪称美丽的自然是韩雪，她有着中俄混血儿的典型的体貌特征，她的美具有一种别的女生不具备的异国风韵。男生们不敢找她约会，是基于政治的原因，工农兵学员们来自基层，当然深知路线斗争的残酷性，他们生怕沾染了她这个双料"狗崽子"的霉运，更怕被组织上误解。班上总共有六个女生，别人都在忙着跟男生约会，只有韩雪是个另类。出于女人的忌妒心理，女支书当然明白她的姿色、她的学习成绩其实并非韩雪的对手，但对方恰恰在政治上不堪一击，这是对方的软肋，这就怨不得她要把她当下饭菜了。

韩雪属于双料"狗崽子"一类，当然不配享受每月5元的助学金，但负责发放助学金的一位姓陶的男生却把她蒙在鼓里，自掏腰包让她白白享受了一年的"助学金"。这天下午，是一月一度的发助学金的日子，陶同学恰巧有事不在，就请他的好朋友帮他发放。韩雪见所有同学都领到了助学金，单单没有叫他去领，就跑去询问。

代发助学金的同学就把名单摊开给她看，说，你自己看清楚好吗？名单上并没有你，从来就没有你的助学金。

她不服气地说，怎么会呢？我不是都领了有一年了吗？

哦，我知道了，一定是他看你可怜，把自己的钱给你了！

韩雪这个双料"狗崽子"，不但人长得漂亮，而且唱歌、跳舞、打篮球、打羽毛球、写文章，在学校里真是出尽了风头。"左派"女支书早就想找个岔子灭她的威风了，没想到她倒自己撞到了枪口上。陶同学用自己的60块钱，以助学金的名义，逐月资助一个生活困难的同学5块钱，这本来是一桩助人为乐的好事，她却召开班会进行上纲上线的严厉批判。最后，她喝令陶同学站起来交代问题。出于想当众羞辱韩雪的阴暗心理，她给陶同学一个最后的机会，如果他承认两人在谈恋爱，并当众说他爱韩雪，那么，这60元钱的问题就可以一笔勾销；如果他否认两人在谈恋爱，那韩雪就必须在一个月内还清这60元钱。

时间在一分一秒地过去，陶同学呆坐在座位上默不作声，其他同学都以一种看客心理在静观事态的发展。韩雪知道，陶同学的父亲在外交部工作，目前是我国驻欧洲某国的驻外使节。陶同学本人不但是一位帅哥，而且心地善良，富于同情心，她在内心还是比较欣赏他的。作为一个25岁的老姑娘，还从来都没有跟任何一个男生有过约会，这是多么叫人沮丧啊！她是多么希望他能当众宣布，说他爱她啊！

低垂着脑袋的陶同学，表面上平静，心里却在进行着剧烈的思想斗争。由于父亲工作的原因，他有许多机会接触到欧美的文明，他不但欣赏韩雪的才华，而且，对她的异国情调的美丽有着独特的感悟和欣赏，他同情她的不幸遭遇，想缓解她生活上的艰辛，这是他的初衷，他其实已经在自己的心田播下了爱韩雪的种子。但是此刻，要在众目睽睽之下，让他当众承认他爱她，他觉得这样做很不明智。当女支书再次逼迫他承认的时候，他开口说，我不爱她，我承认，我只是想帮助她。接着，他居然又头脑发昏地望着女支书补充了一句，她那么丑，我怎么会爱她嘛？如果要爱的话，我不如选择爱你！女支书听了，得意地笑出了声。此话在满足了女支书虚荣心的同时，却把无辜的韩雪彻底伤害了，韩雪当即感到无地自容，恨不得马上钻了地洞。

这时候的60块钱并不是一笔小数目，身无分文的韩雪急得老鹰仰着飞——抓天。那些天，她四处去寻找挣钱的门路。一位女老师可怜她，介绍她用人力板车帮学校印刷厂拉纸，每趟装700斤纸，拉一车可挣5块钱。可是，拉一趟纸谈何容易啊！从地安门拉到钢院，来回四五十里路，一个人拼尽吃奶的力气，需要马不停蹄地整整拉上大半夜。凌晨时分，好不容易才把一车纸拉到目的地。卸完纸，又累又乏，回到女生宿舍，怕叫门吵醒同学，就只好坐在走廊里的地上休息。她的脑袋一靠着墙壁，立刻睡死过去。

拉一趟纸最让人头疼的，是德胜门大桥的那道坡。第一次她没有经验，起跑的距离短了点儿，没能一鼓作气冲上坡顶，结果拉到中途力气耗尽，只好又倒退回去，等歇足了气，又从头再来。她永远忘不了德胜门大桥桥头摆烟摊的那位窦大爷。每回她一冲上坡顶，这位从门头沟煤矿退休、只剩一颗门牙的窦大爷，总会拉过一旁的小板凳，端过大茶缸，叫她喝口水好好歇歇脚。他不但以吃得苦中苦、方为人上人的古训来激励她，而且还说她妈妈白羽是天上的一颗星，在天上望着她，看她会不会给她丢人。

终于，在一个月还差一天的时候，韩雪把整整60元的一大堆零钞放在了女支书的课桌上。

女支书叫那位姓陶的男生把钱收起来。

陶同学阴沉着脸说，我不要。

你敢？你给我收起来！女支书瞪着眼，大喝了一声。

陶同学委屈地刚一转身，眼泪就啪地掉了下来。

韩雪没日没夜地苦干，反复被磨破的肩头红肿发黑，被女支书赞赏性地一拍，她整个人竟噗地栽倒了。

韩雪终于以排名第三的优异成绩毕业了。离别的日子愈来愈近。这天，陶同学在走过韩雪身边时，悄悄说，你出来一下，我有话跟你说。

韩雪望着教室里坐着的其他同学，忽然想到了去年受屈辱的那一幕，有点没好气地说，我不出去，有话就在这里说……

陶同学委屈地望着她，似乎有千言万语要说，最后轻轻地叹了一口气，独自走了。

## 五

韩雪是院文工团的台柱子，她姿容妙曼，能歌善舞，她优美的歌声和舞姿给人留下了深刻的印象。临毕业的时候，八一电影厂和中央民族歌舞团来选演员，都不约而同地看上了她。此时，她正在帮助北京钢厂搞技术改革，钢厂跑到学校去要她，而学校却想把她留校当教师。女支书也在四处活动，一心想留下当教师，见四个单位争着要韩雪，心里忌妒得不行，却又无可奈何。不学无术的女支书在学校赖了半年之后，还是被校方赶回了老家。说实话，这四个单位无论哪一个都令人向往，韩雪感觉自己就像在做梦，忽然化身一只白羽的仙鹤，在金色的丰收的原野上空徘徊不定。祸兮福所倚，福兮祸所伏。岂料老子的这句至理名言在韩雪身上应验了。一直对女儿似乎漠不关心的老革命韩震，居然踩着点子，忽然出面给学校发了一封盖着公章的公函。公函强调，天都机器厂是国防工厂，对于巩固国防举足轻重，厂里刚刚新建了一个炼钢炉，急需一个懂技术的人才，要求把韩雪分回厂里去。韩雪真的不想回厂，无奈户口捏在父亲的手里，她只好乖乖地接受，打起背包回到了成都东郊。她在外求学三年，转了一圈儿又回来了。正是这封要命的公函，把韩雪的后半生彻底改变了。

按照规定，所有刚毕业的大学生都是技术员待遇，但必须在生产岗位上实习一年。炼钢专业毕业的韩雪，首先必须到炼钢炉前当上一年的炼钢工人。

为了错开用电的高峰期，天都机器厂都是在夜晚炼钢的。铸造车间不仅炼钢，而且炼银、炼铜、炼铁、炼铝，有三长溜高大的厂房呈品字形排列，厂房以外还有一栋三层的办公楼。这天晚上，差几分钟十点的时候，韩雪怀着女生的好奇和幻想，抱着全套新领的工作服，在车间主任的带领下，走进了铸造车间炼钢班这个男人世界。出现在文艺作品中的炼钢工人往往豪气十足，那喷溅的钢花犹如节日夜空里绽放的礼花一样美丽，那热浪袭人的橙红色的钢水简直就如飞流直泻的瀑布一样壮观。但是现实的炼钢车间却完全不同。这地方她从未进来过，今天给她的第一印象是，这个车间又黑又脏又乱糟糟。这个黑不是指夜色，而是指灯光照射下的这里的一切，包括头上的行车，周围的墙壁，脚下的地坪和设备，工人们穿的工作服，全都是黑不溜秋的。

炼钢，是重体力劳动，一根钢钎就重达50公斤，所以，炼钢工每一个人都是彪形大汉。这时候，这些大汉们全都待在休息室里小憩，或站，或躺，或坐，或靠。他们忽然看见灯光底下走来一个妙龄女郎，定睛一看，原来是老厂长韩震的千金。对于韩雪，他们都认识，却对她的突然造访感到莫名其妙。韩雪大大方方地走到他们中间，自我介绍说，我叫韩雪，我是新来的炼钢工……她话还没说完，下面就开始嘀咕起来，寡骨脸老炉长踱到她的身后，乜斜着眼睛打量了她几眼，之后突然大吼一声，干活啦！所有人顿时一哄而散。一个黑铁棒般的青工，后来她才知道他叫小廖，走过她的身后时故意用肩膀撞了她一下，走开几步又轻蔑地冒了一句，来镀金的！之后，吹着口哨扬长而去。

对于刚才的见面场面，韩雪心里早有准备，就赶紧找了一个黑暗的角落，换上工作服走到炉台上。一个剃光头的老工人迎着她说，走，抬矿石去。她暗忖，矿石不明明是行车吊的吗，何须人工抬？但她不出声，默默跟在他的身后。装好了一筐矿石，高头大马的老工人想出她的丑，却故意抬前面，而让她抬后面，沉重的矿石筐滑向她一边，她明知对方在给她下马威，却咬紧牙关不吭一声。

之后，又有老工人走过来，叫她去分解矿石。其实，专门破裂矿石的机器就停在一边。两人戴上手套，由她掌钢钎，老工人挥大锤，一锤一锤地砸向钢钎，把大块矿石弄小。似乎是偶然失误，某一锤突然砸向她的手背，疼得她下意识地发出尖叫。不仅如此，工人们在折腾她的这件事情上很有默契，不停地支使她，吩咐她干这干那。

我国炼钢采用的是转炉、平炉、电炉三种形式。天都机器厂铸造车间炼钢用的是电炉，三根电极伸进炼钢炉盖，用短路产生高热电弧的原理来熔化钢，其优点是，它什么料都可以吃，并且占地面积小。韩雪上学时在北京钢铁厂实习，见识过一百吨的炼钢电炉，她所实习的电炉起码都是炼10吨钢的。面对厂里的这个2.4吨的小小的炼钢炉，难免不让她这个钢院的高材生感到啼笑皆非。

厂里这个电炉的整个炉体是个直径3米多的圆球形，球壳是通了冷却水的不断循环的水冷层，球体内敷耐火砖，炉盖是液压开阖的，出钢时炉体可以倾斜，钢水顺着出钢槽流出。这个水冷层必须经常维修，是绝不能渗水的，否则会在炼钢时引起一场氢爆炸。加料时，炉盖升起，行车把料斗吊过来，把料投进去，盖上炉盖。一个多小时就可以炼一炉钢。电源一旦开启，电弧震耳欲聋的轰鸣声骤然而起，响彻全场，这个过程一直要延续到断电。在钢水的氧化期，烈焰喷出炉门一丈多远，人若打那儿经过，毛发都会被燎焦。

炼一炉钢，分三个阶段，即：熔化期（化料），氧化期（用氧气脱碳，在脱碳过程中净化钢水），还原期（用碳粉把氧气从钢里提出来）。炼钢最耗费时间的就是熔化期，如果投的料块头过大，就老是熔化不了。氧化期、还原期的时间都很短，很快就出钢了。一炉钢如果炼得好，钢水表面漂浮的泡沫渣子是雪白的，如果炉渣呈墨色，那炉钢肯定报废了。造渣时，需要工人用铁铲从炉门口加入石灰、萤石、矿石。这些入炉材料，都需要预先烘烤加热。

三个电极安放在中间，最先融化的就是靠近电极的料，这就需要工人不断地用钢钎将靠近炉壁的料戳下来，促使它熔化。戳料的时候很危险，炉温高达1700度，工人戴着手套和炼钢帽，帽子上有一副厚厚的墨镜。他们用嘴巴咬着在脸上围了一圈的湿毛巾，手持50公斤重的钢钎，从敞开的炉门口伸进去。动作必须要快，稍不留意，喷溅的钢花就会把人烫伤，操作一完，脸上的湿毛巾也早都烤干了。如果此时石灰温度不够的话，钢水的温度就会随之降下来，直接影响它的还原，就必须升温。此时，必须争分夺秒把握时机，沸腾的钢水藏在炉子里进行着化学反应，看不见摸不着，钢水一出炉就毫无返工的余地，成败在此一举。用样瓢舀一瓢钢水出来，以秒表来卡，如果凝固的时间愈短，说明炉内钢水的温度就愈低。炉门上留的洞口就是用来取样的，样瓢有一根长长的手柄，取样时，样瓢底部要先沾点儿炉渣。有的新工人害怕，取样时不敢拿眼睛看，稍不注意就会把样瓢熔化掉。

炼钢有一个重要环节，那就是扒渣。厂里沿用的是木头耙子耙渣的老办法。因为木头耙子很轻，它会漂浮在钢水表面，用它迅速把渣子拉出来，再加石灰。木头耙子一伸进沸腾的炉子就开始燃烧，必须趁它在烧完之前，火速把渣子耙出炉。工人们认为，只有长得最帅的最勇敢的炼钢工，才敢去耙渣。

寡骨脸老炉长对韩雪说，你是大学生，吃过洋教，你能不能给我们表演一下耙渣？

韩雪明白，在这群彪形大汉面前，她绝不能示弱，否则，就会永远被人瞧不起，抬不起头。就说，我会叫它自动流渣，根本不用我动手。

众人哪里肯信，鼻子里发出哼哼的冷笑。有的甚至说她脑袋里长了包块。

她说，你们信不信？我只需要丢一坨冷矿石进去。

她的这句话吊足了众人的胃口。她见有人配合她的要求，把炉门关闭了三分之一，就咚的一声扔了一坨冷矿石进炉子。就好比一滴冷水掉进了热油锅，剧烈进行化学反应的冷矿石爆发冲击力，推动浮在表面的渣子咕嘟咕嘟地流向炉外。她大叫了一声，赶快加热石灰造新渣！一个炉前工按照她的提示做了。过了一会儿，有人用耙子把新渣拉出来一看，哇！一层雪白的渣子，表面还是光生的。说明这炉钢炼成功了。

众人亲眼见识了刚才的这一幕，不由得对这个北京回来的大学生刮目相看了。其实，韩雪往炉子里扔冷矿石的这一招，是跟北京钢厂的师傅们学的，不料在关键时刻用上了。炼完钢下班，韩雪感觉浸饱汗水又反复被烤干的工作服，干得就像铠甲，脱下的皮鞋里也倒出了一摊汗水，她发现其他工人师傅除了眼白和牙齿，整个人黑不溜秋的，就好比刚出窑的青砖。就想到自己的尊容也不过如此，就自嘲地笑了。

# 六

跟班不久，韩雪发现，工人纯粹乱炼，经常出废钢，刚水的合格率从来就没有超过百分之八十。她问工人："炼的是几号钢？"工人回答不晓得。她追问："那出的是啥子钢呢？"对方竟回答："它愿意是啥就是啥。"从这个意义上说，她理解了父亲为啥非要她回来不可。

韩雪回厂后，发现父亲对炼钢特别重视。是啊！如果没有炼出好钢，又何来合格的军工产品呢？他那时患胃癌，已切除了胃，但还未瘫痪，还能走路，他经常深更半夜搞袭击，突然出现在炼钢炉前。他依然要厂长的脾气，到处去教训人，走到哪儿骂到哪儿。建厂元老、老革命韩震在"文革"初期被打断了脊椎骨，获得解放后，最初只是厂党委常委，后来还兼任顾问。到了20世纪80年代末，他瘫痪了坐轮椅，每逢一开会，就只能把他抬进厂部办公楼的会议室，一抬上去他就要发脾气骂人，发泄对腐败、对走后门的不满，弄得党委的那些人也挺烦他的。当然这是后话了。老爸是韩雪心目中的偶像，他在家里从来都是说一不二的。韩雪虽说感觉老爸到处训人不妥，也委婉地提示过他，但韩震依然我行我素。

这天晚上，在电弧的轰鸣声中，韩雪又在炉台上扯起喉咙开始高谈阔论。她说，要避免钢水报废，就必须要配足炭；造渣得用氧化铁皮，它升温快，造渣也快。在这个男人世界里，工人们刺耳的粗话此起彼落，几乎每句话都要加一个粗话的话把子。黑铁棒这晚心情不佳，就随口来了一句，你妈屎才氧化铁！

韩雪极为敏感，绝不能容忍粗话伤害到自己的母亲，就凶巴巴地喝问，你骂哪个？

黑铁棒没好气地回答，老子想骂哪个，就骂哪个！

混蛋！她在怒吼一声的同时，飞起一脚，差点把黑铁棒踢翻。

黑铁棒猝不及防，在众人面前丢了脸，就一时性起，朝着她猛扑过来，挥拳就打。

可他哪里知道对方在钢铁学院学过擒拿格斗呢？只见韩雪出手迅捷如电，将黑铁棒的右手猛然一抓，再反手一扭，黑铁棒就负痛地一弯腰叫出声来，她就顺势发力一蹬，黑铁棒飞到一丈开外，砰的一声仰面朝天倒在地上。

寡骨脸老炉长赶紧插到两人中间，说，好了好了，不打不相识！韩姑娘好身手！他又转身对黑铁棒说，往后，你要跟她学着点！

一场冲突就此化解。韩雪暗忖，刚才自己太不冷静，这下糟了，把黑铁棒给得罪了。

炼钢炉如果遇到炉温不均匀，就容易发生钢水喷溅事故。次日，在发生喷溅事故的危急关头，当韩雪正要冲上去的时候，黑铁棒把她往旁边使劲一推，带着几个青工冲到了她的前面。

事后，她问他，为什么要护着我？

他咧嘴一笑，吊儿郎当地说，哪个要喊你比我们有本事呢？

她赶紧说，本事谈不上，谢了！

他说，哎，下了班，打平伙去！

打平伙是四川方言，就是ＡＡ制的意思。她知道，他是班里一伙青年工人的头儿，她没预料到他会把她当哥们儿看待。

炼钢是男人的事，车间里原来只有男澡堂，为了她这个女人，专门给她隔了间浴室。

实习期满，韩雪当了炼钢技术员，还兼任车间质量管理。铸造车间是重体力，重污染，这个车间，每年死两个病人是常事。她一上任，首先立足于改善劳动环境，设计了一系列除尘排烟装置；实行炼钢操作规程，把炼钢的事情理顺。解决了炼钢的大问题，韩震对女儿也没一句好话，只会说："哎！还行。"

即便如此，工人们在内心还是跟她有距离。车间里有位管技术的副主任叫老陆，他是上海人，因为家庭出身是资本家，在"文革"中挨批斗吃尽了苦头。老陆告诫韩雪，你关心他们的生活，比什么动员都奏效。真是一句话点醒梦中人。韩雪本来就是心地善良的人，从此，开始从一点一滴做起。他们炼钢班有好些老工人因为老婆在老家，都住的是单身宿舍，老工人的女儿从老家到成都来玩，她主动当导游，陪她们逛街，晚上睡觉还让她们跟她搭铺，还用自己家里的缝纫机给她们缝衣服；老工人生了病住院，他主动带着礼品去看望；她还主动给他们织毛衣，他们买的毛线不够，她还指点他们去电工班，找线手套拆线来补充。人心都是肉长的，韩雪的努力没有白费。即使韩雪坐在车间办公楼里没有到班，如果炉子出现了什么问题，他们就会主动到办公室找到她反映，她就根据情况及时进行指导。韩雪还专门在炼钢炉前挂了一块小黑板，头天晚上炼钢出现了什么问题，工人会把它写在小黑板上，第二天上午，她会专门去处理这件事，在小黑板上提出自己的意见。这块小黑板成了她跟工人们密切沟通的载体，使她的遥控指挥成为可能。

　　寡骨脸老炉长很有凝聚力，炼钢班的工人们相互都处得很好。每个周末凌晨的夜班，是炼最后一炉钢，因为第二天是星期日，工人们都想放松一下。出了钢，下了班，洗了澡，男工们都光着上身走过来，大家意犹未尽，都不急着回去，而是开始过起了他们自诩的"共产主义生活"。按照约定，大家取出各人预先带来的各种菜肴摆在桌上，又将凑钱买来的几瓶白酒往桌上一杵，拿来茶缸、饭碗、酒盅等盛酒的各种器皿，将白酒一一斟上。然后，大家一边高谈阔论，一边干杯。韩雪现在跟这些彪形大汉相处成了哥们儿，喝起酒来也毫不示弱，该怎么干，就怎么干。

　　三杯酒下肚，黑铁棒变成红透了的关公脸，仗着酒劲儿，他忽然口出狂言，韩大姐，你是晓得的，我的酒量不如你，等会儿我喝麻了，要是对你动手动脚，你要原谅啊！

　　谁知韩雪一点也不含糊，马上接嘴说，好！没有关系，你对我动手动脚，我就扒你的裤子！

　　好啊！众人一致欢呼，爆发出哄堂大笑。

　　真的？黑铁棒问。

　　你想不想试试？韩雪一脸认真。

　　黑铁棒赶紧说，好好好！我服了，服了你了！

　　又有一天，下了班该洗澡了，可是澡堂里的热水不知为什么不通了。男工们就干脆溜进循环水池里舒服去了，一边洗着，一边还唱唱咧咧的。

黑铁棒儿又犯贱了，边哼着小调边吊儿郎当地喊着：韩大姐呀，你快来呀！我们一块儿洗一洗呀……

岂料韩雪应声回答，我真的来咯！她一边说，一边解着扣子。

算了算了！黑铁棒哪里敢接招，顿时慌作一团。众人又被逗得哈哈大笑。

# 七

岁月不饶人，韩雪一晃就29岁了，可她还是孑然一身。她表面上气定神闲的，可心里真的是慌了，她怕自己真的会被爱情所遗忘。

自她从北京钢铁学院毕业回东郊以后，也陆陆续续地相过好几次亲。有的男方的条件相当不错，有的是省上领导的儿子，有的是大学讲师，有的是解放军军官，有的是开民航客机的飞行员，有的是省歌舞团的演员。韩雪美丽动人，身材挺拔，浑身散放着混血美女的异国风韵，并且还是大学生、技术员、厂长的女儿，工资比一般的炼钢工人多20块。如此优越的条件，凡是来跟她相亲的男人，一开始总是很欣赏她，他们毫不吝惜嘴里的赞美之词，有的甚至直勾勾地望着她连眼珠都不眨一下。每当这种时候，韩雪总想捉弄一下对方。她会主动地谈起自己白俄后裔、叶赫那拉氏后裔的特殊家世，再谈到母亲被人迫害致死的情况。每当这种时候，总会出现一种她见惯不惊的情景，男方的眼神会愈来愈诧异，脸色会愈来愈苍白，仿佛马上就会有厉鬼附身似的，然后，总是借口慌慌张张地离去。最后，她总是发出一声冷笑，转身离去。

但是，韩雪却不会知道，有一个男人却一直对她念念不忘，一直在默默地关注她，一直在悄悄地打听她的行踪。这个人不是别人，就是跟她一起在大凉山曲比寨知青点当了两年多知青的张星魁。

几年前，张星魁调回成都以后，最初确实是在一家街道小厂当铁匠。

这个厂夹在闹市的居民院落区里，只有一百多人，主要生产一些简单的劳动工具，比如斧头、凿子、锄头、菜刀、镐之类。车间有篮球场大小，中间矗立着一个一人多高的庞大的炉子，它比老式铁匠炉要大好几倍，学名"反射炉"，俗称"翻火炉"。这种炉子有两个进出口，一个口子加煤，另一个口子出铁，炉温很高，有一千多度，可以同时烧红多块毛铁。炉子周围分布着十多个打铁的砧位，有专门用大铁钳传送红铁块的工人。张星魁头一天上班，就见识了锻工车间工作环境的恶劣。整个车间浓烟滚滚，烟雾弥漫，劳碌的锻工们在氤氲的烟云里若隐若现，四个大排风扇从不同的方向发威，发出呜呜呜的怒吼。工人们穿着油邋片似的肮脏的工作服，捞脚挽裤，脚上趿的是剪了后跟的破布鞋。他不由得心生感慨：这哪里是工人阶级，简直就像劳改犯啊！

加夜班时，厂里却不供应夜餐，工人们只能自己想办法果腹。他们习惯从炉子中夹一块红铁丢在地上，再将盛好米、水的饭盒放上去，不等红铁发乌，一盒饭就熟了。冬天，饱浸污垢的工作服冰冷似铁，工人们只好先将它烤暖烤软了，才好歹穿在身上。有个当过知青的已婚锻工师兄更好玩儿，老婆远在当地乡下教书，两岁的儿子居然由他带。他专门打了个铁提手上在一个肥皂木箱上，每天提着装儿子的木箱上下班。进厂后，将儿子放在工厂的门卫室，时不时地就要溜出车间来照看一下儿子。他每月给门卫5块钱作为酬谢。张星魁还见识了工友中的某些人为了挣零花钱、喝酒钱，是如何偷铁卖的，他们把铁块和短铁条装在烧水壶或饭盒中，大模大样地提着，从门卫眼皮子底下走过。

张星魁的手风琴拉得好，曾经有一个军队文工团和两个地方文工团招乐手，对方都很想要他，无奈政审不合格。一个那么有音乐细胞的人，学打铁却笨得出奇，还有他的力气也不行。跟师傅抡二火锤总是心不在焉的，师傅的小锤在烧红的铁件上指东，他老兄的二火锤完全可能击西。师傅对他完全丧失了信心，就跟厂长提出把他调走。岂料这个厂长也有点音乐细胞，他很喜欢听张星魁拉的手风琴乐曲。有一回，厂长的几个男女同学到厂里来玩，当天晚上在春熙路的耀华西餐厅办招待，厂长就把张星魁叫去拉手风琴给大家助兴。厂长有个同学，恰好是437厂子弟校的校长，这个厂是为歼击机生产发动机的国防工厂。校长的学校里恰好正缺一名上档次的音乐教师。他听了张星魁的演奏很是喜欢，感觉他是一个难得的音乐奇才，再一听说他只是一个不受欢迎的铁匠学徒工，就为他打抱不平，就叫当厂长的老同学将张星魁让给他。校长转身问张星魁，愿不愿意去他们学校当音乐教师，还说学校刚买了一架钢琴至今还没有人弹。天上突然掉下一个大馅饼，张星魁求之不得，欣喜若狂。

一夜之间，张星魁摇身一变，成了东郊某个军工大厂子弟校的音乐教师，心里的那份满足感可想而知。这事弄得张洪炳、蔡淑芬夫妇高兴得合不拢嘴，逢人就炫耀。张洪炳做梦都没想到他这个伪连长的儿子居然还进了东郊的信箱大厂。

这是上个世纪70年代的晚期，中国刚刚在南疆打了一场维护国土完整的自卫还击战，战争对于计划经济下的军事工业的意义自然不言而喻，等于又给它打了强心针。厂里在秘密生产一种新式军品，相关的车间白天黑夜加班加点忙得连轴转。厂工会为了给加班的工人们鼓劲，特意通知子弟校艺术团去厂里进行慰问表演。这天下午，张星魁和另外一名教师带着子弟校艺术团的二十几名孩子去厂里慰问工人师傅。这是张星魁成为这家工厂光荣的一员以来的首次进厂。一转过二环路，那整体雪白装点着一圈圈蓝色的四根壮硕高耸的门柱就映入了眼帘，工厂大门的雄伟和非凡的气势，就让他心里一阵激动。大门口，有两个全副武装的解放军战士在站岗，给人一种警卫森严的感觉。幸好厂工会的杨干事早就在厂门口笑脸相迎了，他和孩子们没费周折就从边门走进了工厂。

进得厂门，但见一条中间有着绿化带的宽阔的中央大道通向远方，大道的左右两边，是一排排雄伟的车间厂房，由远及近，鳞次栉比，也不知道有多少个车间平行地排列着，每隔一段路就有一个十字交口，就会看见一条横穿的大道和排在它两边的车间。一行人沿着中央大道穿过了几个交叉口。杨干事回头交代说，前面口子向右转。一行人刚一拐进右边的口子，就见在远远的正前方，赫然耸立着一幢巨大厂房，它起码有几百米长，有四五层楼房那么高。张星魁和身边那些从未进过厂门的工人子弟全都兴奋地惊叹起来。杨干事说，这是我们厂的主厂房。张星魁忙问有多大。杨干事说你猜猜。张星魁试探着说，恐怕有千打千平方米啊？杨干事微微一笑，说，你怕说哦，四千多平方米！机械加工的五个车间都摆在里面呢。

说话间，众人离车间愈来愈近，就见脚下横着一条铁道。先是感到脚下的大地在抖动，接着，只听呜的一声长啸，一列拖着十几节货车厢的蒸汽火车从左边的厂房背后铿哩轰隆地驶了过来，又从众人的眼前从容不迫地驶去。张星魁早就听说过自己的工厂通火车，但近距离感受它的威风，今天却还是第一次。他收回告别火车远去的目光，抬头朝主厂房放眼望去，只见数十道落地玻璃钢窗从靠近屋顶处直通到地面，密密麻麻地排列在厂房的四面外墙上，使这个无比庞大的车间采光充足。一迈进高大的车间大门，张星魁立刻就傻眼了。眼前是一眼望不尽的黑油油的钢铁怪物，大到小山般巍然屹立的牛头刨床，小到玲珑精密的钻床。机械加工的诸如车、钳、铣、刨、镗、磨、钻、锻等认识的和不认识的各种机床、设备，也说不清有多少台，却井然有序地排列在偌大的车间里。张星魁他们一跨过车间大门，就一脚踏进了一个声、光、电、人交相辉映混杂的无比雄浑的钢铁世界。工人师傅们在全神贯注地操作着各种机器，头顶有行车吊着笨重的产品部件在起落来往，焊接时闪烁的电弧光赛过刺目的闪电。所有的机器设备都在忙碌着，或发出嗡嗡声，或发出隆隆声，或发出呜呜声、哗哗声，或发出令人牙根发酸的啸叫声、吱吱声，或发出砰砰的击打声……所有的声音都不甘落后，在宽广的空间里汇聚碰撞，形成震耳欲聋的交响……现代大工业呈现出的气吞山河的磅礴气势，让张星魁和他的学生们应接不暇，心潮澎湃，激动万分！

此时此刻，张星魁不由得在心里连声喟叹，哦！壮哉！壮哉！这才是中国工人阶级，这才是领导阶级，这才是先进生产力的代表啊！这里比起他之前当铁匠的那个街道小厂，真的是天壤之别啊！幸好他有一技之长，才十分幸运地成了东郊国防大工厂的一员，亲眼见识了现代大工业的非凡面目，不然的话，他这辈子可真的算是白活了！

一直以来，张星魁都知道成都东郊的工人很跩，等到他听了他在子弟校的同事、教语文的姜老师的讲述，才明白东郊的工人在外面能跩到什么程度。姜老师是他的手风琴粉丝，原来是生产第一线的工人，能说会道，喜欢在报刊上发表小文章，也爱思考问题。他告诉张星魁，70年代初，他跟搞检验的人外出，去做某种军工产品的震动试验。这一天来到川北盐亭县，就顺便把汽车停在盐亭县派出所门前，如此这般地跟一位警官交代了一番。然后，他们几个就优哉游哉去赶场，找馆子吃饭去了。过了差不多三个小时才转来。他们惊讶地发现，那位警官居然一步都没敢离开，一直饿着肚子帮他们看守着汽车。因为那警官一看，卡车挂着空军"午"字牌照，生怕发生问题他负不起责任。还有一次是前年的事，他从北京到西安去玩，来到西安饭庄这个大饭店，不料却没有住处了。他找到经理，借口说他带有重要资料，不能住过道。对方看了他的工作证和介绍信，马上就另外安排了房间。还有一件，是他回仁寿老家探亲，随身带了张437厂的介绍信，县委招待所居然不给他安铺。这一来就把他惹毛了，就跟招待所的人大吵，结果惊动了县委书记，由书记大人亲自出来给他安排住宿才了事。

这三个小故事叫张星魁大开眼界，他不禁感叹道，我们东郊工人真有这么跩嗦？

真的，这都是我亲身经历的。姜老师一本正经地说，绝对跩！为啥这么跩？因为我们成都东郊是国防工业的秘密基地嘛，在目前冷战的国际大环境下，它就该跩！不跩就不叫成都东郊了！

姜老师还这样问他，张老师，你感受到东郊"小社会"的幸福生活没有？

他茫然地摇了摇头，请姜老师给他讲一讲啥叫"小社会"。

见多识广的姜老师是个饶舌的人，正好趁机打开话匣子，滔滔不绝地讲了起来。小社会嘛，顾名思义，府河二号桥那边是大社会，东郊这边的每一个国防军工大厂事实上都是一个相对封闭的"小社会"。这是一种时代气息独具的模式，成了东郊的一种时尚，一种让东郊人沉醉的文化风景。

从共和国建国之初至今，成都东郊深受苏联模式的影响，事实上变成了一个特区，是一个现代产业和高科技产业集中的一个区域，在计划经济的体制大格局下，形成了一种耐人寻味的"小社会"文化现象。形成小社会的基本条件是，它们都是国务院某个部直属的大型企业，都是所谓正师级或以上的单位，其党委书记、厂长、总工程师都是国务院直接任命的。形成小社会有两个最重要的原因，一是计划经济体制，二是鉴于国际形势的大背景所强调的保密性。

小社会已经演变成企业替代社会，企业包干了职工的一切，包干了职工的生老病死，甚至包干了子女的工作。乃至于出现了这样的情况，有的多子女的职工家庭，聪明能干的孩子考上大学离开了东郊，有残疾的，或呆傻的，就叫厂里安排。

职工的孩子从一生下来就可以进婴儿室，上幼儿园、上小学、上中学，到上中专，甚至上大学，都可以不出厂门，大学的文凭还是部里颁发的。当然，1977年恢复高考，厂办大学的美好时光也就宣告终结了。这就是小社会完整的子弟校现象。那时候，生了病，有本厂的职工医院；要购物，有本厂服务公司办的商店；要娱乐，有本厂办的俱乐部和文工团；喜欢体育的，还有本厂办的篮球队、足球队、灯光球场。东郊人自嘲说：除了没有火葬场、殡仪馆，小社会什么都有。

张星魁忍不住插嘴说，这一点我有切身体会。我们厂里的文工团水平不低哦，乐团都是两个，一个管弦乐团，一个民族乐团，我一进厂不久，我们校长就介绍我加入了管弦乐团。

姜老师毫不客气地打断他说，你不要插嘴，我下面还有更精彩的。于是他就眉飞色舞地接着讲了起来。他说，以他们厂为例，小社会的功能是最为齐全，最为典型的。厂里的职工有2万人，加上家属，有6万之众。如此庞大的人口基数，相应的设施也最多。在该厂的宿舍区，设有3家职工医院和3个食堂，3所幼儿园，2所小学，中学、职工大学、技工学校和职工培训学校各1所。工厂不仅办了文工团，还办有管弦乐团、合唱团、老年秧歌队等等。工厂现在不仅办了厂报、广播站、《437政工》等宣传载体，厂里正在酝酿开通厂电视台。设在宿舍区临街处的厂工人俱乐部，不仅有售票的电影院，还有层层看台环绕的灯光球场。灯光球场是多功能的场所，春秋两季举办运动会时，是体育赛场；周末，是有乐队伴奏的露天舞场；节假日，是厂演出团体的文艺节目表演场。

东郊这些持之以恒的文化活动异彩纷呈，它不仅丰富、充实了职工的文化生活，陶冶了人的情操，而且增强了工厂的凝聚力，焕发出东郊工业文明的独特光彩。

提到东郊小社会的幸福生活，最令人津津乐道的是坝坝电影。本来，各厂俱乐部都设有电影院，但那是需要买票才能进场观看的，或者某些不宜公开放映的电影才在俱乐部进行。在各厂生活区的坝子里放的露天电影（一般都是在灯光球场举行），则是免费的，所有人都可以看，称为"坝坝电影"。东郊与全国一样，实行的是每周六天的工作制，一到星期六晚上，就是看坝坝电影的时间。1976年10月粉碎"四人帮"以后，文艺的春天降临人间，几乎所有被封存被批判的国产的、外国的老电影统统开放。于是，每一个周末都是东郊各厂宿舍区的节日。即便是在十年"文革"的闭关锁国中，也能看到外国电影，当然只有朝鲜电影的"哭哭笑笑"和阿尔巴尼亚电影的"枪枪炮炮"了。那时候，各厂都买了电影放映机，建立了电影放映队。由市电影公司负责为东郊各厂的坝坝电影实行有偿供片。只要你舍得跑路，从天黑到次日凌晨，同一部电影可以在不同的宿舍区至少看它个三四遍。

张星魁兴奋了，忍不住又插嘴说，对对对！有天晚上放歌剧电影《刘三姐》，这部电影拍得真好，我特别喜欢，我那天晚上一连跑了三个宿舍区，硬是看了它三遍，叫我过足了瘾瘾！

姜老师又绘声绘色地接着讲了起来。星期六一大早，占位子的行动就拉开了，高高低低的板凳、椅子在露天放映场地上排得满满的，先来的，看正光，板凳摆在正面；后来的，只能看背光，板凳摆在背面。一排排椅凳看似密密麻麻，其实秩序井然。只有占好了晚上看电影的位子，上班的人才放心，上学的人才安心。春天的时候，电子部的一位领导到793厂视察，白天路过露天放映场时，忽然看见极其壮观的板凳、椅子阵，不免诧异。一问，才知道原委。有感于职工对看电影的渴望，当即拍板发话，资助他们厂修建新俱乐部。

从50年代至今，厂里的工资都要高人一等，比如二级工的工资，每月是39块，而外面的二级工则只有33至36块。国防大厂的工人每月还要拿保密费，根据保密等级，从3块至5块不等。由此形成了军工高人一等的优越感。还有，东郊这些大厂的劳保福利待遇都特别好。夏天，厂里每天发给我们的冰糕，有水果味、奶油味、蜂蜜味的，我们用暖瓶打回家去，全家人吃得津津有味。

姜老师问张星魁，三年困难时期你还在读中学，你说那时一个普通市民一个月供应几斤猪肉、几两菜油？

张星魁说，哪里嘛，就供应一斤猪肉、半斤菜油嘛！

知道我们供应多少吗？姜老师得意洋洋地问，是两斤猪肉、一斤菜油，还有两斤黄豆、一斤白糖。还不说我们厂通过关系，用直通厂里的火车，从沿海省份拉回来的一车皮一车皮的带鱼、水果，我们上班的时候，带着报纸、网篼，三斤五斤地分回家去。那是在大饥饿的年代哦，这是多大的实惠，多强的优越感啊！影响所及，处在东郊范围内的那些地方国营工厂也不甘落后，纷纷向我们这些信箱厂的小社会看齐。

哦！怪不得我们东郊的工人有那么跩啊！张星魁说这句话的时候，无形中就带着扬眉吐气的感觉了。

# 八

张洪炳家的老二二奎还在云南生产建设兵团当知青，夫妇俩就催促大儿子，说他都二十五六岁了，赶快给他们找个媳妇儿回来，他们急着想抱孙子了。张星魁迫于父母的压力，他产生的第一个念头，就是去天都机器厂找韩雪。因为前不久他曾经听舅舅蔡长安说过，韩雪至今都还没有要朋友。吃过晚饭，他赶到天都机器厂宿舍区找到舅舅，说他要去找韩雪，叫舅舅给他指路。蔡长安告诉他，不巧得很，韩雪考上了北京钢铁学院，都已经走了一年多了。蔡长安狐疑地打量着他，问他找韩雪什么事。

张星魁的脸刷地红了，居然变得口吃起来，我……我们下乡下在一堆的，我想……想找她叙叙旧。

哦！蔡长安是过来人，一下子就把这个外甥看透了，说，韩雪是个好姑娘啊！只可惜被她的家庭出身拖累了，听说她一直找不到男朋友。不过也难说，到了北京天地就宽了，要找个大学的同学也说不定。

乘兴而来的张星魁，被舅舅的一席话说的心都凉透了，他恨自己为什么这么蠢，当知青回来的这几年，为什么不多和韩雪联系？为什么不趁她走之前来找她呢？但是，不敢找她也情有可原啊！因为当时自己是铁匠，一种发自内心的自卑感，觉得自己跟她不般配，所以一直不敢找她。

斗转星移，光阴似箭，三年的时间转眼就过去了。这期间，他还不忘暗中嘱咐舅妈，叫他暗中打探韩雪是否结婚的消息。终于有一天，舅舅蔡长安告诉了他一个特大喜讯：韩雪她学成回厂了，如今在铸造车间实习炼钢，她确确实实还没有男朋友。跟韩家一直保持联系的纪哥还告诉他，那些来相亲的人，一听到韩雪的家庭历史情况就谈虎色变，弄得韩雪很苦恼。

啊！韩雪居然一直待字闺中，这真是苍天有眼啊！在得知韩雪消息的当晚，张星魁失眠了。他和她该是多么有缘分啊！在大凉山曲比寨的知青点，他俩一起生活了两年多，最后的3个月，甚至就只有他们两个人待在一起。她的美貌，她的才干，她的人品，她的善良，她的吃苦耐劳……她身上的所有的一切，乃至于偶尔擦肩而过闻到的她的汗味儿，他都喜欢啊！他在山寨的最后三个月简直暗无天日，因为本来属于他的招工名额被人顶替，他沮丧，他痛苦，他寂寞，他空虚。他曾经产生过跟她谈恋爱的念头，但是，一见到她森严壁垒拒人于千里之外的架势，他就打退堂鼓了，狠心地踩灭了刚刚冒出的爱的火星。

如今，机会再次降临，如果他再不勇敢出击，他将抱恨终身。他一旦决定了出击，灵感就接踵而来。他决定先给她写一封书信来试探她。在信中，他先自我介绍说，他已经不是街道小厂的铁匠了，而是东郊大厂子弟校的音乐教师；接着，跟她谈了一通他俩的缘分和友谊，谈了他现在苦于找不到女朋友的现状，最后拜托她，务必帮忙给他物色一个女朋友，而这个女朋友的身高、体型、年龄，乃至于脾气，都是比着她韩雪的情况来写的。他在信的最后还故意来了这么一句：听说你还没有找到对象，是这样的吗？他把这封信密封了，直接送到天都机器厂宿舍区的门卫室。

他以为这封信会直接交到韩雪的手中，谁知却被韩震取走了，并且拆开看了。女儿成了嫁不出去的老姑娘，作为老爸，他当然会格外关心女儿的往来信件。成天忙于炼钢的韩雪，从老爸手里接过信看了，居然没有看出信中的弦外之音。她很客气地给他回了一封信，信中称他张师傅，说她很喜欢他拉的手风琴，并说自己尚未找到对象，是另有原因，跟他还不一样。

哇！韩雪居然给他回信了，她不仅主动承认她还没有找到对象，而且还说她很喜欢听他拉手风琴。小伙子激动得抓耳挠腮，当天晚上就给她写了回信。他自然不知道他的信是韩老头子拆开的，回信一开头就抑制不住兴奋地写道：亲爱的，是你拆的信吗？接下来，就是他抄录的外国爱情诗歌中的浪漫段子，其中还不乏肉麻的句子，以表达对她的爱慕之情。

这第二封信幸好是韩雪本人亲自收到并且拆阅的，一看就知道他抄录的那些外国情诗很笨拙。女人虽然天生就喜欢听甜言蜜语，而她却更喜欢听真实的东西，不过，他对她的心思已经暴露无遗了。看来他的第一封信分明是在试探，而她本着受人之托忠人之事的古训，正努力在厂里的姑娘当中帮他物色一个意中人。现在他自己不打自招，这就迫使她认真地考虑起他和她的关系来。在别的男人对她的"二毛子"身份谈虎色变的时候，张星魁这个老小伙子当然也是可以接受的。他俩已认识多年，相互间知根知底，又一起在大凉山共过患难，可惜，她从未把他纳入过视线，作为她的人生伴侣来考虑过。平心而论，张星魁他心好，率直，书生气十足，有艺术细胞，而这些，都跟她很投缘。他虽说不是长得很帅，但气质不俗，眼神灵动。唯一美中不足的是，他的个头不足1.7米，而她身高1.65米，她又比较丰满挺拔，二人将来走在一起，会显得他矮她高，别人会说他俩不般配。她最担心的是，他在内心深处是不是真的会接受她的家庭出身。这样，她就故意没有及时给他回信。

自从在信中对韩雪公开表白以来，张星魁就深陷其中不能自拔了。韩雪迟迟没有回信，这就足以让他担惊受怕了。周日这天的下午，他跑去找舅舅蔡长安给他支招。

蔡长安说，星魁，舅舅就给你实话实说了，你不要看韩雪现在这个样子，说到底，人家是高干的女儿，你们家的条件太一般了，你要是真想把她追到手，就不能只躲在屋头写信打坐地冲锋。

张星魁忙问，舅舅，我该咋做嘛？

蔡长安说，古话说的好：美女怕秀夫。啥子叫秀夫？就是要放下脸面，不顾一切地去追，去纠缠！

张星魁说，我倒很想追到她家里去，就是怕他老爸……

舅妈孙巧兰插话说，这一关早迟是要过的，未必她老爸敢把你吃了？只要你两个弄好了，他老爸还不是只有干瞪眼！

让舅舅、舅妈这么一打气，张星魁决心豁出去当秀夫了。他问舅舅，能不能帮他把韩雪约出来。舅舅告诉他，不能这么干，韩雪现在住的是单身宿舍，晚上的那一顿饭她每天都要回家去做的，你今天晚上就正好去找她。

当天傍晚，张星魁果真挎着他的手风琴，不揣冒昧地敲开了韩震的家门。

这个时候，祸国殃民的"四人帮"早已粉碎，划时代的中共十一届三中全会已经开过，韩震的问题已经平反，"文革"初期扣发他的工资也已经补发了。当年韩雪一从北京钢铁学院毕业回来，首先做的第一件事情就是到处去反映，要求把在云南生产建设兵团已经当了几年知青的弟弟韩刚调回来，但是无济于事。前不久，厂里专门腾出一套原来由单身职工合住的苏式四套一的单元房，并修葺一新，请老革命老厂长、如今的厂党委顾问兼常委韩震同志，搬进去住，韩震这才告别住了十多年的老平房，携新夫人蓝春梅及其子女搬进了"新居"。尤为可喜的是，在白羽冤死十年后，厂里为她召开平反大会。当天，人们奔走相告，720厂的影剧院挤满了人，连外面的马路上都站满了。之前，厂里的老干部们说，一定要趁我们在，把这件大事做了。大会上宣布：白羽是"党的好女儿，人民的好医生"。这样，韩雪的弟弟韩刚才顶白羽的班调了回来。韩震这时准备离休，让儿子去烧锅炉。韩刚发奋考上了政法学院，但老爷子偏偏不准他去，说干部的子弟不能搞特殊。

张星魁兴冲冲地赶到韩家门口，定了定神，敲开了门。开门的正是韩雪本人，大门一拉开，韩雪、张星魁就同时叫了起来，韩雪！张星魁！韩雪热情地请他坐在客厅的沙发上，给他沏了一杯茉莉花茶。张星魁局促不安地环视了一下焕然一新的客厅，别的不说，单是这个客厅里摆的棕色真皮沙发就很少见。他没话找话，说，哇！你们家的房子真漂亮！

还马虎吧。韩雪笑了笑，说，哎，这么晚，你背着手风琴到哪儿去？

你家里人呢？张星魁下意识地瞟了瞟里屋，答非所问。

韩雪说，我爸和后妈吃过晚饭，带着最小的弟弟和妹妹下楼散步去了。哎，我问你怎么背着手风琴？

一听说韩震不在，张星魁悬着的心才落了下来，说，我是专门过来拉琴给你听的……就打开风箱的搭扣，按动按钮调了调音色，动手拉起琴来。

这是一首非常欢快的乐曲，节奏轻快、活泼，有弹性，旋律富于动感。乐曲一开始用陈述方式，描述了一个优美的生机勃勃的环境，渲染着一种丰收后的喜悦情绪。它使韩雪产生了联想，她仿佛看到节日来临时，那些欧洲的农夫农妇们穿上鲜艳的民族服装，脸上洋溢着笑容，忘记忧愁尽情舞蹈，围在一起载歌载舞狂欢的情景。

乐曲演奏完毕，见韩雪依然沉浸在音乐的意境里，张星魁过了一会儿才轻声问她，怎么样，好听吗？

太好听了！韩雪兴奋地说，哎张星魁，我发觉你比过去拉的好多了，这乐曲声会钻到人的心里头去呢！

是吗？献丑，献丑！张星魁听韩雪这么一说，心里其实挺得意的，但嘴上却还谦逊。

哎，你就给我讲讲，这首手风琴曲是怎么回事吧。韩雪说。

张星魁说，这曲子名叫《啤酒桶波尔卡》，是欧洲最流行的波尔卡舞曲之一。1927年，年仅25岁的捷克作曲家雅罗米尔·维佛达创作了这首曲子。1939年，著名的指挥伯恩斯坦在纽约上演了这个曲目，立即风行全世界，成为"世纪名曲"。"波尔卡"这个标题，不是起概括和提示音乐内容的作用，而是表明它的体裁属于一种男女对舞用的舞曲。19世纪30年代流行于捷克农村的一种波尔卡节奏的舞蹈舞步，为《啤酒桶波尔卡》这首曲子提供了基础。

张星魁眉飞色舞，滔滔不绝地讲着。韩雪暗忖，原来觉得他有时候说话有点口吃，不曾想，一说到他喜欢的手风琴，他竟然可以说得这么流畅，而且表情还特别的生动、自信。咦！其实他还是蛮帅的嘛，以前怎么就没有发现呢？

他当然不知道她的心理在一瞬间已经发生了微妙的变化，既然她在信中说喜欢听他拉琴，今天机会又这么好，家里无人干扰，他索性就趁机拉个够。最主要的是，跟她面对面，他就异常兴奋，但要跟她当面表白，他却说不出口，于是，拉手风琴就成了他俩的最好的交流。他使出浑身解数，倾注了满腔的热情，拉了革命现代舞剧《白毛女组曲》，又拉俄罗斯的《黑眼睛》，拉了中国的《梁祝》，又拉苏联的《山楂树》……天真的，纯情的，欢乐的，浪漫的，忧郁的，心旷神怡的……种种情绪从他的琴声里飞扬而出。韩雪从来没这么集中地听过这么多手风琴曲，她这才发现手风琴这种乐器居然有这么丰富的音色与和声，有的歌曲经过手风琴一演奏，竟然变得格外动听，格外有韵味。

张星魁正拉得起劲，韩震忽然推门走进来，后面跟着蓝春梅和她的两个几岁的儿女。

拉得这么响，就不怕影响四邻吗？韩震一开口，话就不中听。

琴声戛然而止，张星魁赶紧起身，不知所措。

韩雪赶紧介绍说，爸，蓝姨，这是张星魁，当年我们一起在大凉山当知青，住在同一个寨子的知青点。

韩叔叔好！蓝阿姨好！张星魁点头哈腰地招呼着。

韩震唔了一声，他挑剔的目光早就在打量张星魁了。说实话，女儿的这个男朋友他并不喜欢，单是他的这个个头，他就不喜欢。

哦，坐，坐。反倒是蓝春梅点头笑笑，客气地说了一句，领着一儿一女进了里屋。

韩震在三人沙发上坐下来，不怒而威，似乎是随意问道，小伙子，在哪里上班呢？

在437厂上……上班，哦，不……不是上班，我是子弟校的音乐教……教师！张星魁一紧张，又口吃起来。

韩震当然了解这个437厂，这是为歼击机生产发动机的国防工厂，是1959年从沈阳搬迁过来的。韩震疑惑地望了望张星魁，说，小伙子，你口吃啊，你怎么上课呢？

张星魁急了，赶紧辩解，报……报告韩叔叔，我上……上课不口吃！

韩雪见张星魁如此紧张，头上都开始冒冷汗了，就明白他不能再待下去了，忙说，爸，时间不早了，张星魁他该回去了。

这话倒把张星魁提醒了，他用手抹了一把额头上冒出的汗，僵硬地笑了笑，是……是不早了，我……我该走了。说罢，挎着手风琴就朝门外走。

韩雪站起身，抱歉地对父亲一笑，说，爸，我去送送他。说着，尾随而去。

他和她一前一后地走着，一路无话。此刻，深邃的夜空挂着一轮冰盘似的圆月，清辉如水。韩雪本就肌肤如雪，这晚穿了一件自己做的紫红色的连衣裙，又披散着瀑布似的长发，在月光下更显得楚楚动人。厂里的姐妹们曾经当面夸她，说她的这身打扮，简直就像法国电影《巴黎圣母院》中的艾斯米拉达。她今晚的心情很好，脑海里一直跳荡着《山楂树》的动人旋律，她真想放声纵情歌唱，真想如《啤酒桶波尔卡》里的那些欧洲的农夫农妇们一样尽情舞蹈。又是在一个喜欢她的男人面前，她就想趁着夜色放肆一把。刚好路过一根电线杆子，她忽然站住了，犹如面对一个舞伴，她彬彬有礼地对着电线杆子鞠了一躬，说，先生，你好！我们跳个舞吧！然后，她就搂着电线杆子，嘴里哼着《山楂树》，摇曳着身姿，翩翩起舞。

韩雪的这种前所未有的浪漫和放肆，深深地感染了张星魁，他忽然情不自禁地对她表白起来。他说他那么多年来一直希望找到一个知音，但是找不到。他说他是搞艺术的，对女人的美本就敏感，她美丽的五官，妙曼的身材，雪白的肌肤，都是他梦寐以求的。他说他喜欢她，知道自己的地位配不上她……

此刻，她对他的表白丝毫也不感到突然，因为他含情脉脉的眼神早就暴露了心灵的秘密。眼前的这个男人，这么真诚，这么动情，她可不能错过这个机会啊！就说，你怕配不上我，我还怕配不上你呢？接着，她就像对其他相亲男人讲鬼故事一样，故意讲起了她的"二毛子"身份，心想看他会不会被吓跑。

谁知，他一听，反倒笑了起来。

你笑什么笑？她感到有点意外。

你讲的这些鬼故事，我比你还清楚，你吓不到我的。他一直在笑。

怎么可能嘛？人家可是第一次对你讲哦！她忽然对他撒起娇来。

他说，你忘了？那年到大凉山曲比寨的第一天，我就对你说过，其实我们爸也不是什么好人，一样的黑五类，我们要黑，就黑到一块儿吧！

哦对了，你好像还对我说过，你们家的那个谁，在我们厂。

我们家，就在猛追湾那边原先的城门洞底下，那儿有个小杂院里，我们那个小院，连我在内就有四个人在东郊这边上班，我舅舅蔡长安，我纪哥纪中和，都在你们厂……

哇！我知道了，你们那个小院我去过！她惊喜地接过话头，说，还有793厂的柳姐柳春枝嘛！

所以说，我们俩真的是太有缘分了……他的话变得温柔起来。他把挎在肩上的手风琴取下来放在地上，突然张开双臂，将她一搂。

在这银色的月光下，晚风轻轻，这一对相识了十年之久的年轻人，终于忘情地拥吻起来。

但是，韩震并不喜欢女儿为自己找的这个女婿，觉得他配不上自己的宝贝女儿。韩雪就给张星魁出主意说，我爸要是铁了心不答应你的话，你可就惨了。你必须要跟他改善关系，唯一能做的就是投其所好。她就如此这般地对他耳语了一番。某个周日的下午，按照事先的约定，张星魁带了七八个少先队员来到韩家，请老革命韩爷爷给他们讲革命传统故事。老人家离开枪林弹雨的战场已经有二十多年了，一讲起当年的出生入死，依然是豪情满怀。在这些天真活泼的晚辈面前，他再次意识到了自己存在的价值，为自己当年的革命经历感到由衷的自豪和骄傲。心情变得惬意了，女儿的男朋友也就变得可爱起来。如此一来，他也就爽快地为女儿女婿的婚事开了绿灯。

一

这是20世纪80年代的第三个年头。

今年的春天来得特别早，正月还没过完，一夜春风从沙河两岸吹过，那些镶嵌在工厂区和宿舍区空隙的一片片田野忽然苏醒了，油菜花开出金黄的花朵，麦苗变得翡翠般碧绿，垂柳如烟，柔软的枝条轻拂着沙河的流水，桃花如火，李花似雪，一个阳光明媚、百花争妍的春天接踵而来。

中国进入了改革开放的新时期，成都东郊工业集群凭借自身厚重的实力迎来了高速发展的春天。最直观的变化，就是新厂房和新住宅楼犹如雨后春笋般纷纷拔地而起，国营的、地方国营的、大集体的等，不同体制的建筑，陆陆续续将沙河两岸残存的耕地填满，最终形成了成都东郊工业区纵横16.4平方公里、有着数十万人口的宏大规模。从西北方向蜿蜒流来的沙河是整个工业区的分界线，府河以东至沙河以西是远近闻名的成都东郊的生活区，层层叠叠的灰色或土红色的苏式楼房和新修的灰色单元宿舍楼新旧混杂，挨挨挤挤。其中最亮丽最惹眼的建筑在107信箱宿舍一区的背后，那是电子科大巍峨壮丽的主教学楼。沙河以西，是成都东郊工业区的生产厂区，有一条市区的主干道二环路纵贯南北，所有的厂房、车间、库房、办公大楼、烟囱等等，不管是电子部、航天部、航空工业部、兵器工业部、石油部、国家科委所属的国防工厂、科研单位，还是省属、市属、区属的企业，都井然有序地分布在二环路的东西两边。如果从高空朝地面鸟瞰，各种工业符号的建筑物连绵不断，还有郁郁葱葱的行道树、厂区里的绿化树，从南到北不断地铺展，一直铺往天边，与金黄的油菜花海和翡翠般的麦苗海相连接，那种宏伟壮丽的气势不由人不血脉贲张。

春枝似乎天生就是当劳模的料，去年年底，她又被评上了全国三八红旗手和省劳模。厂里的生产任务很重，她又成了车间里的顶梁柱，成天忙于上班，加班，没日没夜，她又回到了"文革"以前的工作状态，大凡工作以外的事情，她都不大感兴趣。但是今非昔比，她已经青春不再，她今年36岁了，已经进入了人生中最忙碌的季节。柳春枝的爷爷离世了，但是奶奶和母亲健在，还住在猛追湾那边的老房子里。她和杜宇庭生了一儿一女，儿子9岁，女儿7岁。如今，为人母为人妻，上有老下有小，顾了厂里就顾不了家里，丈夫杜宇庭上班的地方又远，为了节约梳头的时间，她特地剪成了短发。每天早晨一起床，首先取开蜂窝煤的盖子煮稀饭，再洗漱梳头；梳头的时候连镜子也不照，随手拿起梳子刮几下了事。叫醒丈夫起床，照顾两个孩子起床、吃饭，用自行车搭着两个孩子送子弟校，然后自己再匆匆忙忙骑车去上班。

出了宿舍区大门右拐，就是建设路。建设路从府河边起步，横跨一环路，止于二环路口，沿线是工厂的宿舍区最为集中的地方，它又是通向城里最主要的通道，每天上下班的高峰时段，就是自行车潮和人潮"洪峰"奔涌的时刻。进入70年代末，自行车逐渐成了东郊工人代步的工具。离上班还有一二十分钟的时候，来自四面八方的自行车流和人流，陡然间会在建设路上汇成暴涨的"山洪"，挤走了汽车，挤满了街道。各式各样的自行车，轮靠轮，车挨车，从西驰到东，其景象极为壮观。下班时间一到，自行车流和人流又从闸门似的每个工厂的大门涌出，汇集到建设路来。慢如蜗牛的公共汽车的喇叭声，喧闹的人声，自行车的铃铛声，响成一片。此时，最怕出现意外，一旦某辆车骤然一按刹把，将引起多米诺骨牌般的连锁反应，噼里啪啦地倒下一大串。因刹车而引发的笑话不断。

柳春枝骑车是新手，以前她都是步行上班。这天早晨，她骑着刚买的崭新的凤凰自行车，在建设路上的车流中摇摇晃晃地骑行着。车流的前方出了状况，车速陡然慢了下来。这种车速显然超过了她控制自行车的极限，她紧握车龙头左右摇摆，眼看即将栽倒。就在她朝右边一倒的瞬间，她下意识地一伸手，猛然将旁边的男人一搂，男人因此差点摔倒路上，忙将双脚踩地。等到贴在对方背上时，她才发现，这名男人不是别人，正是郭兴凯。

是你！郭兴凯发现是她，惊喜地叫了一声。

二人同时窘得满面通红。他和她虽说同在一厂，但是一个住在宿舍一区，一个住在二区，全厂数千人，大家又都很忙，能够邂逅的机会其实并不多。她当然知道他几年前就圆满完成了援外任务，回到了东郊，但是他和她却从未打过交道，她只是在人丛中远远地望见过他，发现他这些年体型居然没怎么大变，应该说还比过去显得稍微瘦削了一点。今天，却是以这种方式重逢，实在是有点令人尴尬。但二人却很默契，趁他伸手帮她掌稳自行车龙头的时候，她赶紧松开他，在地上站稳。

你还好吗？他向她投去关注的一瞥。

她红着脸，点了点头，却忘了向他道谢。二人各自重新跨上自行车，随着车流蹬远了。郭兴凯怕惹得她不自在，就再也没有跟她说过一句话。

## 二

随着春天的脚步一起到来的，还有电子部的一份任命书，郭兴凯被任命为紫光电子管厂的厂长。柳春枝得到这个消息之后，既由衷地为他高兴，又为他捏了一把冷汗。

她曾经听一位比较了解内幕的姐妹给她说过，全国企业的产值都很低，部里表彰的某个先进典型，利润才不过500万元。但紫光厂确实很困难，紫光自"一五"期间建立以来，有二十多年单纯凭指令进行生产的经历，在之前的十多年中，工厂连年亏损或微利，成了部里的"老大难"企业。企业除了体制上的问题以外，还有一个重要原因，紫光无形之中变成了全国在真空技术方面的一个大试验场。无论是搞设备、搞材料的，还是搞工艺的，都利用紫光搞试验，这种情况已持续了十几年，造成紫光的亏损。所有试验耗费的钱都背在企业身上。比如某种设备，不知该怎么做，用什么材料做，做了五六台，最后有一台成功了，这个成果就由天都机器厂或部属的其他别的厂享受，国家装备制造能力固然提高了，但是成本却让厂里背上了。厂里在很长一段时间里投入大量的人力物力，配合搞试验，其中也做一台给紫光，并且还是花钱买来的。截至目前为止，厂里有很多欠债，有七八千万要还。但是郭兴凯居然对债主们说："你们再忍耐一两年，到时候绝对全部还上。"但是谁都不相信他。这个郭兴凯啊，叫她说他什么好呢？那可是七八千万块啊，到时候他怎么拿得出来？除非他会变魔术。但是她又转念一想，郭兴凯并非夸夸其谈之辈，莫非他真的有什么高招？

她觉得793厂分明就像一艘破轮船，轮船漏水，船上挤满了乘客，郭兴凯勇敢地带领大家，一边修船一边破浪前进。他刚一走马上任，就把改革的主攻方向选在打破"大锅饭"上。厂里的那条国产黑白显像管生产线是"大锅饭"最突出的表现。进入新时期的全国老百姓，盼着看电视，盼着能买部黑白电视机。紫光作为全国最大的黑白显像管生产基地，产量却上不去。非常滑稽的是，维持这条生产线运转的几百名员工全是临时借调人员，不安心工作、技术也不熟练的现象很普遍。这条生产线不仅工作环境比较艰巨：高温、噪声、空气不好，而且劳动强度大，但每月的奖金却拿的是十几块钱的平均数。企业内部分配上的"大锅饭"弄得职工们不思进取。因此，产品合格率低、工厂效益差。

郭兴凯真的好有魄力啊！他要调动员工的生产积极性，让奖金向大生产线倾斜，同时还决定：第一，对临时借调到这条生产线的几百号人，全部办理正式调入手续；有特殊原因需要调整者，放到以后酌情处理。第二，有想不通或者有意见的同志，可在三天之内到厂长办公室跟他交换意见；三天过后不上班者，以旷工论处。

依今天的眼光来看，这个决定可谓平常之极。在当时，却相当于在一锅滚油里陡然泼进了一瓢冷水，"轰"的一声巨响，全厂顿时炸开了锅。人们早已习惯了慢慢吞吞、自得其乐的生活，哪怕挣钱不多，平淡如水，也无所谓。俗话说：新官上任三把火。这个连椅子都还未坐热和的新厂长，烧的第一把火居然是动奖金！一时间舆论蜂起，骂娘的，叫好的，看笑话的，纷至沓来；有人甚至软磨硬抗，整个工厂的节奏明显慢了下来。

柳春枝所在车间的奖金自然是在砍削之列。她能听到工友们最真实最难听的怪话，她既不可能随波逐流，也不可能替郭兴凯说好话，就只能成天阴沉着脸，这反而让他们把她认为是同盟军。她还曾经产生过一时的冲动，要不要到厂长办公室去找他？反映下面工人们的真实的动态，提醒他注意。但她又怕别人对她产生误解，她毕竟是793厂的标准件，他和她的反常的接触万一引火烧身呢？

人们反响之强烈，大大出乎郭兴凯的预料，他甚至做好了最坏的打算，组织了由80名干部组成的后备队，预防万一三天以后果真有人撂挑子，他就要亲自带队顶上去。一连三天，他都坐在办公室里，等候与来访的员工对话。但他发现，好些来访的工人只是出于对他能否真正坚持逗硬的担忧，他就斩钉截铁地回答：如果不逗硬，就请你们来找我算账！

三天的时间一晃而过。第四天的8：05，郭兴凯从电话里得到消息，这条生产线上本班人员无一缺席。好！他不禁高兴地叫出了声。从此，这条生产线上出现了从未有过的现象，员工们表现出空前高涨的劳动热情，生产蒸蒸日上，产品合格率大大提高。结果，这条去年底刚投产的黑白显像管生产线，在次年的产量就超过了设计能力，创造出上千万元的利润，实属成绩空前。郭兴凯的人气一下子就蹿升上去了。

三

星期天的早晨，韩震、郭兴凯、卞文渊、纪中和在建设路上的沙河电影院门前会合，按照事先的约定，四人同时登上了一辆公交车。

成都东郊工业区这边，没有公园，没有休闲场所，就连像样的茶馆也没有，一到星期天，东郊人总是鼓噪着进城。进城干什么？去休闲，逛大商场、会朋友、逛公园、进茶馆、看展览等等。"文革"结束以后的这些年，只要觉得有必要，而大家又有空，郭兴凯他们三个铁哥们儿时不时地就要约上韩叔叔，一起进城去泡茶馆，这老少两辈的忘年交，似乎总有说不完的话。每一次，他们几乎都是固定去一家茶馆。这家茶馆名叫"鹤鸣茶社"，始建于20世纪20年代，坐落在祠堂街的人民公园里面，它占地30亩左右，当仁不让地成为成都最大的茶社，是一栋鲜活的文物建筑。上这路公交车很方便，不需要转车，不一会儿，四人就到了人民公园的大门口，

人民公园原名"少城公园"，始建于清宣统三年（1911年），是成都有史以来的第一个公园，也是四川最早开办的第一个公园。里面有个闻名遐迩的"辛亥秋保路死事纪念碑"，那是为了纪念辛亥革命前夕四川爱国志士发动的保路运动中的死难者，此碑以后成了国家重点文物保护单位。

正是炎热的夏季，四人在临湖的茶廊选了个位置。眼前视野开阔，湖对岸是一带逶迤的假山，绿树葱茏，垂柳如丝，湖中有一只只荡漾的游船。头顶古树覆盖，浓荫蔽日。这儿真个是都市里难得的清凉世界，人往靠背竹椅上一躺，但觉凉风习习，舒适无比。

这年夏天，在一次军委扩大会议上，中共中央军委主席邓小平伸出了一根食指，神态轻松地宣布：中国政府将裁军一百万。这个消息，对于成都东郊乃至全国的军工企业来说不啻是晴天霹雳，它所带来的震荡不言而喻。茶馆本是谈天说地、神吹海聊的地方，但不知为什么，这一天，这四个喝闲茶的人始终没有闲下来过，摆谈的内容始终没有离开过"军转民"这个话题。

韩震如今两鬓如雪，除了腰因旧伤不大打得直之外，身体还算

硬朗，多年来养成了关心国家大事的习惯，虽说已经离休了两年，但他依然对全国军工企业所面临的严峻形势洞若观火。他告诉三个晚辈，其实早在80年代初，国家就已经开始进行全局调整，强调指出"军工也要退够，要放小"。随着国际形势的日趋缓和，去年中央又明确要求军工企业：必须认真贯彻执行"军民结合、平战结合、以军为主、以民养军"的方针。现在的体制，军品是单独一本账，搞技改它拿钱，但即使只要一个，工厂也得生产，而且必须保证质量。国家采取的大动作接踵而来，军队装备费用被大幅度压缩，各种军品订单随之陡降。东郊人长期形成了盲目的优越感，面对这一突然的历史性的变故，我看感到目瞪口呆手脚无措的人不在少数。

今年50岁的卞文渊体型已经有点发福，他一直搞技术工作，去年被评为教授级高级工程师，并且担任了厂长助理。他接着说，我看东郊这些军工企业，普遍是"小打小闹"，最初都把开发民品当作权宜之计，搞开发和生产的，是车间里的富余人员和设备，是生产中的边角余料。这种情况，目前有所改观。

45岁的纪中和已经成长为天都厂的中层干部，他接着说，对。东郊这些厂这几年的民品开发，我看方向和目标都不明确，我总结了二十四个字，叫着"饥不择食，找米下锅，遍地开花，广种薄收，八仙过海，各显神通。"

郭兴凯说，东郊这几年的民品开发，还可以用"杂、乱、多"这三个字来概括，品种又杂又乱又多，我简单统计了一下，起码有好几百个品种，大家都像事先约好了似的，全都瞄准了家电产品和小商品，几乎都是厨房用品和生活用品，不锈钢菜刀、天燃气炉盘、锅铲、汤勺、茶盘、暖水壶、衣架、食品盒、电风扇、铝合金百叶窗、边三轮摩托车、立体声电唱机、收音机、收录机、录像机、经络仪、电击器、电子猫等等。

纪中和说，但我们天都厂还算不错，一开始搞民品起点就比较高，我们经过市场调查，看准了生产洗衣机，前两年我们的洗衣机一直很红火，还要走后门才能买到，还获得过省优称号。但是，市场的需求变了，洗衣机的生产厂家和品种越来越多，我们生产的不带甩干机的洗衣机肯定是落后了，造成产品大量积压。我们想升级转型，建立新的生产线，但是没有资金，没有外汇，前不久的厂长办公会正式决定，洗衣机停产。

韩震说，我们天都厂开发洗衣机失败是一个沉痛的教训。为什么会失败？我看失败最主要的原因还是：观念！国家的大气候变了，但是我们的脑筋还没转过弯来。我们完全不适应市场经济，没有开拓精神，以为某个产品成功了，可以一劳永逸，没想到市场竞争异常激烈。我离休之前作为厂党委的顾问，曾经提醒过现任的领导班子要密切注意市场的变化，可惜别人听不进去呀！

是呀！郭兴凯接过话头说，我们过去习惯了大树底下好乘凉，按照指令性计划生产多好啊！工厂只管埋头生产，造的产品在全国的计划工作会上得到分配，即使造成产品积压也无所谓。

卞文渊说，我在想，中央之所以断然下定决心，推行经济体制改革，说明曾经的计划经济体制已日益僵化，社会生产力受到严重束缚，如果不改革，显然是死路一条。

纪中和说，我看改革开放的力度会越来越大，市场一旦放开，今后恐怕就没有回头路了。

郭兴凯，这几年改革开放，我们有机会出国引进、考察、谈判、出差、带团，有机会了解到一些发达国家推行市场经济的真实情况。市场经济显然是一只"看不见的手"，如果它的合法性将来在我国得到承认的话，市场行为就可以大摇大摆地登堂入室，它的生命力极其旺盛，并且不以人的意志为转移，中国的经济体制一定会发生不可逆转的变化……

对，兴凯很敏感，把问题看得很透。韩震欣然点评道，一年又一年，改革开放的力度越来越大，最初是破除一种陈旧的观念，去年十月召开的党的十二届三中全会在理论上有一个相当大的突破：中国的社会主义经济不是计划经济，是以公有制为基础的有计划商品经济。商品经济是什么？不就是市场经济嘛，所谓"有计划"，我看只是一种过渡性的提法。我们国家的军工企业太多，产能严重过剩，负担太重，这个沉重的包袱国家显然是背不起了。

郭兴凯说，我们793厂的产品方向本来就包含了民品——黑白显像管，我对我们厂的未来充满信心。我们现在要做的，就是必须抢占先机，尽快建立一条现代化的黑白显像管玻壳生产线。

好！纪中和随口来了两句样板戏的唱词，风狂红旗舞，雨猛青松挺，海燕穿云飞，征帆破雾行，暴风雨更增添战斗豪情！

唉！韩震重重叹了一口气，说，现实毕竟不是戏剧，我们东郊的这些军工企业能不能冲过激流险滩，我心里一点都不乐观啊！

## 四

这个对于柳春枝来说还算熟悉的郭兴凯，自从当上厂长以后，带给793厂的震动和惊喜不断。厂里的厂训，跟别的大厂都不一样，叫"构思、拼命、不满足"，这几个斗大的汉字，用红油漆书写在厂部办公大楼刷了白涂料的山墙上。柳春枝一见到这几个大字，就会产生一种被鞭策被激励的感觉。

郭兴凯真的是一个超级不安分的人。她怎么也不会想到，他才当了一年多厂长，就发了一记狠招，骤然间把天捅了个大窟窿，不仅把自己卷入了风口浪尖，害得他差一点就折戟沉沙，而且还把电子部王部长一下子就卷到了风波里。

紫光厂有一条为黑白显像管生产配套的黑白显像管玻壳生产线。黑白显像管玻壳是怎么生产出来的呢？它的工艺流程是：把块状的氧化硅、氧化铝粉碎，然后在熔炉里熔化，软软的玻璃熔液在出料口滴出长形的一滴，掉进模子里，马上转部位，经油压机叭啦一压，风一吹就固化了。机器手再把它拿出来，退火，然后把它封接起来。简单点说，就是滴料冲压，关键设备是自动冲压机和跟它配套的模具，当然也包括熔化工艺的配方，要求不能产生一点气泡。显像管厂最难的工艺就在玻璃系统，玻壳生产线是现代玻璃行业技术难度很高、经济批量要求很大的高风险项目。业内有一句行话，叫着"得玻壳者得天下"。这条生产线是在"文革"中闭关锁国的大背景下，历时两年，完全依靠自力更生，举全国之力搞大会战，而造出来的一条"争气线"。其中的一些部件，她柳春枝和师傅赵一刀都亲自车过。但这条国产线方方面面都不过关，产品品种落后，经常打打停停，已经足足折腾了八年，产品合格率只有百分之几，平均每月亏损二十八万元。工厂每年要花掉几百万美元的国拨外汇进口黑白显像管玻壳，来维持黑白显像管的生产。显而易见，引进国外先进技术和关键设备改造国产线势在必行。

这个引进项目是在国家经委批准的前提下，经过郭兴凯带领专家团队赴日考察，货比三家，进行讨价还价压价谈判，同日本方面签了合同。消息传开，在厂务会上就爆发了冲突。拆掉这条线，就好比是杀掉自己辛辛苦苦养育的儿女一样，感情上无论如何也接受不了啊！一位在这条线上苦干了多年的老同志，声泪俱下，情绪失控。是啊，敝帚都尚且自珍，何况是相伴了十年之久的国产线！会场上一时炸开了锅，人心的天秤倾向了弱者，郭兴凯被晾在了一边，原定的会议内容根本就无法进行了。

像紫光这种在全国举足轻重的重点国营企业，由于历史的演变，苏联专家援助又撤退，经过自力更生的阶段，在非常困难的条件下成长起来，什么都想自己干，企业搞小而全，社会配套能力是在这种历史背景下形成的，所以闭塞的思想，甚至是排外的思想都有。反对引进的人们坚持认为，如果再给一两年时间，就大功告成了，根本无需引进。这种心情可以理解，他们都是20岁进厂的，此时快50岁了，耗费了几十年的心血，一旦引进，全部靠边站，东西都扔那儿了。因此认为这是对他们的否定。

晚上，一位老朋友专门去了郭家，他是工程师，当年跟郭兴凯一起为国产线的诞生搞过设计和革新，二人还一起住过仁寿老山沟里的三线建设的山洞。寒暄一过，他立刻兴师问罪，质问郭兴凯为何要搞引进。因为是老朋友，他说话就毫不避讳，竟然义愤填膺地斥责道：拆掉我们奋战八年搞起来的生产线，就是否定我们自力更生的成果，不是洋奴哲学是什么？他写了许多信到处散发，还到许多领导机关上访。一时间，舆论大哗。几家全国性报纸争相赴电子部调查，有关部门和有关组织也发出信息，拟对此事进行干预。公开的、暗中的种种消息四处乱传，嘈嘈切切，全厂思想陷于混乱。郭兴凯身处风口浪尖，灵魂备受煎熬，内心冲突十分激烈，竟至连夜失眠。

这天晚上，郭兴凯一家三口吃过晚饭不久，一弯新月刚刚升上窗外那棵大柳树的梢头，就传来了轻轻的敲门声。郭兴凯担任厂长以后，厂里见他原来住的那间房子过于寒酸，就把他们一家子调到了一个一套三的苏式老单元楼房里居住。此刻，郭兴凯正伏在书房里的办公桌上草拟一个为自己辩解，并且阐述改造国产生产线的充分理由和技术实施方案的报告。上初二的女儿郭青瓷正在自己的房间里写作业。刚洗完碗的甘丽丽一听敲门声，就知道是谁来了。她怕自己的丈夫太受煎熬，搞坏了身体，就悄悄给韩雪打了个电话，希望韩叔叔能过来劝劝他。她走过去开门，一开门就热情地叫了一声韩叔叔。韩震站在门口，手里拎着一个黑色手提袋，满面慈祥地问，兴凯在吧？

在，在，韩叔叔，您请进！甘丽丽边迎接韩震进门，边扭头朝书房方向喊道，老郭，老郭，你看谁来了！

郭兴凯早已听见动静，一阵风似的拉开书房门，惊喜地叫道：韩叔叔！您来啦！

夫妻俩忙安排韩震在沙发上坐下，甘丽丽又给韩震泡了一碗她喜欢喝的青花瓷具盛的盖碗茉莉花茶。

韩震一落座，就说，兴凯，你怎么搞的？怎么成了熊猫眼了？晚上没睡好吧？

韩叔叔，你都知道了？分明是神色疲惫的郭兴凯，目光却闪着亮。

你闹这么大的动静，东郊谁不知道？韩震反问道。

韩叔叔！他们说我否定自力更生，说我搞洋奴哲学，我想不通啊！一切入正题，郭兴凯就满脸流露出凄怆和不满。

韩震故意给他一个倾诉的机会，就说，你就把我当成反方，有哪里想不通的，通通倒给我听听！

郭兴凯急于寻找同盟军，就像竹筒倒豆子一般，把满腹的委屈一股脑儿地倒了出来。他说，他们这一代技术人员的所有本领都是在自力更生的历史大背景下，自己锲而不舍努力的结果。他回想自己进厂以来的30多年间，曾经有过无数个通宵达旦的奋战，尤其是担任自行研制的第一只彩色显像管突击队长时，更是如此。即便是所谓他要否定的这一条国产线，他为它的诞生搞过设计和革新，凝聚着他的智慧和付出的全部努力。

韩震插话说，你们厂里的这条国产线我清楚，最后还是我们天都厂帮助你们完成制造的，它本来就先天不足，毛病实在是太多。

就是就是！郭兴凯凯激动地说，但是他们还拼命上访告状，就想把这事阻拦下来。

韩震目不转睛地盯着他的眼睛，说，我只想问你一句话，你坚持要上日本生产线，你的底气究竟足不足？

足，很足，我坚信自己决策的正确性！我们共产党人搞经济建设，搞改革开放为了什么？还不是为了满足人民群众日益增长的物质和文化的需求吗？国外早就流行看彩色电视了，我们起步晚，我们的老百姓只盼着看黑白电视，市面上的黑白电视机非常缺俏。但是我们宁愿抱残守缺，生产黑白电视机的玻壳每年要花大把外汇从国外买进来，这真叫人憋屈！

好！韩震情不自禁地将沙发扶手一拍，朗声说道，那你就坚持到底，决不退缩！我这把老骨头誓做你的坚强后盾！实话告诉你吧，我来你这儿之前，我给部里分管的副部长挂了一个长途，打探了一下情况。引进日本的这条黑白玻壳生产线，既然已经签订了合同，就不会轻易中止，因为这事关改革开放的大局，事关国家的形象问题。你现在有什么打算？

郭兴凯忙说，我正在向部里起草一份报告，阐述改造国产生产线的充分理由和技术实施方案。

好，好！这我就放心了，这才是你兴凯该干的正事嘛！韩震的脸上终于露出了笑容，说，你也别成天就关在屋子里，该下去摸一摸真实的民意，这样你就会更有底气的。

郭兴凯连声称是。

接着，就见韩震从手提袋里取出一份礼物来，这是装在透明塑料袋里的一枝野山参。韩震说，这是我去年回老家，从东北那边带过来的一支野山参。《神农本草经》说野山参"主补五脏，安精神，定魂魄，止惊悸，除邪气，明目，开心益智"。这东西放在我那儿也没什么用，正好兴凯你的身体最近很虚弱，你拿去补补身子吧！前面还有大仗还等着你去拼刺刀呢！

郭兴凯和甘丽丽哪里肯收下，连说野山参实在太难得、太珍贵了，应该由韩叔叔补身子才对。

韩震沉下脸来，故意生气地说，怎么？瞧不起我老头子？

甘丽丽只好赔着笑脸，把野山参收了。

# 五

韩震的一席话让郭兴凯豁然开朗，他更加坚信自己决策的正确性。他这才感觉自己的确憋闷得太久了，就迈出厂部办公大楼，随意去车间走走，碰到认识的员工就停住脚，就随意地闲谈几句，听一听工人们的真实的想法。

这天，柳春枝正在向师傅赵一刀请教一个技术问题，忽然瞥见郭兴凯走了进来，就敏感地红了脸。郭兴凯已经快50岁了。人说，50岁的男人一枝花。他还是那么英俊挺拔，浑身洋溢着一种豪爽干练的阳刚之气，但她发现，他明显瘦了一圈儿，虽说他依然目光炯炯，但神情含着一丝焦灼，并且眼圈发黑，可见他晚上睡得并不好，这些日子，他的内心不知承受了多大的压力啊！

赵师傅、柳师傅，师傅们！郭兴凯走过来，边招呼众人边咧嘴一笑，态度很是真诚，说，我今天专门过来，就想听听师傅们的真实的想法，黑白玻壳生产线究竟该不该引进？

师傅们一听，并不客气，立刻争先恐后地发表起意见来。一个个的态度都很明确，对闭关自守、抱残守缺都很反感，尤其对把紫光当成试验场的做法更为反感。

赵一刀说得更加直截了当，厂长，这就好比一口破水缸，都破的没法补了，买一口新缸有什么可大惊小怪的？总不可能怕别人骂，就不吃水吧？

能当面鼓励一下郭兴凯，柳春枝感觉机不可失！就说，我记得很清楚，其实我们造的这条国产线也不完全是我们的技术。是我们厂里的人当年去罗马尼亚考察他们的生产线时，凭记忆用文字记下了设备和工艺流程的数据，之后进行仿造的，罗方的生产线其实是从美国康宁公司引进的。厂长，你可别被否定自力更生这样的大帽子把你吓倒啊！

郭兴凯一听，紧锁的眉头舒展了。柳春枝分明感到他明亮的眼睛从自己的脸上扫过，只听他在激动地说，师傅们，太谢谢你们的理解和支持了！我坚信，紫光一旦掌握了当代国际上最先进的管理和大生产技术，必将焕发青春，也必将具备承包国际黑白玻壳工程的能力。我们经过多年艰苦奋斗积累的技术经验，绝不会付之东流，它将跃变为当代国际水平。我决不能眼看引进白白流产，决心拼命一搏！他的一番激情如火的话，把工人们的心煽动得热乎乎的，众人情不自禁地鼓起掌来。

如此一来，郭兴凯就成了打足了气的皮球。他不顾一些人的强烈反对，召开紧急厂务办公会议，他在会上抛出了他赶写的那份改造国产生产线的充分理由和技术实施方案，经讨论过后，直接将手写稿复印上报了电子部。

所谓否定自力更生，这在改革开放的新时期当然是一种陈旧的观念。电子部王部长深知，破除这种观念不能靠行政命令，只能靠科学决策。他召集全国电子玻璃专家进京研究，专门花了几天时间，听取专家们的各种分析意见。会上，每位专家各抒己见，气氛十分热烈，经过一番激烈争论，最后的意见倾向于赞同引进。但王部长仍然不放心，又让郭兴凯和厂党委书记赴京汇报。远离北京的郭兴凯不明就里，抱着破釜沉舟的决心，兜里揣着一份不改造生产线就辞职的报告到了北京。见到王部长后，王部长的第一句话就是，郭兴凯，我知道你，你是成都基地的建厂元老，详细谈谈你们的意见吧！郭兴凯侃侃而谈，汇报玻壳线的技术改造方案。王部长一边听，还一边询问郭兴凯他们厂的各种具体情况。对于是否引进，或者引进之后是否放在别处，进行了反复的探讨、论证。在摸清了来龙去脉之后，别的不说，单是要撕毁跟日方签的合同这点就不大可能，因为这不仅是要赔罚金的问题，更是给中国改革开放的形象抹黑。事后有人给郭兴凯开玩笑说：你小子狡猾，先签了合同。

但是王部长仍然感到不放心。之后，他又把紫光厂持反对意见的技术人员叫进会议室，让郭兴凯跟他们面对面，一起作细致的分析，同时告诫郭兴凯，一定要特别注意某位同志担心的几个技术问题。最后，经部党组会议研究，王部长决定：同意引进国外关键技术与设备，对原有黑白玻壳生产线进行彻底改造。并要求紫光厂一定要搞成功。

这场大争论终于停止了下来，参加这条玻壳生产线改造的广大工人、技术人员和管理人员，像当年搞国产线一样，日夜奋战，终于抢回了大争论损失的半年多的时间，历经一年零八个月的时间，终于建成了这条新的现代化大生产线，被日本专家称之为"日本式速度"。这条生产线被评为全国优质工程，获国家银奖。在生产线投产后的第一、第二、第三个年度，紫光厂分别实现三千多万、六千多万和近九千万元的利润。紫光厂走上了现代化大企业发展之路，原先持不同意见的同志也早已笑逐颜开。尤为可喜的是，793厂生产的17寸黑白显像管两三年中在国内是一枝独秀，狠狠地大赚了一把，开工一年，就赚回了一条黑白玻壳生产线的投资。

在安装和运行这条日本引进的黑白玻壳生产线的过程中，中方技术人员表现出来的智慧和胆识，令日本专家刮目相看。

黑白玻壳生产线进入到安装阶段。负责指导玻璃池炉砌炉作业的有三位日本专家，一开始，经常指责中方工作配合不好，连对中方的工装、器材都看不上眼。田云志是中方砌炉的现场代表，一直尽最大的努力配合日方的工作。

玻璃池炉使用的高级耐火砖是花外汇从日本进口的，名叫"电熔锆刚玉砖"，是用磨床磨得很精密的，每一块都被打上编号，砌筑的位置次序绝不许搞错。这天，当砌筑到池炉加料口的斜拱时，却发现某块三面加工过的玉砖有致命的裂痕，技术上绝对不允许在这个位置使用。该工序日方专家组组长名叫大庭峻雄，既是日本某名牌大学毕业的高材生，又是一名有20多年经验的筑炉专家。这块问题玉砖，大庭峻雄负有直接责任，是他在日本亲自监督加工制造，并且经组装验收后才运来的。如果要更换这块砖，就要把这组20多吨重的斜拱砖全都运回日本去，并找到合适的铸件，进行重新加工组砌才行。这是一个大事故，它至少会造成一两个月的窝工，其损失不小。大庭先生急得要跳沙河，一夜辗转无眠，却又无计可施。

如何处理此事，中方却形成了一个妥善的处理方案。当天下班后，田云志会同另外两位中方工程总负责人来到现场察看，并实测了相关玉砖的尺寸，同意按田云志提出的方案实施。在次日早上的工地碰头会上，当焦头烂额的大庭先生询问田云志该如何处理此事时，他一席话就叫大庭茅塞顿开。这是一个最简单的处理办法，把这块病砖挪到拱脚的位置，对使用不会有任何影响，而且尺寸也合适。大庭先生依计而行，一场令他难堪的危机得以化解，他从此对中方人员刮目相看，并且掏钱宴请中方参加筑炉工作的全体施工人员，以表谢意。

另一件事，是如何解决退火玻壳的炸裂问题。黑白玻壳生产线投产一段时间后，退火玻壳的炸裂率慢慢爬升，最后竟高达10％以上。日方在第一次解决未果的情况下，又派了三个专家来。三个专家到厂忙碌了几天，也无功而返。玻壳炸裂率居高不下，直接影响全厂的经济效益，弄得郭兴凯很着急，于是专门成立了一个技术攻关小组，指定由田云志任组长。田云志冷静地研究了退火炉投产后的运行历史，发现了它周期性炸裂率升高的规律，终于找到了这台日本设计的设备的问题，是由于原设计上对退火炉炉头加温段采用不合适的加热方式而造成的结果，而且是个恶性循环逐步递增的过程。因此，必须改变日式炉底马弗道的加热方式。

于是，他就一头扎进了一大堆国内外有关加热器的资料中。最后选中了一种叫高压无焰红外辐射燃烧器的德国技术，其优点是传热均匀，辐射面宽，正压燃烧，能防止冷空气进入炉内。但若从德国进货，耗费一年时间都不够，还是远水解不了近渴。他忽发奇想，不如自己做一个。他根据从展览会上得到的商品目录上仅有的介绍资料，设计了玻壳退火炉炉头红外辐射加热燃烧器，先做了木头模子，经过实际试烧，证明效果很好。又按热工计算所需，共做出四个燃烧火头，再停炉将它安装到位。从停炉到安装完成，仅用五天时间，改造后的设备退火效果很好，彻底解决了玻壳炸裂的问题。这台退火炉连续工作八年都很正常，没有再发生周期性的玻壳炸裂。八年累计可挽回174.4万只17寸的玻壳，按当时每只售价200元计算，挽回的重大经济损失可折合人民币3.5亿元。后来，日方还派专家组组长田边高广等三人来东郊咨询、学习，得到了他们发自内心的赞赏。

这个田云志这么聪明能干，居然能让日方的玻璃专家心悦诚服。他究竟是谁？他就是郭兴凯的老部下，当年玻璃车间的那个团支部副书记，在793厂"南泥湾"负责开荒种地的那个大学生。

引进黑白玻壳生产线后，效益极为显著，两年就收回了投资，整个技术水平提高了一大步，而且建立了新型的管理体制。后来又成功地搞了彩色玻壳生产线的引进，彩色玻壳的技术更强，对尺寸的要求更严，容不得一点偏差，否则色彩就会乱。虽同是玻壳，技术含量上却完全是两种不同的概念，由黑白到彩色玻壳是制造技术上的一个飞跃。尤为可喜的是，紫光厂生产的彩色玻壳经受了日本松下公司、日本日立彩管厂的"五步认证"标准，其彩色玻壳同时被松下公司、日立彩色显像管厂大量使用。

紫光厂连续八年获得较好的经济效益，这个曾是"老大难"的企业，变成了全国优秀企业。郭兴凯被评为全国劳动模范和全国优秀企业家。有一年的"五一劳动节"，郭兴凯被全国总工会推选为全国劳模进京的20名代表之一。紫光厂连续多年荣获成都市工业企业利税大户第一的殊荣，高得令旁人眼馋的工资奖金，还有每个职工每天配半斤牛奶的特殊待遇，更有紫光厂在东郊率先为员工修建的单元住宅楼群，不仅把厂里职工的生产积极性鼓捣得空前高涨，而且还把东郊其他军工企业的员工羡慕得要死。国家高层领导到成都必去视察紫光，省市领导自然是紫光的常客，难得一见的国家艺术团还专门去慰问紫光。紫光的掌门人、厂长郭兴凯因为领导有方，使工厂面貌发生了翻天覆地的巨大变化，而成为一些企业领导心目中的偶像。

## 六

最近，早已成为天都机器厂中层干部的纪中和，临危受命，被任命为安保分厂的厂长。

在20世纪50年代，一个高中毕业生被视为"大知识分子"，当纪中和当年被分到天都机器厂当工人的时候，他母校的老师还有过"大材小用"的议论。正因为是高中生，他一进厂，并没有让他去当工人，而是让他担任天都机器厂工具分厂的生产计划员。为了适应工作，他选择了就读本厂办的工学院，他边工作边充电，逐渐把个人的兴趣转到机械制造上来。

"天都"是国内真空设备领域极具影响的著名品牌。天都机器厂向全国28个省、市自治区的数百个科研机构、大专院校和电子工业企业提供了大量专用工艺设备，装备了国内电子工业和轻工业的数百条生产线，包括半导体生产线、黑白显像管生产线、收讯放大管生产线、真空电容生产线、荧光灯和灯泡生产线、制瓶机生产线，以及以后的集成电路生产线等，为我国电子工业和相关轻工业的发展作出了巨大贡献。后来，还承担了国家从美国进口的四条旧彩管生产线的修复和安装。

天都机器厂当年是"国家直属主要承制出口援外产品企业"，向朝鲜、越南、罗马尼亚等国提供电子工业关键设备数百项。中国援建东亚C国综合性电子管厂的生产线就是天都提供的。

当纪中和的两个铁哥们儿郭兴凯和卞文渊作为专家组成员援建东亚C国的时候，他本人并没有去，而是继续留在厂里，参与厂里的攻关项目——人造金刚石——的试制。人造金刚石是一种超硬材料，在硬度、韧性和原子结构上，与天然金刚石完全一样，但价格便宜，因此广泛用于机械加工的切削、打磨。这是高温高压的专业，从制造设备开始，画图纸，一直到研制成功。此后又与石油局合作，研制石油钻探的超深井钻头。这时，他们得知一个科技情报：美国科学家温托福推测，在原子化学程序排列上，碳、氮、硼除了可形成人造金刚石以外，在高温高压的条件下，也可能形成超硬材料立方氮化硼（CBN）。天都机器厂与东郊的一个知名工具研究所、一所知名大学，三家组成四川省超硬材料协作组，研制CBN。仍然在制造人造金刚石的设备上，通过一年的努力攻关，终于将CBN试制成功。而试验组组长正是纪中和。喜讯传开，省、市领导很重视，纪中和被部里、省里授予个人二等奖。该项目领先全国，协作组因此被1978年3月召开的第一次全国科学大会授予科技进步二等奖，奖给五千元奖金。作为组长他拿得最多，也才分到手

28块钱。由此，纪中和在天都机器厂崭露头角。

上个世纪80年代中期，纪中和进入工厂的民品开发部任副部长，从工程师变成了厂里的中层干部，他的权力更大了。但是，他却一点儿也高兴不起来，相反，却感觉自己如履薄冰、如临深渊。因为他实在是太清楚当前整个成都东郊乃至全国的大中型国有企业所面临的局势了。

部属企业全部下放。突然由计划经济转到市场经济，又赶上百万大裁军，军品锐减，转到搞民品，一时很难适应，甚至手脚无措。一时间，东郊的这些军工企业全都趴下了。上面叫企业改制，下面就摸索了各种各样的办法，承包制、分厂制，改来改去，不见多大的效益。纪中和分明感到，国家的大气候变了，整个东郊都在"军转民"中挣扎。生存危机让各个军工厂慌不择路，都在想方设法，见啥搞啥。为上天入地下海生产导航设备和导弹分装厂的69信箱，甚至生产安全帽、锅炉，还专门成立研究所，生产细纱机；生产整机雷达的107信箱，甚至造起了黑白电视机和录像机；二十世纪中叶亚洲最大的无线电测量仪器厂、参与人造卫星和神舟号系列飞船等重大项目的40信箱，竟造起燃气炉具、热水器和抽油烟机来。这些信箱厂打广告时都少不了标榜"军工技术"，并且也都很卖了些钱。东郊这些军工厂什么民品都在生产，说得难听一点，就只差没有打草鞋了！开发民品的呕心沥血，销售人员的酸甜苦辣，拼命赚钱来发工资，厂长愁得想跳楼。各个厂动辄几千张嘴，到时候就喊拿钱。工厂欠银行的钱太多，产品卖了钱，一到银行就遭宰。比如货款到账3000万，这个月的工资就有了，却被银行一刀宰下。结果，又只好低声下气求银行。

如此艰难的局势，他们民品部的营销人员老苟却胆敢阳奉阴违，假公济私。

老苟何许人？就是那年在建设路上批斗走资派时当过纠察的那个人。老苟这个人脑瓜子灵活，能说会道，可惜没用在正道上。当年柳春枝被关在地下室时，就栽在他借蔡长安之手送去的一壶水上，柳春枝被强暴一直是无人理索的一桩悬案，也是老苟和那个施虐者决心带进坟墓里的惊天秘密。

成都市中心最繁华的春熙路旁边有一条青年路，在80年代初，突然变成一条人气极旺的商业街，一些劳改释放人员争相沿街设市，在此练摊儿。老苟有个叫昝明的师兄，"文革"中因烧爆锅炉被判刑八年，出狱后在春熙路练摊儿挣到了大钱，把老苟羡慕得要死，自己恨不得也去练摊儿，却又舍不得信箱厂工人这个金饭碗。有次昝明请他喝酒时点拨他，你实在舍不得你的金饭碗下海，我也有办法让你挣钱。现在社会上不是缺烟吗？你就泡病号，赶火车去云南倒烟，跑差价。老苟依计而行，一有机会就要赖皮请病假，然后赶火车去云南，每跑一趟也能赚它个一百多块，相当于两三个月的工资了。如此诱惑，他于是乐此不疲。当然这需要把火车上的列车员买通，不然就会被查获，鸡飞蛋打。但老苟对这种小打小闹愈来愈不满意，就琢磨着怎么才能多弄点好烟回成都倒卖。

岂料想睡瞌睡遇到了枕头。厂里开发出一种性能优越的电冰箱，需要推销占领市场份额，就把他从生产岗位上调到民品开发部当营销人员。老苟就主动要求跑云南开拓市场。开拓市场可是个辛苦活儿、下贱活儿，必须放下架子，四处去求爷爷告奶奶，去找买主磨嘴皮子。并且一定要带上产品，向商场、向客户介绍你产品的先进性和优越性何在。推销员常常会挨冷脸子，会碰一鼻子灰，别人理都不理你。老苟一到昆明，就遭遇了同行的激烈竞争，同一种冰箱不同的牌子，居然有四五个厂家的推销员，都在卖力地向商场推销自己工厂的产品。老苟倒烟心切，人当晚住在宾馆里，给昆明的几大商场只打几个电话就了事，次日上门也只交了一个材料给别人，就扬长而去，跑到玉溪烟厂去找他的上线去了。

物色老苟这种人搞推销，这真是天都机器厂的悲剧。他忙于假公济私，根子还是他的计划经济的思维。工厂过去生产，是国家下指令，一个电话打过去，对方派人来验收合格之后，定时间，哪天来拉，人都不出门，产品就卖到钱了。现在，要靠人去推销。像老苟这种人，不仅不会搞推销，而且心里有抵触，不愿意去求人。他这种人往往抹不开面子，拉不下这张脸，心里老是在作怪："锤子，我凭什么要去求人家呢？"结果，老苟的云南之行，连一台冰箱都没卖出去，云烟、阿诗玛、红塔山等香烟倒是弄回了几大箱。但他回到厂里又大吐苦水，说竞争如何激烈，自己如何辛苦。别人不明真相，还以为的确如此。渐渐的，市场就被别的品牌占领了。

本来，搞市场经济，推销产品那真是八仙过海，各显神通。推销员们，尤其是乡镇企业的推销员们，往往如泻地的水银无孔不入，走后门，行贿，给回扣，半夜都在跑，朝别人的家里钻，或者请人洗桑拿、唱卡拉OK，或者干脆请人嫖妓。而像老苟这种人往往妄自尊大，心里老是在嘀咕：你是地方国营，乡镇企业，老子是中央企业，你们算什么东西？面对乡镇企业的灵活的推销政策，国防信箱厂的制度真的又太僵化了，出差标准都是有规定的，乘火车、坐飞机，都有级别的规定。比如：老苟有一次去参加广交会，别人都是坐飞机去，按规定他只能坐火车硬卧。火车从成都出发，经重庆、贵阳、株洲，在中国的版图上画了一个w形，在路上摇摇晃晃地颠簸了56个小时才到达广州，等他赶到会场时，单都签完了。如此的鞍马劳顿，老苟心里头的那把无名火直冲，见人就鸣冤叫屈！

当纪中和最终了解到老苟的恶劣行径时，就毫不犹豫地把他逐出了民品部，厂里还下通知扣了他一年的奖金。恰好在此时，厂长找纪中和谈话，要他马上出任安保分厂的厂长，并且不给他考虑回旋的时间。这究竟是怎么一回事呢？

原来，天都厂的民品支柱产品——安保分厂生产的电视闭路监控项目——好不容易才挤进了成都市的工商银行系统，对于这个好不容易才拿到手的"饭碗"，现场施工人员却并不珍惜。他们不顾甲方为解决乙方的生活费用在造价上多加了几千元，因此就餐、交通等问题应由工厂自负的事实，就为了中午的一顿午餐，工人们九点过进场，只干到十一点，就离场赶回家吃午饭，下午去上班也只干两个小时。本来五六天就能干完的活，却拖延了二十多天。更要命的是，由于管线敷设不合规范，图像很差。工行方面专门发出了"谢绝天都"的内部通知。而别的公司却纷纷崛起，趁机展开竞争，以甲方用后满意、有了指标再付钱为条件，将电视闭路监控工程挤进了工行。

作为监控工程老大哥的天都厂一时臭名远扬，信誉顿时跌落到低谷。就是在这种举步维艰的局势下，纪中和走马上任了。厂领导要求他力挽狂澜，尽快夺回市场份额。

纪中和自然不负众望。在掌握了安保分厂的基本情况之后，他新官上任，烧了三把火。第一把火，来了个闭门整顿，找出问题，总结教训，制定了一套重奖重罚的规章制度，在员工中牢固树立用户第一、质量第一的理念。第二把火，他又大刀阔斧地整顿了营销和施工队伍的领导班子，提出了一个鲜明的口号："谁砸天都的锅，就先端谁的碗！"并且狠抓了用户反应强烈的售后服务环节。第三把火，争取总厂对安保分厂在政策、资金、业务发展上的关注和支持，在分配体制上实行按劳取酬，在外部修复发展与大客户的关系。这三把火还真见效，很快就让安保分厂起死回生。

## 七

凌雨现在是市上一家银行的副行长。"文革"结束以后，时任793厂党委副书记的他，通过他老岳父的老关系，调到了银行当副行长。他这才深切地感受到，比之于干制造业，跟生活在底层的工人打交道，他这个做钞票生意的副行长，围着他转的都是老板、富人，常常灯红酒绿、笙歌夜宴，真个是大权在握，优哉游哉，天壤之别啊！

那天下午，凌雨作为贷款方，接受郭兴凯的邀请，到793厂来考察。正事谈完以后，郭兴凯在市里的一家酒楼宴请这位凌行长。在会谈即将结束的时候，凌雨忽然问到了柳春枝的近况，提出：吃晚饭的时候让小柳来陪一下，怎么样？这样，柳春枝就被厂里的轿车接到了这家酒楼的包间里。

柳春枝虽说从未参加过这类宴会，但还是感到穿着工作服去见老书记恐怕有失妥当。恰好汽车路过一家大型商场，她就叫司机停了车，心想去买一件成衣来穿。她一走到卖女式成衣的大厅，这才明白，如今女人穿的衣服花色品种款式之多，真可以说是琳琅满目，令她眼界大开，应接不暇。她挑选了两件比较素净的衣服试了试。哇，这两件衣服真是抬人，不仅让她显得年轻多了，而且把她的女性轮廓勾勒得很美。她却感到不习惯，想换一件宽松一点的，却再也没有大号的了。但这两件衣服的毛病也很明显，都是V形领，把她雪白的胸脯裸露得太多，只有那件蓝底小白花的衣裳开口没有那么厉害。时间仓促，她就买了它穿上，外面套上工作服。

下车之前，她脱了外套。她穿着新衣裳在包间里一亮相，酒桌上的众人眼前陡的一亮，一个清新、性感的柳春枝他们从未见识过，他们所熟悉的是她穿工作服的样子，于是，每个人都在心里为她的迷人形象暗中喝彩。酒过三巡，她的脸蛋红得像绽放的桃花，嘴唇像带露水的红樱桃。在众人的鼓动下，她端起酒杯起身敬凌雨。

凌雨起身，彬彬有礼地说，小柳，今天，我要借花献佛，应该是我来敬你一杯酒！

柳春枝惶恐地说，老书记，不敢当，不敢当！

凌雨环视了一下众人，说，大家还记得吧？小柳当年为了阻拦造反派批斗我，组织了一批老工人老先进，在793厂大门口强行拦车，以死相拼，乃至于后来受到残酷的迫害。这件事，让我心里十分感动，十分敬佩，也十分歉疚！但我从来都没有机会当面向她表达我的心情，今天是第一次。小柳，凌雨边说边端起了酒杯，见满面绯红的柳春枝也赶紧将酒杯端起，就充满感情地说，你的壮举让我铭记终身！今天给你敬酒，我想表达两层意思，一是向你表示感谢，二是向你表示我的歉疚！说罢，将杯中酒一口干了。

从前的凌雨在柳春枝的心目中是党的化身，既正派严肃，又和蔼可亲。但凌雨只是一个活生生的人，他当然不可能是党的化身，但以柳春枝的善良和她有限的人生阅历，她自然难以把它看清。凌雨当年在"文革"运动初期曾遭受过严重的冲击，他被关在牛棚里不得解放，他也曾经感到过很悲愤、很委屈。但是后来的某一天，事情发生了逆转。某天晚上，他的老岳父、那位老将军带着警卫员悄悄来到793厂，在军管会代表的秘密安排下，就在军代表本人的办公室见了一面。老岳父责骂他，是榆木脑袋，死不开窍。并告诉他，你必须认清形势，争取主动，该检讨的检讨，该揭发的揭发，不然的话，我这把老骨头救不了你。此后，凌雨火线亮相，支持所谓无产阶级革命派的革命行动，揭发前省委黎书记等人的反革命修正主义罪行。凌雨作为革命干部的代表，被结合进793厂新生的红色政权革命委员，当了一名副主任。

今天的凌雨人情味儿十足，让柳春枝感动不已，自己十多年前的仗义之举，想不到老书记一直铭记在心。就说，凌书记，我真的没想到，你会这么记情。我永远忘不了你当年对我们793厂的贡献，更忘不了你对我的栽培。我心里对你只有一个请求，那就是，在贷款上对我们793厂大开绿灯！说罢，将杯中酒一口干了。

二人的一席话，赢得众人一阵热烈的掌声。郭兴凯含笑瞟了她一眼，略微一点头，表示对她的赞赏，她坦然迎接他的目光，也心领神会地微微一笑。

应凌雨的要求，柳春枝为他留下了家里的电话座机号码。凌雨不仅留下了家里的电话号码，还把随身携带的那部砖头样的大哥大的号码也留给了她。这就为二人今后的交往奠定了基础。

忽然有个星期天，凌雨给她打电话，邀请她去他家做客。出于对老书记的尊重，以及对他私生活的好奇，她答应了他。凌雨的家是一楼一底的别墅，柳春枝一被凌雨迎接进他家的客厅就大吃了一惊。这套别墅装修的豪华程度完全超出了她的想象：地板铺着光亮可鉴的中国红花岗石，墙壁上居然贴的也是米黄色的大理石，所有灯具和柠檬黄的真皮沙发都是从国外进口的名牌，连接楼上的楼梯扶手造型奇特，焕发着银子般的光彩。触景生情，柳春枝不由得联想到了自己因陋就简的家：一套二的小开间，所有家具都是厂里发的见者有份儿的大路货，心里顿时就生出了一种自卑感。

凌雨是个老江湖，比她整整大了20岁，她的心理变化自然没能逃过他的眼睛，他上前轻轻把她揽在怀里，抱了抱。她没有其他好看的衣服，今天穿的依然是那件蓝底小白花的衣裳。他抱着她时轻声赞叹道，你穿这件衣裳真美！

就像是父亲拥抱女儿一样，她感觉老书记对人真是体贴入微。然后，凌雨为她彻了一杯极品普洱茶，并且告诉她说，只有这种茶叶才是愈陈愈好。还告诉她，普洱茶具有降脂、减肥、降压、抗动脉硬化的功效，普洱茶适合女性喝，因为它具有抗衰老的功能。他又告诉她，朋友送了他两筒极品普洱茶，等会儿请她给他们老杜带一筒回去尝尝。

柳春枝都来了老半天了，但一直没见凌夫人的影子，就忍不住问，阿姨呢？老书记。

凌雨告诉她，他老婆会朋友去了，并叫他今后不要再叫他老书记，因为那样显得生分，就叫他老凌就行。

这不合适，蒸笼还分上下格呢！她忙说，老书记……

凌雨一笑，说，又来了……

她就不好意思地吃吃一笑，撒着娇说，那我就叫你凌伯伯……

凌雨哈哈一笑，说，小柳，你就不怕把我喊老？

尤其令她感动的是，老书记为了她来做客，甚至亲自动手做了几样好吃的菜，海参鱿鱼堡鸡汤、凉拌三丝、水煮鱼片，都极鲜美可口。她做梦都没想到，这位当年的小八路居然有这么好的厨艺！她不会做菜，在家里上灶的是杜宇庭，这是她这个家庭主妇最惭愧的。

与自己心仪的人共进午餐，凌雨今天的心情很爽，他神采飞扬，妙语连珠。男人为情所动时往往都是这样。但柳春枝不懂这些，在两性问题上，她是个感觉很迟钝的人。有一天，她和几个厂里的姐妹路过一家医药公司的门市部，见门口的广告牌特别提示里面在出售"夫妻运动康乐器"。她脱口冒了一句，这个东西应当在文化用品商店卖嘛，怎么药店也卖这个？众人就吃吃地窃笑，七嘴八舌地说，柳春枝，你娃是真傻还是假傻？连这个都不懂吗？她还嘴硬，说，夫妻运动康乐器未必不是体育器械吗？那是做啥的嘛？做啥？一个姐妹说，就是你和你男人做那个事情用的。哇！我真的不懂！柳春枝大吃一惊，满脸顿时涨得通红。跟老书记一个人共进午餐，让柳春枝感到很开心，这是她从来没有过的人生体验。一个两鬓斑白的老男人，避开自己的老婆和家人，单独来接待她这个风韵犹存的美貌妇人，任谁都会感到蹊跷，但她却感觉万分自然。

有一天，凌雨给她打电话，明确告诉她，本周日就是他的58岁大寿，邀请她去他家玩。凌雨上次告诉过她，在所有花卉中，他特别喜欢米兰。米兰的花朵小得不能再小，但是花香袭人，一盆米兰可以让满屋芬芳。限于经济条件，究竟给老书记送什么生日礼物，让她很费踌躇，最后决定给他送一盆他最喜欢的米兰。她到花店选了一盆茂盛的正在开花的米兰，花缸是青花陶瓷的，让这盆花显得很典雅。她抱着这盆花下了公交车，乘坐三轮车赶到凌雨所住的小区门口，守门的保安不许三轮车蹬进去，她只好自己抱进去，结果弄得满头大汗，气喘吁吁。

赶来给她开门的是凌雨，一见她抱了那么漂亮的一盆米兰，除了连声道谢之外，心疼得不得了。客厅里坐着两对上了年纪的夫妇，凌雨一一给她做了介绍。她这才弄明白，这两对夫妇，分别是凌雨两个儿子的老岳父老岳母。

凌雨把她郑重其事地介绍给两对亲家，说，她就是我给你们讲过的小柳，柳春枝，当年为了阻拦批斗我……

凌雨的夫人谷阿姨赶紧插话说，她也不是我们家的什么人，她就是紫光电子管厂的一个普通工人，我们老凌曾经在那儿当过党委书记。

谷阿姨的话醋意十足，她不仅浑然不觉，而且还乐滋滋地补充说，对对对，我名叫柳春枝，我是我们老书记的老部下。

多年以后，那时候柳春枝早已下了岗，她回忆往事的时候才有点反应过来，凌雨跟她的交往是有点儿不同寻常。当时，以她的那个不明不白的身份去参加凌雨的生日聚会，当着他两个儿子的亲家，又遭遇谷阿姨吃醋，那情景其实很是尴尬，但她居然还傻乎乎地乐在其中。她的一个知心姐妹点拨她说，很明显，凌雨他老牛想啃嫩草，他对你早就起了打猫儿心肠！她就辩解说，人家一个大行长，年轻漂亮的女人多的是，我人老珠黄，他图我什么呢？知心姐妹鼻子里哼了一声，说，吃酒不吃菜，各人心头爱，我看他就是迷了你的窍了！柳春枝嘴上虽然还在极力否认，但一想到生日以后发生的事，心里还是觉得有点儿蹊跷。

　　首先，柳春枝发现，凌雨的夫人谷阿姨在暗中极力排斥她，她送给凌雨的生日礼物——那盆米兰，趁老公不在时，谷阿姨偷偷叫人把它搬出去丢了。当时，她一点儿都不知情，只想着老书记对她那么好，她一个小工人，经济上也不宽裕，实在是无以回报。就想着老书记老两口年纪大了，自己应当抽空去他们家拆洗被盖床单什么的。她是这么想的，也就这么做了。某个周日，她专门给凌雨打电话，说要上他家去玩。等她赶到凌家时，才得知谷阿姨又不在家。当时凌雨一见到她，显得有点儿激动，也是上前把她搂在怀里默默地抱了一会儿，她产生的依然是慈父抱女儿的感觉，至于凌雨是什么感觉，她可就不知道。后来，凌雨直接把她带到他的卧室去参观。她从来都没想到过卧室可以布置得那么奢华，粉红底色的高级墙纸点缀着桃花的变形图案，整个卧室弥漫着一种暧昧的肉欲情调。她当然不会用肉欲情调这么斯文的词，但那种暧昧的气息她分明感受到了。凌雨当时说了一句很费解的话，他似乎是漫不经心地说，床单、被盖、枕头都是刚换过的。而她的理解是，老书记是在暗示他，床上的东西都是刚换过的，就不用劳烦她再拆洗了。而她的知心姐妹却说，凌雨这个老色鬼，当时其实是在暗示你，床上用品都是干净的，你们如果要干那事的话，正好！她就反驳，说凌雨不是那样的人，他是长辈，就像父亲对待女儿一样。知心姐妹就反驳她，说，你又不是三岁小孩儿，咱们中国人，哪有做父亲的动不动就拥抱自己女儿的？请问，他把你领到他的卧室里去干什么？如果你是一个贪图钱财的人，在那种情况下，你难免不会动心，你只需对他抛一个媚眼，结局就会完全两样。她想了想，在心里说，那倒也是。

　　更耐人寻味的是，几年以后，柳春枝成了悲惨的下岗工人。早已离休的凌雨，不知从谁的嘴里得到了这个消息，有一天，他把她约到一个茶楼的豪华包间见面。她已经人到中年，但是风韵犹存，依然是明眸皓齿，除了神情显得有些忧郁，岁月的磨难在她脸上留下的痕迹并不明显。但她明白岁月不饶人，她的容貌已是今非昔比，她现在也懂得化一点淡妆了，为了去见他，她那天稍稍化了一下妆。为了掩饰眼神的疲惫和嘴唇的苍白，她勾了勾眼线，抹了点口红。

如今的凌雨明显地显老了，那满头黑发是染出来，但往日吊着的眼袋居然消失了，她不知道那是可以做整容手术的，使得他仿佛一下子就年轻了十岁。他一看见她，就面露欣喜，人一下子就变活跃了。他说他没想到她的心态调整得这样好，人依然美丽光鲜，一点都不像一个下岗工人，这也正是他所希望看到的样子。他安慰她，要想得开。中途，他又突然冒了一句，很可惜，你没能成为我们凌家的人！她就想，我干吗要成为你们凌家的人呢？他又补充说，当年，他之所以能够调到银行工作，其实全凭着他的老岳父，那个老将军替他开口说了话。话锋一转，凌雨主动提出，想给她30万元，希望她去开一个商铺，至于地点嘛，他改天再陪她去选个合适的。她不由分说，赶紧推辞。虽说她的日子过得很艰难，也急需用钱，但她并未见钱眼开，而是委婉地谢绝了他。她的心性其实很高，她从小就发誓要做一个清清白白的女人，现在，绝不能让凌雨感觉她下贱。她当时心里也咯噔了一下，暗忖：他为什么要对自己这么慷慨大方呢？就不由得抬眼望了一下对方，见他直勾勾地望着她，就顿时羞红了脸，心里就什么都明白了。她推说家里有急事，就匆匆站起身离开了。凌雨望着她远去的背影，轻轻地叹了一口气，刚才一直留心挺直的腰板瞬间就勾了下来。从此，她就再也不跟他来往了。

## 八

自从来到东郊，卞文渊一直搞技术工作，后来被评为教授级高级工程师。在郭兴凯叱咤风云的前些年，他还没有坐正，先后担任厂长助理、党委副书记。后来，全国时兴厂长负责制，上级的意图是叫他党委书记和厂长一肩挑，但他偏偏不信邪，认为一个共产党的书记也照样可以把一个工厂搞好，就直接提拔了一个下属任厂长。他的党委书记一干就是八年，一直干到工厂改制时，国资委控股，他这时已经过了退休年龄，却非要叫他出任董事长兼党委书记，他想退，却没获批准。直到他66岁时，才正式办理了退休手续。这种超期服役，在成都东郊绝无仅有。

到了卞文渊任董事长兼党委书记的时候，不仅知道东郊的巨头们背地里叫他"东郊邓小平"，还知道年青点的背后叫他"教父"。他赋闲多年以后，有媒体记者去采访他，对方一开始采访，首先就拿这个问题请教他。卞文渊不动声色地说，原因很简单。我始终认为，不仅要站得高，看得远；而且还应该站得低，看得清。我们星光电子管厂是军工企业转型的搞微波元器件的企业，我们当时的处境极其困难。上面的政策是宏观的，作为一个企业的领导，你怎么定位，怎么去闯，怎么去创？这就显得很重要。省里市里定的事情，我就要看他们定的是对还是错。如果是错的，我就要发动东郊的企业联名反对，而且不是一般的反对。后来，记者在他的文章里，这么评价卞文渊：这么坦率，真的有"教父"风范！

卞文渊走马上任的时候，是星光最惨淡的时期，负债率高达97％以上，连发工资都困难；贷款还不了，银行不仅截留货款，而且还采用罚息的方式。当时，某银行建设路代办处的人在逼债时出言不逊，曾经羞辱星光的厂长，说他那么大年纪的人说话不算数，还要不要脸？并叫他只要从楼上跳下去，就一了百了。厂长一筹莫展，只能忍辱含垢。他事后竟对老领导卞文渊说，书记，要惩罚一个人，就让他来当厂长好了！

卞文渊作为党委书记，在安抚和给这支哀兵鼓舞士气的同时，就决定大胆地去闯、去创了。他告诫自己，不能在一棵树上吊死，必须要在主业以外寻求突破。有一天，他在建设路上转来转去，忽然发现：人口密集的东郊居然缺乏修理、商贸等服务业，而星光厂地处建设路口，与二环路衔接，具有地利优势。他在心里惊喜地叫道，真是天助我也！我们星光的周边不正好可以搞第三产业吗？在成都，有一家大名鼎鼎的鸿运公司，成功开发了名噪西南的荷花池商业圈，他找到这家公司的老板，双方一拍即合，达成星光出地皮，对方出钱建营业楼再出租的合作协议。如此一来星光不仅安置了自己的50多名职工，每年还因此净得200万元的利润分成。

卞文渊有一天去市区逛春熙路，结果，又被他发现了一个可以轻松赚钱的地方。春熙路是成都闹市区，这里的繁华程度相当于上海南京路，路口有个政府部门下属的棋园，被卞文渊一眼看中。他就找到棋园的主管单位合作。这回是对方出地皮，星光出钱，当年就建起了一幢六层的大楼。星光拥有底下三层20年的使用权，卞文渊就找深圳的一家私企合资建了一个卖家电的星光商场。这个商场一度生意火爆，最高峰时一年的营业额将近1个亿，一度形成"买家电，到星光"的口碑，并且还安置了星光厂的48名职工，为星光度过最艰难的岁月立了一功。

以上两件事情，卞文渊还只是崭露头角。在下面讲述的这个大动作中，他的另类，他的敢想敢干，才暴露无遗。建设路上星光厂的大门口，矗立着一栋建筑面积达八千多平方米的雄伟的星光大厦，这是星光厂上年花800多万元建成的，初衷是想吸引人才，搞成吸引大学生进厂的鸳鸯宿舍楼，但生活设施尚未配套。卞文渊每天从楼下的大门口进进出出，心里一直在打这栋大楼的主意。刚好这一年邓小平第一次到南方，发表了一个推动中国改革开放的重要讲话，他强调"思想要再解放一点，步子要再迈大一点"。讲话传达到了东郊的这些国防工厂。在听传达的时候，卞文渊感觉眼前倏地一亮，他酝酿了多日的一个大胆的想法终于可以抛出来见天日了。此时，在中国销声匿迹了三十多年的股票交易重新复活，股民们以极大的热情入市弄钱。卞文渊敏感地看到，此时成都的股票交易市场虽说方兴未艾，却缺乏交易点，星光如果能办证券交易所，那必定是财源滚滚。但作为国企的星光并非股份制企业，并不具备开办证券交易所的资格。他把脑袋一拍，想出了个"曲钱救国"的妙招，暗中选定了炙手可热的泰山证券公司，由双方来联办证券交易所。

如此大胆的决策，当然首先要过会。在这个问题上，星光开班子会时也有争论，反对者替卞文渊担忧，怕他踩红线犯错误。但对中国金融市场一直有研究的卞文渊胸有成竹，他想，既然邓小平可以支持首都钢铁公司涉足金融业，那么星光当然就可以效尤。他为了宽慰大家的心，就拍着胸脯说，出了问题由我一个人负责，这一点，请在今天的会议记录上注明。但还是有人提出异议，认为在工厂大门口搞证券交易弊多利少，可能会使来来往往的职工心猿意马。但卞文渊横下一条心，力排众议，坚持要干。

卞文渊找到泰山证券公司，才知道泰山证券正苦于找不到合适的地点。卞文渊主动提出，场地、资金、人员全部由星光承担，泰山以20％的干股分红。泰山当然求之不得。将这家新开的交易所定名为"泰山证券建设路经营部"，从表面上看，星光并未冠名，但招牌的最前面却赫然打着星光的商标，让人一看便知是星光的"自留地"。待合同一签，双方立马到深圳采购回电脑等必备设施，很快就开业了。

这个证券交易所占了星光大厦的一二层楼，分大户室和小户室，最初只有1000多平方米，刚一正式开张，生意火爆到难以想象，于是赶紧扩大到3楼，变成2000多平方米。当时炒股的手段落后，不是网上，不是电话委托，也不是银联转账，而是必须抱现金或带支票到现场交易。为了解决开办交易所所需资金的缺口，卞文渊亲自出马，又说动中国银行，在交易所隔壁开了一家储蓄所。卞文渊要求对方先从该储蓄所借出一笔需付息的资金为星光救急，并且承诺了未来的储蓄额度。但储蓄所的工作人员全部由星光派出。这样一来，不仅大大方便了股民，每日的储蓄金额叫人大喜过望，而且星光发展微波主业急需的流动资金也有了出处。

当时，这个交易所盛极一时，12个贵宾厅全部人满为患，5个大显示屏前挤满了情绪激昂的散户，每日进出的资金数以亿计。曾经羞辱过星光叫厂长跳楼的某人，又堆起谦恭的笑脸，要邀请卞书记喝个茶、吃顿饭了，却遭到卞文渊的婉拒。这个股票交易所火爆了4年之久，星光分红比例是80％，到底每年分红分了多少？卞文渊至今也不想给采访他的记者透露，只说：我给你举个例子，你可以想象一下。当时我的坐骑是桑塔纳，星光派到交易所的经理的坐骑是大奔驰。叫记者开动脑筋自己去推测想象。

不幸的是，1998年亚洲爆发了金融风暴，时任总理的朱镕基发话：不允许企业办证券。正在国外考察的卞文渊接到厂长的越洋电话后，匆匆赶回东郊。由星光、泰山和银监会三方一起处理善后事宜。退出证券交易所的星光，不仅分到大奔和桑塔纳各一辆，星光派到交易所的20多名工作人员全部归泰山，开办时星光的所有投资按原价返还，而且还有将近600万元的当年盈利的分红。利用对方想在原址继续开办的心理，一口吃成大胖子的卞文渊并不满足，还乘机敲起了竹杠，提出年租金350万元，预付5年作为补偿。岂料对方也满口答应，真是财大气粗啊！

星光前脚拿了这两笔钱，卞文渊后脚就叫人在八里小区，以每亩40万元的价格征了28亩土地，建星光新宿舍区，一举解决了工厂的大学生鸳鸯配的住宿问题，共400多对，连刚领证结婚的新人都分到了新房。这些单元房的售价为750元／平方米，并且办好了产权。鸳鸯配的大学生如果要退一室一厅的老房，住80平方米以上的新房的，所退旧房由工厂以700元／平方米的价格回购。这些750元／平方米的房子，10年后一家伙飙升到每平方米可卖到七八千元的天价。临街宿舍的底楼，卞文渊叫建了门市营业房，又另建了800个平方米的茶楼，如今，这些房子全都被超市、健身房、棋牌室、茶坊等业主租赁了。

距工厂较远的八里小区一带当时还比较荒凉。卞文渊看中的已经交了定金的五六十亩地，因为受到牵制，最终只到手了28亩，叫他至今一想起来就感到遗憾。时任董事长兼党委书记的卞文渊在外地出差，工厂新区建房的登记却受到抵制。厂长打电话向他求救。他回答，不急，等他回来，保管一个星期内炒热；别的本事没有，这点本事还有。他一回东郊，先召开党委会、董事会统一思想。紧接着，召开中层干部会宣布了三条意见：一、原拟建的领导干部楼不在老宿舍区建，而是改建在新区；二、原住在老宿舍区的，可以退旧房，要新房，老房子按700元／平方米工厂回购；三、他卞文渊首先带头报名，搬到新区。人们都知道，他女儿是清华博士毕业，从美国麻省留学归来，在清华大学当教授；女婿也是清华博士，在西门子公司中国研究院任副院长。他女儿女婿定居北京，他卞文渊完全不必来凑这个热闹，现在为了炒热新区，他不惜带头"趟雷"。不是说"火车跑得快，全靠车头带"吗？关键时刻，让卞文渊这个车头这么一带，新区真的几天就炒热了。从这件事情上，我们不难领略卞文渊的铁腕行事风格。

好个卞文渊，他对采访他的记者说，不是我卞文渊不能干，而是国家在体制上规定了国企的动作，这个不允许搞，那个不允许搞。即便如此，他仍然在星光困难的时候，尽量抓住了一些稍纵即逝的机遇，比如：星光居然在东郊的一家信箱厂和交通银行分别持有两三百万元的原始股，那都是他卞文渊利用员工对他的信赖，于当年向职工集资之后买来的股票。

# 九

一天，东郊八九家大型军工企业的一把手们忽然接到卞文渊的秘书打来的电话，请他们立即赶往卞文渊的办公室，有急事商议。东郊这八九家大型国企的巨头本来平常就联系紧密，他们闻风而动，在第一时间赶到了星光。卞文渊招呼大家入座，劈头就问文件看了没有，合不合理。巨头们七嘴八舌地直说不合理。卞文渊就说，那还等什么，马上去找市委分管领导反映。

这是怎么回事呢？所谓文件，是指市国资委刚下发的一个文件。该文件规定，对于未改制的企业，实行利润与工资总额同步增长，不再交所得税；但对于改制企业，却要求在已上交占利润3％的所得税的基础上，再分配时，必须按人均工资1200元的基数先交所得税，再发工资。这样，就减少了职工的收入，增加了企业的负担。卞文渊认为，这个规定跟国家的所得税规定明显抵触，企业响应中央的号召改制，利润与工资总额也应当同步增长，结果却适得其反。这样就很挫伤企业改制的积极性。

经过巨头们的紧急磋商，形成了反对这个规定的一致意见，马上草拟文稿，并打印了出来。卞文渊说，时间紧迫，各家拿文件回去盖公章已来不及。就叫大家采用最原始的身份认证的方式——在纸上拓下手印。当时，主管工业的市委欧建秋副书记是从720厂提拔的。接着，卞文渊拨通了欧建秋秘书的电话，说他要找建秋书记。秘书对卞文渊很客气，就说马上向建秋书记通报。卞文渊说：你也不用通报了，你把电话给建秋书记，我直接给他汇报。当欧建秋从电话里得知，卞文渊和几个东郊国企的巨头要马上见他时，立刻表示了欢迎。于是，挂着特别通行证的东郊巨头们的轿车一辆接一辆，直扑市委大院。欧建秋在市委大院书记楼热情地接待了他们，了解了事情的原委。此事的结果是，东郊那八九个改制国企与未改制国企享受同样的所得税待遇。此事办得很机智，那份国资委文件并未收回，而卞文渊等东郊巨头从此也缄默不语，只做不说。

进入21世纪的第一个年头，在成都市的规划蓝图上，占地16.4平方公里的成都东郊工业区已经变成了商贸用地，这就意味着其间的所有企业，包括169家规模以上的企业，都将从沙河的两岸搬走。这是一个沧海桑田般的巨变，一个波澜壮阔的城市大突围。这年年底，作为成都东郊工业区结构调整的配套工程——沙河整治工程——拉开了帷幕。沙河整治工程规划要求，沿岸建筑要后退50米。在后退范围内的星光大厦已被判了死刑，它的墙上被打上了黑"×"。对于这幢已经成了气候，每年可以收750万租金，而且解决了星光几十个职工饭碗问题的大厦，卞文渊对它情有独钟，心想大楼并非违章建筑，凭啥说拆就拆？就一直在思考怎么样才能救它。机遇终于来了。一天，他得到一个确切消息，中共成都市委的五个常委将到成都东郊参加一个重要会议，并且当年从星光厂提拔的市委常务副书记丁一民也将到会。卞文渊心生一计，欣然到会。

会议开得很顺。趁中午进餐觥筹交错间，卞文渊端起酒杯，笑嘻嘻地说，各位领导，你们都到星光参观过，吃过饭之后，等会儿要经过厂门口，能不能刹一脚，集体看看星光？领导们不知是计，连说没问题，都说，你把酒干了，谁也不许跑！谁知这正中卞文渊下怀，他一仰脖子一口把酒干了。这就意味着，领导们必须践约了。

午饭后，几部轿车开到了星光大厦前，领导们一下车就夸星光搞得好。卞文渊指着墙上打的黑×说，你们看，这里打了叉叉。领导们瞟了瞟黑×，不解地望着他。卞文渊忽然面红筋涨地说，话说清楚，我早就应该退休了。谁要拆这个大楼，我就睡在地上，不管你是什么车，从我身上碾过！领导们都愣住了。他的牛脾气大家都知道，就忙七嘴八舌地劝说他。开什么车都可以，卞文渊余怒未息，为什么一定要退50米？丁一民就悄悄对他说：你打个报告吧。大家不欢而散。

第二天，卞文渊就赶紧打了个报告到市委。常务副市长在该报告上批示：情况特殊，缓拆。过了几天，主张退后50米的市长带了一帮人来调研。陪同的卞文渊居然得理不让人，边走边说，市长，沙河边的路这么宽，如果嫌我这栋楼不漂亮，需要我贴大理石或者花岗岩，我都照办。但楼无论如何不能拆！卞文渊索性说个痛快，市长，知道下面人怎么说你吗？说你只拆城！不料，市长并未跟他一般见识，微微一笑，息事宁人地拍拍他的肩，说，你这个不是不拆了吗？

但街对面旭光厂的那栋也是设了证券交易所的楼却拆了。旭光的人就酸溜溜地对卞文渊说，你看，你看，人家教父的楼就没拆嘛！卞文渊就调侃说，谁叫你们出了个副市长大人呢？是该带头嘛！随即，两边的人都哈哈一笑。由此可见，卞文渊的威望和影响。

这样一个卞文渊，外界对他的传闻自然不会少，说星光继任的党委书记、厂长，乃至于董事长、总经理都是他提拔的，他在星光是说一不二的人物。说他非常强势，是整个东郊的领军人物。还说，卞文渊有两句奇谈怪论：其一，科技是第一生产力，（社会）关系是第二生产力；其二，人民内部矛盾，要靠人民币来处理。此话出自一个大型国企党委书记之口，可见此人之不同凡响。

卞文渊是这样来处理"人民内部矛盾"的：他从未忘记那些当年流血流汗、艰难创业的老同志，他以新区开工、利润创新高、新品通过鉴定、正品已验收、中秋、春节等等为由头，一次又一次地发放不跟岗位奖金挂钩的临时奖金，发放数额从200元到500元不等，见者有份，不分高低，对几千名已离退休的人员也照发。等到卞文渊正式办理了退休手续，他也就不便坚持了。不用说，卞文渊此举换来的是一片叫好声。直到他退休后的今天，凡是厂里的人碰到他，总会热情地招呼他"卞大爷好！"这让他很是欣慰。

在星光，下至清洁工，上至厂长，凡是临近退休的员工，都可以享受一次免费旅游，或海南，或云南，或江浙，旅游点任意选择。精明的卞文渊，都是选择淡季组织出游，一出游就是几十或上百人。从上世纪80年代以来，年年如此，深得广大员工的欢心。星光的职工医院至今还在。凡是星光的员工，住院的400元门槛费只交一半。在整个改制、职工分流的过程中，不采用强制手段，而是尽量安置。

星光原有3700多名员工，改制分流后不到1200人，没有发生大的风波。卞文渊66岁退休时，星光账上的资金4.5亿元，不欠一分钱银行贷款不说，并且手上还有土地。

## 十

从1985年起，韩雪又开始读中央党校函授班，每次一考完试，韩震就会给女儿打电话，问她考了多少分。如果只考了八十多，必挨骂；要考了九十几，他才高兴。可她是母亲，是媳妇，是技术人员啊！每天累得要死。夜班照样上，孩子才4岁，等把他哄睡了，半夜3点爬起来写作业。老公张星魁酷爱音乐，如今把钢琴摸得溜熟，在生活上却比较弱智，连顿饭都煮不好。她包揽了所有家务活，蔡淑芬前两年因病逝世以后，照顾日益年迈的公公张洪炳就全部落到了她的头上，买菜、做饭、接娃娃、倒马桶等等。她还要买回处理布，用家里的缝纫机为一家人做衣服。即便如此，这个开班时300多人，毕业时只剩70多人的中央党校函授本科班，韩雪照样是十名优秀生之一，毕业论文入选优秀论文集。

1989年元月的一天上午，韩雪正在医院动手术，突然来了辆小车，来人小心翼翼地告诉她：你父亲的情况不大好，你能不能去看看他？她后来才知道，父亲咽不下最后一口气，从凌晨4点一直在等她。她正在输液，胸脯上有一条割开的口子正在引流，医生赶忙拔下管子，在她的伤口贴上纱布，她脚步发飘，晕晕乎乎地上了车。一路上，她见小车风驰电掣，就明白父亲不行了。等她赶到厂医院时，发现弟弟韩刚，以及后妈都已站在父亲的病床前了。

晚年的韩震一直遭受病魔的折磨，先是因"文革"中被打断的腰椎引发瘫痪，之后又发现患食道癌。病榻上的韩震皮包骨头，形容枯槁。在弥留之际，他双眼圆睁，头部一直扭向病房门口，刚把他扳正，他又扭过去。他明显在等一个亲人，等他最疼爱的女儿——一个侥幸活下来的只有4斤重的早产儿。这个女儿是他的骄傲：小学成绩最棒，考上的是名校9中；读大学没给过一分钱，居然学成回厂；读中央党校又是前十名。对于儿子，他都尽其所能地资助过，恰恰对他最疼爱的这个女儿，他表现出异乎寻常的严厉。韩雪其实也早就想明白了，老爸是以他的方式想把她逼成大能人啊！女儿到了，他的头也就再不扭到一边了。众人清晰地听见他最后咕噜了一声"柳芭莎"，就咽了气。"柳芭莎"是他对结发妻子白羽私密的爱称，他的贴身衣袋里装着"柳芭莎"的照片，而她被迫害至死已经升天20年了，也许此时他看见她正笑吟吟地向他招手呢！

爸爸——爸爸——在韩雪撕心裂肺的呼唤中，韩震安详地合上了眼睛。

韩震逝世的时候，郭兴凯并不在国内，而是带队在日本考察，紫光厂已经决定上彩色显像管玻壳生产线。紫光厂的谈判团队经分析研究后认为，他们厂别的厂不具备的优势，首先，他们有"八年抗战"研制国产黑白玻壳线和引进日本50万只黑白玻壳线的生产经验，对国产专用设备制造的技术进步有把握，因而坚定地认为，他们一定能够凭多年的生产技术经验，能够完善和解决建线、生产出现的问题。于是，他们决定采用一种甘冒技术风险，却绝对省钱的引进方式，只为专用设备引进关键零部件，以解决国内暂时确实无法解决的技术和部件，其余的则立足于由国内专用设备制造厂制造。结果，紫光厂硬是只使用了较少的外汇投资，就成功地引进了部分关键设备和关键零部件，解决了百分之八十设备国产化的问题，建成年产320万支18至21英寸彩色显像管玻壳生产线。

当时，郭兴凯带着跟日本公司草签的引进合同兴高采烈地回到成都东郊，这才听说，韩叔叔已经驾鹤西去，他感觉整个人突然就掉进了冰窖似的难受。改天，他邀约了同样不知消息的卞文渊和纪中和两个铁哥们儿，要他俩带着各自的老婆，在韩雪夫妇和韩刚的指点下，来到了韩震的坟茔前。石碑上镌刻得很清楚，这其实是韩震和白羽的合葬墓。白羽的骨灰被造反派丢弃，韩雪当年就含泪将妈妈的遗物火化，装进一个骨灰盒里，进行了象征性的安葬。趁着父亲病逝，她就请泥工做了一个父母的合葬墓，把母亲的骨灰盒移过来，跟父亲葬在一起。

韩雪、郭兴凯摆上供品，点上香烛纸钱。九个人在墓碑前或站或蹲，将一叠一叠的纸钱撕成单页焚化，纸钱的火堆火焰熊熊。韩雪在火堆前铺了一张大塑料口袋，然后下跪，双手合十，虔诚地许着愿，之后给父母磕头。张星魁、韩刚也效仿她，对着坟墓下跪磕头。

郭兴凯专门带来一瓶韩震最喜欢喝的贵州茅台，此时将瓶盖打开，神情肃穆地斟了一杯酒端在手上，说，韩叔叔，白阿姨！我，文渊，中和，三个晚辈，还有我们的老婆，专门来看望你们了，祝二老在黄泉路上一路走好！他将酒在墓前洒了，如此，接连在墓前敬了三杯酒。

红烛熠熠，香烟缭绕，燃烧过的纸钱就像灰蝶在墓前飞舞着。九个人在墓前垂首肃立，沉浸在对韩震和白羽的悼念之中。如果不是"文革"挨整，白羽阿姨何以会英年早逝，韩震叔叔何以会瘫痪？何以会才活69岁啊？郭兴凯愈想愈伤感，眼眶就不由得潮湿了。他抬头仰望虚空，却分明看见韩叔叔和白阿姨踏着祥云，满面春风地携手向他走来。韩叔叔依然是1953年时的样子，穿一身洗得发白的军装，身材魁梧，气宇轩昂；白羽阿姨则是原子弹爆炸那年的样子，穿一件白底青花的连衣裙，外面罩了一件蔚蓝色的短衫，又雅致又随和。他好不兴奋，正说迎上前去，二人的影子却消失了。他莫名其妙地眨了眨眼睛，不明白自己刚才看到的究竟是幻觉还是什么。他转念一想，这或许是韩叔叔夫妇想告诉他，他俩在天堂过得很好，而故意示现的愉快的样子吧。

# 沙河有意化作泪

一

1988年是农历的龙年，一次小小的烫伤彻底改变了韩雪的命运。

那时，炼钢炉所炼的，是一种化学元素含量复杂的高合金钢，毒性极大。炼钢电炉是1700度的炉温，钢水出炉时飞溅的钢花拍下来十分壮观，但飞到身上就是一个泡，还不能用手去抹，一抹皮就掉了。韩雪他们铸造车间里有个小伙子，钢花掉进他的劳保皮鞋里脱不赢，结果后来把整个后脚板都锯掉了，后来，工人们上班干脆就不拴鞋带了。炼钢工拿的钢钎就有50公斤，要求工人身高体壮，他们无论冬夏都赤裸着上身炼钢。作为炼钢炉前唯一的女人，韩雪穿的工作服里也只有一个乳罩。她常年在炼钢炉前苦干，脖颈和胸脯上难免水泡重水泡，早已掉过一层皮。有一天，冷不防一朵迸射的钢花从她的领口飞了进去，卡在乳罩里抖不下来，情急间，她伸手一按，心想汗湿的胸脯会将钢花弄灭，结果却烫进了肉里。

当时，厂里要争拿国家质量管理奖，她是车间的质量员，她手下还有几个质管小组，面对审查组和上面聘请的顶级专家的审查，她和她的部下必须对答如流。又恰遇车间正值大量老工人退休，新工人掌握不好之际，她有着大量的工作要做。她白天晚上连轴转，人很疲乏，人体的抵抗力就下降了。再加上澡堂的洗澡水又是循环水，被钢花烫伤的当天洗澡用的自然也是这种热水，于是伤口就感染恶化，变成了脓肿。她莫名其妙地就会发烧，住了几次医院的结果是，先后切去脾脏，取掉软肋，感觉伤口也愈合了。但她发现自己的脾气突然变坏了，心情极其厌躁，动不动就跟人吵架，甚至跟厂党委书记也大吵。有一天，她上班时手被划了道口子，去厂医院包扎后，正往回走，不料护士撵来，叫她再转去做个化验。她还开玩笑说：咋啦，发现癌细胞啦？结果一语成谶，一检查，果然是。这年她满38岁，但已是乳腺癌第三期病人。

但命运之神似乎要特意考验她。头一个化疗疗程结束再复查的结果却是"乳腺癌中晚期并发骨转移"，癌细胞已经扩散。她只好又住进医院，接受了八个多小时的手术：整个胸大肌被切除，右胸前三根，右后背两根，共五根肋骨被锯掉，刀口从前胸直切到后背，足足缝了一百多针，还输了9000cc的血。此后就是大剂量的化疗和大功率的放疗。在如此险恶的生死关头，她仍然没有放弃自己的人生追求，她在病床上完成了中央党校的毕业论文，又拔下化疗针头赶到现场，成功地完成了论文答辩。

韩雪此时的尊容实在比雨果《巴黎圣母院》里的敲钟人卡西莫多还叫人害怕，骨瘦如柴、头发眉毛秃了不说，脖子歪搭在右肩上，变得干缩的右手还蜷成鸡爪状。皮包骨头的左腿膝盖还鼓出个大包，走路一瘸一拐。身体虚弱到摔一跤就随时可能被送进太平间。在她恐惧生命随时会离她而去时，是弟弟韩刚及时给了她一个启示：既然来日不多，不如赶快去做你早就想做的事情。她早就想做的事情是写家史，写下自己半生的经历，留给后人一部祖宗的根。这是她与生俱来的文学情结，她祈盼着某一天人们对"二毛子"有个公正的历史评价。

她从此进入到异乎寻常的写作状态。白天化疗输液时抓紧打腹稿，晚上失眠，就爬起来先吞两粒止疼片然后在稿纸上耕耘，有时一天可写上万文字。她饱蘸血泪写出的这部书稿有40多万字，名叫《血缘沧桑》，以后在网络上发表受到许多网友的追捧。她写作上了瘾。忽又转念一想：岂能成天写悲剧，这不利于病体的恢复啊！于是又转而写搞笑的、开心的喜剧类的故事，洋洋洒洒十多万字的《离婚生猛十八例》、《老歪传奇》相继脱稿，看得人哈哈大笑。

她老公张星魁主张中西医配合治疗，无论是专治绝症的老中医，还是传说会治癌的某个个体游医，他只要听人介绍，就非要带她去求医。她每天把苦药汤当茶喝，还扎了两个疗程的针灸。真是天可怜见！她的歪脖子和鸡爪手居然给矫正了，光秃秃的脑瓜也长出了满头青丝，但服激素药的她胖得成了馒头。

命运之神居然让她活过来了。为了多挣点钱，她要求上班。但是今非昔比，车间里早已没有了她的位置，领导还生怕她万一掉进钢水里，他们的安全奖金可就泡汤了，就劝她回家休养。这样，她就只能拿不足原来一半的病假工资了。她和老公每月工资加起来还不到100块，而每月的治疗费加起来却需1000元。

她沉入了人生中的最低谷，觉得自己活着没什么用了。为了生存，为了治病，她摆过地摊，开过裁缝铺，在沙河电影院前卖过汽水；到舞厅当过歌手，但晚上孩子没人管又不行。当老公张星魁最初得知爱妻身患绝症时，曾经背着她，在老父面前痛哭失声。为了妻子能活命、为了保住完整的家，张星魁决定豁出去了，索性停薪留职，拼命去寻找挣钱的门路。他卖过画，也卖过鱼，因书生气十足，不会称秤，而难以赚钱。他怀揣妻子的病情证明，勇敢地走上街头卖艺，替路人演奏经典名曲。卖艺也有卖艺的难处：地上钱丢多了，流氓要抢，还要被警察驱赶。歌厅、酒吧、餐厅，甚至西藏的拉萨，凡是能让他演奏挣钱的地方他都不放过。他应邀到过山西大同某酒吧卖艺，因不合老板的心意而被开除，不得以上街卖艺，挣足了返乡的车费，才回到成都东郊。

后来，有一个千万富翁搞起了驰名的"鸳鸯楼"火锅城，张星魁应邀，成为驻场演奏的钢琴师。人到中年的张星魁因为发愁，头发、胡子过早地花白了。但老板别具慧眼，索性要求他蓄起了披肩长发，留起了连鬓胡子，叫他把长发在脑后扎了一个马尾巴，打扮成一个摇滚乐手的模样。如此一来，他摇身一变，成了一个特立独行的老帅哥钢琴师。有的时候，碰到客人喝酒喝疯了，男的上来往他头上倒啤酒，女的端着酒杯上来，一心要跟他这个老帅哥干杯。为了这份来之不易的工作，为了客人的小费，他只能装得若无其事，安之若素。有了固定的工资收入，还有客人给的小费，以及郭兴凯、卞文渊、纪中和的周济，一家人才得以度过了人生中最黑暗的关口。

休病假的日子很难捱。过去的一些往事情不自禁地在脑海里浮现了出来。赶着小牯牛邦邦犁田时的那份得意，顶风冒雨伐木头时的那份豪气，在雅砻江上放排时的那份威风，在赶马帮的途中巴望初生小马驹立起时的那份揪心，与忠心耿耿的狼狗立耳子诀别时的那份惨痛，周末炼完最后一炉钢与男工们开怀畅饮时的那份酒脱……她想，她再也不能像当年那样威风了，此刻，她韩雪不正像那匹初生的小马驹吗？如果一蹶不振，爬不起来，就只有等死。可是，她一个癌症病人，又能做什么呢？她觉得自己生病以后过得太碌碌无为，简直是在虚掷光阴。厂里的姐妹上门去看望她、安慰她，给了她一个痛哭流涕、排解痛苦的机会。但是在她的内心深处，仍企盼着有一个人能去看望她，他不是别人，正是她心目中的偶像——郭哥郭兴凯啊！她其实明白，这只是她内心的一个奢望，她知道郭哥有多忙碌，一个在改革开放的新时期在大型国企当厂长的人，真的是日理万机，就像一个被抽得滴溜溜转的欲罢不能的陀螺！

仿佛是心有灵犀，这天下午，闷闷不乐的韩雪拿出她的习作手稿，正打算修改一下的时候，听见有人敲门。她打开门一看，居然是朝思暮想的郭哥站在门外，并且手里还拎着一大袋水果，以及一束粉红的康乃馨。她的脸唰的一下就红了，赶紧把郭哥迎进了门。郭兴凯开门见山地说，他今天刚好从720厂宿舍区路过，顺便进来看看她恢复得怎么样。

她忙回答说，恢复得很好！你看，脖子不再歪了，手也不再爪了。

郭兴凯高兴地直是点头说，那就太好了，太好了！对了，我上午翻阅报纸，看到了一条信息，市文化局决定举办民间艺术三绝展演大赛。我忽然想起我那年结婚时，你专门给我剪过一套喜花，那真是民间艺术的奇葩啊！你曾经跟我说起过，说你们720厂的新人结婚时，有一个成都市绝对没有的风俗——贴喜花。我在想，你的喜花剪得那么好，你如果去参赛，准能拿金奖！

真的？韩雪惊喜地反问。

她的剪纸艺术日臻成熟，自从那年给郭哥剪过喜花以后，她在北京上学期间利用回东北老家探亲的机会，专门向姥姥讨教。耄耋之年的姥姥居然宝刀不老，把自己的剪纸绝技一股脑儿地传给了她这个聪明的外孙女。再加上韩雪喜欢画画，又有悟性，要在古老的剪纸艺术的基础上孕育新的作品，应该不在话下。

"文革"中，厂里有一对青工结婚，韩雪照样剪了"龙凤呈祥"、"鸳鸯戏水"之类的喜花去贺喜，被不识时务的厂党委书记斥为"封资修"，当场就遭到所有人的白眼。韩雪由此悟到了喜花文化深入人心的力量。喜花中有一件"男女相对"图，被人俗称为"亲嘴"。等到该书记的公子结婚时，他居然还不忘嘱咐一句，还要那个"亲嘴"的。此后，厂工会又推波助澜，每遇新人结婚，必布置她剪喜花。新婚贴喜花在厂里蔚然成风。新人以得到她剪的喜花为荣为乐，往往会回赠她一大包喜糖。

喜花最难剪的是"盘花"，整个图案由100种不同的花朵盘绕着一个双喜字，后来她还别出心裁地出了新——加上了一男一女。为了便于别人学习传播，她还专门做了全套喜花模板，免费供喜好者描摹。正是在这种常年剪喜花的磨砺中，韩雪的羽翼日益丰满。

以后的时光可以作证，郭兴凯给韩雪带来的这个信息，其实足以改变她后半生的命运。她想她也并非民间艺术家，就抱着试一试的轻松心态，创作了一件名叫《龙的传人》的大型剪纸。何谓大型？一般的剪纸只16开纸大小，她的这件却是全开纸。令她想不到的是，这件作品在大慈寺展出后，得了个民间艺术绝技奖的殊荣，她因此加入了中国民间文艺家协会。

她在无意间看到了自己人生价值的艳阳天，由此找到了生命和情感的寄托。她的剪纸创作竟像开闸的江水一样，一发不可收拾了。她无须用刻刀，唯一的工具就是在两元店里买来的一把碳素钢做的剪刀。她经常灵光四射，创作了许多植根于传统土壤的剪纸作品。

她第一次参加全国大赛就拿了个金奖，这件作品名叫《丹凤朝阳》。她的寓意是，祖国母亲带领亿万儿女奔向太阳，以太阳向征光明美好的未来。她把祖国母亲形象化为一只凤凰，其头顶一轮红日，又以120只鸟和一对男女组成一道彩虹，并辅之以象征富贵的牡丹花图案。她一路走来，硕果累累，手里至今已有了70多本获奖证书。她是一名开班授徒的剪纸老师，她现在教的100多个孩子，都拿过全国性的大奖。她创作的由无数跳跃的娃娃构成的《中国娃娃》剪纸，被她的一个12岁的女学生精心摹仿，参加全国少年美展获一等奖，又被选送到日本参展，并被日本名古屋博物馆收藏。

她渐渐成了剪纸界的名人，她的剪纸作品特别受欧美人的欢迎。她的作品在2008年"5·12"地震期间卖了12万，单是名为《老成都》的一套剪纸，一名美国人就给了500美元。她创作的"慧云"系列剪纸，不仅有古代妇女的人物形象，而且还融入了篆字和古诗，得了国际金秋书画展的金奖。她和老公2007年参加央视李咏主持的"非常6＋1"，老公拉手风琴，她演唱，二人以一身俄罗斯民族服饰亮相，拿了个金奖。她说，只要有人愿意学，报酬多少她不计较，这个手艺需要传承。某学校每节课40分钟，才给她50元；一个教师进修班，一节课时给她200元。她还有周六周日在她家开小灶的提高班，10至12岁的十多个孩子，人人都是高手，一点就通，对此，她是最欣慰的。她还经常把她的作品和学生们的习作组织义卖，捐助贫困大学生和贫困家庭。

自从1997年以来，她已出版了有关剪纸的从初级到高级的五本专著。区上文旅局出访欧洲进行文化交流，携带的出国礼品也是韩雪最得意的"大熊猫""成都民俗"等几幅剪纸作品，将它以"中国剪纸艺术"的精美封套包装后，人见人爱。

韩雪的家是1980年代分的一套二的单元房，这个家被她弄成了一个十分拥挤的剪纸作坊、作品贮藏室和展览室。2011年秋，区文化部门给她搭建了一个平台。这个平台就是原720厂的一座文化楼。1980年代，中央军委拨了一笔钱，要给韩震盖一幢休养楼，但韩震不答应，他提出要盖就盖一幢4层的文化楼，让厂里的老工人有个喝茶、下棋、打牌、跳舞、看书的地方，而且必须免费。厂里划了一块地皮，用军委拨的钱买建筑材料，由工人们尽义务，把楼盖了起来。文化楼后来卖给了街道的社区。区文化部门出面，跟社区协商，在文化楼的底楼拨出一间30多平方米的大房子，给韩雪做了工作室。这间工作室，既是韩雪的剪纸作品和奖状奖杯的陈列室，又是她向那些热衷于剪纸的社区女人们传授技艺的教室。这其实是双赢的大好事。这样一来，韩雪可就如虎添翼了。

韩雪现任中国民间文艺家协会剪纸艺委会委员。剪纸作品线条精细优美，富有创意，以剪"喜花"闻名，成为成都一绝，被喻为"有代表性的川派剪纸"。当然，以上的这些都是后话了。

## 二

齐秦有一首耳熟能详的流行歌曲，这样唱道：外面的世界很精彩，外面的世界很无奈。新时期的生活既精彩，又无奈，就好比万花筒，五彩缤纷，变幻莫测。每一个人都身在其中，不能自拔，或奋起，或拼搏，或颓唐，或堕落，或沉醉，或苟且偷安，或折腾不已，或灰心丧气……社会就像一个无形的大舞台，每个人就像被施了魔法一样，在走马灯似的轮番上演着属于自己的人生话剧。

柳春枝的丈夫杜宇庭，本是一名庸医，吃大锅饭时还能将就对付；如今兴讲经济效益，病人兴挂专家门诊了，他的诊疗室于是常常门可罗雀。他的收入本来就不高，再加上他喜欢抽烟喝酒，能拿回家的钱就很有限了。而此时郭兴凯任紫光电子管厂的掌门人，企业进入了有史以来的鼎盛时期，厂里生产的彩色显像管供不应求，俏得惊人；彩色玻壳同时被松下公司、日立彩色显像管厂大量购进。柳春枝每个月工资加奖金的收入是杜宇庭收入的三倍多。如此一来，杜宇庭的心理严重失衡，自我感觉大男子主义的权威受到严重挑战，天长日久，脾气就慢慢变坏了，动不动就发火。这个以往戴着面具生活的男人露出了粗暴自私的真面目，两口子共浴爱河时，他再也不顾对方的感受了。柳春枝本来就是一个善良宽容的女人，丈夫的这些变化她不是没看到，而真的是忽略了，加上厂里的生产任务紧，她又实在是太忙，双方的不愉快她也没怎么往心里去。

正所谓屋漏偏遭连夜雨，船破又遇顶头风。杜宇庭为了寻找心灵的慰藉，偏偏迷上了打麻将。他与医院里另外三名医务人员同病相怜，一有空，他们四个人就凑在一起打麻将，一来二去就赌博上瘾了。对于杜宇庭来说，他痴迷赌博，不仅在乎输赢，而且追求刺激，追求赌博过程中的那种激昂的情绪状态。他们恨不得天天不上班，天天打麻将。但是医院如今的管理走上了正轨，所有医护人员必须打卡上下班。四个人的住家又分散，平日想晚上聚在一起打麻将不大可能。四个人上班都有点无所事事，就偷偷凑在一起，钻进医院库房的角落打麻将，一连打了几天都无人发觉。但是这天偏偏院长找杜宇庭有事，找来找去就是找不到人。一个护士跟杜宇庭有过节，就悄悄找院长点了水。院长勃然大怒，带着保卫科长老郑，亲自抓了四个人的现行，之后，他在全院大会上宣布，四个人公然在上班时间赌博，情节恶劣，宣布扣除他们全年的奖金，并责令他们进行深刻检讨，如若再犯，加重处罚。四个人栽了跟头，起码有十来天不敢在上班时间打麻将。

这戒赌的十来天，杜宇庭焦躁不安，食不甘味，夜里通宵失眠，真个是生不如死！他私下寻思，要是再不开赌，非把他憋死不可。班要上，麻将也必须要打，关键是要寻找一个别人意想不到的地方，只要没有被抓住现行，怎么狡辩都好办。这天上午上班打卡之后，杜宇庭就溜出诊断室，在医院里有目的地寻觅起来。他按照自己预先的设想，去转了几个地方，感觉都不太理想，都可能有人出没。他心里不免感到沮丧，心想偌大一个医院，怎么就没有一个供他秘密打麻将的地方呢？

杜宇庭上班的这家医院的规模很大，名气也很大，有上千个床位也难以满足就医的病员，远远近近的不治之症、疑难病人潮水般地涌到这里来住院，死人的事因此是经常发生的。为了满足停放病人遗体的需要，医院的太平间因此也修得很大，少说也有三百多平方米。所谓太平间，人们在背后都称"停尸房"。

他往回走的时候，恰好就路过医院的太平间。管理太平间的合同工老洪头此时正站在紧闭的大门外抽叶子烟。他平时就和老洪头比较熟，老洪头见他走过来，就边跟他寒暄，边主动抽出一支香烟来请他抽。他也不客气，接过烟，自己掏出打火机点燃吸了起来。

他边吸烟，边打量着四周。这个太平间远离医院里的其他建筑，地点僻静，它的前后都是一片树林子，门口是一条混凝土的过道，过道两边是高及胸脯的万年青树丛的绿篱。他的脑海里犹如电光石火倏地一闪，哇！踏破铁鞋无觅处，得来全不费工夫！这太平间难道不是打麻将的绝妙的地方吗？狗日的院长，做梦都想不到！

他马上对老洪头说，我从来都没进过太平间，今天碰巧了，刚好你在这里，你陪我进去参观参观。

老洪头不以为然地说，哎！里边儿阴森森的，有什么可参观的？都是他妈病死的、凶死的，晦气！

他不由分说，径直去推开大门，踱了进去。门里是一个大厅，左边是密闭的冷藏室，一个一个抽屉式的金属匣子里，冻着一具具遗体；右边则是一排排摆放整齐的铁床，有的空着，有的放着遗体，遗体上全都覆盖着雪白的床单。房顶悬挂着散发出惨白光线的日光灯，整个大厅真的鬼气森森的。杜宇庭暗忖，这个大厅一眼就望穿了，显然不适合打麻将。

他看见大厅那边的尽头有一道紧闭的门，就问老洪头，那边的房子是干什么的？

老洪头说，那是消毒室。

他暗忖，消毒室或许可以，不妨看看再说。他一边想着，一边就朝那道门走去。

铁门被吱嘎一声推开，他跨进门去放眼一望，立刻毛骨悚然，惊得差点叫出了声。原来，里面的钢架子上倒吊着一具具一丝不挂的尸体，就像屠宰场挂的一头头刚刮完猪毛未及开膛破肚的肉猪，而他差一点就一头撞在面前的尸体上。他忙请教老洪头，这是怎么一回事？

老洪头麻木地说，每具尸体都要先挂在这里，用消毒水冲洗干净，等它晾干以后，再送到大厅里去分类处理。这就是我每天的工作，胆小的，早就遭吓疯了！

不料，杜宇庭一听就笑出了声。老天爷！这地方简直太理想了，消毒室还有一道后门，如果抓赌的人从前门进来，他们不就可以溜出后门，逃到树林里躲起来吗？

老洪头诧异地扫了他一眼，说，呃！你居然笑得出来，别是你遭吓疯了吧？

怎么可能？哼！杜宇庭冷笑了一声，说，凡是学西医的，有哪个不是要死人骨头要毕业的。接下来，他就把自己的如意算盘跟老洪头交底儿了。具体就是，老洪头把这个消毒室借给他们打麻将，作为回报，凡是送到太平间来的尸体，都由他们来冲洗消毒，晾挂。老洪头一听就乐了，说，吧，你几个的瘾才大呐！要得嘛！两人一拍即合，各得其所，各有所图，于是相互击掌，表示成交。

从此以后，以杜宇庭为首的四个赌瘾发登了的家伙，每天一上班，就正式移师到太平间的消毒室，先任劳任怨地干完本该是老洪头该干的工作。具体就是，先把一具具尸体的衣服剥去，将双脚并拢，在脚颈上套上皮带，然后倒挂起来，用接了消毒水的水管逐一把尸体冲洗干净。在麻将桌的周围挂满打掩护的尸体之后，将消毒室的铁门闩上，四个人从后面专门留出的进出口，踌躇满志地走进尸体阵的空间，然后各据一方，在椅子上就座，在这种异乎寻常的气氛中，迫不及待地过起麻将瘾来。杜宇庭的这一招果真神机妙算，从此就再也没有被院方发现过。

三

柳春枝原本是郭兴凯骨灰级的粉丝，无论他在厂里掀起什么风浪，也无论对错，她一概衷心拥护。但是，对于郭兴凯正在采取的这个惊世骇俗的大动作，她却感到不可理解了。不错，正是郭兴凯把紫光电子管厂这个"老大难"企业变成了全国优秀企业，厂里的职工这几年的奖金也并没少拿，他们是沙河边最先住进单元式新宿舍楼的职工，他们紫光的职工曾经每天配半斤牛奶，这在成都东郊所有的工厂中真是出足了风头。他的头上顶着全国劳动模范、全国优秀企业家的炫目的光环。但是，他居然突发奇想，这个红得发紫的大型国有企业的大厂厂长他不想当了，他要搞股份合作制，要当紫光实业股份有限公司的董事长了！

他说紫光电子集团有上万名职工，生老病死、吃喝拉撒由企业全管，企业已经不堪重负。企业就是企业，绝对不能代替社会的功能。企业要想生存发展，唯一的出路就是根据中央的精神改制。柳春枝想，改制，这个词语何等冠冕堂皇啊！它的核心其实就是八个字：资产重组，下岗分流。最近以来，这八个字在厂里的广播、报纸、大会小会上反复出现，让她的耳朵都快听出老茧了。全厂有将近四千名职工要下岗，自从共产党打下天下以来，还从来没有过这样的事。"生是国企的人，死是国企的鬼"，早已习惯由国家包干生老病死的紫光的职工们，早已被计划经济体制惯坏了，觉着大锅饭的日子过起来很舒坦。他现在突然要夺走大家捧着的终身制的金饭碗，而去捧合同制的泥巴碗，要大家下岗分流，这是多么疯狂的举动啊！

在公众面前，郭兴凯给人留下的从来都是胸有成竹、叱咤风云的铁腕形象，但是，又有谁知道他内心的苦涩和沉痛呢？其实，决定对紫光这个大型国企动大手术，是他的艰难的抉择，他曾经反复权衡过紫光未来的命运和全厂上万名职工的命运。因为开弓没有回头箭，这一步一旦迈出去，紫光就再也回不到从前了。作为中国工人阶级的精英分子，他看得很透彻，国家之所以要搞经济体制改革，之所以决心走市场经济之路，既是大势所趋，也是迫不得已，几十年来所因袭的计划经济模式明摆着已经走入了死胡同，中国正在向新的经济运行体制——社会主义市场经济体制转变。国家有计划地对国有企业实行"断奶"，资金供应渠道由拨款改为贷款，融资方式变得跟其他所有制形式的企业一样。另一方面，国家完善了税收体制，对国有企业实行利改税，不再收取国企的利润。接着，国家陆续出台了社会保险体制、人事体制、医疗体制，住房体制等配套的改革措施。如此一来，国有、民营、集体、合资、个体等各种所有制形式的企业就站在了同一起跑线上，全中国的所有企业只能按同一个规则运行了。

郭兴凯一度很困惑，感到自己根本无力把握这个时代。改制，下岗分流，其实是把广大职工推向了社会。大工业生产，造成许多工人在固定岗位上的技能单一，造成他们与社会的隔离。他们一旦离开曾经包干了生老病死的工厂，其命运就只能沉浮不定，大部分人将不得不重新去适应社会，重新去找工作，这个过程绝对是艰难的、心酸的，绝大部分人就只能堕落为贫穷的弱势群体。在决定要不要改制的那个晚上，他曾经一夜辗转难眠。即将下岗的三千多名员工，其中有很多人就是从共和国开国之初的历史中走来的老军工，他们都是自己的阶级兄弟啊！作为国防信箱厂的工人，他们曾经是党的最坚实的政治基础，是作为领导阶级——工人阶级——的中坚力量，他们曾经何等骄傲和自豪啊！郭兴凯和他们一起没日没夜地打拼过，有的甚至就是当年玻璃车间的老职工，或者是彩色显像管攻关突击队的队员，一张张熟悉的脸庞不知不觉地就在他的脑海中一一闪回，而他现在却要狠心地将他们赶出工厂，他郭兴凯真是混账透顶！但是，如果不改制，在激烈的市场竞争中，紫光最终就只有倒闭。思前想后，他感到左右为难，内心非常煎熬，甚至萌生出一种挥泪斩马谡的悲壮和凄凉。

集团下发的文件规定，凡是年满57岁以上的男工和年满47岁以上的女工，可以参照国家有关退休政策实行退养之外，在这个规定年限以下的男女工人，总共有三千多人需要提前买断工龄。非常不幸的是，今年45岁的柳春枝就在这批下岗人员的名单中。虽说柳春枝是省劳模、全国三八红旗手，是车工中的骨干，但是对于厂里刚买回来的数控机床，却是两眼一抹黑。这个有着29年工龄的老车工，要想不承认自己落伍都不行了。

现在突然要买断工龄，工人们心理上所引起的巨大落差可想而知。有人痛苦失眠，有人惊惶失措，有人彷徨不安。但也有人求之不得，暗自庆幸。许多人甚至认为自己是被国家抛弃了。榜上有名的下岗工人们在背后骂娘：三千多工人被他大笔一挥，就要被赶出工厂，郭兴凯痛下杀手，真是丧尽了天良！

其实，事前，郭兴凯结合工厂的实际，作了充分的准备，并形成了《谈紫光的改制》的文稿，对什么叫改制，为什么需要改制，怎么样改制都对职工宣讲得清清楚楚，并在《紫光报》上全文转载。紫光的改制是主张跟每一个职工签合同，一起同甘共苦。改制政策的尺度掌握得也比较恰当，比较规范：比如说，员工要进行安置，要给安置费：第一，员工不能轻易地退出单位，要签合同；第二，安置费要延续，成为安置股；第三，允许员工购买公司的股权。而没有像某些地方做得非常极端。但是要改变职工身份这一点，却把他们激怒了。一夜之间，许多职工突然就站到了厂领导的对立面，包围工厂大门，不许职工进厂上班，在工厂门前的二环路上搞进驻，连交通都中断了。这晚，他们打起横幅，高呼措词激烈的口号，在生活区搞游行示威。

晚上10时许，郭兴凯请了财神爷凌雨吃过晚饭，夹着公文包刚走进紫光宿舍一区不久，就看见黑压压的游行队伍呼着口号从远处走来。郭兴凯心里早有准备，就伫立在原地，等着游行队伍过来。他明白，紫光改制其实是一场革命，既是革命，就不可能风平浪静，该来的就一定会来，他只能因势利导，坚持和平对话。如果此刻他躲进家中关门拒绝，这些闹事的人就一定会冲进他家，他们正在气头上，他们会不惜砸门爬窗，不达目的，誓不罢休。而这，正是他所顾忌的。他究竟顾忌什么？下文自然会揭底，恕不赘述。

走在游行队伍前边的人，一看清是郭兴凯，就扯开喉咙大叫：郭兴凯！郭兴凯在前面！快走，叫他拿话来说！人们呼应着，乱纷纷地跑了上来，将郭兴凯团团围住。

郭兴凯此时特别冷静，换了别人，也许会打电话报警，请求公安部门出面保护。工人们情绪激昂，肆无忌惮地发泄着愤怒，责骂声、怒吼声响成一片。

郭兴凯声音洪亮，有一副磁性的好嗓子。他大声喊道，师傅们！咱们换个地方好不好？我们到厂里的会议室对话，免得影响家里的老人和孩子，好不好？

走！走！到厂里去！到厂里去！一些人七嘴八舌地回应。郭兴凯迈开大步，带头朝着宿舍区大门走去。参加游行的上千人心思却并不一致，大部分人站在原地观望，只有两三百人前呼后拥地跟着他。

爸爸——爸爸——此时，斜刺里，有一个大姑娘忽然惊呼着跑了过来，这是郭兴凯的独生女儿郭青瓷，刚进紫光厂两年多的青工。她是电子科大毕业的专科生，进入紫光厂后，她的工厂岗位变动全靠她自己的努力。前年他们一大批青工进厂时，叫选岗位，她对工厂一无所知，她爸郭兴凯也不管。她进动力能源厂（4分厂），放着轻松、环境好的氮氧站不选，而选了噪声很大的空压站当空压工，害得跟着她这个厂长千金选轻松岗位的几个青工哑巴吃黄连。她之所以能调整岗位坐办公室，全靠她自己的论文、演讲得奖，常在厂报《紫光报》上写文章，才有了点人气。恰好分厂办公室的一名专业打字员调走了，她才有机会当了办事员。接着又拼命学五笔打字，每分钟可打100多个字，才好歹在新岗位站稳了脚跟。她从来没有，也从没想过要沾他爸的光，她在厂里的表现别人也无可挑剔。

这晚，她妈妈甘丽丽听见宿舍区乱哄哄游行的口号声，心里对尚未归家的丈夫放心不下，就叫女儿下楼来看看，正好撞见了刚才的一幕。她见那么多工人怒气冲冲地押着爸爸走，从未见识过这个阵势的她被吓坏了，忧心忡忡地跟在队伍旁边，边小跑着边喊，爸！爸！我们回家吧！……

郭兴凯转过身，边朝前走边对女儿语气严厉地说，回去！谁叫你来的？给你妈说，我跟师傅们到厂里去对话！别等我了！说罢，头也不回地走向宿舍区大门。

当晚，他被愤怒的工人们一直围攻到凌晨3点，结果大家都被弄得筋疲力尽。领头的就叫大家散了，明天上班时间再来，并通知郭兴凯必须提前在会议室候着。第二天，他们又在厂里的会议室围攻了他一天，连厕所都不许上，但他们还允许他坐着，他一直冷静地跟他们对话。曾经，有个年轻女工情绪失控，突然提起一个装了酒的啤酒瓶子，朝郭兴凯甩去，他赶紧一闪。好险！瓶子从他的右耳根擦过，差点砸中脑袋。那天晚上，进驻二环路的职工把赶来做说服工作的一个武警都打伤了。这几天是"文革"结束以后最动荡的几天，仿佛又置身于"文革"的洪流之中了。

其实，紫光改制引发的动荡，只是整个成都东郊国企改制的一支插曲。在成都二环路的东一段至东三段的两边，这个东郊工业企业最密集最集中的区域，成了东郊广大工人发泄悲愤，表达诉求的地方，从20世纪80年代末以来，一拨拨的工人围着工厂的大门、冲进工厂办公大楼，找厂长讨说法，闹事；或者在二环路上静坐示威。这成了东郊的一种见惯不惊的"风景"。

最惊险的一次是，在一家企业破产清算的现场，一名职工手里拿着一个装硫酸的玻璃瓶，做好了说不好时同归于尽的准备。还有一次，在另外一家破产企业的清算现场，一名职工抱着厂长要跳楼，而厂长则用力抱着柱子，场面不可谓不滑稽。由此可见这场改革的艰难程度。

这些工人发泄一下，也是情有可原。跟世界上别的国家横向比，我国工人的工资多年来一直偏低，福利待遇也不怎么样，他们的生活环境也比较差，有许多人甚至还住着五六十年代破烂的筒子楼。许许多多的工人人到中年，又习惯了大树底下好乘凉的小社会的幸福生活，一旦脱离了依赖的工厂，不仅感情上难以接受，而且一时也不知道该怎么融入"外面的世界"。

## 四

凡是榜上有名的下岗工人所采取的过激行动，比如：示威游行，围攻郭兴凯，阻断二环路的交通，封锁工厂大门不让人上班，写大字报、刷大标语表达愤怒，上访静坐……柳春枝一样都没有参加。她就理所当然地遭到那些人的白眼，人背后都骂她是保皇狗，是郭兴凯的狗奴才。

柳春枝的心里很清楚，他们这些下岗工人大势已去，闹也是白闹。她自己毕竟是老先进、老劳模，即使被下岗分流，她也撕不破这个脸。何况，郭兴凯还是她刻骨铭心的初恋情人，这个隐藏在心底的秘密一直挥之不去。她的贴心姐妹曾经劝过她，叫她以自己老劳模的身份，去找郭兴凯说说情。她明白，厂里这个下岗的年龄杠子不是哪一个人随便制定的，她去找他，不仅于事无补，反而还会让他看轻了她。如果郭兴凯徇私情留下了她，或者把她作退养处理，那三千多下岗人员难道会答应吗？他们一怒之下不把793厂踏平才怪。这么严重的后果，她想一想都感到可怕。

但是，她家现在的情况内外交困，真的是糟糕透顶！奶奶前几年就不在了。那时，市政府对已经沦落为城市下水道的府河、南河进行彻底改造，沿河一带的棚户区全部搬迁。古老的武城桥被洪水冲毁后，也改建成了现代的混凝土大桥，武城门旧址前的那个小杂院儿也早就消失了。如今的猛追湾西岸，变成了树绿花香，专供市民健身的绿化带了。柳家搬进了政府提供的一套二的新单元房，就在搬进新家的当天晚上，80多岁的老奶奶溘然长逝。如今，70岁出头的柳妈妈身体一直不大好，时不时地就要住院输液治疗。柳春枝的一儿一女都考上了大学，老大正上大三，小女儿正上大一。两个孩子都很争气，但高昂的学费和生活费却让她不堪重负。

在柳春枝下岗之前，厂里准备修新宿舍楼，拆掉了好大一片旧楼，她就暂时搬回了娘家。但新房子属于集资建房，她这个拆迁户需要交5万多元。在这个节骨眼上，她刚刚下岗，再差钱，但房子总不可能不要啊！

这个小家庭好比一辆超载的人力板板车，正艰难地在人生的陡坡上挣上坡，偏偏她的男人杜宇庭一点儿都不争气。他眼热别人发了大财，一门心思要停薪留职下海捞钱，她反复规劝无果，结果他俩大吵了一通之后，他就离家出走了。头一回来电话，他激动地告诉她，他找到了几个志同道合的朋友，正在做一项前途无量的大事，那就是寻宝。中国五千年的文明史，如此悠久，如此灿烂，从古到今，我们这个广袤的大地下面，埋藏着多少帝王的、官宦的、富商的金银财宝啊！最近，他们通过种种关系，搜寻到了一条极其可靠的寻宝线索，发现宝藏的时间指日可待，过几天，我就先给你打80万回去！她就赶紧抓紧时间劝他，别做白日梦了，钱不钱的不重要，一家人团团圆圆的在一起，哪怕每顿只吃稀饭泡菜，那比什么都强！她的话还没说完，对方的电话早都挂了。她马上再打电话过去，对方就已经关机了。过了几个月，他又忽然给她打来电话，激动地告诉她，过几天给你打80万回去，这回是真的！对于男人的这种痴人说梦，心里早就厌烦透顶。

如今，她下岗了，除开那笔买断工龄的钱，还领了两年的基本生活费。对于这个急需用钱的家庭而言，基本生活费就是杯水车薪。她唯一的选择，就是继续打工挣钱。她不像有的下岗工人，因为在信箱厂关久了，闭塞了，突然下了岗，别说根本不懂到哪儿去找工作，就连日子该怎么过都不晓得了。他们往往感到自卑，怕出门多花钱，成天就把自己关在家里胡思乱想，弄得早早地就白了头发。柳春枝只把自己在家里关了一天，就什么都想明白了，说一千道一万，男人离家出走了，这个风雨飘摇的家庭需要她的支撑，需要她挣钱回来支撑！她这个年龄，要想找到好的工作是不可能了，唯一现实的，恐怕就是当个钟点工帮着人家打扫卫生了。第二天，她就勇敢地迈出了家门，到设在小街上的那些家政服务公司去找工作了。但是她在头一家公司就碰了钉子，原因是老板看她长得太漂亮，怕她不是干活的料，就婉拒了她。

但第二家公司的老板却别具慧眼，一眼就把她相中了。虽说她的年龄偏大，身材略微有点发福，神情也有点抑郁，但她个儿高挑，凹凸有致，皮肤白皙，长相美丽端庄，有一种自然而然的亲和力。她吸取了不被第一家录用的教训，见女老板光望着她笑，不表态，忙插话说，你别看我长成这样，我其实一点都不娇气，我很勤快，干活儿尽心尽责。说着，她就把自己的双手往老板面前一伸，接着说，你要不信的话，你看我这双手！女老板定睛一看，眼前的这双手，貌似白皙娇小，手心和手指却粗糙不堪，可见她是个勤快人，就马上答应留下她，叫她第二天8点就去上班。

最初，雇主家的女主人一见来了这么美丽的一位钟点工，就难免心生嫉妒和挑剔。但她态度谦恭，手脚麻利，总是以优质的服务来赢得雇主的认可，乃至尊敬。某天，她穿了一条最朴素最老气的连衣裙，正在某位雇主的卧室里用抹布抹家具，独自在家的男主人突然从后面将她一把搂住。她跟这家人已经混得比较熟了，上周做清洁时，男主人就曾经送过她一只高级保温杯，这家人给她的总体印象还算不错。此刻，男主人色胆包天，一心想趁老婆不在时，跟这位美貌的妇人风流一番。

柳春枝陡然一愣，息事宁人地说，别这样，让人看见不好……

他以为她半推半就，软弱可欺，就心急火燎地在她的胸脯上乱摸起来。她开始挣扎，使劲用手去掰开他的手。岂料他却愈发来劲，不仅拼命顶着她，而且用臭烘烘的嘴巴在她雪白的脖颈上乱吻起来。

她拼命挣扎，却默不作声，因为她心里很清楚，这种事万一闹出去，最受伤害的绝对是她，她因此连这份工作也会丢掉。蓦地，她感觉有热乎乎的液体射到她的长裙上，顿时不胜恼怒，忙说，我这样很难受，你让我转过身来，行吗？

男人不知是计，就松开了双臂。她转过身来，后退半步，将右腿猛然一屈，闪电般地朝那男人的私处顶去——

啊！男人负痛地惨叫一声，将私处一捂，顿时一屁股跌坐在地上。男人痛得脸色煞白，还不忘骂她——

狗日的屁婆娘，你，你太歹毒了！

对付色狼的这一招，她是从电视上学来的，想不到今天还真派上了用场。她脸色铁青，并不答话，她理过裙裾，用抹布将糊在裙子上的秽物擦干净，然后收拾起打扫卫生的一应工具，打开防盗门，扬长而去。

对于柳春枝的下岗，郭兴凯怀着深深的歉疚，且不说他曾经深深地爱过她，单凭她是老先进老劳模这一点，他就翻不过自己心里的那一道坎儿。但是，他人在江湖，身不由己。面对整个集团的上万名员工，他不能挽留她，也不敢挽留她，他只能横下一条心，将一碗水端平。他只知道这个时候让她下岗，她肯定会很失落，很痛苦。他只清楚她有一个当大夫的老公，却不清楚她老公早已离家出走，更不清楚她的家庭经济到了捉襟见肘的地步。柳春枝的内外交困，他昨天才从纪中和的口里得知。她的窘迫，让他大吃一惊，心里因此更加忐忑不安。

成都东郊的范围内，有一座名叫"双桥子"的立交桥。立交桥下，有种着花花草草的绿地花圃，有空坝，有露天茶园，有简易的录像放映厅，有停车场。一到晚上，这里熙熙攘攘，成了热闹非凡的夜市。卖烧烤的，卖啤酒冷淡杯的，卖盗版影碟歌碟的，卖小百货的，卖衣服的，卖盗版书籍和陈年杂志的……灯光下的世界，明明暗暗，过路汽车的雪亮光柱，枪战片的打斗声，喧闹的吆喝声，烧烤摊的烟雾混成一团。这里还有另一种风景，路边的某一段，站着三三两两的女人，衣着暴露，搔首弄姿，不言而喻，她们是拉客的野鸡。这些野鸡，既有来自别处的妙龄女郎，也有年龄不轻的东郊信箱厂的下岗女工。时不时地，有轿车或面包车开来，把看中的妓女接走。

这天晚上，郭兴凯去找市委的分管领导汇报了工作转来，他乘坐的奥迪车从双桥子立交桥下经过便自然慢了下来。这个夜市名声在外，坐在轿车后座的他也不能免俗，透过车窗，不无好奇地张望着外面的光景。

司机小岳身材魁梧，是个北方壮汉。一直缄默开车的他忽然说，董事长，我看到柳师傅了。

郭兴凯扭过头问，你说你看到谁了？

小岳说，柳师傅，柳春枝！

在哪儿？郭兴凯感到诧异，目光开始透过车窗寻觅起来。

在路边的人行道上！

你看清楚了没有？真的是她？

错不了！

柳春枝到这里干什么呢？这一路段可就是有名的野鸡拉客的地方啊！难道为了挣钱，她居然……郭兴凯不敢再往下面想，忙说，赶紧找个地方停车，下去看看究竟怎么回事？

小岳赶紧在附近的停车场把车停下，二人下了车，从原路返回去找柳春枝。

这个路段的生意委实不错，在明亮的街灯下，有男人和女人站在路边讲价的，有女人打开车门正要上车的，有汽车开来接人的，更有目光灼灼的女人在扫视过路的单身男人的。二人寻觅着柳春枝，从熙来攘往的人流中穿过。终于，他远远望见了那个熟悉的女人的身影。啊！她正是柳春枝，穿着素色的短袖衬衫和深色的长裤，她身姿挺拔，在花枝招展的女人堆里显得鹤立鸡群，她在人行道上走走停停。他正暗自庆幸间，忽然发现一辆白色的面包车开到她面前，有两个男人从车上跳下来，边跟柳春枝说着什么，边把她往车上拉。他叫声不好，抬腿就跑。柳春枝边挣扎边喊着什么，但是无人理睬，她被强行拉进车厢里。面包车调转车头，扬长而去。

他顾不得多想，赶紧拦下从他身边缓缓开过的一辆出租车，他和小岳钻进车里。他对司机喊道，师傅，快，追上前面那辆白色面包车！司机二话不说，加大油门，疾驰而去。

出租车接连超车，眼看距离白色面包车愈来愈近。坐在司机旁边的郭兴凯叫道，师傅！冲到前面去堵着它！我给你一百块钱！

出租车加大油门，风驰电掣，嗖的一声就超过面包车，然后在它车头前方的数米处突然打横刹车，将面包车逼停。郭兴凯、小岳、出租车司机三个人打开车门，怒气冲冲地朝着面包车压过来，小岳还从司机手里接过那根用来防身的钢管扛在肩上。郭兴凯厉声吼道，面包车听着，你们抢的是我妹妹，赶快把我妹妹放了！你们逼良为娼，老子跟你们拼了！

面包车上只有三个男人，他们是专门开车出来找女人玩的。灯光下的柳春枝根本看不出实际年龄，只觉得风姿绰约，心想先把她弄上车，再威迫利诱，以便供他们三人蹂躏，却不料她在车上一直挣扎叱骂。看见冲过来的三个男子汉都比他们长得高大壮实，其中的一个手里还操着家伙，心里就有几分胆怯，再一听说被抢上车的是个良家妇女，就赶紧打开车门，把柳春枝推了出来。司机是个瘦瘦的中年人，从车窗里伸出脑袋，赔着笑脸说，师傅，误会！误会！

柳春枝早已看见解救他的人是郭兴凯，一钻出面包车就朝他跑去，一时百感交集，忍不住扑进他怀里，呜呜地痛哭起来。

小岳威风凛凛地挥舞着钢管，威胁说，小子！活得不耐烦了，居然敢在太岁头上动土！老子已经记下了你们的车牌号，改天非下了你们的零件不可！

面包车上的人弄不清三个人的来路，直叫赶紧倒车。司机惊慌失措将车往后一倒，仓皇间撞在后面驰来的一辆黑色轿车的车头上，顿时引来一阵怒骂。小岳和出租车司机幸灾乐祸，乐得连声叫好。

郭兴凯在柳春枝的后背上轻轻拍了拍，说，好了，都过去了……之后，扭头对司机说，还不快走，等会儿交警来了就麻烦了。说着递了一百块钱给他，说，师傅，谢了！

司机道了一声谢，接过小岳递给他的钢管，乐滋滋地开起出租车跑了。

郭兴凯、小岳、柳春枝赶紧脱离现场，朝停车场走去。半路上，情绪稍显平静的柳春枝才说，董事长、小岳，你们误会我了，我今天也是头一回来。我的一个徒弟名叫小蓉，是个中专生，人长得漂亮，今年三十多岁，以前也是多上进的一个人。听说她在这里站街拉客，我心里痛得流血！心想过来好好劝劝她，让她走正路……但我没想到那些臭男人那么坏，根本不容我声辩，拉着我就往汽车里塞……

郭兴凯本来有满腹的话儿想对柳春枝说，但碍着小岳的面，只好不痛不痒地说，哦！原来是这样……我们今天也是碰巧了……

## 五

纪中和找到厂长，把原本在25车间当修理工的蔡长安调到了安保分厂，让他成了他手下一名专跑外勤的营销人员。营销人员，这工种名字说着好听，其实是最辛苦、跑路最多的活儿。营销人员的种种困难、辛苦和不便，蔡长安全都不放在眼里，因为明摆着，他们不仅有高得吓人的奖金，而且出差补助也不低。他现在太需要钱了，他心里只有一个念头：挣钱！挣更多的钱！挣钱还债！

挣钱还什么债？因为他的相濡以沫的妻子孙巧兰身患重病。孙巧兰发病时头痛欲裂，无论是她所在的川棉一厂的职工医院，还是蔡长安所在的天都厂职工医院，都表示对她的疾病爱莫能助，都建议她去市区找那家西南地区最驰名的大医院看看。蔡长安去大医院排了一个通宵，才挂到专家的门诊挂号，次日早晨陪着爱人去就诊。经过CT扫描拍片，最后确诊：孙巧兰的头颅里长了一个血管瘤，这个血管瘤的位置长得很不妙，它不仅压迫神经，造成剧痛，而且离大脑很近。这个血管瘤有随时破裂的危险，唯一的办法就只有动手术。但动手术有很大的风险，稍有不慎就会危及大脑，人有可能变傻。手术之后，如果度过了一年的危险期，病人就可以活5至10年。但手术费用需要8万元。蔡长安夫妇有一儿一女，儿子从天都厂子弟校毕业后，在厂里开刨床，娶的媳妇也是川棉一厂的挡车工，女儿正在上大学。8万元对于这个工人家庭来说简直就是天文数字。为了让心爱的妻子活下去，蔡长安选择了为她动手术。为了凑齐手术费，蔡长安东奔西走哀告乞怜借钱，找老岳父，姐夫张洪炳，找平乐老家的亲戚朋友，找柳春枝，找郭兴凯、卞文渊、纪中和，找厂里的哥们儿朋友……又由郭兴凯出面找关系，特别请动了一位刚从德国进修回来的中年专家主刀。据说手术极其成功，孙巧兰的命算是保住了，蔡长安这才松了一口气。但手术后的孙巧兰从此不爱说话，成天光知道发呆，走起路来右脚还有点跛。全家人非常郁闷，替她干着急，却又爱莫能助。

老婆的病给了蔡长安极大的动力，但一个穷工人，挣钱的门路是很有限的。为了还债，他就说动了刚走马上任不久的纪中和，把他调到了安保分厂跑营销。从此，他就像上足了发条的闹钟，一年四季都背着产品在外面奔波，在别人的白眼和不耐烦中，给客户演示自己的产品，四处赔笑脸拉关系、谈合同。为了保证周一早晨出现在客户的办公室，他常常需要周日的晚上乘通宵的长途班车。这年冬天，他得知贵州的几大银行亟须安装电视闭路监控系统的消息，就背着产品坐长途班车直奔贵阳，等谈好合同返回成都时，在途中遭遇冻雨，天寒地冻，汽车被冰冻在当地，加上桥梁断裂，两天动弹不得，干粮告罄的他饿得差点啃座椅吃。蔡长安每次一回到成都东郊的家，沉默寡言的孙巧兰总是心疼得不得了，总是悄悄跛着脚去自由市场上买菜割肉，尽量做好吃的犒劳自己的男人。家的温馨，让成年累月劳碌奔波的蔡长安的内心很温馨很受用。

一年的时光转瞬即逝。次年春天，他乘长途班车由青海入藏，等他在拉萨汽车站下车的时候，这才发现自己的钱包不知何时被盗了，他的钱、身份证、出差介绍信全都丢光了，一时间，他简直懵了。翻遍了全身，才在一个衣服口袋里翻出了幸存的二十块零钱。他实在是饿坏了，就花了十块钱吃了一碗素面，然后找到公用电话亭给成都的纪中和打电话，报告钱包被盗的情况。岂料纪中和在电话里告诉他，他老婆孙巧兰犯病了，纪中和出面已经派车把他老婆送进那家著名的大医院急救，之后，院方叫安排后事。纪中和又告诉他，他老婆现在躺在厂职工医院的病床上，已经昏迷，并叫他赶紧返回成都料理后事。蔡长安一听，激动得老泪纵横，说他心里非常难受，在感谢了厂长之后，他抹了一把泪水，哽咽着说，他到一趟西藏实在太不容易，机不可失，人既然都已经过来了，他就必须要跟客户签了合同才能返回。此言一出，成都那边的纪中和被感动得一塌糊涂。纪中和嘱咐他，等他一到甲方的单位，就用对方的座机给厂里打电话，他纪中和会马上跟对方的领导沟通，请对方先借出一笔钱解决他飞回成都的飞机票问题。甲方西藏工商银行的领导本来就非常认同天都厂的电视闭路监控系统，经蔡长安现场演示，更坚信无疑，再加上纪中和的电话沟通，蔡长安本人的悲惨遭遇和一心为工厂的壮举，都一起化作甲方要做这项安装工程的决心，合同签得意外顺利。

蔡长安连夜直飞成都双流机场。一下飞机，他就被赶来接他的纪中和用厂长的轿车把他接到了天都厂的职工医院。半路上，纪中和告诉他，在接他之前，刚去看望过他的老婆。医生说，像孙巧兰这种重病之人，在连输液都输不进去的情况下，一般最多只能坚持两天，但今天已经是第三天了，这简直太不可思议了！弥留之际的她，之所以苦苦坚持着不愿撒手西去，很明显是在等他的老伴蔡长安哪！蔡长安一听，就哇地哭出了声。

蔡长安好容易才止住泪水。他一走进病房，就看见老婆孙巧兰平躺在病床上。这才十来天不见，老婆怎么就变成眼前这样了？雪白被子覆盖下的她的身体是如此瘦小，肤色蜡黄，面部枯槁，鼻孔里插着氧气管，嘴巴半张着，半睁半闭的眼睛毫无神光，胸脯在剧烈地起伏着。蔡长安早已泪如雨下，他顾不得抹把泪，哽咽着说，巧兰……我……我回来啦！话声刚落，一直像死人一样躺着的孙巧兰忽然动弹起来，她暗淡的眼珠在半闭的眼皮里直往上翻，头颅在枕头上艰难地摆动着，嘴巴大张着直喘粗气，并且发出模糊的呜呜声。他们的儿子蔡跟东、女儿蔡晓丽在旁边说，爸，快看！妈激动了，激动了，她有话想说！蔡长安赶紧把脑袋凑到老婆的嘴边，说，巧兰，你有啥子话就快说吧，我听着呢！可是，他心爱的妻子显然什么声音都发不出来了。

不久，孙巧兰的情绪开始平复下来。儿子和媳妇赶紧安顿父亲在旁边的椅子上坐下来，让马不停蹄赶回来的父亲歇一口气。蔡长安接过媳妇递给他的一杯茶，边喝着茶，边回答儿子小两口关切的提问。在说话的间隙，女儿蔡晓丽转过身去为母亲披盖子，发觉她平静得不可思议，就伸手去摸她脖子上的动脉血管，然后惊呼道，爸！妈走了！一家四口同时扑到了病床前，号哭声顿时响成一片。

## 六

三年前，紫光电子管厂改制，被整合成财大气粗的简称"紫光实业"的股份公司，郭兴凯被股东大会任命为董事长。三年后的今天，紫光实业的业绩登峰造极，年销售收入超过了10亿元，利润1.5亿元。这时，紫光厂的隶属关系已经发生了改变，早在十年前，电子部就行文，将部属16家企业全部下放到成都市，由市电子仪表工业局归口管理。这年换届，按郭兴凯的年龄，还可以再干一届。

但此时，病魔却向郭兴凯袭来。他发现，他的手和腿经常失灵，伸手端茶杯，茶杯会突然掉地上；他召开时间并不长的生产会，会一完，他却走不动，得慢慢站起身，活动半天才能开步。还有，因为大脑供血不足，经常发生眩晕。医院确诊，是他的颈椎骨质增生压迫神经所致，最要命的是，他的这种骨刺都是朝里面长的，跑了几趟西南地区最负盛名的华西医院，治疗效果都不好。遵照医嘱，郭兴凯的脖子上必须戴一个固定颈椎的卡子，以减轻对神经的压迫，这是一个缠了纱布的塑料卡子。他明白这卡子很影响他的形象，他除了外出坐车时必戴以外，在办公室没人时才赶紧戴上。

他感到自己的身体已经不行了，就暗中做了一个"小动作"。紫光搞股份公司以后，任董事长的他搞了一个章程，章程指明总经理才是法人代表，除了重大的决策，日常的生产管理都交给总经理管。郭兴凯对卞文渊、纪中和自嘲说：我最后一个设计，是我自己下台。但真正要下台，却并非易事。一位国家经委副主任到紫光厂了解换届的情况，专门找到郭兴凯谈话，希望他再干一届。鉴于身体状况的恶劣，他只能委婉地表示谢绝。他多次去市上找到分管工业的副书记，要求不再当厂长。经市委研究并报省委同意他不再继续当厂长，准备把他安排到省或市的科协去任个职务。但郭兴凯考虑到科协事多，他身体又实在不行，怕安了职务又不能履职，会误事，就谢绝了上级的安排。最后，上级才终于下决心让他离职休息。他的如意算盘是：已经搞了股份制，发行了股票，准备上市，大事已经就绪，他可以解职去深圳养病了。时令已是深秋，天气一天比一天凉了，他的颈椎病特别怕冷，而深圳那边温暖的冬天在向他召唤。

因为病，郭兴凯失掉了很多，很多事情他都做不了了。最早部里下放之前，定的他是部领导第三梯队的人选，中间夹了个部属企业下放，部里又想调他去一个副部级的企业负责，找省上商调。省上说，这人我们要用。结果他却病了。

想到自己就要离开成都了，这天晚上，郭兴凯邀约了卞文渊、纪中和两个铁哥们儿在太极酒店聚会。太极酒店是一个中档的商务酒店，矗立在建设路与一环路的交叉口上，是东郊这些大厂接待上门谈生意的客户的窝子。郭兴凯在四层茶楼要了个包间。三人都很守时，郭兴凯刚刚在包间里的沙发坐下，卞文渊、纪中和就一前一后地走了进来。

岁月不饶人，郭兴凯这个当年精气神十足的帅哥，如今身体消瘦，头发开始花白，面相比实际年龄显得苍老。卞文渊、纪中和明显开始发福，两鬓也冒出白发了。一见郭兴凯拿出那个保护颈椎的塑料卡子套在脖子上，卞、纪二人边就座边问，怎么样，好点了没有？

还是那样。郭兴凯苦笑了一下，说，我们弟兄，好长时间都没在一块聚过了。今天咱们三个，就撇开老婆孩子，凑在一起清静清静。

卞文渊问，离职休息批下来没有？

批下来了，部里、省里、市里都同意了。郭兴凯说，我这病天气一变冷就特别严重，过两天，我就要到深圳去了。

嗯，那边的冬天天气暖和，你肯定会好过一点。有没有落脚的地方？纪中和问。

有个朋友开了家公司，一直在邀我过去，叫我帮他做点杂事。郭兴凯说，我也乐得清闲，顺便在大海边疗养疗养。

卞、纪二人连声称好，都说身体最要紧，急流勇退，适逢其时。

临走之前，我有两本书要送给你们，做个纪念。郭兴凯边说，就边从旁边的提包里拿出四本书来，分别递给二人。

二人接过书，顿时就惊叫起来，哇！一下子就出了两本书，你太牛了！

这两本书，一本叫《决胜千里——无国境时代的企业经营战略》，一本叫《企业的足迹》。

郭兴凯拿起厚的那本书介绍说，他搞引进、考察、谈判、出差、带团，去过日本多次。凡去日本，必逛书店和博物馆，接触了许多新的管理思想、新的发展趋势信息和新观点。他偶然发现了日本学者上野明著的新书《决胜千里——无国境时代的企业经营战略》，敏感到该书的观点新颖，涉及了一个国家工业发展战略的问题。当时，他就想弄明白一个问题：处于发展到巅峰阶段的日本，遇到的首要问题是贸易黑字，对美国而言是赤字。日美两国的贸易额差，日本是怎么解决的？他从书中找到了答案，它就是到海外去建工厂。他当时就预言，我们国家的企业早晚要发展到这个水平，由不发达，到小康，再到发达，后来肯定要遇到类似问题。不觉怦然心动，决定把它翻译成中文。他利用出差时间，不去参观，躲在酒店里搞翻译，没时间誊清，就在中文原稿上直接涂改，复印留了个底子，就寄了出去。中文译本由中国财经出版社出版，取名为《决胜千里——无国境时代的企业经营战略》。

郭兴凯又指着《企业的足迹》介绍说，这是电子科技大学出版社刚出版的。他说，他俩都知道他作为企业领导，比较另类。这十多年来，他不仅喜欢实干，而且喜欢把他的思考和实干理论化，写成文章。他先后在国内外报刊发表了50余篇文章，多篇获奖。这本小书收集了他发表过的27篇文章。

卞文渊打开《企业的足迹》翻阅了起来。郭兴凯的这本书虽说并不厚，但它却是他思想的精华，这本书牵涉他提出的以技术进步为主导的企业发展战略、企业的规模与跨度发展战略、未来企业的特征、企业文化特区论、市场创造论、社会资源论、整体优化论、质量管理的新思路以及企业家队伍职业化等观点。他兴奋地说，兴凯，你这本书里面的一些文章，我早就在部里办的刊物上读到过，可谓真知灼见！

纪中和说，郭大哥，我看到你出的这两本书，心里有感动，有难过。你太卖命了，企业搞上去了，书也出版了，但是你的身体也搞垮了！我跟你不一样，工作要干好，身体要保重，我不仅要打球，还坚持冬泳！

岁月不饶人，你我转眼就快老了。在保重身体这一点上，兴凯，你我可都得向中和看齐啊！卞文渊一搭话就把话题扯远了，说，都知道生气有害身体，有的时候，想不生气都不行！前一向，我就跟我的那个厂长闹翻了……

郭兴凯、纪中和忙问是怎么一回事。卞文渊就给二人道出了原委。

原来，电子部给星光下拨1000万人民币，叫建磁控管（微波炉的核心部件）的生产线。卞文渊利用带队到美国洽谈进出口业务的机会，作了个调研，发现即便花上三五千万元，也建不成。回厂以后，他就明确表示反对。但已决定要上调的厂长赵武隆却主张上马。在全厂中干和高级工程师的项目论证会上，71%的人表示反对。可是赵厂长仍要一条道走到黑。卞文渊就只好召开厂务会来进行最后的决策，厂党委会成员全部列席。大家都清楚卞书记和赵厂长产生了重大分歧，会场气氛因此显得格外严肃。

对于卞书记，他们是崇敬有加。在星光极其困难的时候，他本来可以顺水推舟，脱离苦海：几年前调他任市工交工委书记，前不久调他任市电子仪表局局长，两次组织部门都找他谈了话，本来已经是铁板钉钉的事情，却遭遇星光全体厂级干部的强行挽留。他们还坐上面包车，去市委请愿，说什么，要调他走，他们集体辞职，星光没希望了。对此，卞文渊极为感动，就在全厂中干会上慷慨表态说：我与星光同生死，共命运！当场就爆发出雷鸣般的热烈掌声。

面对一意孤行的厂长，卞文渊板着脸，一开口话就说得有点重：你有种的，你不要走，我走。我随便到哪里，我就干技术，我不干了都可以！我不愿上调，我不想当这个替死鬼，你走之前把这个项目上了，最后不行，是我无能。这样不行！事情闹到这个份儿上，磁控管生产线当然就搁下了。

郭兴凯、纪中和就问他，怎么向部里交代？

好消息！卞文渊不无得意地说，上海那边有我的眼线！有准确的情报说，上海如今正在奋起直追深圳特区，上海广电局的电真空管厂和南京772厂都有上磁控管生产线的强烈愿望，我们三家已经在上海碰头，进行了合作的实际磋商。我那天才从上海飞回来，我可以透露一点消息：我们三家决定，谁都不单干，联合成立了一个扬子江公司，先在浦东买了一块地。昨晚，上海方面传来最新消息，说已经找到了日本松下公司作为合作伙伴，马上成立上海松下公司，建一条生产线，专业生产微波炉、磁控管、微波灶。而星光将部里拨的1000万元入股投资。这条生产线建成之后，每年生产磁控管1200万支、微波炉800万台。星光笃定年年分红，要不了几年就可以收回最初投入的股金。

郭兴凯很是羡慕，说，文渊，你真是福将，像你这么霸道，在我们厂里就吃不开。

纪中和说，怪不得别人要说你是"东郊教父"、"东郊邓小平"啊！两位大哥，他把话锋一转，说，我心里一直有个问题堵得慌，我想向你们讨教……

两个人都知道纪中和是乌龟有肉在肚子里。卞文渊忙说，中和，你就不要再卖关子了，有话直说！

那我就放开说了。纪中和娓娓道来，小平同志南方谈话鼓励敢想敢干。我们720的厂长曾经特别征询过我的想法。我当时反问：国家现在手头的资源能形成经营能力的，是啥东西？问得厂长一愣，一时不解其意。

郭兴凯、卞文渊脱口喊道，这个问题，问得有水平！

郭兴凯忙问，那你认为是啥？

纪中和微微一笑，说，是土地啊！

郭、卞二人叫道，高，比高家庄还高！

纪中和继续说道，我当时对厂长说，我们去搞点地吧。厂长一惊，感叹道：嗨！几百名干部没有一个想到这东西！我就趁热打铁说，我去搞几百亩来，你敢不敢要？厂长表示了支持，并给我配备了两名得力干将。我还真的在市郊搞到360亩地，每年只交36万至42万元的租金。即将签合同前，我在厂务会上汇报，力主搬两个分厂到新区，把老厂紧靠闹市的土地腾出来另派用场。说实话，我的本意就是搞房地产，但我故意留了一手，没有明说。所有人都被我这个另类的主意吓坏了，会场上一时噤声。厂长在宣布休会半个小时之后，再次复会，决定就此打住。我关于720"腾笼换鸟"的谋划就此流产。

但是我并未死心。前不久，720提出工厂改造咋个办？我又在全厂的干部大会上发言，第一次明确提出"腾笼换鸟"，把旧厂区卖掉，利用土地出让金盘活工厂，到新区去开发。因为我太了解720了，它经历过若干种产品的开发，总是走不出新路来，最大的矛盾是没有资金的投入，有好的产品，却没钱投入。只要下定决心，就可以钻政策的空子，进行"腾笼换鸟"的具体操作。因为从我了解的信息来看，深圳特区就是这么干起来的。

郭兴凯笑称，中和，你这一招真是厉害，你幸好没有爬上去……

唉！唉！你这个狗头军师简直无人可比！卞文渊直是夸张地叹气，可惜我们星光没有你们天都那么广阔的地盘，要是有的话，我非搞"腾笼换鸟"，非搞他个天翻地覆慷而慷不可！

## 七

这年深秋，心情轻松的郭兴凯来到深圳。原说以休息为主，在大海边疗养的同时，也帮助朋友做点杂事。岂料，长期的卖命工作和加班，出差间隙的超负荷写作，老是感觉自己身体很棒，从不保养，结果就在深圳病倒了。次年阳春三月的一天早晨，他刚走进朋友公司的办公大楼，正爬楼梯时突然昏厥，失去知觉有一二十分钟之久。之后，苏醒过来，无法动弹，能听到身边的人说话，但呼吸困难，被送到深圳医院紧急抢救。他在接下来的一个多月里，严重时无法进食，一直住重症监护室，吸氧，输液。这时候，夫人甘丽丽也请了假从成都赶来侍候他。他后来感觉好点了，不料出院才几天，稍微快走两步又不行了，又突然发病，憋气，呼吸困难，吸不进氧气，脉搏跳得很快，马上又送医院抢救。在深圳住久了，就想回成都东郊的家。有两次，连飞机票都买好了，岂料在从市区到机场的途中，他突然又心跳骤快，呼吸急促，送他的汽车只好赶紧掉头直奔医院。

他把深圳的几个医院都住遍了。自打他病倒以来，几个月之内，就日日夜夜离不开氧气，一旦不吸氧，呼吸就很困难。喝水也不能太热，连着喝几口，马上又会出现呼吸障碍。别的东西都难以下咽，就只能吃点芒果、荔枝的果肉。在深圳期间，他被紧急送往医院抢救，一去就住重症监护室，一住就是个把月，这种情况接连发生过三次。在那些危险的日子里，他完全不知道自己能否挺过去，生命好像随时都会弃他的躯壳而去。甘丽丽怀着恐惧，受不了这种生离死别的残酷煎熬，就把成都的女儿、天津的姐妹都招呼到深圳的医院来陪他。他的上司、朋友、同事都觉得他挺不过去了，或者从北京，或者从成都，或者从其他的什么城市，纷纷赶来看望他。

每天躺在病床上吸着氧、输着液，郭兴凯感觉随时都有生命危险，就情不自禁地回顾起自己这大半生来。自从1953年作为七人筹备组的成员进入东郊以来，他一直都在忙，学习俄语，陪苏联专家；搞攻关，搞革新，上夜大；搞玻璃熔炉水煤气改天然气，搞彩管攻关，搞天然气转化，搞三线基地，搞援外"29"大项目，还挤出时间学日语。当了厂长更是忙得不可开交，搞营运、搞出口、搞创汇，不断地上项目、搞兼并、跑贷款、跑方方面面的联络协调……还经常熬夜译日文、写文章。忙、忙、忙，一直忙到某一天，极度透支的身体突然宣布罢工。此刻，他才明白，有一个健康的体魄是多么的幸福！他不敢奢望自己还能像当年那样生龙活虎，但总渴望有一天能重新站立起来。

这天上午，郭兴凯正躺在病床上假寐，却被两个女人的轻言细语惊醒。他听出其中一个是他的老婆甘丽丽，而另一个声音好熟悉啊，真像是韩雪呀！莫非真的是她来了？他赶紧睁眼一看，哇！果真是韩雪！两个女人站在床前，正关切地打量着他。他发现韩雪恢复得真不错，满头青丝，气色可人，除了稍稍有点发体之外，完全看不出她是个癌症病人。

兴凯，你看谁来了？甘丽丽慈爱的眼神就像在跟一个孩子说话。

来了……鼻孔里插着氧气管的郭兴凯面露惊喜。他头脑清醒，但说话费力。

郭哥……韩雪情绪激动，一开口说话就泪光闪闪。

这就是当年的那个郭哥吗？当年他躺在纪哥家的床上疗伤的情景，至今依然历历在目。她当时用卖血的钱煲了鸡汤去看望他，趁他熟睡，她曾经身不由己地俯身细看过他，也偷偷吻过他。他那时真的好英俊，脸庞线条刚硬，剑眉浓黑，鼻梁挺直，嘴唇饱满。而眼前的郭哥，形容枯槁，眼神黯淡。她真怕他会弃她而去，就赶紧拖过一旁的椅子，在病床边坐下。她伸出自己的两只手，就将未插针头输液的他的右手握住，泪水就止不住滚落下来。甘丽丽一见，就悄悄退出了病房。

她就这样握着他的手，默默地注视着他的眼睛。

他不想让她伤心，就努力挤出一丝笑容，故作轻松地说，没……事……

别出声，听我说……她赶忙温柔地制止他，说，郭哥，你看我，是被判了死刑的人，都八年了，我这不是挺过来了吗？只要你自己不放弃，你就一定能熬过这一关，我坚信，你一定会好起来的！

他感动地望着她，眼睛里有两点亮光在闪烁。

郭哥，我这个小妹妹还有几十年好活，在往后的日子里，我和嫂子需要你陪伴我们啊！如果你放弃自己的生命，你怎么好意思去见我爸？你怎么向他的在天之灵交代呢？

蓦地，他的神情变得振奋起来，他翻转自己的大手，将她娇柔的小手紧紧握住。

见自己的话起到了作用，韩雪不由得流下了欣慰的泪水。

# 八

郭兴凯在大海边的深圳被病魔反复折磨，两三年间几度昏厥，住遍了深圳的几家医院，几乎以医院为家了。正当他苟延残喘的时候，紫光实业这座摩天大厦摇摇欲坠了，随时都可能轰然倒塌。

当年，这个红极一时、炙手可热的来自成都的上市公司，在股民的热烈期待中，终于在上海证券交易所挂牌交易，股票简称"紫光实业"。

许多年之后的9月，央视财经频道以纪念中国资本市场成立20周年为由头，隆重推出了60集电视系列短片《中国股市记忆》，其第37集名叫《紫光骗术》。该片编导毫不客气，把紫光实业称作中国股市当中最大的"伏地魔"之一。何为"伏地魔"？这是英国作家罗琳写的畅销小说《哈利·波特与魔法石》中的反面人物，该书与紫光实业上市同时问世，"伏地魔"是个名扬世界的充满邪恶与恐怖的名字。一个上市的股份公司竟被冠以"伏地魔"的恶名，人们对它的憎恶可想而知。

该片是这样描述紫光实业的：

紫光实业成立于1992年，这是它1993年发行的股票，像模像样。当时新股发行实行的是"额度审批制"，上市资格非常"紧俏"。从招股说明书的内容来看紫光把自己打扮得非常漂亮，它是这么说的，"预计公司1997年度全年净利润7055万元，每股税后利润0.35元"。要知道这在当年的经济环境下，这可是一个非常不错的业绩。所以，紫光顺利发行了7000万股，在我们这个市场里拿走了四个多亿。

然而好景不长，随着年报披露期的来临，紫光的业绩突然下跌，年度亏损1.98亿，每股亏损0.86元，当年上市，当时亏损，紫光开创了中国股市的先河。于是，市场愤怒了，审批机构尴尬了，中国证监会开始调查了。

时至今日，紫光这个"伏地魔"在我们这个市场里创造了很多的"第一"：第一个当年上市、当年亏损的公司；第一个被中小投资者告上法庭的公司；第一个被追究刑事责任的公司。

紫光实业成功上市，它一家伙就从股民身上圈了四个多亿，但它还是严重亏损，资不抵债。究竟是什么原因促成了紫光蜕变为

"伏地魔"呢？

首先，最直接的原因是，彩色玻壳的生产从1996年起产量就大滑坡了。高科技、高技术、高质量要求的彩色玻壳生产，是来不得半点侥幸心理的。

大规模自动化显像管玻壳生产，要求配料工序密封防尘，高精度称量；由进口的高级耐火材料砌的大型玻璃熔炼池炉；多工位、高速、高精度的压制成型设备和特殊的模具；截面温差小的大型退火炉；特殊的研磨抛光设施等等高难度的条件。尤其是被称为金饭碗的玻璃熔炼池炉，造价高昂，风险很大，一旦点火，就不能停炉，一直要运行到5至10年的寿命终结期。每天必须按90至400吨的出料量投料。即使不能正常生产，也必须按量排放玻璃熔液，否则会造成某些化学成分在1500度高温池炉中的大量挥发，造成后果难料的玻璃膨胀系数的失控。除此之外，久经磨炼的人才对工艺技术等软件的掌握尤为重要。

按日本原设计，彩玻生产线投产5年后就需要大修，也就是说，应该在1995—1996年间就必须大修。虽经玻璃分厂的多次郑重提醒，紫光公司的决策者却充耳不闻，至使产品的合格率不断下降。1996年，彩玻、黑白生产线所需原材料供应全面紧张，并事实上废除了原材料的"五步质量认证"，竟然沦落到了有来料就立即使用的地步。由于生产线的设备备品空前缺乏，造成设备故障频繁，停机频率高。这已经是资金奇缺的征兆。于是产品废品率居高不下，产量直线下降，曾经的金饭碗的彩玻生产线变成了无利可图的泥巴碗。加上能生产的一些产品也难以适销对路，公司出现了空前的大亏损。

贷款到期要还，新班子的活动能力又差，资金吃紧，再加上有两个亿的资金又压在新买的空地上。新买地是想上彩色显像管生产线，在等离子电视和液晶电视日益崛起的情势下，彩管是绝对不能上的，这显然是决策的失误！这个决策纯粹是瞎指挥的结果。市上那位分管工业的副书记，既主观，又不太懂行；紫光实业刚上任的董事长是组织上挑选的，原来是管生产的，既控制不了全局，也不大懂行，二人都是上海老乡，惺惺相惜，于是想当然地乱投乱弄。这样一来，资金没有了，企业无法运转了。恰巧遇上每天要出200多吨玻璃熔液的造玻壳的池炉也到了大修的终期，其后果是耐火砖会掉渣滓，玻璃熔液只要有很少一点杂质产品合格率就低了。停产大修期间，维持动力本身就需要钱，还不出产品；要大修，需停火，待其冷却后，把它拆下来，才能使用进口的精密高级耐火砖来重新砌炉子。银行贷款等欠债要付，到处都需要钱，没有资金周转。如果一旦停产，要恢复就很困难，好多东西就报废了。某一天，资金链条终于彻底断裂，紫光集团眼看只能宣告破产了。

郭兴凯的接班人被抓以后，又上来第二任接班人。第二任接班人到深圳医院去看望他，郭兴凯本想给他出出主意，不料他却告诉郭兴凯：上级给我的任务非常明确，就是如何让紫光安乐死。郭兴凯听了默不作声，就明白紫光已经完了。第二任接班人一上来就变卖东西，把厂里的设备拆得七零八落。

郭兴凯后来在总结紫光失败的教训时，对记者这样说，企业后来办不下去，根子是市场的变化，但影响比较大的是体制的变化。一会儿下放，一会儿又要收上去，地方要求给25％的股份，可中央又不干，结果谁都不管这企业了。再加上内部的大而全，使企业的负担很重，想拖也拖不了，一会儿住房，一会儿子女的工作，大小事都找你企业，弄不好就闹腾。再加上中干的老一套，你指挥不动，当面一套，背后跟你瞎整。陈旧的企业文化使你转向办别的事都很困难，只能沿着原来的路滑下去，这也是很多国营企业活不过来的原因。还有就是，厂长本人的能力有差异，思路不太一样，或者是他的影响面、活动范围不太一样。

紫光实业犯有欺诈发行股票罪，四名相关人员分别被判处有期徒刑三年、两年、一年零六个月。法庭宣判完毕，几位被告都表示"不上诉"。这起历时两年多调查审理的欺诈上市案终于尘埃落定。

紫光这样一个曾经在国家最需要的时候作出过巨大贡献的军工企业，在最辉煌的时候有上万名职工，落到破产的时候还有6000多名职工下岗，他们只能拿着基本生活费。其中，就有郭兴凯的宝贝女儿郭青瓷，一个毕业于电子科大计算机专业的专科生，紫光一个分厂办公室的行政员。

紫光成为全国第一个被追究刑事责任的上市公司。它的光荣与梦想终于烟消云散。


# 九

这天，柳春枝接到一个来自云南警方的电话，称她的丈夫杜宇庭在老挝磨丁赌场坠楼身亡，叫她赶过去处理善后事宜。她一听就心如刀绞，张皇失措。

老公已经失踪几年了，因为一直无法跟他联系上，柳春枝还专门到辖区派出所去报过警。

所谓停薪留职下海，那是杜宇庭骗她的，其实，因为他令人发指的赌博行为，已经被所在的医院除名了。利用停尸房倒吊的尸首掩护自己打麻将，这种疯狂的举动匪夷所思，恐怕在地球上也是绝无仅有的。这该是何等绝密、何等难以被发现的赌场啊！但是世上没有不透风的墙。四个人的赌瘾越来越大，一场牌打下来，是上千元的输赢。赌场既然如此理想，四个人有时就难免不会忘记下班时间，下班走过医院大门刷卡的时间，有时就晚得不可思议。四个赌友又并非日理万机的名医，行动时间又如此统一，这就让嗅觉灵敏的保卫科长老郑产生了怀疑。他本来就不相信这四个以赌闻名医院的人会洗手不干，于是就暗中留心起他们的行踪来。结果发现，四个人都是上午九点半钟左右离开自己的诊断室，先后朝着僻静的后院走去。老郑就偷偷尾随其后，发现四个人都相继钻进了停尸房。难道他们是在停尸房里打麻将？这简直太出格了！可是事实证明他的判断没错，四个人直到中午一点多钟才钻出来，走到前院去买午饭吃。老郑叫他的一名手下小黄去监视，小黄跟踪发现，四个人吃过午饭，又回到各自的诊断室去坐了一会儿，之后，又像上午那样故伎重演。小黄藏在后院的一栋房屋后面，目不转睛地紧盯着不远处的停尸房。老郑悄悄赶到小黄的藏身地点，问明了情况，就马上掏手机向院长汇报。对这四个死不悔改的赌徒，院长怒不可遏，就指示老郑，叫他赶快报警，由警方来处理此事。老郑岂敢怠慢，赶紧拨通了110报警。

不久，三辆警车拉响了警报飞驰而来，之后偃旗息鼓，悄悄开进了医院的前院。七八名警察迅速包围了停尸房的前后门，然后叫老洪头开锁，三名警察从前门进去。老洪头站在第二道铁门前开锁的时候，四个赌徒分明听到了声音，杜宇庭警惕地问了一声，哪个？

老洪头按照警方事先的吩咐，回答了一声，我。

四个家伙因此毫无戒备，继续出牌，桌上每人的面前还摆着一叠百元大钞。

三个警察突然掀开倒吊的尸首冲了进去，同时大叫，不许动！

不许动!

四个家伙惊慌失措，有的抓钱，有的想跑。杜宇庭反应敏捷，一个箭步就要冲出尸阵，其中一名警官飞身上前，猛然把他按倒在地上，磕得他的下巴和鼻子流出鲜血。四个家伙被关了两天，交代了自己的赌博罪行。医院方面借机，将四个不服管教的家伙通通除名了事。

老公被除名的事情，柳春枝至今都还蒙在鼓中。她想，老公不是一直说他在寻宝吗？他怎么又跑到老挝磨丁赌场坠楼身亡了呢？这究竟是怎么回事？跑到那么远的地方去处理老公的后事，而且还是国外，她一个妇道人家，这辈子就在工厂里打转，从没出过远门，对于外面的事情真的是两眼一抹黑，这该如何是好哦？在犹豫彷徨中，她忽然想到，应该找他最信任的男人求助。在世上的所有男人中，她最信任的只有两个人，一个是郭哥郭兴凯、另一个就是纪哥纪中和。可是郭哥并不在成都，听韩雪说，他如今病得很厉害，在深圳住医院。而纪哥刚刚退休，找他正是时候。她打电话给家政服务公司的老板请了假，马上赶到天都机器厂宿舍，向纪哥求助。纪中和古道热肠，当仁不让，马上打电话联系购买两个人飞昆明的飞机票。

第二天早晨一大早，柳春枝和纪中和就忙着朝机场赶，然后顺利登机朝着云南飞去。一路上，纪中和把在互联网上查到的有关信息讲给她听，让她的心里有所准备。

他告诉她，老挝磨丁和中国西双版纳傣族自治州勐腊县磨憨镇接壤，经老挝政府批准，在磨丁设立了一个名叫"皇京城"的经济特区，由香港的一家大公司投资兴建。皇京城经济特区开发区起步不久，普遍都是些简易的低矮建筑，到处都挂着中文招牌，来来往往的都是中国人。皇京城锦伦大酒店是该特区最显赫最华丽的建筑，鼎鼎大名的皇京赌场就设在皇京锦伦大酒店里面的一楼。这个赌场是从老挝政府手中取得了赌博合法经营权的，赌场有十一个赌厅，生意十分红火。因为中国政府对禁赌态度坚决，措施强硬，在中国警方的多次突然袭击之下，中国边境线上的赌场纷纷倒闭。中国周边国家趁机在两国边界线上设立赌场，吸引禁赌的中国人，其中也自然包含老挝的磨丁，老挝于是逐渐成为赌博天堂。

其实承包皇京十一个赌场的，绝大部分是中国商人。最初，赌场生意清淡。赌场想出了一个吸引中国人过境赌博的妙招，凡事过境参赌的人，提供免费机票和免费住宿，赌资周转不开的，还可以借钱。当赌徒最终输得精光之后，就被赌场打手扣押为人质，然后以极其残忍的手段"逼单"，即逼迫人质叫家人汇款还赌债。从互联网上披露的情况来看，赌场"逼单"的手段非常残酷，罚站、挨饿是最轻的，还用棍子打、鞭子抽，将烧红的铁钉钉进人体，甚至有女性人质被扒光衣服，受尽凌辱。

一席话，听得柳春枝心惊肉跳。她实在搞不明白，自己的老公智商并不低，他怎么会眼睁睁地跳进了那样的人间地狱？

当天中午，柳春枝、纪中和就飞到了位于西双版纳州府景洪市的嘎洒国际机场，买到了第二天早上去勐腊县磨憨镇的长途客车票，次日中午就赶到了磨憨镇派出所。在派出所里，柳、纪二人见到了自称是杜宇庭朋友的福建人阿黄。阿黄是被中国警方从老挝磨丁赌场解救回来的人质。通过阿黄的讲述，柳、纪二人才弄清杜宇庭的死因。

阿黄介绍说，他和杜宇庭是三年前认识的，他本人也曾经热衷于寻宝，但是一无所获。他和老杜是被赌输了需要在赌场"平单"的朋友骗到磨丁的。老杜带了向朋友借的5万元过来，第一场赌下来就赢了10万元。如此好运，如此自由的赌博，让老杜进入了癫狂状态。他输光了本金，就抵押身份证向赌场借钱。一输再输，一借再借，结果在皇京赌场欠下60多万元的债务。

老杜赢钱的时候是住在皇京锦伦大酒店的，如今欠下高额赌债，他不仅被赶到了附近的"红云宾馆"，而且被送到了"死单房"。所谓死单，就是被认为无法还钱的人。因为打手们威逼他，要他给国内的亲属打电话，汇款过来取人，不知他出于什么考虑，他宁愿挨打、受折磨，也不打这个电话。他被打手们拳打脚踢，他的生殖器还遭受过打手们的电棒电击。阿黄因为欠赌债，也被关进了红云宾馆，他关押的房间离死单房不远，他每天都能听到关在死单房里的人受刑时发出的惨叫声。

中国勐腊县磨憨派出所的警官介绍说，老挝警察解释杜宇庭的死因，说他是跳楼自杀的。当天，在四楼下的地面上发现杜宇庭的尸体后，老挝治安局的警察赶到现场，发现他住的房门反锁着，只好破门而入，在屋里仔细勘察的结果，发现后窗的金属防护网被撬，窗台上有他本人留下的脚印。因此可以判断他是从窗台上跳楼自杀的。他被送往医院时，还能说话。但医院向警方坦陈，已经抢救无望。于是警方叫赌场派三个人将他送回中国，但没等走过界碑，他就已经死了。

然后，磨憨镇派出所的警官就安排二人看遗体。杜宇庭的遗体已经过警方的冲洗和整容，显得不太恐怖。望着这个离家出走多年的男人，这个可怜可悲可恨的男人，柳春枝一时百感交集，泪水就不争气地模糊了双眼。纪中和发现杜宇庭的两只眼睛一直大睁着，明显是死不瞑目，就不由得伸出右手去抹他的眼皮，想把他的眼睛合上，可是，怎么抹都无济于事。柳春枝想了想，从坤包里抽出一张彩色照片，那是他的一双儿女的近照，她将照片放在他的胸脯上，默念道，老杜，你的儿女过得很好，你就放心地走吧！她的话刚一说完，他的眼睛居然一下子就合上了。

在返程的途中，纪中和感叹道，老杜这个人后来变的叫人不认识了，他固然有他的错，但我还是敬佩他，他还真算是一条汉子！他宁愿忍受毒刑的折磨，乃至于结束自己的生命，他都不愿连累你，连累你们的儿女！

## 十

三年之后的初秋，郭兴凯的病情终于稳定下来，他对老婆甘丽丽说，离家太久了，他想回成都东郊的家。甘丽丽赶紧为他做好安排。登机的当天，甘丽丽和另外两名护士带着氧气瓶，护送挂着氧气的郭兴凯上了飞机。由于电子部事先出面给深圳市委打了招呼，机场方面非常配合，专门把他的座位安排在头等舱靠舱门的位置，按照事先跟机场的约定，要尽量缩短他在飞机上待的时间，让他最后一个登机，第一个下飞机。他一路上吸着氧气。甘丽丽一直提心吊胆地观察着他，尤其是在飞机升空、降落的时候，还有遇上气流颠簸的时候，她都格外小心，生怕他在旅途中犯病。在甘丽丽看来，两个小时的空中飞行漫长得仿佛没有边际。当这架飞机终于在成都双流机场平安降落，在停机坪上停稳的时候，甘丽丽和丈夫不禁相视而笑。此时，夫妇俩看见，停机坪上停着一辆来接他的救护车。

郭兴凯回到成都，又在医院里住了一段时间，就出院了。不知不觉间，郭兴凯病倒了三年。在这三年里，凡是发病，必是吸氧、输液、服用活血、化淤的药品，病情缓解，然后出院，这成了一个个周而复始的过程。他在深圳就开始锻炼自己，先练坐两个小时，再练站半小时，又在屋里走上几步，竟然没有发病。这个小小的收获让他乐不可支。俗话说：久病成良医。从成都的医院回家后，又发过一次病，他在地上躺了半小时，药也没吃，竟然也没事。这个偶然发现，让他看到了恢复健康的希望，决心不再吃药试试。他有时快走两步，又憋气，就赶紧坐下或躺下，过一会儿又没事了。后来，他发觉身体的承受力愈来愈强，居然能紧走几步横穿大街街口了，从此更加自信，慢慢也就能像常人那样自由活动了。当熟人、朋友又看到郭兴凯的身影时，除了觉得他略显苍老，头发花白以外，发现他依然声音洪亮，精神矍铄，都惊叹他生命力之顽强。

逐渐康复的郭兴凯，让妻子和女儿看到了他人性中善良和任性的一面。

有一天，紫光宿舍一区来了一只不知被谁遗弃的白色的土狗，这只流浪狗每天就在门卫室那儿徘徊。郭兴凯发现它以后，就专门上楼去带吃的下来喂它。它吃完后，就可怜兮兮地望着他摇尾巴，等他散步回来，就悄悄尾随他上楼，之后蹲在郭家门口不走，他被它感动了，就收留了它。这跟他几年前的铁腕和强势完全两样。

郭家的白狗有很多碗：装水的、装狗粮的、装骨头的、装水果的、装蔬菜的、装肉的……他的理由是，它的牙口不好，让它慢慢吃吧。他把喂狗弄成了生产线。白狗在家里就围着他屁股转。白狗登记的大名姓白，爱称"佳佳"。佳佳是属于中心城区禁养的大型犬种，它只要上街，必遭打。郭兴凯为此很郁闷，专门给它讲：佳佳，从今天开始，我们就只能晚上12点过出去了，走早了，你有生命危险！于是，每到月黑风高的半夜12点，一人一狗的两个活物，就偷偷溜下楼，他牵着它，一前一后，在沙河边的马路上散步。

那一天，郭兴凯在公交车上遭扒手划了包包，丢了200元。他回家就直是感叹小偷很专业，是高手，居然让他没有一点儿感觉。之后，他就买回一件包包很多的背心，捡了一节细铁丝回家，说他要做个"防贼包"，以对抗扒手的刀片。女儿郭青瓷打击他，你干脆弄个铁皮，弄道卷帘门算了。现在郭家一神起来，全部都幽默得很。

郭兴凯康复的消息不胫而走，他的同事和老部下都纷纷跑来看望他，向他表示祝贺。人们直是感叹，你病倒了，紫光也病倒了！郭兴凯对赶来看他的铁哥们儿卞文渊、纪中和等人说，如果他在位，凭他的人脉，银行到期的贷款可以缓还，别人贷不到的款，他可以贷到，利用新的环境，新的条件，多跑跑路，就可以开辟其他的项目。紫光或许就不会坐以待毙。

郭兴凯这句话也就是说说而已，却不料流传到了外面。一传十，十传百，几天之内就几乎传遍了紫光厂每个员工的耳朵。某一天早上，紫光厂的50来岁的总工程师郑亚龙一个电话打到郭兴凯的家里，说有急事要找他，请他赶快下楼来。郭兴凯满腹狐疑地下得楼来，就见郑亚龙站在一辆黑色轿车旁边恭候着他，之后就把他接走了。轿车上了沙河大桥走完建设路之后，在二环路上右拐，不一会儿就把他送到了紫光厂的办公大楼。

办公大楼在工厂大门里的右侧，轿车一驶进大门就停了。郭兴凯见郑亚龙要过来为他打开车门，就赶快跨下车来。这地方他是再熟悉不过了，有两回他在梦里还回来过，梦见自己在曾经的办公室里发号施令。旧地重游，他明显感到了一种生疏和异样。放眼一望，大楼土红色的涂料外墙斑驳了，山墙正对工厂中央大道的那一面墙壁却被粉刷一新，洁白如雪的墙上用鲜红的油漆赫然书写着"构思，拼命，不满足！"几个斗大的字，这正是他当年提出的厂训啊！还有，从工厂大门到办公大楼前的坝子被打扫得干干净净。还有，就是轿车刚进厂门的时候，当过兵的门卫以军人的标准姿势昂首挺胸，向他行注目礼。这一切分明在向他暗示：今天有什么异乎寻常的事情将要发生。

郑亚龙告诉他，请老厂长去三楼会议室。郭兴凯也不想多问，就跟着他朝楼上走去。三楼会议室是厂里的中型会议室，是他原来召开厂里中层干部会议的地方，里面有一张很大的圆桌，周围可以坐一百多人。可是等他和郑亚龙爬上三楼的时候，宽敞的楼道里却空无一人。接下来，始料未及的事情发生了。郑亚龙伸手将会议室的双扇门一推，室内突然爆发出雷鸣般的鼓掌声和欢呼声："欢迎老厂长！欢迎老厂长！欢迎老厂长……"满屋子的人齐刷刷地站起，在拼命地有节奏地鼓掌和欢呼。一张张熟悉的脸庞神情激动，一道道灼热的目光在闪烁。大门的对面还挂着一条红底黄字的横幅：热烈欢迎老厂长回来！郭兴凯被迎接到横幅下面的椅子上落座。刹那间，这个铁血汉子卷入了一种特殊的情感的漩涡，不由得心潮澎湃，百感交集，眼眶不知不觉就潮湿了。

郑亚龙伸出双手往下压了两压，全场顿时安静了下来。他说，请大家坐下！满屋子的员工瞬间就落座了，并且目不转睛地望着郭兴凯。

郑亚龙对郭兴凯说，老厂长，很抱歉事先没有给你打个招呼！我们听说你康复了，都高兴得要命，都想上门表示祝贺，可我们又怕打扰你。你对你的两个老朋友说的那番话，我们全都知道了。他边说边转过身，面对全场发问，大家说，你们知不知道？

知道——知道——知道——全场顿时响起雷鸣般的回应。

一个白发苍苍的老工人倏地从座位上站起，他是大名鼎鼎的赵一刀，柳春枝的师傅，一个早已退休的老工人。赵一刀放开喉咙吼道，老厂长！我们紫光成立46年了，我们对国家有过大贡献，我们厂可不能倒闭呀！

坐在郭兴凯的对面、五十来岁的宣传部长老梁情绪激动地喊道，老厂长！没有你领导我们的日子，我们的产品质量出了问题，我们的彩色玻壳卖不出去，我们领不到工资，但是一家大小要吃饭啊，儿女要上学呀，我们没有钱，日子过得凄惨哪！我们过……得……凄……惨哪……此话显然触动了内心的隐痛，他的语调变得低沉哽咽起来。满屋子的听众也面露凄楚之色。老梁顿了顿，又接着说，如今，有人正巴不得我们安乐死，机器设备拆的拆，卖的卖，全厂一片破败凋零。我们紫光，曾经是中国和亚洲最大的电子束管厂，我们为中国的国防事业和航天事业作出过巨大贡献，我们曾经是全国著名的优秀企业，我们曾经满怀光荣与梦想……但是现在，我们厂眼看就要倒闭了！就要倒闭了呀！呜呜呜呜……说到此，老梁情绪失控，竟然放声大哭起来。

今天自发到会的员工，男的，女的，老中青都有，全是郭兴凯的铁杆拥趸，此刻受到老梁情绪的感染，联想到自身的凄凉处境，人人心情沉重，全场的气氛压抑到了极点，女人们甚至发出了啜泣声。

老梁伸手抹了把泪水，突然环顾左右，冲动地发问，你们说，甘不甘心？

不甘心——不甘心——不甘心——全场同仇敌忾，一齐发出悲壮凄切的高呼，强烈的声浪仿佛要掀翻屋顶。

老厂长！老梁眼神凄切，目不转睛地盯着郭兴凯说，我现在代表现存的一千多员工对你说一句心里话，我们恳请你出山，恳请你重新回来领导我们，带领我们冲出困境！

犹如助威般的，全场的员工又节奏鲜明地高喊起来，老厂长，出山！老厂长，出山！老厂长，出山……

现场的悲壮气氛，员工们的殷切期望，强烈地震撼着郭兴凯敏感的心灵，这位铁血汉子满腔的热血顿时沸腾起来。他再也坐不住了，忽然立起身来，环顾左右，情绪激昂地说，师傅们！同志们！我郭兴凯谢谢你们，衷心感谢你们对我的信任！人心都是肉长的，你们的遭遇，你们的苦难，我感同身受。现在，我郑重其事地向大家承诺，我下定决心，重新回来当厂长……

此言一出，全场振奋，欢声雷动。

郭兴凯激动地说，我决心带领大家冲出困境，誓与大家同甘共苦！他抬手压了压下面的热烈鼓掌，接着说，大家都知道，我郭兴凯是跟着老革命韩震师长进入成都东郊的第一批建设者，当年我只有19岁，一步一步的，一年一年的，经过我们大家的努力，我们793厂、我们东郊慢慢成长壮大起来，长成了一棵在中国企业界，甚至在日本和东南亚都曾经很有影响的参天大树。现在，我绝不能眼睁睁地看着这棵大树倒下。我抱定必胜的信心，誓与紫光共存亡！

郭兴凯的即兴表态将全场激昂的情绪推向了高潮，工人们呼地一下站起身来，以经久不息的激动的掌声来向老厂长致敬。


# 十一

不言而喻，郭兴凯东山再起的决心遭到了夫人甘丽丽和女儿郭青瓷的坚决反对。一家人吃晚饭的时候，甘丽丽语重心长地说，老郭呀！你身体刚好一点，你又要去玩命，你这是何苦呢？你图什么呀？

郭兴凯吞下一口菜之后，正色回答说，我是一直陪着紫光长大的，是紫光成就了我的英名，我只要还有一口气，就不能眼看紫光垮台。

两年前领了八千元从工厂下岗，如今在长城保险公司上班的郭青瓷自然是母亲的同盟军，忍不住帮着母亲说，老爸，什么都是身外之物，只有身体才是自己的。你又没有三头六臂，你就一定能力挽狂澜吗？你离开第一线已经三年多了，你的知识和经验早就过时了！你就别逞能了，好吗？

郭兴凯微微一笑，说，女儿你说得对，但你又知不知道，老爸我早就在做东山再起的准备呢？接着，他告诉母女俩，半年多以前，他感觉身体比较舒服的时候，就在网上搜寻浏览当今电子企业走向的有关信息，并且乐此不疲，他坚信自己一旦出山，一定会不负众望。

郭兴凯心里很清楚，中国作为全球最大的彩电生产和消费国，值此20世纪的最后一年，随着老百姓提高生活质量欲望的增强，我国电视机更新换代的趋势已不可逆转，传统的彩色显像管电视机虽说亮度高、对比度好，但有X射线辐射，最终必将被淘汰；平板彩电必将脱颖而出，尤其是几乎不产生辐射的数码液晶彩色电视机（LCD）必将成为市场上的新宠。如果紫光厂急流勇进，抢占先机，就一定有反败为胜的可能。而紫光厂郑亚龙等铁杆拥趸努力保住工厂所选择的新产品，也正是液晶电视机，这真是英雄所见略同啊！郑亚龙等科研人员搜集了国际国内的相关资料，已经设计出了液晶彩电的理想机型，并且在悄悄试验样机。目前所缺的，一是像老厂长郭兴凯这样的叱咤风云的统帅，二是大批量生产的资金。如今，老船长甘愿涉深水，带领他们朝前闯，这对他们真是极大的鼓舞。

郭兴凯豪情满怀地接掌了帅印之后，第二天就正式进入了角色，他在郑亚龙的陪同下首先去查看了样机生产的情况，对于793厂重振旗鼓就更加充满了信心。除了那位主张安乐死的紫光接班人第二及其两个亲信被众人唾弃，迫不得已溜之大吉之外，十几个厂部和中层的领导干部都主动到厂长办公室来报到请命，郭兴凯也就毫不客气地给他们安排了任务。众人领命而去之后，他就给他在电子部的一个老朋友老盛挂了个长途电话。老盛是电子部前两任的副部长，如今退居二线，任正部级巡视员。老盛当年要不是及时给他透露消息，支援东亚C国实际领衔的专家组副组长早就换了别人了；他在深圳发病，老盛还代表部里专程去探望过他。郭兴凯分析从网上得到的信息，敏锐地悟到国家正在调整彩电发展的战略思路，这就意味着有机可乘，国家发展和改革委员会，还有电子部，对于致力于新型彩电研发的企业必然就有相关配套的扶持政策。他给老盛打电话，就是想通过老盛摸清相关的情报。

北京那边的老盛一听是他，惊喜交加，连说，兴凯，你康复啦？太好了，真是苍天有眼哪！唉！你病了，可惜你们紫光也病了！

郭兴凯问对方，他们厂的总工程师郑亚龙你知道吧？他设了个局，还有一百多个参加会议的老师傅、老同事声泪俱下，非要我出山不可，他们硬是又把我推上了厂长的位置。

哦！老盛喜不自禁，连说，我就说你郭兴凯树大根深，很得人心嘛！紫光有救了，紫光有救了！

接着，老盛问他，我知道你是无事不登三宝殿，有什么事儿需要我给你办，你就直说。

郭兴凯就把他关于国家正在调整彩电发展战略思路的猜想跟老盛交流了起来。

老盛惊讶地说，哎兴凯，你消息蛮灵通的嘛，确有其事。

他就赶紧把郑亚龙等科研人员如何搜集了国际国内的相关资料，如何设计出了液晶彩电的理想机型，如何在悄悄试验样机的情况一一道来。

老盛一听就明白了，赞叹说，你们这支哀兵不简单，你们这是破釜沉舟啊！

郭兴凯忙说，我想要部里的扶持政策。

老盛说，来得早不如来得巧，国家发改委不仅有贷款利息补贴，而且还有投资资金补助，那就要看你们符不符合条件了。

郭兴凯赶忙说，符合符合，我们793的研发能力和拼搏精神你老盛是最了解的，现在最缺的就是钱了。

老盛沉吟有顷，说，那你赶快到北京来跑一趟吧，具体问题我们见了面再详谈。

郭兴凯感到喜出望外，心里就直是感叹，嗨！这就是中国特色，真是人熟好办事啊！

第二天下午，他就带着郑亚龙飞到了北京。临行前，他们作了充分的准备，包括大批量生产液晶彩电的可行性论证报告、他们的全套设计图纸，以及样机的照片、预算内投资资金补助申请书等等，凡是该带的资料，都一样不落地带到了电子部。郭兴凯当年是传奇人物、风云人物，是部里的大功臣，人们都传说他病入膏肓，苟延残喘，现在忽然看见他生龙活虎地出现在电子部的大院儿里，都争着向他打招呼，表达着自己的惊喜和祝贺。

老盛在自己的办公室里热情地接待了郭兴凯和郑亚龙，详细询问了他们厂目前的状况和试制样机的具体情况，最后交底说，如果你们厂符合条件入了笼子的话，预算内投资资金补助最高可拿到三千万元，贷款利息补贴的最大额度是1亿元。

坐在沙发上的郭兴凯激动地把沙发扶手一拍，叫道，哇！太好了！这真是雪中送炭啊！

老盛马上给他泼冷水，说，你可别高兴得太早，我这只是给你透透风，你们的事儿八字还没有一撇儿呢。我已经提前跟部长通了气，但他要求你必须当面向他汇报，能不能过得了他这一关，就全凭你自己的造化了。部长很忙，这两天你就老老实实地在部里待着，哪儿都不许去，等他一回到部里，我就给你打电话，你就得赶紧去见他。

郭兴凯就觍着脸说，遵命！我反正是无路可走，我干脆整天就在你办公室猫着。

第二天下午，郭兴凯就见到了部长。部长热情地跟他寒暄过后，就进入了正题，但他神情冷静，光听不插话。部长听完汇报之后，随手翻了翻郭兴凯递给他的资料，态度和蔼地说，好吧，你说的情况我知道了。话说到这儿，就是部长在下逐客令了，郭兴凯赶紧结束对话，告辞出了部长办公室。

郭兴凯熟知部里的办事程序，只要是部长愿意出面见他，就说明他们的事情有戏，接下来就该是部里的某个特派员飞到成都东郊实地考察了。果不其然，老盛第二天上午就告诉他，部长安排他去成都跑一趟，进行具体考察。他已经安排秘书去订飞机票了，明天他就将和郭兴凯他们一起飞回成都。

老盛在成都793厂考察结束的时候，背着人提醒郭兴凯说，你这个民荐厂长现在还是个黑厂长，名不正言不顺，你们得赶紧以职工代表大会的名义给中共成都市委、市政府打个报告，并且迅速跟市上的分管领导沟通，部里必须要见到你任厂长的正式任命书，才有可能给你拨款子。你只有十天的期限。如果部里在十天之内见不到任命你当厂长的正式红头子文件，你们厂这事儿就彻底黄了。

郭兴凯岂敢怠慢，赶紧安排办公室给市委、市政府打了个报告。接着又亲自给市委分管领导打电话，接电话的是那位领导的秘书，问明身份以后对郭兴凯相当客气，并说，非常抱歉，最近领导很忙，眼下正在参加一个重要会议，等他一有空，就会提醒领导给郭兴凯回电话。郭兴凯就每天上下午分别打一次电话去催问，那位秘书每接一次电话都相当客气，都一再表示抱歉。但是五天过去了，那位分管领导却并未接招。眼看时间已经过了一半，只剩最后的五天时间了，793厂这边的所有人急得像热锅上的蚂蚁。原来，三年前郭兴凯离职之后，紫光的接班人第一和第二都是这位分管领导定的。他认为紫光的破产倒闭对大局更为有利，郭兴凯、郑亚龙一帮人纯粹是浑水摸鱼瞎折腾。还有，如果郭兴凯真的东山再起，那岂不反证了他的错误和无能。尤其是接班人第二还跑到他那里去告黑状，说郭兴凯头脑膨胀，目无组织，自任厂长，占山为王。这位分管领导还通过国家发改委的关系打听得清楚，如果电子部见不到任命郭兴凯的正式红头子文件，什么资金补助，什么贴息补助都将免谈。

郭兴凯虽然并不清楚这位分管领导的阴暗心理，却意识到对方显然在故意设置障碍。他和郑亚龙等人商量了一下，达成共识：于今之计，时不我待，唯一的办法就是硬闯市委大院，直接找市委方书记汇报。但是，厂里那辆挂着特殊通行证的奥迪车却被接班人第二开走了。郭兴凯和郑亚龙只好找了一辆私人轿车，朝着位于羊市街的市委机关大院开去。他俩乘坐的轿车开到市委大门口，执勤的武警战士却不准进去。二人只好在附近找个停车场将轿车停好，然后再到市委大门口办理出入证。等他们找到书记楼，才知道方书记不在，半个小时之前乘车出去了。二人不用说有多扫兴。郭兴凯不甘心，找到市委办公厅主任自报家门。主任并不认识他，但一听说他是郭兴凯就态度大变，连说久闻大名，又是请坐又是泡茶的。并且马上就给方书记的秘书挂了电话。秘书回复说，方书记现在正在793厂搞调研。郭兴凯和郑亚龙一听，兴奋得叫出了声，连说，没想到！真是没想到！

其实，这也没有什么好奇怪的，掌权人的耳目多嘛！793厂的动态，分管书记不闻不问，方书记早就掌握了。但是光听汇报不行，他喜欢微服私访，深入第一线了解真实的情况。等郭兴凯和郑亚龙赶回厂的时候，方书记已经调研完毕，在郭兴凯的办公室等他了。第二天上午，任命郭兴凯当793厂厂长和免去接班人第二的红头子文件就由特殊信使送到了厂里。据说方书记在市委常委会上还不点名地批评了分管副书记。当天下午，这份文件就发传真出现在老盛的办公桌上。

第三天上午，部里同意793厂转产生产液晶彩电下发的红头子文件，也发传真传到了厂里。郭兴凯拿着这份儿"圣旨"，第一时间就找到市工商银行贷款。天上掉下个郭兴凯！这1亿元的贷款大单，居然由国家贴补利息，这种天上掉馅饼儿的事，简直把市工商银行行长乐坏了。但是，对方要求先偿还此前的贷款，连本带利将近六千万元。不管郭兴凯怎么求情都不管用，他只好悻悻离开。无奈之下，郭兴凯拨通了市委方书记秘书的电话，或许是方书记早有预感，他那天在793厂现场办公临离开时，特意叫秘书留下的手机号码。当天下午，工商银行行长就给郭兴凯打来电话赔礼道歉，并邀请他过去办理贷款手续。俗话说：有钱能使鬼推磨。郭兴凯马上上门去找720厂的戴厂长，要求对方跟他们一起合作建立液晶彩电的生产线，当然关键的专用设备和产品所需的某些上游材料还得从日本进口。郭兴凯又马不停蹄地带着专家团队去日本考察、谈判，经过货比三家，他们最终选定了日本旭硝子公司作为合作的厂商。

十个月之后，经过793厂和720厂无数工人通宵达旦的不懈努力，中国西南年产10万台的第一条液晶彩电生产线终于成功建立了。

## 十二

21世纪的第一个春天降临了。春风又绿沙河岸，当建设路两边几乎在空中相连接的行道树枝丫冒出嫩芽，各厂宿舍区围墙边的夹竹桃开出红红白白的花朵的时候，紫光牌第一批600台液晶彩色电视机终于成功问世了。根据纪中和的建议，郭兴凯提前抓了液晶彩电的营销工作，这600台全被市区的人民商场预定了。

郭兴凯和郑亚龙刚从检验车间出来。令二人欣喜的是，这600台机子全部合格，无一次品。它们的分辨率全部达到了1024×768线以上，明显高于等离子电视的分辨率；电路对高清信号处理的性能也很优越，响应速度为8毫秒左右，只有在播放快速运动图像时才有轻微的拖尾现象，但这并非紫光牌的缺陷，而是液晶彩电的不易察觉的通病。二人边走边谈，兴致很高，一路欢声笑语不断。

哈哈哈哈哈！郭兴凯被郑亚龙刚才的俏皮话逗得哈哈大笑，眉飞色舞地接着说，郑总，我今天真的太高兴了！在产品没检验合格之前，我心里其实一直捏着一把汗。

彼此彼此。哎呀，今晚终于可以睡一个安稳觉啰！郑亚龙打趣说，厂长，今晚你可得回家去陪嫂子睡，不然的话，她该恨死我了！

哈哈哈哈哈！郭兴凯乐不可支，又爆发出开心的大笑，并马上掏出手机给老婆甘丽丽打电话，夫人，向你报告，第一批600台机子全部通过严格的检验，我太高兴了，就想找你分享我的喜悦！夫人，你有何指示？请下达！

甘丽丽在电话那头高兴地说，老郭，只要你一幽默，我就知道你成功了。为你高兴，为你骄傲，与你同乐！记住，今天晚上回来吃饭哦，我做好吃的犒劳你！

此时，只见宣传部长老梁神色慌张地迎面走来，他一见郭兴凯和郑亚龙就赶紧跑过来。郭兴凯忙对手机说，丽丽，有点急事，我挂了。甘丽丽自然无法料到，这其实就是她和老公的最后一次通话。只听老梁压低了嗓音说，厂长，郑总！大事不好，债主上门讨债来了！

郭兴凯问，来了多少人？

有十几个呢，快躲躲吧！老梁惊魂未定。

不用。跑得了和尚跑不了庙，我去会会他们，做做缓期还债的说服工作吧。郭兴凯转头分别对郑亚龙和老梁说，郑总，你去忙吧，我一个人就能应付他们。老梁，咱们走吧！

等郭兴凯赶回他二楼的办公室的时候，债主们站的站，坐的坐，走动的走动，有的在门口张望，已经跟接待他们的党办王主任吵翻了天。这些债主形形色色，有地产商人，有彩色玻壳原材料供应商，有米、油、面、肉等食品的供应商，有建材油漆涂料供应商，有建设银行的，有电力公司、燃气公司、自来水公司的，有机械配件公司的，有加油站的……令人不可思议的是，紫光厂在生产、生活的方方面面所涉及的部分债主今天居然都撺上门来了。

郭兴凯一爬上二楼，老梁就超越他抢先走进办公室，对着众人扯开嗓子大喝：安静！安静！有话好好说！郭厂长来了！

众人一愣，随即安静了片刻。

只见郭兴凯大踏步地走了进来，他笑容可掬，态度真诚，朗声说道，各位老板！大家辛苦了！不好意思，我们紫光欠大家的债实在是欠得太久了，实在是对不起大家，我给大家赔罪了！赔罪了！话音一落，他就连着给债主们深深地鞠了三个躬。

岂料债主们并不吃这一套，七嘴八舌地鼓噪起来，少来这套！少说漂亮话！我们要钱！我们要现钱！

彩色玻壳原材料供应商有五十来岁，是个啤酒桶般的老头儿，一开口就像吃了炸药，郭兴凯！你他妈的少装孙子，你们欠我的钱都整整四年了！两千七百万哪！我至今没有拿到一分钱！你们的良心让狗吃了！我他妈真是倒了大霉啦！我开发房地产，甲方是当地政府，他们拖欠我的工程款。但是我雇的农民工软硬不吃，非要叫我付工资，死活要跳楼，惊动了警察，惊动了媒体！可是我哪里去拿钱来垫付啊？郭兴凯，郭大厂长，你今天再不还钱，执法部门就要拿我治罪哪！你就看在老天爷的面子上发发善心吧！老头儿说着说着，竟然抽抽搭搭地哭了起来，泪水在他的圆胖脸上哗哗乱流。

债主们哪一个都不是省油的灯，见啤酒桶数落得凄凉感人，就怕他抢了先机感动了郭兴凯，自己今天反而拿不到钱了，就不约而同地一齐发威，指手画脚，争先恐后地倾诉起自己的冤屈和艰难来。每个债主都有一肚子的委屈，每一个人不仅肝火很旺，情绪激动，而且嗓音奇大，这个人才吼了两句，第二个、第三个、第四个又抢过话头。如此一来，乱纷纷的吵闹声、喧嚣声，交错混杂，震耳欲聋，足以令人神经错乱。

老梁和党办王主任想维持秩序，几经呐喊、干预，却无济于事。郭兴凯想解释，想分辩，无奈一人不敌众口。郭兴凯没日没夜地操劳本来就在玩命，眼下又深陷在这种强烈的高分贝噪声的折磨中，大喜大悲的情绪波动让他的心绪恶劣到了极点，他甚至产生了一个念头：宁愿被谁一枪打死，也不愿受这份洋罪。突然，他感到热血直冲脑顶，顿感头痛欲裂，周围的景物开始旋转起来，紧接着感觉四周一片黑暗。他下意识地伸手按着头颅，嘴里咕噜了一声，我……我头好痛……但是，在这种放肆的喧嚣声中，这一声小得犹如蚊子叫，连被隔在人圈子外的老梁和王主任也毫无察觉。只见郭兴凯不由自主地双腿一弯，砰的一声就仰面栽倒在地上。众人大吃一惊，一时噤声。

厂长！你怎么啦？老梁和王主任同时心疼地大叫了一声，分开众人，挤进圈子来。年纪较轻的王主任抢上前就要把郭兴凯扶起，老梁赶紧叫道，扶不得！扶不得！快打120！

王主任赶紧掏出手机拨号，接着叫道，120吗？120吗？我是紫光电子管厂，我们的厂长郭兴凯突发疾病栽倒在地上，需要急救！我们的位置在二环路东二段紫光电子管厂办公大楼二楼，请你们赶快派人来！

老梁也赶紧掏出手机拨号，接着叫道，厂医院吗？我是宣传部长梁广宇。我们的厂长郭兴凯突发疾病昏倒了，需要急救！我们在厂部办公大楼二楼，请你们赶快派人过来！

120和厂医院的值班医生都在电话里嘱咐对病人的注意事项。等老梁和老王打完电话，才想到要教训一下这些丧失人性的债主，但转眼一看，刚才还气急败坏吵吵嚷嚷的家伙们，一见事情不对，一个个早都溜了。

五分钟后，紫光厂职工医院的四名医护人员，扛着担架和急救设备，气喘吁吁地赶到了现场。一名医生抢上前来蹲下，第一时间为郭兴凯接上氧气面罩，开始为他输氧。医生在冷静询问了郭厂长当时发病摔倒的情况之后，翻开他的眼皮察看瞳孔。

围在郭兴凯身旁的老梁和老王忙问，怎么样？怎么样？

医生表情沉痛地摇了摇头。

究竟怎么回事啊？你说话呀！老梁和老王急不可耐。

医生垂下脑袋，喃喃自语般地说，是脑溢血，双眼瞳孔已经扩大，生命体征衰竭………

几名医护人员面露哀戚。

老梁和老王歇斯底里地吼道，什么意思？什么意思？

唉！回天无力了！医生一声长叹。

啊！几个人的心一下子就揪紧了，纷纷上前将敬爱的老厂长团团围住。此刻，这个铁血汉子仰面朝天，僵硬地躺在米黄的地板上，他面如死灰，脸颊的肌肉紧缩着，眉头紧蹙，嘴唇紧抿，满脸呈现出一副痛苦的表情。医生伸手试了试厂长的脉搏，然后将他的手轻轻放回原处，说，厂长已经走了……他把眼睛一闭，两滴晶莹的泪花随即涌出。

厂长啊！厂长……屋里顿时哀声四起，哭成一团。

厂长啊！你为了我们，你是累死的呀！你是被那些王八蛋逼死的呀！在一片号哭和呜咽声中，老梁的尖叫尤其具有穿透力。

楼下，120急救车刚刚赶到，它发出连续不断的呜哇呜哇的警报声。这声音是如此凄切，就像在为紫光厂敬爱的老厂长哭泣一般。

正在哭泣的老梁忽然奔向窗台边，朝着外面张望起来。他刚才分明看见老厂长从窗口飘飞而出，老厂长的灵魂通体透明，就像科幻片中的外星人那样透明。窗外，春光明媚，桃花如火，垂柳如烟。他看见老厂长脸上淌着泪花，恋恋不舍地注视着他脚下的大地，注视着他为之奋斗了一生的工厂。老厂长的灵魂在半空中盘旋，迟迟不肯离去，之后，随着一阵春风飘向了遥远的九天。

# 尾声 在218米的高空

## 一

郭兴凯离开人间已经十三个年头了。

在漫长的历史长河中，十三年只是毫不起眼的一朵浪花。但是，成都东郊在这十三年里发生了许许多多的变化。其中最令人震撼的一个大事件，实实在在地改变了成都的历史，让成都东郊这个老工业基地发生了沧海桑田式的剧变。这就是市委、市政府作出的关于"东调"的决策：实施成都东郊工业区结构调整。

2001年8月，在郭兴凯离世几个月后，波澜壮阔的"东调"正式启动，历时五年。成都东郊的工业集群化整为零，纷纷退出二环路的原有区域，搬进了周边区县的工业开发区。钢铁、化工业摆在青白江区，机械业摆在新都区，IT和制药业摆在高新西区，电子业、汽车制造业摆在龙泉区。符合都市工业发展要求的"东调"企业则留在区内的龙潭工业区继续发展。为市民切齿痛恨的污染大户热电厂也搬走了。沙河两岸的客家人被席卷而来的城市化的浪潮彻底融合，传统的农耕文明终于被现代文明彻底取代。老东郊变成了市区的一部分，高楼大厦林立，街道纵横，车水马龙，一片片昔日工业文明的土地，正在逐渐变身为一个个居住、商贸、金融和创业园区。

成都东郊，这个诞生于共和国建国之初，饱含着光荣与梦想的名词，正逐渐沉入时光之河，随着波涛渐行渐远。

有关专家这样评价："东调"是大气魄、大手笔，是成都市改革开放以来工业结构和生产力布局的一次重大调整。"东调"在大大推动成都市工业布局和产业结构优化升级的同时，更大大激发了企业的活力，企业做大做强了。"东调"拉动成都经济的增长。"东调"改善和提升了投资环境、城市形象，"东调"给城市建设提供了新的空间，城市面貌得到了改观……

但在卞文渊和纪中和他们看来，赞扬"东调"千好万好，其实归根结底就是一句话——东郊已经变成了核心商业住宅区。

作为"东调"的配套工程，便是沙河的改造。

沙河，已在成都东山的边缘地带蜿蜒流淌了两千多年。沙河两岸，那咿咿呀呀唱着古老歌谣的水碾，那沿河的竹林农舍、田园村落，那田间农夫吼出的山歌，那采桑姑娘唱起的情歌小调，那河里打鱼人的渔歌……随着东郊工业文明的步步紧逼，一切农耕文明的民俗足迹渐行渐远，最终消失得无影无踪。

　　随着中心城区的逐渐膨胀，沙河已变成一条围绕城市半周的城市中心的河流。她原本应该是城市的生态屏障，到了千禧年的时候，却变成了一条藏污纳垢臭不可闻的肮脏河流。沙河改造工程历时三年，终于全面结束。沙河整治把森林引进了城市，保留了她自然河流河岸的优美形态，河湾、缓坡、浅滩、水草，宛然天成，沿岸还根据地形造出50米至200米的绿化带。

　　在沙河改造工程完成八九年之后的某一天，甘丽丽在宝贝女儿郭青瓷一家三口的陪伴下，专门去看望这条既熟悉又陌生的河流。他们一家人沿着河岸且走且看。当年甘丽丽初到东郊，那个时候沙河还没有以后那样糟糕，她和她的爱人老郭最初的爱情漫步，就是在沙河边完成的，如今触景生情，眼眶不知不觉就湿润了。郭青瓷见妈妈的神色有异，就故意拿话岔开，逗妈妈开心。甘丽丽心里不得不承认，今天的沙河既古老又年轻，甚至变得青春勃发，变得野趣十足、花枝招展起来。放眼望去，曲折蜿蜒的河湾，一河清流悠悠来，时而宽，时而窄，时而水平如镜，时而浅滩急水，疾徐有致。难怪沙河在2006年能获得有着世界级河流奥斯卡大奖之称的"国际舍斯河流奖"了！

## 二

　　成都东郊在这13年里发生的巨变之一，是在猛追湾东岸二号桥的桥头。

　　不知何时，这里巍然耸立起一座擎天柱般的高塔——四川广播电视塔。它高达339米，直插云天，阳刚气十足，高度居全球第七、中国第四、西部第一。整个电视塔自下而上，分为塔座、下塔楼、塔身、上塔楼及天线桅杆5个部分。设在218米处的观景平台，以及213米处的高空旋转餐厅，成了全国历史文化名城成都吸引游人旅游观光的一大亮点。

　　甘丽丽、柳春枝依然住在建设路紫光电子管厂1980年代末修的宿舍区的旧宅里。2013年秋季的一天，甘丽丽在百度上搜索到四川广播电视塔的形象宣传片。视频里，在流动着的蓝天白云的映衬下，此塔顶天立地；夜幕下的电视塔，毫光四射，渐次变换着红、绿、蓝的不同色彩，尤其是深邃夜空的俯视镜头，在万家灯火和碧沉沉的府河波光之上，梦幻般的高塔由远及近，在眼前缓缓地旋转……它的雄伟壮丽深深地打动了具有艺术细胞的甘丽丽。在得知电视塔开始正式接待游人观光的消息之后，甘丽丽作了一个堪称英明的决定：邀请他的几个老朋友——卞文渊、纪中和、柳春枝、韩雪，带上各自的老伴，一起去电视塔上观光。她和她的朋友们将在218米的高空鸟瞰他们心目中的老东郊。

甘丽丽提前在电视塔下的平台上等候大家。下午三点钟不到，九个人就陆陆续续地到齐了。

如今的人都善于保养，卞文渊、纪中和、蔡长安其实都是七八十岁的耄耋老人了，但外表都显得比实际年龄要年轻得多，除了满头花白头发的蔡长安稍微偏瘦以外，卞、纪两位都明显发福，脸上长出了寿斑；头发稀疏，却染得漆黑。

蔡长安本来不属于这个圈子，他其实是作为柳春枝的准家属被邀请的。甘丽丽从纪中和嘴里得知，蔡长安当年曾经一度追求过柳春枝，二人多年前就失去了老伴儿，现在上了年纪，一个人的日子过得委实有点儿冷清。甘丽丽就管了一下闲事，给二人撮合起来。蔡长安倒是一百个愿意，柳春枝却光笑不表态。甘丽丽就自行其是，通知蔡长安参加今天的聚会，一门心思想让二人多点接触机会，以便早日走到一起。蔡长安从未与今天的几个人一起聚过，感觉上就有点生疏，老是落在人背后。柳春枝就借弯腰系鞋带等蔡长安走上来，悄悄发问，你来啦？蔡长安就脸一红，嗯了一声，又赶紧补充说，是嫂子打电话通知我来的。她直起身轻声提示他，来都来了，自然一点，大方一点！之后，就跟他有说有笑地跟上了队伍。

67岁的柳春枝，虽说身姿挺拔，依然白皙，但由于下眼睑有了眼袋，眼睛也就没有过去那么美丽，并且腰身也有了明显的赘肉。比她小四岁的韩雪从发现癌症至今，已经又活了25年，她显得身高体胖，裸露的皮肤不知为何不再白皙，倒很像一个晒日光浴过度的外国老太太。变化最不明显的是甘丽丽，因为酷爱运动，她一个70岁的老太婆仍然身材匀称，动作敏捷，显得比实际年龄要年轻十几岁。

63岁的张星魁外表最为拉风，蓄着花白的连鬓胡须，同样花白的头发在脑后束成马尾巴，一副前卫艺术家的派头。朋友们一见面就拿他打趣。他就只好告饶说，为艺术献身，老板叫留的。当年

"东调"，东郊所有子弟校被区教育局接收，其房产和地产被教育局收入囊中，而子弟校的教师却需要整合。张星魁多年前为挣钱给老婆韩雪治病，早已停薪留职，整合时就被宣布下了岗，而他的钢琴却深得"鸳鸯楼"火锅城老板的赏识，他也就心安理得地当起为食客伴餐的专职钢琴师来。

这天聚会的这帮人无论表面上有多么光鲜，但是说到底，再也无法跟年轻时留下的朝气蓬勃的照片相提并论了。正如人类生活的这个蓝色星球有春夏秋冬四季一样，他们也步入了人生的深秋季节，这是再自然不过的事情了。

甘丽丽笑盈盈地对大家说，今天所有的花销都由我管了，不许任何人跟我争哈！

柳春枝和韩雪两口子都不答应，都说，甘姐，那怎么行？还是AA制好！

卞文渊夸张地依次扫视着众人，说，有一个特大喜讯，未必你们都不知道？

什么特大喜讯？卞哥，你快说！快说呀！除了甘丽丽含笑不语之外，众人都好奇地追问着。

我的嫂子，你们的甘姐，今非昔比啰，如今是七位数的大富婆啦！你们都知道郭哥生前一直喜欢收藏陶瓷，连他们的宝贝女儿都取名青瓷，对吧？你们又知不知道，有一个搞博物馆的大老板，窃取了这个绝密情报之后，想方设法说动了你们甘姐，把郭哥留给她的古董一锅端啰！

哇！真的？……甘姐老实交代，到手了多少银子？……对！今天就该甘姐办招待！……打土豪，不打白不打！众人七嘴八舌地欢呼着。

一行九人经过安检，进了高速电梯。40秒之后，他们乘坐的电梯平稳地穿越塔身，来到了208米高空的上塔楼。之后，在服务小姐的指引下，他们经过旋转餐厅，转过几段平缓的阶梯，直接上到了218米的环形观景台。

大伙儿的运气真好，遇上了今天这个秋日里难得的大晴天！蓝湛湛的天空万里无云，在骄阳的斜射之下，地面上的一切景物明暗有致，色彩缤纷，清晰极了！

哇——好巴适呀！大伙儿从步行楼梯一走进环形观景台，就情不自禁地欢呼起来。

透过通透性极佳的环形玻璃幕墙，但见云天空阔，气象万千，城市的面貌尽收眼底：远远近近，高楼林立，蜿蜒流过的府河宛若青罗带，马路伸向天边的地平线，来来往往的汽车成了玩具。众人不禁在心里感叹：脚下，就是我们生活了快一辈子的城市吗？这就是我们无论走遍天涯海角也要匆匆赶回来的家园吗？这就是我们为之崛起而甘愿奉献了自己大半辈子光阴的成都吗？

　　东南西北四个方位，各设了一个悬空的透空玻璃观景平台。它就像一个不锈钢护栏的笼子，底部是四块玻璃，靠里边的两块是不透明的蓝色，上面有"限同时五人进入"及表明方位的比如"东"字等提示游人的黑色字迹；外边的两块则完全透明，可以一眼看见脚下的车水马龙。大伙儿走到东边的悬空观景台口，一瞥见透空玻璃下面200多米的深渊，心就提到了嗓子眼，只有甘丽丽略一迟疑就跨上了玻璃板。

　　小心！甘姐小心！众人发出一阵惊呼。

　　没事儿！安全得很！甘丽丽转过身，轻松地一笑，说，上来，上来，再来四个！韩雪你来！

　　哇！我可不敢上，我有恐高症！韩雪边叫边往柳春枝身后躲。

　　嫂子，我来吧！纪中和说，伸手扶住不锈钢的护栏，小心翼翼地踏上玻璃板。

　　接着，卞文渊、柳春枝、蔡长安也如法炮制，忐忑不安地跨进了"笼子"。跨进"笼子"的好处是，看得更清楚，并且便于拍照。甘丽丽早已拿着一部数码相机"咔嚓咔嚓"地拍了起来。卞文渊、纪中和、柳春枝、蔡长安手扶护栏，用眼睛专注地搜索起心目中的景物来。他们高高在上，鸟瞰着脚下的大地。他们找到了二号桥，之后，目光沿着缎带般的府河的大湾向北移动，又找到了不远处的建设路、建设路上的老东郊宿舍区楼群，东北方向隐隐约约掩映在崭新楼盘之间的"莫斯科红楼"，以及在老东郊的地面上耸立的高层电梯公寓的森林。

　　在别的游人看来，鸟瞰地面风光是何等雄浑壮丽，又何等赏心悦目！但是他们不同，他们是一群特别的游人，他们是中国工人阶级的缩影——成都东郊人。他们从共和国建国之初的历史中走来，演绎着史诗般的恢弘历史，燃尽生命最灿烂的光焰，给这片国土留下了丰厚的财富，然后悄然淡出历史舞台。他们对于老东郊的记忆永远刻骨铭心，老东郊的光荣与梦想在他们的心底永远挥之不去。

因此，他们看得百感交集，唉声叹气。

唉！天蓝了，水绿了，我们的东郊却不在了！纪中和不胜感慨。

白茫茫一片高楼真干净！卞文渊随声附和。

蔡长安说，好在我们720厂的"莫斯科大楼"作为省级文物保护单位，可以永远留存后世了！

纪中和说，高层公寓和立交桥把它夹紧在中间，这种保护到底又算个啥呢？

卞文渊指着正前方远处的一幢土红色的楼房说，春枝，你看，那不是你们紫光的办公大楼吗？

紫光实业虽然搬迁了，市政府却将紫光电子管厂的厂址完整地保留了下来。他们将两种完全迥异的文化元素——老工业基地的环境、形态遗传，与时尚、现代的音乐文化进行杂交，打造了一个音乐文化创意产业园，一个国内首个音乐主题街区。

卞文渊说，我们星光，你们720，还有紫光，虽说都撤出了东郊，但是都还健在，并且甩掉了沉重的包袱，反而愈办愈火红！

柳春枝抬头仰望着蓝天，神色凝重地说，此刻，我特别怀念郭哥，他是为我们紫光死的。没有郭哥的死，就没有紫光的再生啊！

此言一出，"笼子"里外的人心情全都沉甸甸的，一时间，都不知道该怎样来安慰他们所尊敬的、曾经把紫光推到巅峰状态的郭哥的遗孀。

甘丽丽赶紧擦了一把溢出的泪花，面露微笑，说，我老是觉得，我们老郭并没有走，他一直就在我们中间，悄悄地陪着我们大家……

众人纷纷默默点头。

晚餐自然是在213米高的旋转餐厅里用膳了。环形餐厅以每圈四十多分钟的速度缓缓地旋转着，鸟瞰的城市风光也随之缓缓地一一掠过。在"一览众山小"的高处，沐浴着夕阳璀璨的余晖，再加上幽默的纪中和的着意调节，聚会的气氛才逐渐轻松活泼起来。在习以为常的缓慢的旋转中，太阳落山了，夜幕悄悄降临，不知不觉间，已是华灯初上时分了。

只听柳春枝发一声喊，嗨！大家快看，好大的月亮啊！

大伙儿赶紧扭头朝玻璃幕墙外面看去，天上果真悬着一轮金黄的圆月，夜空明净而深邃，月光如水，月亮的清辉洒满了脚下灯火闪烁的大地。

卞文渊抬头望月，默然出神：啊！这是东郊的月亮，这是在东郊的天空轮回了二万一千五百多次的东郊月啊！唐代诗人张若虚的《春江花月夜》，忽然跳进了他的脑海：

> 江天一色无纤尘，
> 皎皎空中孤月轮。
> 江畔何人初见月？
> 江月何年初照人？
> 人生代代无穷已，
> 江月年年只相似。

这首诗似乎是专为今夜的明月而作的，想到此，他不禁心潮澎湃。他扭过头对大伙儿说，在公元1953年的时候，韩震叔叔和郭哥他们的七人小组，怀着神圣的使命，踏上了东郊的大地。作为建设者，我们曾经豪情万丈。今夜头顶的这轮东郊月，韩震叔叔和郭哥他们当年就见到过的。我想问大家，今夜的东郊月还是他们当年所见到的那一轮明月吗？

蔡长安马上打击他，卞哥，你也太钻牛角尖了吧？

纪中和说，卞哥，我来回答：是，也不是。

喜欢写东西的韩雪插嘴说，我借用《三国演义》里的一句歌词来说事：一页风云散，变幻了时空……

接着，她索性开口唱了起来，她唱的是老版电视剧《三国演义》里毛阿敏唱的那支片尾曲。她曾经在歌厅里卖唱过，把这支耳熟能详的歌演绎得分外打动人：

> 兴亡谁人定啊
> 盛衰岂无凭啊
> 一页风云散啊
> 变幻了时空
>
> 聚散皆是缘哪
> 离合总关情啊
> 担当生前事啊

何计身后评

沙河有意化作泪
沙河有情起歌声
历史的天空
闪烁几颗星
人间一股英雄气
在驰骋纵横

　　韩雪心血来潮，把原词的"长江"故意唱成了"沙河"。她的歌声悲壮、苍凉、高远，充满了一种参透了人生的特殊韵味。这异乎寻常的歌声让甘丽丽灵魂出窍，她似乎飘飘摇摇地朝着空中飞升，之后，看见了一座直插云霄的山峰。她分明看见她的爱人老郭，在绝顶之巅迎风而立。他化成了一位须眉如雪、长袍如雪的智者，山风吹拂着他长及腰际的白发，他默然俯视着脚下的芸芸众生，脸上挂着浅浅的微笑。望着冥冥中的爱人，甘丽丽百感交集，两滴浑浊的老泪顺着她的脸颊悄然滑落下来。

　　众人沉浸在歌声的意境里不能自拔，神色不知不觉都肃穆起来。

　　玻璃幕墙外，夜空明静，一轮冰盘似的圆月悬挂天际，清辉似水，洒向人间。

完稿于2014年2月6日

# 后记

占地16.4平方公里的成都东郊，曾经是中国电子工业的摇篮，为中国的国防工业和航天事业作出过极为特殊的贡献。成都东郊不仅神圣，而且神秘。如今，因为实施"东郊工业区结构调整"，整个工业集群化整为零，从沙河畔彻底退出。成都东郊摇身一变，成了核心商业住宅区。

历史在这里转折，老工业基地发生了沧海桑田式的剧变。

成都东郊的60余年历程，是整整两代产业工人对于强国强军梦的苦苦追求。

2012年4月，我描写成都东郊60年变迁的长篇报告文学专著《沉浮东方》出版，获成都市第八届"五个一工程"奖。我在采访时，那些鲜活感人的人物形象，令人回肠荡气的真实故事，老是在脑海里涌动，怎么也挥之不去。缘于成都市成华区文化馆馆长蒋松谷的积极鼓励和帮助，再加上老朋友、知名作家、评论家张义奇的竭力怂恿，我几经踌躇，最终下定决心为当年的成都东郊再写一部长篇小说。

众所周知，工业题材文学作品的创作乏人问津，在四川和成都几乎是一片空白。就全球而言，比较成功的工业题材的文学作品也屈指可数。有人甚至说，成都东郊这个工业题材很难啃。我之所以敢于知难而进，主要是出于对那个时代的感动。作为中国工人阶级缩影的成都东郊人的那些令人难以忘怀的日日夜夜，他们曾经为祖国所奉献的熊熊烈焰般的热情，他们从共和国开国之初的历史中走来，燃尽生命最灿烂的光焰，给这片国土留下了丰厚的财富，然后悄然淡出历史舞台。成都东郊人的一切，令人感慨，令人扼腕，令人热血沸腾！

起初，我以为比起2011年采访写作报告文学《沉浮东方》的艰难程度来，写这部长篇小说应该轻松得多，自由得多。殊不知，由于对东郊生活实感的缺乏，某些篇章写起来依然格外吃力。如果没有从成都东郊719厂走上文坛的老友张义奇凭着过来人的直觉给予真诚帮助，协助我构建老东郊的艺术氛围，这部作品几乎就会夭折。如果没有省作协副主席、巴金文学院前院长傅恒老师推心置腹的点拨，如果没有他关于某些材料不能进入小说的提醒；如果没有著名作家林文询老师的悉心指点，如果没有他将老成都的市井生活融入艺术构思的建议，这部小说是不可能达到目前的艺术效果的。对此，我没齿难忘。

　　我谨向亦师亦友的傅恒老师、林文询老师、张义奇老师，致以由衷的感谢！

　　本书的写作，植根于我所著的长篇报告文学专著《沉浮东方》，我在写作本书时，常常会情不自禁地回忆起我的采访对象来。这里，我再次向所有接受过我采访、向我提供过参考文献的成都东郊的工人师傅、中层干部、科技人员、厂级领导致敬！

　　特别鸣谢：
　　成都市文学艺术界联合会
　　成都市成华区文化馆
　　为本书插图的画家孔祥辉先生

周明生

2014年3月5日

图书在版编目（CIP）数据

大梦沙河 / 周明生著. -- 成都：成都时代出版社，2014.5
ISBN 978-7-5464-1155-2

Ⅰ．①大 … Ⅱ．①周 … Ⅲ．①长篇小说—中国—当代 Ⅳ.①I247.5

中国版本图书馆CIP数据核字（2014）第082948号


大梦沙河

DAMENG SHAHE

周明生 著


组织策划　成都市文学艺术界联合会
出 品 人　石碧川
责任编辑　李卫平
责任校对　李　航
书籍设计　成都市久久艳阳文化传播有限公司
插　　画　孔祥辉
书名题字　蒋松谷
责任印制　干燕飞
出版发行　成都时代出版社
电　　话　（028）86742352（编辑部）
　　　　　（028）86615250（发行部）
印　　刷　四川勤德印务有限公司
规　　格　787mm×1092mm　1/16
印　　张　21.5
字　　数　340千
版　　次　2014年5月第1版
印　　次　2014年5月第1次印刷
书　　号　ISBN　978-7-5464-1155-2
定　　价　34.80元

著作权所有·违者必究
本书如出现印装质量问题，请与印刷厂联系。电话：（028）61778123